L'ØMBRE DE LA BALEINE

Camilla Grebe est déjà célèbre en Suède pour sa série de polars écrite avec sa sœur. *Un cri sous la glace*, son premier livre en solo et finaliste du prix Best Swedish Crime Novel of the Year, s'est hissé en tête des ventes dès sa sortie. *Le Journal de ma disparition* a reçu le Prix du meilleur roman policier suédois en 2017, le Glass Key Award, qui couronne le meilleur polar de tous les pays nordiques réunis, en 2018 et le Prix des lecteurs du Livre de Poche en 2019.

Paru au Livre de Poche :

LE JØURNAL DE MA DISPARITION
UN CRI SOUS LA GLACE

CAMILLA GREBE

L'Ømbre de la baleine

TRADUIT DU SUÉDOIS PAR ANNA POSTEL

CALMANN-LÉVY

Titre original :

DVALAN
Publié par Wahlström & Widstrand, Stockholm, 2018.

À Marie

« Marrant, comme les couleurs du monde genre réel n'ont vraiment l'air réel que quand on les reluche sur l'écran. »

Anthony BURGESS, *L'Orange mécanique*[1]

1. Traduit par Hortense Chabrier et Georges Belmont, Robert Laffont, 1972.

STUVSKÄR

Supérette, restaurant

Capitainerie

Port de plaisance

Camping

Ancienne usine de peinture

MARHOLMEN

Maison de Rachel

Îlot du phare Klokaren

MANFRED

Nous étions une famille assez ordinaire et c'était une matinée comme toutes les autres, une matinée banale, l'une de ces journées auxquelles on n'attache aucune signification particulière avec la conviction qu'elles ne changeront pas le cours de notre vie. Simplement une journée de plus à supporter, à vivre.

Afsaneh s'est extirpée du lit en premier pour donner de la bouillie à Nadja. Elle est entrée dans la cuisine à pas légers, presque hésitants, comme si elle marchait sur une fine couche de glace. Puis j'ai entendu le placard s'ouvrir, l'eau du robinet couler, la casserole se poser sur la cuisinière. Et enfin, le frottement rythmique du fouet contre le métal pour délayer les céréales. Dans la chambre de Nadja, des pleurs entrecoupés de quintes de toux.

Je suis resté quelques instants sous les couvertures, lové dans la chaleur des draps où s'était allongée Afsaneh, attentif aux moindres rumeurs. C'étaient les bruits d'une famille comme toutes les autres ; de ma jeune épouse – trop jeune diraient certains – et de ma fille. C'était le silence laissé par le départ de mes trois grands enfants et de leur mère qui avait claqué la porte de l'appartement un matin de printemps comme celui-ci, traînant une valise dont la pesanteur n'avait d'égal que la furie de mon ex-femme.

Or, à cet instant-là, dans la chaleur de mon lit, encore ensommeillé, pas tout à fait extrait de mes rêves, ces détails ne revêtaient pas d'importance particulière. Ce n'est qu'avec le recul que l'on saisit la portée de ces petits événements ; que toutes les futilités de la vie prennent corps et vous poursuivent la nuit.

Ce matin comme tous les autres, pour la troisième fois en autant de semaines, Nadja était souffrante. Afsaneh et moi étions épuisés à force de réveils nocturnes et de négociations avec notre fillette adorée, mais indocile. Au moindre rhume, Nadja redevenait comme un nouveau-né. Nous en plaisantions, Afsaneh et moi. Ma femme me disait que je ne pouvais m'en prendre qu'à moi-même – moi qui avais voulu retomber dans les langes à plus de cinquante ans.

Afsaneh a entrebâillé la porte de la chambre, tenant Nadja dans ses bras. Quand elle a esquissé un mouvement pour remonter l'enfant sur sa hanche, son peignoir a glissé, dévoilant un sein – un sein magnifique qui contre toute attente était devenu mien.

Elle m'a demandé si je pouvais m'occuper de Nadja, j'ai rétorqué que je comptais passer une tête au boulot, autrement dit, au commissariat de Kungsholmen, à Stockholm, où je trime depuis plus de vingt ans. Où j'enquête sur des meurtres et crimes en tous genres ; où je suis confronté aux facettes les plus sordides de l'humanité, aux comportements déviants sur lesquels le reste de la population a le droit de fermer les yeux. Comment pouvais-je y attacher tant d'importance ?

Qu'ils s'entre-tuent, me dis-je aujourd'hui. *Qu'ils violent, qu'ils frappent. Laissons la drogue couler à flots et les banlieues s'embraser comme des feux d'artifice dans la nuit. Je ne veux plus en entendre parler.*

Je me souviens qu'Afsaneh a froncé les sourcils. C'était l'Ascension : qu'avais-je à faire de si capital au travail ? Quant à elle, elle avait rendez-vous dans un café avec une doctorante, ce qu'elle m'avait déjà répété la veille, au cours du dîner.

Nous avons continué à nous chamailler pendant un bon bout de temps à propos des congés pour enfant malade – comme si cela avait de l'importance. Nous nous disputions de cette manière irréfléchie et fatigante dont les gens se disputent – j'imagine – dans la plupart des familles, un matin ordinaire, dans un pays riche et sûr comme la Suède.

Finalement, Afsaneh est partie à son rendez-vous. Dans le grand lit, avec Nadja tout contre moi, son petit nez enrhumé contre ma joue, je n'étais pas si mal, après tout. Qu'avais-je à faire au boulot ? Les macchabées pouvaient bien attendre et la plupart de mes collègues étaient de toute façon en congé.

Je ne me souviens pas de ce que j'ai fait ce matin-là, peut-être un peu de ménage. Mon genou me faisait terriblement souffrir et je crois que j'ai avalé plusieurs comprimés anti-inflammatoires. J'ai peut-être fumé quelques cigarettes en cachette sous la hotte de la cuisine et Nadja a regardé des dessins animés. D'ailleurs, j'avais dû augmenter le son à cause du vacarme des travaux sur l'avenue Karlavägen.

Ma fille aînée, Alba, a téléphoné depuis Paris pour m'emprunter de l'argent. Placide mais déterminé, je lui ai demandé d'en parler à sa mère : n'avais-je pas déjà rallongé de trois mille couronnes son argent de poche ? Sans oublier qu'Alexandre et Stella, son frère et sa sœur, n'avaient rien eu. Il fallait bien faire preuve d'équité, non ?

L'équité, quel drôle de concept, a posteriori.

Au bout d'un moment, Nadja, lasse de la télévision, s'est mise à chouiner, inconsolable. Je l'ai prise dans mes bras et j'ai arpenté l'appartement, tentant vainement de la calmer. Son petit corps était brûlant de fièvre et je lui ai donné du paracétamol, contre l'avis d'Afsaneh – une autre de nos pommes de discorde. Selon elle, on ne doit pas administrer de médicaments aux jeunes enfants, sauf s'ils sont à l'article de la mort.

Nadja a fini par s'apaiser – grâce à l'antipyrétique, à la tartine préparée par mes soins ou au bruit des travaux dans la rue qui représentait une distraction bienvenue, je l'ignore. Elle a voulu regarder dehors et je l'ai soulevée sur le rebord intérieur de la fenêtre. Elle est restée un long moment comme ensorcelée, à observer la pelleteuse creuser lentement la chaussée trois étages plus bas, tout en léchant de sa petite langue pointue le beurre de sa tartine et la morve sur sa lèvre supérieure. Nous avons discuté quelques instants de tractopelles, voitures, camions et motos – de tous les moyens de locomotion, en somme. Nadja était fascinée par les engins à moteur, surtout les plus bruyants – Afsaneh et moi l'avions déjà remarqué.

C'est sans doute à ce moment-là qu'Afsaneh a téléphoné depuis le café.

J'ai posé Nadja au sol, essuyant de vives protestations, et je suis sorti dans le couloir pour parler tranquillement, le vacarme des travaux faisant vibrer tout l'appartement.

Afsaneh a demandé comment se portait la petite, j'ai répondu que ça allait, qu'elle mangeait une tartine et que sa maladie ne devait pas être si grave puisqu'elle continuait de s'alimenter. Je me suis évidemment abstenu de mentionner le médicament.

En raccrochant, j'ai senti que quelque chose clochait. C'était comme si l'air s'était épaissi, comme s'il m'oppressait, comme le pressentiment palpable d'un danger imminent. Une seconde plus tard, j'ai compris que c'était l'*absence* de quelque chose qui m'avait fait réagir. Il n'y avait pas un bruit. Les ouvriers devaient faire une pause ; je n'entendais que ma respiration.

Je suis entré dans le salon pour voir ce que faisait Nadja, mais la pièce était vide. Son biberon gisait par terre au milieu d'une flaque de jus de fruits, à côté de tous les jouets qu'elle avait apportés depuis sa chambre pendant la matinée.

C'est peut-être à cet instant-là que l'inquiétude s'est emparée de moi, cet instinct originel que nous possédons tous, celui qui nous pousse à protéger nos enfants du mal.

Puis un rayon de soleil m'a ébloui, un trait de lumière aveuglante qui n'aurait pas dû être là, car la fenêtre du salon est ombragée.

Je me suis tourné vers la lumière, les yeux plissés, et j'ai coulé un regard vers la cuisine.

Le soleil se reflétait sur la vitre de la fenêtre béante.

Tout à coup, j'ai compris. Afsaneh avait lavé les carreaux la veille et avait dû oublier de remettre la sécurité enfant. Mais Nadja n'avait pas pu grimper et ouvrir la fenêtre. Pourquoi aurait-elle fait une chose pareille ?

À l'instant même où je me suis posé la question, la réponse s'est présentée comme une évidence : la pelleteuse. Cette saloperie de pelleteuse !

J'ai couru jusqu'à la fenêtre.

J'ai couru parce qu'il n'y avait rien d'autre à faire, parce que j'y étais obligé. On ne peut pas laisser son enfant tomber, mourir. C'est la seule chose qu'on n'a pas le droit de faire ici-bas. De tout le reste, on peut se tirer.

Dehors, les rayons du soleil frappaient la délicate frondaison des arbres ; dans la rue, les ouvriers étaient immobiles, les yeux levés vers moi, hagards. Quelques-uns se précipitaient vers notre immeuble, les bras tendus devant eux.

Nadja était suspendue dans le vide, cramponnée au rebord de la fenêtre, étrangement silencieuse, comme le sont, paraît-il, les enfants en train de se noyer. Je me suis jeté vers elle – c'est ce qu'on fait dans ces cas-là, on se jette vers son enfant, on traverse l'eau et les flammes pour la chair de sa chair.

On fait tout, et plus encore.

Je suis arrivé à temps, j'ai réussi à l'attraper, mais ses petits doigts pleins de beurre, glissants comme un savon, se sont lentement défaits de l'étreinte de ma main.

Et elle est tombée.

Ma fille est tombée et je n'ai rien pu faire pour l'en empêcher.

Si seulement je l'avais atteinte une seconde plus tôt, si seulement j'avais pu parcourir un mètre de plus au cours de cet instant où le temps semblait suspendu et où le cri du silence hurlait à mes oreilles.

Dans une autre vie, dans une existence parallèle, j'aurais peut-être pu la sauver.

Mais mon enfant est tombée, elle est tombée du troisième étage.

Nous étions une famille assez ordinaire. C'était un matin comme tous les autres. Après cela, rien n'a plus jamais été comme avant.

Première partie

LA FUITE

« Lève-toi, va à Ninive, la grande ville, et crie contre elle ! car sa méchanceté est montée jusqu'à moi.
Et Jonas se leva pour s'enfuir à Tarsis, loin de la face de l'Éternel. »

                                        Jonas 1:2-3

SAMUEL

Dix jours, c'est le temps qu'il m'a fallu pour bousiller ma vie.

Je regarde par la fenêtre. Ma chambre donne sur un parking; plus loin, je devine la silhouette de l'hôpital Långbro – un ancien hôpital psychiatrique transformé en appartements tape-à-l'œil.

Aujourd'hui, des nuages sombres s'amoncellent au-dessus des bâtiments. Le feuillage vert clair contraste avec les nuages violets. L'herbe est luxuriante autour de l'aire de stationnement, mais il fait toujours un froid de canard, bien qu'on soit le 11 juin.

J'entends ma mère s'affairer dans la cuisine. Quelle plaie, ma daronne! Non seulement elle me rebat les oreilles avec ses injonctions – cherche du boulot, va à l'agence pour l'emploi, range la vaisselle et j'en passe – mais en plus elle se fait de la bile du matin au soir. Et son anxiété pénètre en moi; tout mon corps me démange comme si des fourmis se promenaient sous ma peau.

On dirait qu'elle n'a pas pigé que je suis adulte. J'ai fêté mes dix-huit ans le mois dernier; pourtant, elle continue de me couver comme une mère poule, à vouloir contrôler mes moindres mouvements, comme si j'étais sa mission sur cette Terre. Ça me rend dingue.

Je suis sûr qu'elle irait mieux si elle changeait de comportement, si elle lâchait prise, juste un peu. Elle répète à l'envi à quel point elle s'est sacrifiée pour moi – pourquoi n'essaie-t-elle pas de vivre pour elle, maintenant que je suis majeur ?

Alexandra, ma petite amie – ou peut-être plutôt la nana-avec-qui-je-couche – prétend que sa mère est pareille. Ce n'est pas vrai. En tout cas, Sirpa ne la prend pas en filature dans la rue, ne téléphone pas à ses copines et ne fouille pas ses poches à la recherche d'herbe ou de préservatifs.

Les capotes, d'ailleurs : cela devrait lui faire plaisir d'en trouver. Ce n'est pas ce que veulent tous les parents, que leurs enfants se protègent ? Car j'imagine que l'une de ses plus grandes hantises, c'est que je mette une fille en cloque et que je devienne comme elle : un parent célibataire.

Elle a toujours été mère célibataire. Ou « célibattante », comme disent les membres de sa congrégation qui s'efforcent d'être aussi inclusifs que possible pour que tous les « cas sociaux » se sentent les bienvenus.

Ma mère et moi vivons dans un immeuble de trois étages rue Ellen-Key à Fruängen, une banlieue pas trop moche au sud de Stockholm. Le trajet en métro jusqu'à la gare centrale dure très exactement dix-neuf minutes – on peut bien gaspiller dix-neuf minutes de sa vie, non ?

Dix-neuf minutes pour se rendre au centre-ville, dix-neuf pour en revenir. Si l'on fait cela chaque jour pendant un an, cela fait treize mille huit cent soixante-dix minutes par an, c'est-à-dire deux cent trente et une heures, soit près de dix jours.

Dix jours perdus : ce n'est pas rien finalement.

22

Il peut se passer beaucoup de choses en dix jours.

Ce que je veux dire, c'est qu'il est bon de calculer avant de tirer des conclusions hâtives, notamment que dix-neuf minutes dans le métro n'ont aucune importance.

Les mathématiques étaient mon seul point fort à l'école. Peut-être aussi le suédois, quand j'étais plus jeune, parce que j'aimais bien lire. Mais j'ai arrêté : personne n'a envie de s'afficher dans les transports un bouquin à la main.

Mais les maths et moi, ça a toujours collé. Je n'ai jamais eu besoin de faire d'efforts : il me suffisait de visualiser l'opération dans ma tête pour connaître le résultat. Les autres n'avaient même pas eu le temps de sortir leur calculette. J'avais beau sécher les cours, mon prof de maths de première m'a mis un A. Probablement pour m'encourager. Ce qui ne m'a pas empêché de décrocher – le lycée, quelle perte de temps !

Un mouvement près de moi attire mon attention. Dans une cage posée au sol, l'oisillon, qui a d'ailleurs bien grandi, esquisse un bond. Il picore quelques graines de son bec jaune clair, interrompt son geste, incline la tête sur le côté et me fixe de ses minuscules yeux de jais cerclés d'or.

C'est un merle noir. *Turdus merula*.

J'oubliais. Il y a bien un autre sujet où j'excelle : les oiseaux. Petit, j'étais obnubilé par les volatiles, mais c'est fini. Je ne veux pas passer pour un geek.

Pourtant, lorsque j'ai découvert le passereau dans le bac à ordure, je n'ai pas pu m'empêcher de le recueillir. Je le nourris de graines et de morceaux de suif et je lui ai même appris à me manger dans la main, tel un animal dressé.

Je sors mon téléphone portable et j'ouvre Snapchat. Liam y a posté une vidéo d'une cannette de bière qui explose. On dirait presque que quelqu'un tire dessus, peut-être avec le pistolet à air comprimé de Liam. Alexandra a envoyé une photo d'elle dans son lit, la couverture rabattue jusqu'au nez, les yeux rieurs. Elle a ajouté à l'image plusieurs petits cœurs battants rose vif.

J'ouvre WhatsApp : pas encore de nouvelles d'Igor.

Très franchement, j'aimerais mieux ne plus jamais entendre parler de lui. Mais j'ai fait une boulette, une grosse boulette, et maintenant, il va falloir payer.

Dix jours.

Il m'a fallu dix jours pour tomber dans les filets poisseux d'Igor. Le même temps que pour faire l'aller-retour entre chez moi et le centre de Stockholm tous les jours pendant un an.

Néanmoins, pour être tout à fait honnête, tout a commencé bien plus tôt. Ma mère dit toujours que je manque de discernement et que ma capacité de concentration ne dépasse pas le temps nécessaire pour avaler un verre de lait. Bien qu'elle ne l'ait jamais dit ouvertement, il ressort de son discours que ces traits sont hérités de mon père. Ne l'ayant jamais connu, il m'est difficile de la contredire.

Elle, évidemment, ne souffre pas de ces problèmes. En tout cas pas quand il s'agit de me fliquer : c'est un vrai limier, rien ne la distrait, elle n'abandonne jamais.

Le médecin scolaire m'a envoyé dans un centre médico-psychologique, qui m'a expédié chez une spécialiste, une vieille sorcière aux mains moites et aux dents noires, affublée d'imposants bijoux argentés. On aurait cru qu'elle avait bouffé de la bouse de vache.

Je ne l'ai jamais portée dans mon cœur, surtout lorsqu'elle s'est mise à parler de troubles neuropsychologiques. D'après elle, je faisais face à des difficultés de concentration et de gestion des impulsions, même si je ne réunissais pas tous les critères permettant de diagnostiquer un trouble de l'attention et une hyperactivité. À l'instant précis où elle a prononcé ces mots, j'ai cessé de l'écouter. Ma mère aussi, d'ailleurs, car elle a toujours refusé de reconnaître qu'il y a quelque chose qui ne tourne pas rond chez moi – à part ce *manque de discernement* hérité de mon géniteur.

Quelques mois plus tard, j'ai lu l'interview d'une star qui se félicitait d'avoir enfin pu mettre un nom sur ses problèmes. On aurait dit qu'il exultait d'avoir une case en moins ! Il se pavanait avec son diagnostic comme avec une veste en cuir flambant neuve ou un joli tatouage.

Comment me suis-je retrouvé dans ce bourbier sans nom ?

Liam et moi avons commencé à voler dans les magasins de Stockholm, juste pour passer le temps. On faisait main basse sur des pacotilles – des parfums ou des fringues – mais on s'est bientôt rendu compte qu'on pouvait chiper des appareils électroniques, comme de petits disques durs, des écouteurs et des enceintes portatives, et les revendre. Liam a acheté à Janne de la salle de sport un sac à dos doublé de plusieurs couches d'aluminium. Après, il n'y avait plus qu'à éviter les caméras, choisir les objets, les fourrer dans le sac, lever les voiles, monter dans le métro et dix-neuf minutes plus tard descendre à Fruängen. Et le tour était joué.

C'était presque trop simple.

On est rapidement devenus des pros : jamais on ne se faisait pincer et très vite la cave de la mère de Liam s'est trouvée encombrée. Ensuite, il fallait écouler les marchandises sur Internet. La galère ! Sans compter que ma mère se demandait pourquoi j'avais deux téléphones et pourquoi quand l'un d'eux sonnait, je disparaissais toujours dans ma chambre.

C'est alors qu'on a commencé à fourguer notre came à Aslan, un Tchétchène au visage tatoué et à la mine patibulaire qui ne décrochait jamais un sourire. Il ne payait pas très bien, il ne nous donnait qu'un quart de ce qu'on aurait gagné en les vendant en ligne, mais il achetait par lots et ne posait jamais de questions.

Avec l'argent, on se procurait de l'alcool, des baskets, de l'herbe et parfois un gramme de coke. Un jour, on a mangé des fruits de mer dans un restau à Stureplan comme de vrais fils à papa, mais la plupart du temps, on passait nos soirées à fumer devant un bon film.

Le jour, on squattait chez moi et le soir, chez Liam, parce que sa mère travaillait de nuit à l'hôpital de Huddinge.

On ne dérangeait personne.

Les magasins avaient une assurance : ils récupéraient leur argent. Et on ne cambriolait jamais les gens, uniquement les grosses entreprises riches à millions comme Media Markt ou Elgiganten, qui se font du pognon sur le dos des clients.

On achetait l'herbe et la cocaïne à Malte, un grand type maigre comme un clou, étonnamment sympathique pour un dealer, qui passait le plus clair de son temps à la salle de billard. Je crois que c'est Liam qui lui a demandé si on pouvait le payer en gadgets électroniques ; Malte a frotté ses mains osseuses l'une contre l'autre, éclaté d'un rire qui dévoilait ses dents en or, et a expliqué que ce n'était pas son genre de business. En revanche, si on voulait fumer à l'œil, il suffisait de lui filer un petit coup de pouce.

C'est ainsi qu'on a commencé à travailler pour lui.

Nous avons vite compris que Malte était un rouage important dans l'entreprise d'approvisionnement en cannabis et cocaïne de Stockholm. En outre, il était très proche du chef, Igor, à tel point que Liam le surnommait le « larbin d'Igor ». Nous trouvions cela hilarant.

Pour Malte, nous faisions des petits boulots, rien de très méchant. Nous allions chercher des paquets et nous les déposions à différents endroits, répondions au téléphone pour prendre les commandes. Tous les appels passaient par WhatsApp ; ils avaient beau être cryptés, Malte et sa bande avaient développé des codes pour chaque marchandise : les clients commandaient des « pizzas » et c'était à moi de leur demander des détails. La « Capricciosa », c'était de l'herbe, la « Hawaïenne » de la cocaïne, « Cinq Hawaïennes », cinq grammes de coke. Ces « pizzas » étaient loin d'être bon marché – c'était huit cents couronnes le gramme – mais le service était excellent : la came était livrée à domicile en une demi-heure.

Nous nous en tenions aux drogues « traditionnelles » : cocaïne, speed, cannabis, etc. Pas de médicaments ou trucs dans ce genre. Et évidemment pas d'héroïne, le marché était dominé par les Gambiens au parc Kungsträdgården.

Parfois, Malte nous racontait comment ça se passait au bon vieux temps : les gars vendaient directement dans la rue, comme des marchands de glace. Ils étaient à la merci des flics. Ça me faisait bien rigoler. Comment faisaient-ils avant Internet et toutes les applications ?

J'étais comme un poisson dans l'eau avec ce job, mais Liam avait les pétoches. Il voulait mettre un terme à sa collaboration avec Malte et a fini par me faire promettre qu'on allait arrêter. J'ai dit oui, surtout pour lui faire plaisir.

Au bout de quelques mois, nous ne nagions pas seulement dans l'herbe, mais aussi dans le fric. J'ai vite compris que je ne gagnerais jamais autant avec un emploi classique. Liam a acheté une BMW d'occasion à un type de Bredäng et semblait heureux pour la première fois depuis longtemps. Quant à moi, je me gardais bien de flamber – ma mère me harcelait déjà de questions sur l'origine de mes nouvelles fringues et chaussures.

C'est comme si elle avait flairé que quelque chose ne tournait pas rond.

Un jour, j'ai été convoqué par le patron de Malte, Igor, un géant russe, je crois, aux muscles saillants, au crâne rasé et à la réputation sulfureuse, célèbre pour trois raisons : il régente tout le trafic de drogue de Stockholm ; d'après Liam, il a éliminé trois types qui avaient tenté de l'escroquer en les balançant dans la mer, pieds et poings liés avec des colliers de serrage, noyés comme des chatons ; enfin, il paraît qu'il a publié plusieurs recueils de poésie.

J'avoue avoir été flatté qu'Igor s'intéresse à ma personne. Il avait, paraît-il, entendu du bien de moi et voulait me proposer une promotion assortie d'une augmentation. Si je continuais à faire du bon boulot, il y avait des « possibilités d'avancement dans l'entreprise ». Il a dit « l'entreprise », comme s'il était P-DG d'une société cotée en Bourse.

« L'expérience client » était primordiale à ses yeux ; il fallait toujours satisfaire les besoins de l'acheteur, ne jamais l'arnaquer. On aurait dit qu'il avait suivi ces cours, organisés par l'agence pour l'emploi, où l'on apprend à gérer son entreprise, à calculer la TVA et les heures sup de ses salariés.

J'ai accepté sans hésiter. Ce n'est qu'en le quittant que j'ai été assailli par le doute, mais c'était déjà trop tard.

Le soir, Igor m'a convié à un *afterwork*. J'ignore s'il plaisantait, mais c'est comme ça qu'il a qualifié la soirée du vendredi soir, entre collègues. Nous avons joué au billard et bu de la bière. Tout le monde sauf Igor, qui apparemment ne touche pas à l'alcool et qui est resté dans un coin de la pièce à nous observer.

Liam n'était pas là. Il m'a raconté plus tard qu'Igor lui avait fait la même proposition qu'à moi, mais qu'il avait décliné. Il m'a traité de fou, m'a prévenu que ça allait mal finir pour moi si je n'apprenais pas à réfléchir avant d'agir. Sans compter que je lui avais promis de ne plus travailler pour Igor et son larbin. Je l'avais trahi, comme d'habitude.

C'était il y a tout juste dix jours.

La semaine suivante, j'ai accompagné Malte recouvrer les créances des clients. C'est là que j'ai compris que l'expérience client n'était pas particulièrement bonne lorsqu'on avait « omis » de régler ses consommations, et que Malte n'était pas un dealer aussi bienveillant que Liam et moi le pensions.

La visite se passait généralement comme suit : nous frappions à la porte des clients. S'ils ouvraient, Malte expliquait la raison de notre venue. Il arrivait qu'ils remboursent, alors nous les remerciions et prenions congé avec courtoisie. Mais souvent, ils répondaient qu'ils n'avaient pas d'argent et qu'ils paieraient sous peu. Si c'était la première visite, nous rétorquions qu'il valait mieux pour tout le monde que ce soit le cas, suite à quoi Malte, les mains tremblantes de rage, rédigeait une note dans l'application mobile où figuraient toutes les dettes.

En cas de deuxième ou troisième visite, ils étaient passés à tabac.

J'ignore comment se déroule la quatrième, mais j'imagine que quelqu'un d'autre s'en charge, sans doute un molosse. Probablement le type qui a aidé Igor à noyer les trois hommes. En admettant que cette histoire soit vraie. Liam a toujours raconté des salades.

Ma tâche était de tenir le client bien droit tandis que Malte le frappait comme un psychopathe. Les filles, il préférait les menacer au couteau : il pressait la pointe de la lame crantée aux reflets bleutés contre la peau fine juste sous l'œil, faisant perler le sang, en leur promettant qu'elles garderaient une vilaine cicatrice. En même temps, il leur tripotait les seins.

À une seule occasion, lors d'une deuxième visite, Malte a épargné quelqu'un. C'était une jeune femme aux longs cheveux roux répondant au nom de Sabina. Dès qu'elle a ouvert la porte, j'ai compris qu'elle et Malte se connaissaient, et qu'elle lui plaisait ; ils ont parlé si longtemps que j'ai commencé à me lasser et j'ai demandé à utiliser les toilettes. En revenant, j'ai vu Malte fourguer à la fille une petite liasse de billets de mille couronnes. Et non l'inverse.

Juste comme ça.

La fille, visiblement satisfaite, lui a promis de le rembourser sous peu.

Au moment où elle prononçait cette phrase, Malte m'a aperçu. M'attrapant par le col, il m'a plaqué contre le mur et m'a sifflé à l'oreille :

— Pas un mot de ce que tu viens de voir. Sinon, je suis mort. Et toi aussi.

Je me suis contenté d'opiner. Qu'est-ce qu'il croyait ? Que j'allais tout balancer à Igor ? Que j'étais son larbin, maintenant ?

La rousse était la seule exception. À part elle, Malte ne graciait personne. Certains hurlaient. D'autres éclataient en sanglots. Des colosses aux biceps de gorille et aux tatouages de têtes de mort chialaient comme des bébés en implorant sa clémence. Un type a même dégobillé sur mes nouvelles baskets Gucci après que Malte lui eut asséné un coup de poing dans le ventre.

C'était répugnant.

Chaparder chez Media Markt ou prendre des « commandes de pizzas » était une chose, mais faire du mal à des gens, ça n'avait rien à voir. Je ne pouvais pas. Je sais que je n'ai pas toujours respecté les lois, mais je ne suis pas un monstre.

J'ai compris dès le premier soir que l'entreprise d'Igor n'était pas pour moi. Mais comment démissionne-t-on d'un boulot pareil ?

J'ai finalement pris mon courage à deux mains et j'ai avoué à Igor que je ne supportais pas de casser la gueule à des gens. Sérieux, Igor a opiné du chef et m'a souri. Il s'est penché en arrière dans son fauteuil, faisant grincer son épaisse veste en cuir. Puis il a expliqué avec un rictus narquois que ce job n'était pas fait pour tout le monde et que je pouvais lui être utile par ailleurs si j'étais trop chochotte pour mettre les mains dans le cambouis. J'en ai rougi de honte.

Il est redevenu grave, a souligné l'importance de la diversité, de tenir compte des compétences de chacun pour bâtir une organisation forte. Puis il s'est penché et a saisi un paquet de la taille d'une plaquette de beurre, enveloppé dans du papier kraft, qu'il m'a lancé.

— Retrouve-moi dans la zone industrielle, devant l'ancien garage auto, lundi soir à vingt et une heures pétantes. Pas une minute plus tard. Tu apporteras ça et tu éteindras ton portable. Pigé ? Tu monteras la garde. J'ai rendez-vous avec un client, un gros. Un distributeur.

Là-dedans, il y a des échantillons. Pas besoin de préciser que tu ne dois pas le perdre.

J'ai acquiescé. En sortant du bureau d'Igor, situé derrière la salle de billard, je me sentais à la fois penaud et soulagé. Surtout soulagé, parce que je n'allais plus être obligé d'amocher quiconque. Et tout valait mieux que ça.

Or, c'est aujourd'hui dimanche, et l'apaisement que j'ai ressenti dans le bureau enfumé d'Igor a laissé place à un malaise diffus.

Le paquet à la main, je regarde par la fenêtre. Les nuages au-dessus de l'ancien hôpital se sont épaissis et une bruine s'est mise à tomber sur le macadam noir et brillant du parking, semblable à une pellicule de glace à peine formée sur un lac profond.

Le colis n'est pas lourd, une centaine de grammes, peut-être. Au cours de ma carrière brève mais intense dans l'entreprise, je suis passé maître dans l'art d'estimer le poids de sachets et de paquets.

Je suis presque aussi doué pour ça que pour le calcul mental. Cent grammes. Sans doute de la coke. Huit cents couronnes le gramme. Quatre-vingt mille couronnes à la vente.

On frappe. Posant par réflexe le paquet sur la table, je me tourne vers la porte. Ma mère entre, le visage empreint d'une grande fatigue. Ses longs cheveux bruns striés de larges mèches grises et ternes tombent sur ses épaules. Sa chemise en jean moule sa poitrine et dans son décolleté brille sa croix en or. Son pantalon beige soigneusement repassé est abîmé au point que le bas s'effiloche. Elle porte un sac-poubelle à la main.

— Qu'est-ce que tu fais ? demande-t-elle, le regard hésitant. Enfin, est-ce tu fais quelque chose de spécial ?

Ou est-ce que tu es juste en train de… Je veux dire, ce n'est pas grave si tu ne fais rien.

Ma mère parle toujours trop. On dirait que les mots jaillissent de sa bouche sans passer par son cerveau. Comme des oiseaux qui s'échappent d'une cage.

— Rien.

Je prie pour qu'elle ressorte ; je n'ai pas le courage de me prendre la tête avec elle maintenant.

— Tu as téléphoné à Ingemar aujourd'hui ? Je crois que ce serait bien que tu le fasses. Que tu l'appelles.

Ingemar, l'un des aînés de la congrégation de ma mère, a une soixantaine d'années, une tignasse grise bouclée et d'épaisses lèvres rougeaudes. Il sourit en permanence, même lorsque le pasteur parle de l'enfer et du Jugement dernier. Il est propriétaire d'une petite chaîne de fast-food qui recrute toujours du personnel. C'est en tout cas ce que dit ma mère.

Mais pourquoi vendrais-je des hot-dogs pour quatre-vingt-dix balles de l'heure alors que je gagne au moins dix fois plus avec Igor ?

— Pas eu le temps.

Ma mère lâche le sac-poubelle qui heurte le sol avec un clapotis.

— Samuel ! Tu m'avais promis ! Qu'est-ce que tu as fait de si important ?

Je ne réponds pas. Que dire ? Que j'ai joué aux jeux vidéo toute la journée ?

Elle esquisse quelques pas vers moi, les bras croisés sur la poitrine. Autour du sac-poubelle s'étend une tache humide.

— On ne peut pas continuer comme ça, Samuel. Tu dois prendre ta vie en main ! Tu ne peux pas rester à la maison à… à…

Sa voix se brise et pour une fois son flot de paroles se tarit. Son regard passe sur la cage à oiseau et elle secoue presque imperceptiblement la tête.

Puis elle se fige.

— Qu'est-ce que c'est que ça ?

Elle s'empare du paquet d'Igor.

— Rends-le-moi !

Je me lève d'un bond, prenant conscience au même moment que ma vive réaction me trahit.

Ma mère agite le paquet, comme pour en deviner le contenu à l'oreille.

— Maman ! Rends-le-moi, merde !

— Pas de jurons dans cette maison ! siffle-t-elle. Tu peux me dire ce que c'est ?

Elle recule de quelques pas, me lance un regard éloquent – ni inquiet ni fâché, non, déçu. Comme d'habitude.

Je suis la source de son désespoir.

— Rien.

— Alors ce n'est pas grave si je le prends ? Si ce n'est rien d'important, ça ne fait rien si je le garde. Pas vrai ?

Ma mère tripote le paquet, l'examine sous tous les angles, comme si c'était une bombe. Les mains tremblantes, elle arrache le ruban adhésif et déchire le papier. L'enveloppe s'ouvre, une vingtaine de minuscules sachets transparents contenant de la poudre blanche tombent sur le sol à ses pieds comme autant de feuilles d'automne autour du tronc d'un arbre.

— Qu'est-ce que… ?

— Ce n'est pas ce que tu crois, c'est…

Je ne parviens pas à trouver d'excuse. Que peuvent contenir des petits pochons à zip hormis de la drogue ?

Ma mère se balance d'avant en arrière, bouche bée, les yeux brillants de larmes.

— Sors de chez moi, Samuel. Je ne plaisante pas.

On dirait qu'elle vient de voir un fantôme, mais sa voix demeure calme.

— Je…

— Dehors !

Accroupie, elle ramasse les sachets, les fourre dans le sac de détritus, au milieu des briques de lait, des têtes de crevettes et des trognons de pommes, et quitte ma chambre, la poubelle à la main.

Je reste quelques instants les yeux rivés sur la tache humide, j'entends la porte d'entrée s'ouvrir, suivie du bruit familier et métallique du vide-ordures qui se referme. Des pas approchent, la porte claque.

— Allez, du balai ! crie-t-elle encore depuis l'entrée.

Je range quelques affaires dans mon sac à dos, enfile mon manteau à capuche et me dirige vers la sortie.

— Je ne veux plus te voir chez moi ! Et emporte ça avec toi !

Elle retire le bracelet aux perles multicolores que je lui ai fabriqué à l'école primaire et le jette par terre avant de quitter la pièce en reniflant. Je ramasse le bijou qu'elle porte depuis aussi longtemps que je me souvienne et frotte les petites billes de verre entre mes doigts. Elles ont gardé sa chaleur.

La clef de la porte d'entrée ouvre également le local à ordures, situé au sous-sol. La serrure résiste un peu, mais je parviens enfin à déverrouiller la lourde porte qui cède avec un grincement. J'inspire l'odeur écœurante de restes de nourriture, de couches sales et de vin frelaté. Au loin, on entend un camion s'éloigner.

35

Mes doigts palpent le mur en béton à la recherche de l'interrupteur. Une lumière froide inonde la pièce. Les bacs à ordure sont vides, garnis seulement de nouveaux sacs noirs.

Mon cœur fait un bond dans ma poitrine et je me précipite dehors, sous la pluie, à temps pour apercevoir le camion poubelle disparaître au coin de la rue avec quatre-vingt mille couronnes de cocaïne.

Ce n'est pas ma faute.

J'ai toujours eu un mal fou à contrôler mes impulsions, c'est même ce qu'a dit la psy aux dents pourries. Elle le sait, elle. Je n'ai jamais voulu faire de mal à personne, même si ma mère a l'air de croire que je me suis fixé comme mission de lui gâcher la vie.

On ne volait que dans les magasins intégralement assurés et on ne vendait de la drogue qu'à des adultes responsables qui choisissent de payer pour planer.

C'est la demande qui crée l'offre.

Tout ce que nous faisions, c'était répondre à la demande de manière rapide et efficace, en nous concentrant sur les « besoins du client ».

Et le boulot avec Malte pour faire cracher les gens au bassinet ? Je ne peux pas dire que j'en suis fier et si je pouvais remonter le temps je déclinerais la proposition d'Igor. Mais on ne peut pas remonter le temps. Il ne fait qu'avancer.

Il est dix-neuf heures trente-six.

Dans très exactement vingt-cinq heures et vingt-quatre minutes, je dois me trouver dans la zone industrielle.

Les mots d'Igor me reviennent à l'esprit. *Le paquet contient des échantillons. Pas besoin de préciser que tu ne dois pas le perdre.*

Si j'y vais sans le paquet, Igor m'arrachera les yeux. Mais si je n'y vais pas, je n'ose même pas concevoir les conséquences. J'imagine qu'il m'enverra son molosse, le type chargé de la quatrième visite.

Dans la lumière des réverbères, le bracelet de perles scintille. Cinq d'entre elles renferment des lettres que je connais bien, les cinq lettres du mot « maman ».

PERNILLA

La pluie tambourine contre la fenêtre et j'entends le lève-conteneurs hydraulique du camion poubelle déverser le contenu des bacs de la résidence. Puis je me perds dans mes pensées tandis que l'engin s'éloigne.

Ai-je bien fait de mettre Samuel à la porte ?

Ce n'est pas la première fois – je l'ai chassé deux fois au cours des deux derniers mois, mais nous nous sommes toujours réconciliés rapidement.

Trop rapidement, à en croire mes amis de la congrégation. Ils estiment que je me laisse marcher sur les pieds. Que je devrais fixer des limites et cesser d'être tout le temps sur son dos. Que je ne devrais pas lui ouvrir la porte deux heures après l'avoir jeté dehors.

J'ai tenté de le leur expliquer : je ne sais pas comment l'aider. Dois-je être compréhensive ? Exigeante ? Encourager les rares prises d'initiatives, les moments où il se comporte en adulte responsable ? Car cela arrive.

Au fond de moi, je suis rongée par la culpabilité qui pousse comme une tumeur chaque fois que Samuel commet une bêtise ; chaque année qui passe sans qu'il ait accueilli Jésus dans son cœur.

Tout est ma faute.

Les mains jointes, je ferme les yeux et formule une brève prière.

Dieu miséricordieux, aide Samuel à comprendre que tu le soutiens. Prends-le sous ton aile et indique-lui le chemin. Montre-moi comment l'aider. Et pardonne-moi. Pardonne-moi pour tout. Au nom du Christ. Amen.

Je me laisse glisser sur le sol de la cuisine, les mains posées contre le linoléum charbonneux.

Je n'ai pas détaché l'emploi du temps de Samuel de la porte du réfrigérateur, bien qu'il ait arrêté le lycée depuis plusieurs mois. Je l'ai imprimé en grand et l'ai accroché là pour qu'il n'omette aucun cours. Les mardis et jeudis sont entourés en rose. J'ai écrit au-dessus : *Ne pas oublier les affaires de gym.* Le lundi est entouré en vert : *Attention, premier cours à 8 h 5.* Sur le plan de travail, des boîtes de gélules d'huile de poisson. L'une des femmes de mon groupe biblique m'a assuré que ça pouvait faire disparaître les difficultés de concentration, même les plus graves.

En plus des prières, bien entendu.

Mais Samuel a refusé d'avaler les capsules, arguant que ça puait le poisson pourri. Ce qui n'est pas faux.

Tout est ma faute… C'est mon passé qui me rattrape, mon péché qui est mis en lumière, une fois de plus.

J'ai eu une enfance idyllique jusqu'à mes neuf ans. J'ai grandi dans une famille très pieuse. Mon père, Bernt, était pasteur dans une congrégation évangéliste et ma mère, Ingrid, femme au foyer. Mes parents auraient voulu une grande famille, mais n'ont eu qu'un seul enfant, ce que j'ai tenté de compenser en étant une fille modèle.

Nous habitions à Huddinge, au sud de Stockholm, dans une petite maison en bois au bord du lac Trehörningen.

Nous étions une famille ordinaire : nous avions une Volvo, deux golden retrievers – sans doute en compensation des bébés suivants qui ne vinrent jamais au monde – et un grand jardin débordant d'arbres fruitiers et de baies. J'étais très investie dans la congrégation dès mon plus jeune âge, et toujours la meilleure de la classe.

Or, si mes parents éprouvaient beaucoup de fierté, ils ne l'exprimaient pas. Sans doute estimaient-ils que je faisais ce qu'on attendait de moi.

Mon père travaillait beaucoup – il devait sans cesse se montrer disponible pour les membres de la congrégation. J'avais parfois l'impression qu'en plus d'être ministre du culte, il était aussi banquier et policier.

Notre maison débordait de vie et d'animation : les amis, les membres de la communauté qui avaient besoin d'aide et de conseils, tous rompaient le pain ensemble dans notre cuisine chichement meublée sous le regard hébété des deux chiens qui mendiaient de la nourriture.

À l'époque, tout me semblait aller de soi : le confort matériel, ma famille aimante et surtout la foi, dont tant d'êtres sont dépourvus. C'était une bénédiction de baigner dans un tel bonheur, sans même en avoir conscience, mais aussi un péché, car je ne comprenais pas que c'était un don du Seigneur, ni ne reconnaissais sa miséricorde.

Un jour, à l'âge de neuf ans, rentrant plus tôt de l'école, j'ai trouvé ma mère nue sur le canapé avec un voisin, qui n'était autre que le père d'un camarade de classe.

Je me souviens encore que le soleil caressait leurs corps enlacés et luisants de sueur, étendus sur le sofa en velours couleur moutarde ; que la longue crinière ébène de ma mère flottait sur le torse de Jöns ; que la main indolente de l'amant reposait sur ses fesses rougissantes.

C'est la dernière fois que j'ai vu ma mère.

Le lendemain, elle était partie.

Ma mère était belle, peut-être trop belle pour son bien. En outre, elle refusait d'obéir à mon père.

Un visage d'ange et un cœur de vipère. Une tentatrice indocile. Voilà les mots que mon père employait à son égard après son départ. Il en profitait pour citer la lettre de saint Paul aux Éphésiens, écrite alors qu'il se trouvait en captivité à Rome : « Femmes, soyez soumises à vos maris, comme au Seigneur. »

Or, malgré les apparences, mon père n'était pas un tyran. Il aimait ma mère – et continua de l'aimer bien qu'elle eût laissé derrière elle le vide et l'obscurité. Bien qu'elle eût abandonné Jésus et mené une vie de débauche jusqu'à sa mort.

Si la disparition de ma mère fut un traumatisme, cela ne fut rien comparé à son silence les trois années qui suivirent. Pas un coup de téléphone. Pas une lettre. À chaque anniversaire, j'appelais de mes vœux un signe de sa part ; je formulais d'interminables prières pour qu'elle apparaisse.

Mais elle ne vint jamais – et le jour de mes treize ans, elle mourut dans un accident de voiture, à quelques kilomètres de chez nous.

Mon portable à la main, je me réfugie dans la salle de bains. Après m'être longuement rincé le visage à l'eau froide, j'observe mon reflet dans le miroir. Mes cheveux bruns fourchus, ma ride amère à la commissure des lèvres ; mon derrière et mon ventre qui font saillie sous mon pantalon trop étroit ; mes yeux rougis et mes cernes de mascara. Malgré tout, mes yeux et mes pommettes ne mentent pas : je suis bien la fille de ma mère.

Je n'ai pas seulement hérité de ses traits, j'ai également reçu en partage sa dépravation, la luxure qui nichait au fond de son cœur. Peut-être me l'a-t-elle transmise avec le lait maternel, comme un poison invisible, mais mortel, maquillé en nourriture et en amour.

C'est en tout cas ce qu'a dit mon père, lorsqu'à dix-huit ans j'ai fait la connaissance d'Isaac Zimmermann.

Isaac était à l'opposé du bon chrétien. Pour commencer, il n'était pas du tout chrétien, mais juif, ce qui était déjà en soi une catastrophe, une honte absolue. En outre, c'était un « croque-note » américain de cinq ans mon aîné.

Mon père refusa de lui ouvrir la porte de notre maison jaune, mais, jeune et naïve comme j'étais, je défiai l'autorité paternelle et continuai de le fréquenter. Il était irrésistible avec son corps dégingandé, ses vêtements déchirés, ses longs cheveux bouclés et son petit air de Jésus-Christ.

Et je tombai. Je tombai dans les bras accueillants de la déchéance, et cela me plut. Car j'ignorais ce qui était bon pour moi.

Je pensais que mon amour pour Isaac et mon désir brûlant allaient combler le vide laissé par ma mère, qu'ils allaient panser les plaies toujours béantes de mon âme.

Mais la seule conséquence de cette passion, c'est que je suis tombée enceinte. Isaac voulait que j'avorte, mais il n'en était pas question. Mon éducation, tous ces laïus sur l'inviolabilité de la vie humaine, ont évidemment pesé dans la balance, mais ce qui importa plus encore, c'était ma conviction profonde d'adorer déjà le petit être qui grandissait en moi. Moi qui avais perdu ma mère, je refusais de perdre aussi mon enfant. Je ne pouvais pas le rejeter, comme ma mère l'avait fait avec moi.

S'il y avait bien une chose que je refusais, c'était de devenir comme elle.

Un visage d'ange et un cœur de vipère.

42

Isaac s'emporta, partit en tournée dans le Värmland et ne me donna pas de nouvelles pendant plusieurs semaines. Puis je reçus une lettre où il expliquait qu'il n'était pas prêt à fonder une famille et que si j'insistais pour mettre au monde cet enfant, je l'élèverais seule. Et ainsi fut-il.

Après presque six mois sans contact avec mon père, je retournai dans la petite maison jaune.

Dix-huit ans et enceinte jusqu'aux yeux.

Si mon père eut honte de moi, il n'en laissa rien paraître. Et la congrégation m'accueillit à bras ouverts. Certes, j'étais une pécheresse, mais j'étais prête à faire acte de contrition, à sauver mon âme immortelle avant que ce fût trop tard.

Une seule fois, mon père a osé me dire que « la pomme ne tombe jamais loin du pommier ».

C'était un soir d'automne orageux. J'ai oublié le motif de notre dispute, mais, haussant le ton, il a proclamé que j'étais en tout point semblablc à ma mère. Que j'étais possédée par le démon.

À présent, j'ai transmis le mal à Samuel.

J'ai fait ce qui était en mon pouvoir pour que tout se passe bien pour lui. Je me suis pliée en quatre pour subvenir à nos besoins. Depuis sa naissance, jamais je ne me suis accordé de vacances, et jamais je ne me suis remise en couple. Ce n'était pas l'envie qui me manquait, mais Samuel était un enfant accaparant dès le premier jour. Il m'a vidée de mon énergie, tel un trou noir insatiable au fin fond du cosmos.

J'ai tout fait. Et j'ai prié.

Dieu semble pourtant avoir jugé que mon épreuve n'était pas encore achevée. Je dois l'accepter, mais comment en serais-je capable ? Il paraît que le Seigneur ne nous teste jamais au-delà de nos forces. Parfois, j'en doute.

Lorsque je m'essuie le visage, mon maquillage laisse des traces noires sur la serviette. Je la jette au sol, attrape mon portable et commence à composer un bref message enjoignant à Samuel de rentrer. Je lui dis que je l'aime et que je n'aurais pas dû me mettre en colère.

Assise sur les toilettes, j'entends un bruissement provenant de sa chambre. Sans doute le merle qui furète dans sa cage.

Samuel est tout à fait capable d'agir de manière responsable quand quelque chose lui tient à cœur. Un oiseau, par exemple.

J'efface le message et jette le téléphone contre le sol. Il rebondit quelques fois et termine sa course près de la douche.

Non. Cette fois, c'est différent. Cette fois, il doit apprendre de ses erreurs.

MANFRED

Afsaneh et moi sommes assis de part et d'autre du lit où est étendue Nadja, cernée par les machines qui la maintiennent en vie et qui emplissent la pièce de leurs vrombissements et sonneries. L'un de ses bras est plâtré et elle respire grâce à un mince tube qui pénètre dans un orifice au niveau de sa gorge.

Autour d'elle, des appareils surveillent son rythme cardiaque, sa température, le taux d'oxygène dans son sang et sa pression intracrânienne. Il y a tant de matériel électronique qu'on se croirait à bord d'un vaisseau spatial.

Derrière la tête de lit, Angelica, médecin de l'unité de soins intensifs pédiatriques, est installée à une petite table blanche devant un ordinateur. Elle est très professionnelle, comme tout le personnel de ce service où Nadja a été transférée après une semaine aux soins intensifs neurologiques.

Ici, ils ne s'occupent pas seulement des enfants, mais aussi de leurs parents, de leurs proches. Ils vont nous chercher des en-cas et du café. Ils expliquent toutes ces choses inexplicables. Ils nous prennent la main et sèchent nos larmes.

Comment en ont-ils la force ?

Nadja a été plongée dans un coma artificiel. Sa chute a provoqué un grave traumatisme crânien et les médecins l'ont endormie pour laisser à son cerveau le temps de se remettre. Personne ne sait si elle se réveillera un jour et quelle vie elle aura si jamais elle ouvre les yeux.

Trois semaines se sont déjà écoulées.

Je pensais que le temps apaiserait mes souffrances, que l'incertitude serait de plus en plus facile à gérer. C'est plutôt l'inverse. Il est chaque jour plus difficile de vivre dans les limbes.

Je lâche la main moite et chaude de ma fille et, penché en arrière dans ma chaise, j'observe Afsaneh, recroquevillée sur elle-même, le visage dans les mains.

Être positionnés ainsi autour de notre enfant prend une dimension symbolique, presque comme si notre destin était scellé. Je ne peux pas atteindre Afsaneh, et elle ne peut pas m'atteindre, quand bien même elle le voudrait, car Nadja s'interpose entre nous. Son accident s'est interposé. C'est pareil à la maison. Afsaneh et moi ne nous parlons guère, et elle ne me touche plus. Et moi ? Je ne sais pas. Je ne me souviens pas. Il y a tant de choses que j'ai oubliées.

Les jours passent, tels des navires glissant au loin, sur la mer, sans que j'aie la force de réfléchir. Parfois, je me lève le matin et je m'assieds dans le canapé du salon. Les heures se succèdent et soudain je m'aperçois que la nuit commence à tomber.

Le temps a cessé d'exister. Il n'y a que le présent qui s'allonge, infini ; l'attente douloureuse du jour où Nadja se réveillera ou nous quittera pour de bon.

Afsaneh s'étire, se masse la nuque.

— Je vais chercher un café, dit-elle sans me demander si je veux quelque chose.

Je ne réponds pas et me tourne vers la fenêtre. Le soleil brille dans un ciel bleu limpide, et le vent agite les feuilles à la cime des arbres.

Angelica lève la tête de derrière l'ordinateur.

— Je vous apporte quelque chose ? Je vais passer par la cuisine.

— Ça va aller, merci.

Je ne ressens plus la faim. Moi qui raffole habituellement de nourriture, qui suis en surpoids depuis mon adolescence, j'ai perdu près de dix kilos ces dernières semaines.

Le régime le plus efficace qui soit : vivre avec un enfant entre la vie et la mort.

Il vous suffit de détourner votre attention pendant un instant, juste le temps que votre enfant chute du balcon, se jette sous une voiture ou dégringole dans l'eau et se noie. La vie traînasse, tel un vieil âne fatigué, mais la mort arrive en un éclair. La mort n'a besoin que d'une seconde, d'un mètre, d'un souffle. La mort vous tombe dessus sans prévenir, comme la morsure d'un cobra. À l'instar de Lucky Luke, elle tire plus vite que son ombre.

Lorsque mon téléphone retentit, je le regarde d'abord sans comprendre.

— Allô, Manfred ? C'est Malin, dit une voix féminine au bout du fil.

Une seconde de réflexion. Ah oui, c'est ma collègue, Malin Brundin.

Malin, qui travaille en temps normal à Katrineholm, faisait partie du groupe qui a enquêté sur les meurtres d'Ormberg, une affaire qui défraya la chronique en Suède et qui changea à jamais sa vie. Pendant de longues années, sa propre tante avait emprisonné dans sa cave une femme qui se révéla être la mère biologique de Malin. La femme qui l'avait élevée, qu'elle avait toujours appelée « maman », lui avait menti sur son identité.

Comment survit-on à cela ?

À sa place, j'aurais quitté la police et déménagé à Stockholm ou dans une autre grande ville, où il est plus facile de se cacher de la presse et des curieux.

Sur mes conseils, elle a accepté un remplacement à Stockholm cet été. Je me suis imaginé que cela lui ferait du bien de s'éloigner d'Ormberg, que ça l'aiderait à panser la blessure qu'elle doit porter en elle.

— Ah, bonjour Malin.

— Comment ça va, Manfred ?

Que répondre ? Les gens s'enquièrent constamment de mon état, mais j'ai cessé de leur dire la vérité. Je n'ai plus la force d'expliquer. C'est à la fois douloureux et chronophage. Et puis, je ne sais plus vraiment ce que je ressens.

— Rien de nouveau sous le soleil.

— Écoute, on se demandait simplement si tu étais en route. On va commencer.

Et zut !

J'étais censé retourner au boulot aujourd'hui. Mon congé maladie s'arrête et la vie – la vie professionnelle en tout cas – reprend son cours.

— Bon sang ! Malin, je suis désolé... J'ai dû m'emmêler les pinceaux dans les jours. Je suis à l'hôpital avec Nadja et j'avais complètement oublié...

— Ne t'inquiète pas, rétorque Malin du tac au tac – j'ai l'impression qu'elle escomptait cette réponse. Viens demain, si ça t'arrange.

— Non, j'arrive !

Silence.

— Pas la peine. On est sur une nouvelle affaire : le corps d'un homme a été repêché sur un écueil au sud de l'archipel de Stockholm. On a rendez-vous à l'institut médico-légal de Solna dans une heure. On s'y retrouve directement… Puisque tu es déjà à l'hôpital Karolinska.

Le soleil darde ses rayons sur l'asphalte brûlant ; de l'averse d'hier, il ne reste plus aucune trace.

Devant l'entrée de l'immeuble en briques, Malin tripote son portable. Laissant tomber ma cigarette aussi discrètement que possible, je m'achemine vers elle. Avec ses longs cheveux bruns, son corps mince et musclé, ses yeux légèrement plissés sous ses sourcils marqués et ses traits un peu durs autour de la bouche, Malin est pareille à elle-même. Mais ses joues sont un tantinet plus replètes, ses hanches plus pleines, et son tee-shirt moule son ventre proéminent. Elle est enceinte d'Andreas.

Pendant l'enquête à Ormberg, où ils ont collaboré, ils ne cessaient de se tirer dans les pattes, sur des questions allant de l'immigration aux aides sociales en passant par le choix du fast-food du midi.

Et maintenant, ils vont mettre au monde un petit être. C'est pour le moins inattendu.

Malin jette un coup d'œil au mégot à mes pieds.

— Tu fumes toujours en cachette ?

Je la salue en lui tapotant l'épaule, sans répondre.

Près de Malin se tient Gunnar Wijk, alias Led', un homme à la barbe grise ébouriffée, aux fines lunettes à monture de métal et aux paupières si lourdes que je me demande comment il arrive à voir. Sa panse distend sa chemisette étriquée, et son pantalon trop court en matière synthétique laisse apparaître ses chevilles

49

enflées et ses pieds enfoncés dans des sandales marron élimées.

Gunnar est connu comme le loup blanc. Il vient d'une vraie famille de flics, qui a payé au prix fort son engagement dans les forces de l'ordre. Mais s'il est légendaire, c'est surtout pour sa propension à séduire « tout ce qui bouge » malgré son physique ingrat. Selon des sources concordantes, c'est un dragueur invétéré, le plus grand tombeur de la police, un Don Juan de classe internationale qui, juste avant de conclure, pour étouffer les dernières résistances de sa conquête, a l'habitude de lancer nonchalamment : « Les dés sont jetés. » Son *modus operandi* devenu rapidement célèbre est à l'origine de son sobriquet. Les boute-en-train de chez nous l'ont surnommé « Les dés sont jetés », ce qui s'est transformé, au fil du temps et des apocopes, en « Led' », tout simplement.

Je le salue. Nous nous connaissons de loin, même si nous n'avons jamais travaillé ensemble. Ce n'est pas un mauvais flic, paraît-il, mais il est de plus en plus aigri, surtout, de l'avis de ses proches, dans ses périodes de jachère sentimentale.

— Qu'est-ce qu'on a ?

— Homme d'une vingtaine d'années découvert hier par un pêcheur du dimanche.

— Pourquoi on est sur le coup ?

Question pertinente : ce n'est normalement pas la section opérationnelle nationale qui enquête sur les morts suspectes.

— L'homme décédé pourrait être lié à une de nos affaires en cours, répond Malin. En plus, la police de Stockholm est en sous-effectif, ils nous ont demandé de l'aide.

— On a l'identité de la victime ?

— Pas avec certitude.

Malin me dévisage. Je dois faire peur à voir. Ni douché, ni rasé, ni apprêté. Diamétralement opposé au Manfred d'antan. Jamais il ne serait allé travailler dans cet état. Le Manfred d'antan aurait porté une chemise et un costume trois-pièces avec un mouchoir dans la poche de poitrine, et dégagé des effluves de parfum ; il aurait arboré des chaussures italiennes cirées en cuir de veau ainsi qu'une Rolex du début des années cinquante, aussi discrète que hors de prix. Or, du Manfred d'antan il ne reste plus trace.

— On y va ? suggère Malin en se dirigeant vers l'entrée.

Le médecin légiste, Samira Khan, qui nous attend à l'accueil, me serre contre elle. Son petit corps menu pourrait être celui d'un enfant. Sa longue tresse brillante repose entre ses omoplates.

Elle me prend par le bras.

— Ce que tu as maigri ! Comment va-t-elle ? s'enquiert-elle.

— Ils la maintiennent dans le coma.

— C'est pour que le cerveau puisse se rétablir à son rythme. Tu sais, Manfred, à cet âge, les enfants ont une incroyable capacité de résilience. Et leur cerveau réussit à compenser les lésions de manière surprenante.

Oui, j'ai déjà entendu ça.

Alors que nous longeons le couloir vers la salle d'autopsie, je me tourne vers Samira.

— Avons-nous une idée de l'identité de la victime ?

Led' cale un sachet de tabac à mâcher sous sa lèvre et réplique :

— Il pourrait s'agir de Johannes Ahonen. Il a le même tatouage que le défunt.

— Attendons l'avis de l'expert odontologiste et les résultats de l'analyse ADN pour le confirmer, conseille Samira.

Au moment où elle pousse la porte, l'odeur écœurante de cadavre me prend à la gorge, arrachant une grimace à Malin, tandis que Led', les mains enfoncées dans les poches, reste de marbre.

Samira, lunettes sur le nez et tablier noué autour de la taille, nous indique la table d'autopsie.

— On jette un coup d'œil ?

Sur la surface en acier inoxydable gît le corps d'un homme boursouflé et décoloré. La peau, détachée à plusieurs endroits, ressemble à du plastique fin gris vert délicatement posé sur un tissu blanchâtre.

Je sens ma poitrine se serrer à l'approche du cadavre – peut-être parce que je suis chamboulé intérieurement. D'habitude, la vue d'un mort ne me touche pas autant. Mais là, j'ai l'impression qu'une main froide fouille dans ma cage thoracique à la recherche de mon cœur. Et si Nadja se retrouvait un jour sur une table comme celle-ci ? D'ailleurs, cet homme n'est-il pas aussi le fils de quelqu'un ? Je ferme les yeux.

— Nous allons l'autopsier cet après-midi, explique Samira en enfilant ses gants. Mais je me suis dit que vous voudriez voir la dépouille avant. Comme vous le savez, quand on l'a trouvé, il était soigneusement enveloppé dans une couverture, elle-même enroulée dans une chaîne en métal. En se décomposant, les tissus du corps humain produisent des gaz, notamment du méthane et du dioxyde de carbone, au niveau du ventre et de la poitrine, ce qui fait remonter les noyés à la surface. Ici, l'homme a été jeté à l'eau intentionnellement et on a voulu le maintenir au fond de la mer – ce qui ne signifie pas nécessairement que nous ayons affaire à un homicide. Je ne peux pas me prononcer sur la cause du décès avant l'autopsie, mais je peux vous dire que le corps a été soumis à d'importantes violences physiques exercées par un agent extérieur. Il a des fractures et des contusions au niveau des deux bras, du bassin et du dos.

D'un geste de la tête, Malin indique le bras gauche, amputé au niveau du poignet.

— Et on lui a coupé la main ?

— Ce n'est pas sûr. Il arrive souvent que les mains et les pieds se détachent des corps qui restent trop longtemps dans l'eau. Cela peut se produire spontanément ou à cause d'un animal ou d'un objet mécanique, par exemple une hélice de bateau.

Led' opine du chef et fronce ses sourcils broussailleux.

— Qu'est-ce que c'est que cette substance visqueuse ? s'enquiert Malin.

Samira passe les doigts sur la couche savonneuse qui recouvre plusieurs parties du corps.

— C'est l'adipocire ou le gras de cadavre : il se forme par hydrolyse de la graisse lorsque le corps reste longtemps dans l'eau froide.

— C'est répugnant, marmonne Malin en se tortillant, sous le regard de Led'.

— À quand remonte son décès ? demande ce dernier.

— Je ne peux pas encore vous le dire précisément. La vitesse de décomposition d'un corps dans l'eau varie en fonction de plusieurs facteurs : la température, la teneur en sel et la teneur en oxygène, entre autres. Comme hypothèse préliminaire, je dirais qu'il est mort depuis un à deux mois. L'adipocire ne commence à se former qu'au bout de plusieurs semaines.

— Pourquoi pensez-vous qu'il s'agit de ce Johannes…, demandé-je.

— Ahonen, complète Led'.

Samira soulève le bras du cadavre, dévoilant une zone plus sombre sur sa peau.

— Regardez.

Led' se penche en avant ; Malin l'imite, mais elle est plus pâle que d'ordinaire et son regard est tourné vers la porte.

— Un tatouage ?

— Oui, dit Samira.

— On voit à peine ce que c'est, fait Malin.

— Tu n'as pas les yeux en face des trous ou quoi ? crache Led'. C'est clairement un oiseau.

— Absolument, opine Samira. Un aigle. Sans doute un grand aigle de mer, ou peut-être un aigle royal. Ils se ressemblent. Apparemment, Johannes Ahonen porte ce tatouage.

Elle laisse tomber ses gants dans une poubelle jaune estampillée « déchets dangereux », sort des photographies d'une pochette et me les tend.

— Jettes-y un coup d'œil.

La première image représente un tatouage d'aigle au bec crochu caractéristique et aux ailes déployées vers l'arrière, comme s'il s'apprêtait à se poser ou à saisir une proie dans ses serres ; la deuxième montre un corps enveloppé dans une couverture à carreaux, enroulée dans une épaisse chaîne rouillée de laquelle pendent des algues.

— L'image du tatouage est un agrandissement d'une photo du compte Facebook d'Ahonen.

— Aujourd'hui, n'importe quel couillon a un tatouage, grogne Led'. (Il avance sa mâchoire inférieure, faisant ressortir sa barbe.) Il peut y avoir plusieurs types avec un oiseau sur le bras.

— Tout à fait d'accord, mais c'est à vous de le découvrir. Vous pouvez conserver les photos, je les ai imprimées pour vous.

— Que sait-on d'Ahonen? demandé-je.

— Il a vingt ans et il est originaire de Haninge, répond Malin. Sa mère a signalé sa disparition en mars. Il a été condamné pour port d'armes, détention de stupéfiants et vols. Si nous sommes tombés sur lui, c'est parce que son nom est apparu dans l'enquête portant sur Igor Ivanov, un ressortissant suédois de trente-neuf ans, né à Kiev en Ukraine, domicilié à Älvsjö au sud de Stockholm. Il contrôlerait en grande partie la vente de drogue dans les quartiers sud. Apparemment, c'est une légende. On n'a jamais eu assez de preuves pour le coincer alors qu'il paraît qu'il mène son organisation d'une main de fer et qu'il a même assassiné des hommes qui l'auraient escroqué. Mais c'est peut-être une simple rumeur.

— Igor Ivanov! m'exclamé-je. Rien que ça!

Au même moment, Malin fait volte-face, la main plaquée sur la bouche, et se précipite vers la porte.

— Oh, mince! s'exclame Samira en lui emboîtant le pas.

Led' me jette un regard triomphant en remontant ses lunettes sur son nez.

— Je m'y attendais. On nous envoie les pires collègues ces derniers temps! Une gonzesse en cloque à deux doigts d'accoucher n'a rien à faire dans une salle d'autopsie.

SAMUEL

Le ciel d'été est clair, mais la forêt que je traverse sur un étroit sentier est plongée dans l'obscurité. Une odeur de terre humide et de plantes pénètre mes narines. Mes tempes battent et tout mon corps me fait mal. J'ai passé la nuit dans un bus. À vrai dire, j'ai à peine fermé l'œil, occupé que j'étais à réfléchir à la manière dont j'allais récupérer le paquet d'Igor. À la station Hökarängen, cette conne de conductrice m'a fichu dehors.

Je n'ose pas imaginer la réaction d'Igor quand je lui avouerai que les échantillons sont partis avec le camion poubelle. Pour me changer les idées, je tire mon portable de ma poche : pas de message de ma mère. J'ai un pincement au cœur. Elle n'a jamais été fière de moi. Quoi que je fasse, ce n'est jamais assez bien. Mon A en maths ne lui a même pas fait plaisir ; elle s'est simplement plainte que j'avais eu des F dans presque toutes les autres matières. Une fois, elle est partie en vrille parce que je lui avais offert un bracelet Hermès. Elle m'a dit qu'elle n'accepterait jamais des objets volés, que le vol était un péché mortel – mais ce bijou, je ne l'avais pas dérobé, je l'avais acheté avec mes propres deniers.

Avec un soupir, je me reconcentre sur mon écran et j'envoie un SMS à Jeanette, la meilleure amie d'Alexandra. Elle est canon avec ses longs cheveux blonds, ses petits seins fermes, sa grande bouche et sa peau qui semble si douce. Et qui l'est, en l'occurrence.

Il y a comme une alchimie entre Jeanette et moi, mais j'ignore comment cela va évoluer. Je sais que je devrais m'abstenir – c'est l'amie d'Alexandra après tout. Mais je n'ai jamais promis à Alexandra la fidélité éternelle ; au contraire, je lui ai expliqué que je n'étais pas prêt à me mettre en couple, que je n'en étais pas encore « là », comme si l'amour était une station de métro à laquelle je n'étais pas encore arrivé. Alexandra m'a répondu qu'elle n'était pas non plus prête à s'engager. Quand on se voit, on couche ensemble, et parfois c'est fabuleux, comme si on était dans un film porno – ou vraiment amoureux.

Je presse le pas. Mon portable sonne : un message de Jeanette. « Arrête de m'écrire pour le moment. » Je m'apprête à lui demander pourquoi elle joue l'inaccessible lorsque j'entends un craquement, comme une branche qui se brise derrière moi.

Je me retourne et je scrute l'obscurité entre les maigres bouleaux, mais je ne vois rien d'autre que les troncs tachetés et la silhouette des buissons un peu plus loin.

C'est sans doute un animal, peut-être un chevreuil – il y en a dans la forêt, bien que nous n'habitions qu'à dix-neuf minutes du centre. Sans parler des chiens que leurs maîtres promènent ici.

Je continue ma route ; à l'orée du bois se dressent de grands bâtiments rectangulaires en béton et en tôle ondulée. Je me faufile à travers un trou dans le grillage et m'achemine vers l'ancien garage auto, situé à la lisière de la zone industrielle.

Dans la pénombre, près de l'entrée, je distingue deux présences, l'une trapue, l'autre filiforme. Igor et Malte.

L'estomac noué, je foule le macadam en direction du garage. Igor me salue de la tête et Malte me décoche un sourire dévoilant des dents en or qui scintillent dans la faible lumière.

— Salut. Il s'est passé un truc. Le paquet...

Igor lève une main comme s'il voulait me faire ravaler mes paroles et esquisse deux pas vers de vieux containers constellés de tags et de dessins obscènes.

— Bonsoir ! s'exclame-t-il avec un grand sourire qui ne m'est pas destiné.

Derrière moi, deux autres types approchent. Le premier, court sur pattes et adipeux, peut-être d'origine latino, arbore un blouson de motard et un jean ; le second, aussi pâle qu'un albinos, les cheveux blancs, en pull à capuche et pantalon de denim, porte un sac de sport floqué de la phrase *Just do it*.

Esquissant un pas vers Malte, je tente d'attirer son attention, mais il me fait taire d'un sifflement.

— Le paquet ! Les échantillons... Ils ont disparu !

Interdit, Malte se tourne lentement vers moi. La panique se lit dans ses yeux.

— Bordel de merde ! Comment c'est possible ?

— Ma mère les a pris...

— Tu es sérieux ?

Je jette un coup d'œil vers Igor qui parle avec les deux hommes et les fait rire en gesticulant de manière grotesque. Puis les trois compères s'avancent vers Malte et moi. Malgré la fraîcheur humide de l'air du soir, je sens la sueur perler sur mon front et sous mes aisselles. Pour déjouer la peur, je repense à Liam qui se moquait de Malte en le traitant de larbin d'Igor. En vain.

— Espèce de bon à rien ! siffle Malte entre ses dents.

Il crache par terre.

Igor s'approche, sa veste en cuir couinant de plus belle, et la lumière d'un lampadaire se reflète sur son crâne rasé.

— Samuel! Prends le sac.

Le type albinos me lance le sac de sport que j'attrape au vol. J'ignore ce qu'il contient, mais j'imagine que ce ne sont pas des marchandises, étant donné que nous avions rendez-vous avec un acheteur, un distributeur.

Ça pourrait être de l'argent, mais d'après Malte, Igor fait ses affaires en *bitcoins* quand il s'agit de grosses sommes.

Ce dernier me fixe de ses yeux noirs ronds comme des calots. Son expression est indéchiffrable.

— Le paquet?

— J'ai essayé de te le dire tout à l'heure… Les échantillons ont disparu. Ma vieille les a pris.

Silence. Le visage d'Igor traduit son incompréhension, comme si je parlais une langue étrangère.

— Dis-moi que ce n'est pas vrai!

— Elle les a jetés aux ordures et le camion poubelle est passé avant que j'aie eu le temps d'aller les chercher et… j'ai pensé qu'il valait mieux que je vienne quand même. Je rembourserai, bien sûr.

Quand je tiens le crachoir, comme ça, on croirait entendre ma mère. Je me tais. Tout sauf ça. La petite voix mesquine qui parle dans ma tête se réveille: *Tu es perdu, espèce de bon à rien.*

Igor esquisse quelques pas vers moi, les mâchoires crispées, comme s'il mordait dans quelque chose de dur ou d'amer.

— Pas d'échantillon, pas d'avance, annonce le Latino avec un haussement d'épaules indifférent.

Juste à ce moment-là, alors que je suis déjà au stade ultime de l'enfer, mon portable se met à sonner. Igor serre les poings, me transperce la peau de son regard acéré.

— Je ne t'ai pas dit d'éteindre ton putain de téléphone, espèce de demeuré?

Les yeux fermés, je comprime l'anse du sac de sport, certain qu'Igor va me tomber dessus à bras raccourcis, mais au lieu de cela, une voix hurle derrière moi:

— Police! Les mains en l'air! Couchez-vous!

Lorsque j'ouvre les yeux, Igor et Malte sont accroupis, comme prêts à obéir aux injonctions des forces de l'ordre, alors que les deux autres hommes ont pris leurs jambes à leur cou en direction de la forêt. Et moi, sans réfléchir, sans savoir pourquoi, je détale dans la direction opposée, le long de la piste cyclable, vers l'ancienne pépinière. Je cours comme un dératé, le sac à la main et la honte qui me brûle comme de l'eau chaude sur le corps. Comment ai-je pu être aussi crétin? *Parce que tu n'es qu'un demeuré!*

Igor m'a demandé deux choses: apporter le paquet et éteindre mon portable. J'ai doublement échoué. Je ne suis vraiment qu'un incapable, un raté. Je ne peux que donner raison à tous ceux qui m'insultent.

Des coups de feu résonnent dans la nuit, j'accélère la cadence, les jambes de plus en plus douloureuses, le cœur pantelant. La nausée m'assaille sans prévenir; je suis obligé de m'arrêter. Appuyé contre un lampadaire, je rends tripes et boyaux, puis je me retourne vers la forêt, essoufflé, haletant.

Il n'y a plus un bruit. Personne ne vient. Ni policiers, ni chien, ni Igor ou Malte.

Comment est-ce possible? M'en suis-je vraiment tiré?

Conscient d'être en pleine lumière, je me faufile dans les bois. Ma poitrine me brûle et j'ai un goût amer dans la bouche. Devant moi dans le noir se détache une silhouette familière, celle du grand rocher où Liam et moi cachions des messages secrets, des images pornographiques et des bonbons quand nous étions gamins. Je m'en approche, pose le sac sur le granit humide ; clignant des yeux pour m'accoutumer à l'obscurité, j'ouvre la fermeture Éclair : des piles de billets de cent couronnes. Il y a au moins vingt-cinq liasses.

J'en attrape une et la feuillette. Combien de biftons ? Cent ?

Cent billets par liasse, vingt-cinq liasses... ça fait deux cent cinquante mille couronnes au total. Mon cœur fait un bond dans ma poitrine : que se passerait-il si la police me chopait avec cet argent ? Je finirais en taule, c'est sûr.

Après un instant de réflexion, je referme le sac. Accroupi, je dégage les feuilles et la terre pour accéder à la cavité située sous le rocher ; j'y place l'argent, dissimule l'ouverture et file rapidement vers le parking.

À côté d'une vieille Volvo rouillée, j'aperçois la moto noire rutilante d'Igor, décorée d'une flamme jaune qui serpente sur le réservoir d'essence – la bécane qu'il m'a prêtée à plusieurs occasions, au mépris des récriminations de ma mère.

Igor est chez les flics, je peux bien lui emprunter son bolide... C'est peut-être même une bonne idée ; ça évitera qu'elle finisse à la fourrière. Je rends service à Igor en la déplaçant.

Et s'il y a bien une chose que je sais faire, c'est démarrer un véhicule sans les clefs.

Je sonne comme un dingue à la porte d'Alexandra qui finit par ouvrir, mais avec l'entrebâilleur. Ses pupilles me scrutent, méfiantes, par l'embrasure.

— Va te faire foutre, Samuel !

Je ne pige que dalle.

— Tu as bouffé du lion, ou quoi ?

Alexandra cherche à refermer la porte, mais je l'en empêche, découvrant alors ses yeux brillants et son maquillage qui a coulé. Les cheveux en pétard, elle ne porte qu'un tee-shirt sale et une petite culotte.

— Qu'est-ce qui t'est arrivé ?

— Tu étais obligé de draguer Jeanette ? Ça te fait bander de m'humilier ?

Je pousse la porte, mais la chaîne la retient.

— Merde, bébé, ça ne veut rien dire ! Jeanette ne me... C'est toi qui me plais.

— Oui, *bien sûr*.

— Tu me laisses entrer, bébé ? S'il te plaît ! Ce taré d'Igor est à mes trousses.

Je ne mentionne pas la police, Alexandra a horreur de mes activités illégales. Elle prétend qu'elle préférerait que je vende des tickets de métro pour un salaire de misère plutôt que de dealer de la drogue, mais je crois qu'elle ment. Sans argent, je ne suis personne. Ni Alexandra ni Jeanette ne s'intéresseraient à moi.

Parce que je ne suis rien, je ne sais rien, je ne possède rien.

C'est la triste vérité, et je n'ai qu'à l'accepter.

Tu n'es qu'un moins que rien.

— Je vais te dire un truc, Samuel, j'en ai ras le bol de régler tes problèmes ! Grandis un peu ! Et je ne veux pas être impliquée dans les affaires d'Igor.

Elle ferme pour rouvrir aussitôt.

— Et arrête de m'appeler bébé !

Elle me claque la porte au nez et je reste sur le palier, les bras ballants.

MANFRED

Afsaneh dort à poings fermés bien que le réveil ait déjà sonné deux fois. Ses longs cheveux couleur de jais déferlent sur l'oreiller et elle ronfle légèrement. Sur la table de chevet, une boîte de somnifères prescrits par son médecin et un verre d'eau à moitié vide. À côté, la moitié d'un comprimé qui n'était pas là quand je me suis couché hier soir. Elle a dû se réveiller au milieu de la nuit et en prendre encore un demi.

Au loin, la cloche de l'église Hedvig Eleonora sonne sept coups. À part ça, tout est calme. Ce silence a quelque chose d'insolite. Pendant des années, j'ai été entouré de bruits d'enfants. D'abord le tapage et les chamailleries des plus grands ; ensuite, après leur départ et la naissance de Nadja, les cris, les dessins animés, les jouets traînés d'un bout à l'autre de l'appartement. À présent, il n'y a plus que la respiration d'Afsaneh et le grincement de la porte qui donne sur la cour intérieure, suivi de légers claquements de talons sur les pavés.

La présence désagréable et oppressante du silence a quelque chose de familier – je comprends sur-le-champ ce que cela me rappelle.

Aron.

C'est le même silence qu'après Aron.

J'ai grandi ici, dans le quartier d'Östermalm. Personne n'aurait pu imaginer que je ferais carrière au sein des forces de l'ordre, pas même dans ses rêves les plus fous. On ne faisait pas ce métier si l'on venait d'un milieu universitaire et grand-bourgeois.

Aron et moi étions destinés à de longues études, cela allait de soi. Nous étions évidemment libres de choisir notre filière, tant que nous nous cantonnions au droit, à la médecine, voire à l'économie. Et, s'il se trouvait que nous avions une « âme sensible », nous pouvions opter éventuellement pour l'art ou la littérature.

Aron était mon frère jumeau. Jumeaux monozygotes, nous nous ressemblions à un point tel que même nos parents et amis peinaient parfois à nous différencier.

À l'âge de douze ans, Aron cessa de s'alimenter. Il était incapable, disait-il, de déglutir. Mes parents consultèrent plusieurs médecins qui ne décelèrent aucun problème physique. Cela devait donc être *dans sa tête*.

Les semaines passèrent, mais Aron ne guérit pas ; au contraire, il maigrissait à vue d'œil tandis que je gonflais de jour en jour – sans doute parce que je mangeais pour deux.

Aron finit par être si famélique que ses côtes ressortaient comme des piquets de tente sous sa peau tendue et ses genoux ressemblaient à des œdèmes sur ses jambes fluettes. Sa faiblesse était telle qu'il passait ses journées allongé sur notre canapé de luxe au milieu du spacieux salon à regarder la télévision en buvant des sodas à la paille.

Un soir mon père n'y tint plus. Il souleva Aron du sofa et le conduisit à l'hôpital. Mon frère n'en revint jamais. Ce que les médecins avaient pris pour une maladie psychosomatique était en réalité une tumeur agressive de la thyroïde qui avait poussé dans l'œsophage.

Le cancer s'était propagé, Aron mourut deux mois plus tard.

C'est là que le silence s'est abattu comme une chape de plomb sur notre appartement.

Le même silence que chez Afsaneh et moi. Un silence assourdissant qui plonge ses racines dans le vide laissé par un être dont la présence allait de soi – un sentiment de désolation, de regret, qui vous anesthésie.

Plusieurs années plus tard, lorsque mon ex-femme Beatrice partit avec les enfants, je me retrouvai immergé dans le même silence, le même néant. Elle m'adressa les reproches ordinaires – je travaillais trop, je ne prenais pas mes responsabilités vis-à-vis de la famille – en se gardant bien de mentionner qu'elle avait rencontré Hasse, un avocat qui évoluait dans les hautes sphères de la société et qui avait des maisons de campagne à Torekov et à Verbier ; un homme capable de lui offrir la vie dont elle rêvait – car au fond, Beatrice n'avait jamais été une femme de flic.

Si le délitement de notre couple ne m'affligea guère, je souffris de ne plus voir mes enfants qu'une semaine sur deux. Plus tard, je promis à Afsaneh de ne jamais faire passer le boulot avant Nadja. Cette fois-ci, ce serait différent.

Je roule sur le côté, tournant le dos à ma jeune épouse. Par terre, derrière ma table de chevet, gisent des briques de Lego rouges et bleues, témoins silencieux d'une autre vie. J'espère que j'aurai l'occasion de devenir ce père aimant et présent ; j'espère qu'il n'est pas trop tard.

Lorsque j'arrive au bureau, Malin et Led' sont installés devant l'ordinateur avec un collègue d'une quarantaine d'années qui m'est inconnu. Il a la peau mate et le corps sec et noueux d'un marathonien. Peut-être est-il originaire d'Europe méridionale ou du Moyen-Orient.

Sur l'écran défilent des images pixélisées, tournées dans un parking – sans doute par une caméra de surveillance. Tout à coup, une voiture explose, puis, quelques secondes plus tard, une autre.

— Repasse le film, demande Led'.

Le collègue que je ne connais pas s'exécute. Led' se caresse la barbe en faisant saillir sa mâchoire inférieure. Il me fait penser à un brochet roublard qui guette sa proie, planqué entre les roseaux.

— Stop ! Là, tu as vu ? De la fumée blanche. Ça veut dire que l'explosif contient de la poudre. J'imagine que c'est une bombe artisanale, un engin explosif improvisé, par exemple une bombe tuyau ou une Cocotte-minute. Tu dis que les autres véhicules ont été endommagés ?

— Réduits en morceaux, même. On a trouvé des éclats à cent cinquante mètres…

— Des éclats ? Alors je pencherais pour l'autocuiseur. En plus, il y a eu deux détonations. Les engins devaient être commandés à distance ou munis d'un minuteur. N'importe quel crétin peut fabriquer une bombe artisanale, mais là on est dans la cour des grands. Parles-en au groupe qui s'occupe des explosifs, ils sont plus calés que moi.

Le collègue que je ne connais pas remercie Led' et disparaît dans l'escalier, sa clef USB à la main.

Malin se tourne vers moi, le sourire aux lèvres :

— Salut Manfred. Tu savais que Gunnar avait travaillé dans la police scientifique ?

— Non. Ils utilisent encore des Cocottes-minute ?

— Oui, rétorque Led', impassible.

Il esquisse un signe de la tête vers son écran où de la fumée s'échappe de la voiture disloquée.

— L'analyse de films et d'images, c'est un peu mon violon d'Ingres. Et j'aime bien les explosifs.

Moi qui croyais que sa seule passion était la gent féminine ! Mais je m'abstiens de tout commentaire.

— On y va ? demande Malin.

— Oui, allons-y, dis-je.

La mère de Johannes Ahonen vit au dernier étage d'un immeuble au centre de Jordbro, non loin de la gare. Les parois vertes de l'ascenseur vétuste sont criblées de noms, jurons et obscénités gravés à l'aide d'un outil pointu. Les miroirs qui couvrent l'une d'elles sont mats, comme s'ils avaient été poncés pendant des années à la paille de fer.

Il n'y a rien de pire dans la police que de rendre visite aux proches d'une personne décédée. C'est à la fois iné-vitable et essentiel – non seulement parce qu'ils peuvent nous aider à élucider les crimes, mais également parce que les familles ont le droit de savoir ce qui est arrivé à leurs êtres chers.

Dans le cas présent, nous ne sommes pas sûrs que le corps retrouvé dans la mer soit celui de Johannes Ahonen. À l'heure qu'il est, ce dernier pourrait être en train de siroter une bière dans un bar, ou au lit avec une fille à deux pas d'ici. Il n'est peut-être pas du tout mort, le corps boursouflé et couvert d'adipocire, dans une chambre froide de l'institut médico-légal de Solna.

En dépit de nos incertitudes, nous sommes ici pour parler avec sa mère : nous ne pouvons pas attendre les résultats des analyses ADN qui, si nous jouons de mal-chance, pourraient n'être prêts que dans deux semaines.

L'ascenseur s'arrête avec un à-coup, les portes s'ouvrent sur un couloir aux murs en crépi où se succèdent des portes marron identiques, et nous sortons – Led' part à droite, Malin à gauche, et moi je reste planté devant les battants qui se referment avec un soupir.

— Ici !

Led' s'est posté devant la porte au fond du couloir. Malin et moi le rejoignons, et il appuie sur la sonnette dont le vrombissement nous parvient depuis l'autre côté du battant. La porte s'ouvre sur une femme de petite taille d'environ quarante-cinq ans, en legging noir et chemisier à fleurs, les cheveux peroxydés ramassés en chignon.

— Tuula Ahonen ? demande Malin en montrant sa carte.

La femme acquiesce, les yeux écarquillés.

— Malin Brundin, c'est moi qui ai téléphoné tout à l'heure. Pouvons-nous entrer ?

Sans un mot, la femme approuve de la tête, et recule d'un pas.

L'appartement est exigu, mais soigné et agréable. Le canapé qui trône au milieu du minuscule salon est garni de coussins colorés et les murs sont habillés d'affiches encadrées représentant des plages tropicales et des couchers de soleil.

D'un geste vers le sofa, Tuula nous invite à nous asseoir.

— Il y a plus de place ici que dans la cuisine. Voulez-vous boire quelque chose ? Un thé, un café ?

Son accent est très léger – sans son nom à consonance finlandaise, je ne l'aurais probablement pas remarqué.

— Non merci, nous n'en avons pas pour longtemps.

Malin et Tuula s'installent sur des poufs tapissés de peau de mouton tandis que je me laisse tomber dans le canapé à côté de Led'. Un éclair de douleur me traverse le genou, m'obligeant à me concentrer quelques instants sur ma respiration.

Puis les yeux brillants de Tuula rencontrent les miens.

— Vous l'avez trouvé ?

— Nous ne savons pas encore, nous aimerions vous poser quelques questions. Si vous êtes d'accord.

Tuula hausse les épaules, attrape son paquet de Marlboro sans filtre et en sort une qu'elle allume.

— J'ai déjà parlé avec plusieurs de vos collègues.

Avalant la fumée, elle se tourne vers la fenêtre. Derrière les cimes vert clair des arbres, les contours d'autres immeubles se découpent sur le ciel bleu pâle.

— Oui, répond Malin, nous sommes au courant, et nous en sommes désolés.

Led' sort un bloc-notes et un crayon en se raclant la gorge.

— Alors, Johannes a disparu en mars ?

Tuula hausse à nouveau les épaules, passe une main sur ses cheveux et esquisse un rictus qui ressemble à un sourire mélancolique teinté d'une pointe d'ironie.

— Ah… Si je savais… Johannes était souvent absent plusieurs jours d'affilée, voire plusieurs semaines, sans dire où il allait. Parfois il vivait ici, parfois chez sa petite amie, il était difficile à suivre. Quand j'ai signalé sa disparition fin mars, je ne l'avais pas vu depuis le début du mois, donc…

Sans terminer sa phrase, elle tapote sa cigarette pour faire tomber la cendre et contemple ses ongles manucurés.

— Ni vous ni sa petite amie n'avez eu de ses nouvelles depuis ? demande Led'.

Tuula secoue la tête, faisant trépider son chignon.

— Non. Pauvre Bianca ! Elle accouche dans un mois. Qui sait si l'enfant verra un jour son père…

En effet, je me souviens que la compagne de Johannes était enceinte au moment de sa disparition.

— Johannes a été condamné pour port d'armes illégal, possession de stupéfiants et vols, dit Led'. Il a passé six mois dans un établissement pénitentiaire pour mineurs à l'âge de dix-sept ans.

— C'était il y a trois ans, l'interrompt Tuula en écrasant sa cigarette au milieu de la colline de cendres dans la petite coupelle argentée. Je ne comprends pas pourquoi vous y revenez toujours. Il s'est rangé.

Puis, sans préavis, elle éclate en sanglots. Led' pose une main délicate sur son bras.

— Tuula, voyons.

La femme esquisse un imperceptible mouvement, mais au lieu de se soustraire à son contact, elle lève les yeux vers mon collègue, croise son regard, son corps se détend, et ses joues s'empourprent. Tout est calme, mais je sens comme un courant électrique passer entre la mère de Johannes Ahonen et Led'; comment ne pas voir les coups d'œil qu'ils échangent, les peaux qui se touchent un peu trop longtemps ?

Les rumeurs qui circulent sont donc véridiques : le commissaire Led' peut séduire tout ce qui bouge.

Cela ne dure que quelques secondes, puis il retire sa main et Tuula baisse les yeux.

— J'ai peur que vous ne preniez pas sa disparition au sérieux, que vous expédiiez l'enquête parce que vous pensez que c'est un délinquant.

— Au contraire, nous prenons la disparition de votre fils *très* au sérieux, l'assure Led'. C'est pour ça que nous sommes ici. Mais nous avons besoin d'en savoir plus sur lui ces derniers temps, s'il avait des ennemis, s'il avait des raisons de… Enfin, s'il avait des idées noires.

Tuula acquiesce avec sérieux, se mouche dans une serviette en papier blanche et la roule en boule entre ses doigts. Elle reprend la parole d'une voix enrouée :

— Non, il avait le moral. Et il était rentré dans le droit chemin. Il était au chômage, c'est vrai, mais il n'est pas le seul. En tout cas, il ne faisait rien d'illégal. J'aurais été au courant.

Malin me regarde, les sourcils imperceptiblement levés. Nous croisons souvent des parents qui ne peuvent ou ne veulent pas croire que leurs enfants filent un mauvais coton.

— Et votre fils n'était pas menacé ? demandé-je.

— *Menacé ?* Sa seule « menace », c'était moi.

Elle éclate d'un petit rire sec, déplie la serviette en papier et se mouche de nouveau.

Led' cherche mon regard, les yeux plissés, et j'opine du chef.

— Samedi dernier, le corps d'un jeune homme a été retrouvé sur un îlot au sud de l'archipel, commence-t-il.

— Non ! Ce n'est pas possible ! gémit Tuula.

— Nous n'avons pas encore identifié le corps, intervient Malin, mais l'homme avait un tatouage. Nous avons une photographie, pouvons-nous vous la montrer ?

Tuula se balance d'avant en arrière sur le pouf, les bras croisés sur sa poitrine, sans un mot. Malin m'interroge du regard et, cédant à mon feu vert silencieux, sort la photographie de son sac.

— N'oubliez pas que ce n'est qu'une photo. Même si vous reconnaissez le tatouage, cela ne veut pas dire que le corps est celui de Johannes. Plusieurs hommes peuvent avoir le même.

Malin pose l'image sur la table en verre et la pousse vers Tuula qui se fige dans son mouvement. Elle passe la main sur le cliché et murmure :

— Non… Non.

PERNILLA

Mardi.

Cela fait près de quarante-huit heures que j'ai mis Samuel à la porte et je suis rongée par l'angoisse. Je n'ai presque pas fermé l'œil de la nuit. Je me suis tournée et retournée, j'ai prié Dieu et j'ai regardé mon portable toutes les cinq minutes dans l'espoir de recevoir un message de lui.

Avant de partir, j'ai nourri le merle qui me fixait d'un air accusateur.

J'ai songé à écrire à Samuel, mais je me suis retenue. À dix-huit ans, il est quasiment adulte, bien que son comportement laisse à désirer. Mais s'il n'apprend pas de ses erreurs maintenant, quand va-t-il le faire ?

Une femme aux formes généreuses habillée d'un survêtement surgit devant la caisse, le Caddie plein à ras bord de plats préparés. Je lui souris par automatisme, elle répond à mon sourire.

— Quel beau temps ! fait-elle.

— Oui ! L'été est enfin arrivé. On n'y croyait plus. En tout cas, pas moi. Il n'a pas fait très chaud au printemps. Mais maintenant, le soleil est là et…

Tout à coup consciente de mes paroles futiles, je me tais, les joues brûlantes, mais la cliente garde le même

73

visage radieux. Je commence à ranger les produits dans le sac.

— C'est la semaine du fromage, vous avez deux cheddars pour quatre-vingt-dix couronnes. Vous voulez aller en chercher un second ?

— Oui, merci beaucoup, c'est très gentil, répond la femme en se dirigeant vers le rayon crémerie.

Mon nouvel emploi me plaît. Cela ne fait que trois semaines que je travaille chez ICA, mais quel bond en avant par rapport à mon mi-temps à la cantine du lycée de Huddinge. Les clients sont des adultes souvent sympathiques, des gens qui ne jettent pas la nourriture sur les murs en hurlant et qui ne s'indignent pas de la qualité des plats.

J'ai même pu suivre un cours et, à terme, il y a des perspectives d'évolution. Tout ce que je n'ai pas pu faire pendant des années est à présent possible, maintenant que Samuel est, je ne dirais pas « mature », mais du moins plus âgé et un peu plus calme. Presque adulte. Où sont passées toutes ces années ?

Une main posée sur mon épaule attire mon attention. C'est Stina Svensson, la directrice du magasin, une femme d'une soixantaine d'années à la tignasse rouge vif et à la peau bronzée criblée de taches plus foncées caractéristiques des adeptes du solarium.

— Je vois que ça se passe bien, Pernilla. Tu es prévenante avec les clients, c'est très important.

— Merci, dis-je, me sentant devenir écarlate.

J'entends un toussotement et je me retourne pour découvrir deux policiers en uniforme. Le plus âgé, un homme d'une quarantaine d'années bedonnant aux cheveux gris ondulés, demande :

— Pernilla Stenberg?

— Oui?

— Nous sommes de la police, nous voudrions vous parler au sujet de votre fils, Samuel. Avez-vous quelques instants à nous accorder?

Mon cœur fait un bond dans ma poitrine.

— Il lui est arrivé quelque chose?

Stina me serre légèrement l'épaule et les agents échangent un regard. Le plus jeune caresse sa barbe taillée en bouc.

— Il n'a pas eu d'accident, dit-il, si c'est à cela que vous pensez. Pouvons-nous discuter en privé?

L'entrepôt étroit où se dressent des piles de caisses marron dégage une odeur de carton mouillé et de fruits en train de pourrir. Le policier le plus âgé se tourne vers moi.

— Hier soir, vers vingt et une heures, votre fils a été aperçu avec un groupe de criminels dangereux dans une zone industrielle au sud de Fruängen. Nous avons des raisons de penser que ces hommes vendent des stupéfiants et que votre fils pourrait être impliqué dans leur trafic.

— Oh non!

Penchée en avant, les mains appuyées sur les genoux, je prends une profonde inspiration. J'ai la tête qui tourne, les oreilles qui bourdonnent. Pourtant, les mots du policier ne me surprennent guère. J'ai beau être vieux jeu, je ne suis pas idiote: j'ai compris tout de suite ce que contenaient les sachets de Samuel – et j'avais remarqué depuis longtemps qu'il avait trop d'argent. Bien sûr, je lui ai demandé d'où provenait ce pécule, mais il l'expliquait par divers petits boulots. Quant aux vêtements, il se les procurait, disait-il, dans des magasins d'usine.

— Écoutez, madame, votre fils est jeune, il n'est pas trop tard pour agir. Il peut changer. Mais pour ça, nous devons le trouver. Savez-vous où il est ?

Je me relève, appuyée contre une pile de cartons qui tangue de manière inquiétante sous mon poids.

— Non, je l'ignore. Je l'ai mis à la porte dimanche. J'ai trouvé quelque chose, comme… (Devrais-je leur mentir ? Non. C'est un péché. Si Samuel a commis un délit, il doit être puni et expier sa faute.) Ça ressemblait à de la poudre blanche, emballée dans de minuscules sachets. Je me suis doutée que c'était de la drogue, c'est pour ça que je l'ai mis dehors. Depuis, je n'ai pas eu de nouvelles.

Incapable de retenir plus longtemps mes larmes, je les laisse dégouliner le long de mes joues. Le policier n'y prend pas garde, mais demande d'une voix plus douce :

— Qu'avez-vous fait de ces sachets ?

— Je les ai jetés à la poubelle.

Le silence se fait, les deux policiers se regardent – sans doute pensent-ils que je suis ridicule. Une mère ridicule, une maman ratée qui a échoué dans sa mission la plus fondamentale : élever son fils pour en faire un citoyen respectueux des lois.

— Bien, lâche le plus âgé. Au moins, à la décharge, ils ne feront de mal à personne. C'était quand ?

— Dimanche, vers dix-neuf heures trente, je crois. Je n'ai pas regardé l'heure à ce moment précis, mais j'ai souvenir que le camion poubelle est passé juste après et que je me suis demandé pourquoi il venait si tard. Un dimanche, en plus. Le ramassage des ordures est plutôt irrégulier ces derniers temps, je crois qu'il y a un problème avec les clefs des immeubles. Apparemment, ils…

Le policier le plus âgé se racle la gorge – le ramassage des ordures à Fruängen est probablement le cadet de ses soucis.

— Savez-vous où il a pu aller ? Chez un parent peut-être ?

— Le père de Samuel est décédé. Et son grand-père est à l'hôpital. Nous n'avons pas d'autre famille.

Je sens un pincement au cœur lorsque je parle de mon père qui, rongé par un cancer, vit dans une maison de retraite médicalisée. J'ai cssayé d'y traîner Samuel en lui faisant comprendre que les jours de son grand-père Bernt étaient comptés. En vain. Peur ou indifférence ? Je ne saurais le dire.

— Pourrait-il être chez un ami ?

— Non. Enfin, si. Peut-être. Il a un ami. Liam. Liam Lindgren. Il habite dans la même rue que nous. Au numéro huit, je crois. Ils se connaissent depuis le primaire. Je me rappelle encore leur première année d'école : ils étaient déjà inséparables. Mais je ne pense pas que Samuel ait déjà dormi chez lui. C'était trop petit. Et ils avaient des chiens. Deux ou trois. Plus d'un en tout cas. Suis-je bête. Ils sont deux maintenant. Le plus gros est mort au printemps. Il avait un problème à l'estomac. Les chiens ont souvent l'estomac fragile.

Je me tais. Quel moulin à paroles je fais ! Les policiers se fichent sans doute éperdument des toutous de la famille de Liam.

L'agent me glisse une carte dans la main.

— Appelez-nous s'il vous contacte. Nous sommes prêts à l'aider, mais nous devons lui parler.

J'acquiesce, essuie une larme du revers de la main, lisse mon chemisier et pousse la porte qui donne sur la boutique.

Les deux hommes se dirigent vers la sortie tandis que je reste immobile à l'entrée de l'entrepôt.

Stina et la cliente plantureuse sont toujours auprès de la caisse et me regardent fixement.

MANFRED

L'ordinateur portable de Malin émet un petit bruit. Elle se penche vers l'écran, tapote plusieurs fois sur une touche du clavier et s'approche davantage encore.

Depuis près de deux heures, nous passons en revue les informations relatives à Johannes Ahonen. Malin a pris les mesures ordinaires, elle a contacté l'opérateur de téléphonie mobile et la banque de notre victime potentielle et a passé au crible les réseaux sociaux pour en savoir plus sur ses amis et ses proches, et pour glaner des détails de sa vie.

— Je viens de recevoir un e-mail du médecin légiste, dit-elle, sourcils froncés. C'est lui. L'homme qu'on a retrouvé est bien Johannes Ahonen.

— J'en étais sûr ! exulte Led'. Fais voir !

S'appropriant l'ordinateur portable de Malin, il entreprend de lire le message, tout en caressant sa barbe touffue.

— Bon sang de bon sang, marmonne Malin, et ses mots me transportent dans notre bureau de fortune situé dans l'ancien magasin d'alimentation à Ormberg, au froid qui nous mordait les joues et à cette mystérieuse forêt de sapins qui s'étalait sur le versant escarpé du mont Ormberg.

Bon sang de bon sang. C'est l'expression d'Andreas. Ce n'est pas un hasard qu'elle l'ait faite sienne, maintenant qu'ils vivent sous le même toit.

— Pauvre Tuula Ahonen ! Pauvre femme !

L'image de la mère de Johannes en larmes, assise sur le pouf en peau de mouton dans l'appartement de Jordbro, le corps animé d'un mouvement de balancier, me revient en mémoire. Bien sûr, j'espérais que ce fût quelqu'un d'autre, comme à chaque fois. C'est une réaction normale. Mais ce *quelqu'un d'autre* aurait aussi eu des parents, des amis. C'est ainsi.

Notre petite salle de réunion donne sur le parc à présent ombragé. Le soleil est bas dans le ciel, quelques passants promènent leur chien et un groupe pique-nique sur une grande couverture rouge étendue dans l'herbe.

Malin et moi échangeons un regard éloquent, mais Led', insensible à notre pression silencieuse, continue sa lecture, la ponctuant de marmonnements et de hochements de tête, comme pour manifester son approbation.

— Identifié grâce à son dossier médical dentaire. L'analyse ADN devrait être finalisée en fin de semaine, mais les conclusions seront probablement les mêmes. Ils ont terminé l'autopsie, le rapport nous sera envoyé demain, mais le médecin légiste n'est pas parvenu à déterminer la cause du décès.

Malin pousse un profond soupir.

— Son corps était brisé en mille morceaux, dit-elle en croisant ses bras musclés sur son ventre rebondi.

— Oui, tout à fait. Presque tous les os de son corps sont fracturés, mais cela s'est produit *post mortem*. Elle écrit que… qu'elle n'a pas vu d'hémorragie au niveau des tissus environnants, ce qui signifie qu'il était déjà mort lorsqu'il a subi… ce qui lui a cassé tous les os. Elle aime les énigmes, notre médecin légiste.

— Quelle est son hypothèse ?

Led' éclate d'un rire gras, comme si Malin avait lancé la meilleure des plaisanteries.

— Vous croyez qu'elle nous l'enverrait par e-mail ? Que nenni ! Ces temps-ci, on est obligé de leur tirer les vers du nez ! Ils ont tellement peur de se mouiller qu'il vaudrait peut-être mieux que nous autopsiions les corps nous-mêmes, ici, sur le bureau.

Malin me regarde, hausse un sourcil.

— Voilà ce qu'elle écrit, poursuit Led', « le corps a subi des violences extrêmes »…

— Des « violences extrêmes », reprend Malin. On pourrait penser à un accident de voiture, de bateau, ou peut-être une chute dans le vide d'une grande hauteur.

À peine a-t-elle fini sa phrase qu'elle esquisse une grimace. Led', également conscient de la gaffe de sa collègue, fixe la table en se raclant la gorge.

— Désolée, Manfred, fait Malin.

Je ne réponds pas, mais je dois dire que je les plains un peu, tous les deux. Ils marchent sur des œufs avec moi, tant ils ont peur de dire quelque chose qui pourrait me rappeler Nadja. Comme si ça changeait quelque chose, comme si je n'y pensais pas déjà tout le temps.

— Alors qu'est-ce qu'on fait ? s'enquiert ma collègue.

— Attendons le rapport final d'autopsie, l'analyse ADN et l'expertise médico-légale. Les techniciens n'ont pas non plus terminé leur examen. Incroyable ce qu'ils peuvent lambiner ! Autre information : ils ont trouvé des fragments de peau sous les ongles d'Ahonen. Il pourrait avoir griffé un assaillant.

— Bingo !

Un grand sourire éclaire le visage de Malin, comme si l'affaire était élucidée. C'est vrai que dans certains cas, la technique d'analyse ADN relève du miracle : parfois les traces génétiques correspondent à une personne figurant dans notre base de données, et il n'y a qu'à aller chercher le coupable, aussi facilement que l'on fait ses courses.

— Mais ils ne savent pas s'ils seront en mesure d'extraire un profil ADN utilisable, car le corps est resté longtemps immergé. Il ne faut pas trop se réjouir d'avance, ma petite dame.

Malin lui décoche un regard énigmatique. Je me tourne vers mon collègue.

— Tu nous as dit que Johannes Ahonen avait un lien avec Igor Ivanov. Il faudrait creuser cette piste, non ?

— Oui, bien sûr, même si le lien est très ténu. Quand Ahonen a été arrêté il y a un peu plus de trois ans, il était en possession de près de deux cents grammes de cocaïne, clairement destinée à la vente. Les gars de la brigade des stupéfiants étaient quasiment sûrs qu'il avait acheté la poudre à un certain Malte Lindén, bien qu'ils n'aient pas de preuves. Et Lindén travaille pour Igor Ivanov. Ce dernier a la mainmise sur tout le trafic de drogue de la banlieue sud de Stockholm – il n'y a pas un camé ni un revendeur qui n'ait de lien avec lui. Donc, pas un mot au procureur, il nous mettra des bâtons dans les roues avant même que nous parlions de perquisition. Et là, on l'aura dans le cul, on ne pourra plus bouger d'un iota.

Avec un soupir, Led' ôte ses lunettes qu'il nettoie avec sa manche.

— Igor Ivanov et Malte Lindén, où peut-on les trouver ? On ne pourrait pas leur parler ?

Led', sourire sardonique aux lèvres, chausse à nouveau ses binocles.

— Bien sûr, nous pouvons leur parler, mais eux ne nous parleront pas, mettez-vous ça dans le crâne, ma petite dame.

Il se lève, lisse sa chemise mal coupée et se dirige vers la kitchenette.

— On se demande comment il peut avoir tant de succès auprès des femmes ! Ce type est imbuvable, peste Malin.

— Tu ne fais sans doute pas partie de son groupe cible, dis-je en baissant les yeux sur son ventre.

Malin ébauche un sourire amer. Après un silence, je reprends :

— Comment ça se passe avec Andreas ?

— Bien. Très bien, même. À part que c'est un vrai péquenot !

— Comme toi ?

Malin éclate d'un petit rire.

— Exactement. Je croyais que j'allais me sortir de là. Partir loin d'Ormberg. C'était mon plan.

— Parfois la vie décide à notre place… Et comment va ta mère ?

Les traits de Malin se durcissent et elle fixe son ventre.

— Nous ne sommes plus en contact.

— Tu devrais peut-être lui parler ? Les personnes qu'on aime peuvent nous quitter plus vite qu'on ne le pense.

Malin se caresse doucement le ventre, sans un mot.

À mon retour, je trouve Afsaneh assise par terre au milieu du salon en train de piocher d'un air absent dans la boîte de Lego colorés de Nadja. Elle n'est vêtue que d'une culotte et d'une vieille chemise m'ayant appartenu, ses cheveux sales pendent devant son visage, et elle ne réagit pas lorsque j'entre dans la pièce en allumant le plafonnier.

Je dépose mon attaché-case sur le sol et, accroupi auprès d'elle, je place une main sur son épaule.

— Afsaneh…

Pas de réponse.

— Allez, on va se préparer un thé.

— Tu n'es pas venu à l'hôpital aujourd'hui, dit-elle en emboîtant une brique jaune et une brique bleue.

Je me laisse tomber à côté d'elle avec un long soupir et je lui passe un bras autour du cou.

— Je devais assister à une réunion. Ils avaient besoin de moi.

Afsaneh sépare les deux rectangles colorés.

— Nadja avait besoin de toi.

Nos visions divergent sur ce point : un enfant dans le coma n'a pas *besoin* d'avoir ses deux parents à son chevet vingt-quatre heures sur vingt-quatre. Bien que j'eusse aimé que notre présence change la donne, qu'elle amène Nadja sur le chemin de la guérison, je ne pense honnêtement pas que ce soit le cas. Mais c'est quelque chose que je ne peux pas avouer à ma femme. Nous exorcisons la douleur différemment, elle et moi. La peine d'Afsaneh est accablante, physique, semblable à une force de la nature ; son besoin de proximité avec Nadja semble insatiable et elle lui parle sans cesse. Apparemment, elle a même déniché sur Internet un forum réunissant des parents d'enfants malades, espérant, peut-être, que leurs souffrances apaisent la sienne.

Quant à moi, je me sens éteint, froid, comme mort, quoique je sois assez sûr de ne pas l'être. Il m'arrive de rêver de l'accident de Nadja. Mais il y a deux versions de ce rêve.

Dans la première, je traverse la cuisine en courant pour arriver avant qu'elle ne tombe, mais pour une curieuse raison, le sol se transforme en un vaste champ et plus je cours, plus la fenêtre s'éloigne, jusqu'à n'être plus qu'un minuscule point à l'horizon.

Dans le second rêve, je suis leste et rapide, comme si je n'avais pas dépassé la cinquantaine et les cent vingt kilos, comme si je ne souffrais pas d'une douleur atroce au genou. Tel un guépard, je parcours d'un bond les quelques mètres qui séparent le salon de la fenêtre de la cuisine, je saisis Nadja par le poignet et je la hisse par la fenêtre ouverte.

Le second rêve est le plus cruel, bien sûr. Quelles affres je dois affronter en me réveillant !

Il aurait suffi d'une seconde de plus, d'un mètre. Un satané petit mètre. Dieu aurait pu m'en faire cadeau. Mais ma fille est tombée dans le vide et a heurté la chaussée.

Je me lève péniblement, ignorant la douleur aiguë qui me transperce le genou, et j'aide Afsaneh à faire de même.

— Je suis désolé de ne pas avoir pu venir.

Je prends son visage entre mes mains et j'embrasse ses joues humides et salées. Elle me passe les bras autour du corps, me serre contre elle, et nous restons enlacés un bon moment.

— Ça va s'arranger, dit-elle enfin. Ce n'est pas possible autrement.

Je l'accompagne jusqu'au lit, lui tends un somnifère et un verre d'eau, et la borde, comme une enfant. Je lui embrasse le front, comme chaque fois qu'elle est triste, elle sourit, les yeux clos, déjà à mi-chemin vers la léthargie miséricordieuse dans laquelle vous plonge ce genre de remèdes.

Je déboutonne ma chemise, l'accroche au dossier de la chaise près de la fenêtre, puis je quitte mon pantalon et le pose sur l'assise. Mes vêtements sont froissés et informes, à l'instar de ce qu'est devenue ma vie.

Dans la penderie, en revanche, les costumes de mon tailleur préféré, Norton & Sons à Saville Row à Londres, sont soigneusement suspendus en rang d'oignons, comme une injonction à me secouer et à les ressortir au soleil.

La maison a confectionné un nombre incalculable de costumes, chemises et pièces décontractées pour des empereurs, des rois et des présidents. Lord Carnarvon portait du Norton & Sons lorsqu'il prit part à l'expédition qui découvrit la tombe de Toutankhamon dans la vallée des Rois en 1922. L'histoire ne dit pas s'il en était également vêtu quand il décéda des suites d'une piqûre de moustique infectée, mais je l'imagine fort bien sur son lit de mort, le visage baigné de sueur, arborant un ensemble Harris Tweed immaculé et une moustache aussi soignée que d'habitude.

Je sais que j'ai des marottes un peu particulières, mais j'adore les histoires, les mythes, l'artisanat. Tout ce qui porte le sceau de la qualité, l'idée d'une profession qui s'est transmise de génération en génération, la capacité à fabriquer des vêtements qui peuvent être gardés toute une vie, tout ce qui s'oppose à notre mode de consommation frénétique, à notre mentalité du jetable.

Je passe une main sur l'une des vestes dont la laine au toucher rêche provient d'un atelier situé dans les Hébrides extérieures. Détenu par la même famille depuis quatre générations, il travaille les mêmes motifs depuis le lancement de l'activité. Faire évoluer les dessins pour se conformer à la mode serait une vraie faute de goût.

Cette histoire suffit à justifier mes allers-retours à Londres pour commander mes costumes.

Je repousse les portes de la penderie qui se ferment comme le couvercle d'un cercueil sur mon ancienne vie. Ne restent que mon pantalon et ma chemise, aussi chiffonnés l'un que l'autre, et le sentiment que mon existence est en train de me couler entre les mains.

SAMUEL

Les rameaux de la canopée forment des entrelacs au-dessus de ma tête – comme si des centaines de doigts de bois et de feuilles s'étaient entremêlés pour me protéger. J'ai presque l'impression de me trouver dans une cabane, une cabane magique faite de branchages, assez similaire à celle que, petits, Liam et moi avions bâtie dans le parc près de l'hôpital Långbro.

Je me redresse, le dos endolori, le corps transi de froid – l'herbe humide a mouillé l'arrière de mon pull à capuche et de mon jean.

Le soleil est déjà haut dans le ciel et il n'y a pas une once de vent. Devant moi, de grandes dalles rocheuses plongent dans une mer bleue et lisse comme un miroir sur laquelle flotte, au loin, un bateau à voile. Sur une pierre qui fait surface sont postés quelques goélands cendrés. *Larus canus.* À l'époque, on disait qu'il ne fallait surtout pas les tuer, car ils étaient la réincarnation des marins morts en mer.

Il y a également d'autres oiseaux ; hier j'ai aperçu une femelle eider, glissant sur l'eau, suivie d'au moins dix petits en file indienne. J'ai vu des mouettes, des grands harles et des cygnes tuberculés – du moins, je crois que c'en était, car ils sont passés dans un bruissement d'ailes tandis que le vol des cygnes chanteurs est très silencieux.

C'est mon grand-père qui m'a enseigné tout cela, qui m'a appris ce que je sais de la nature. C'est de là qu'est née ma fascination pour les volatiles – je savais tout d'eux et je rêvais d'en posséder un, bien que ma mère les trouve sales et puants. Maintenant que j'en ai un, je n'ai qu'une seule envie, c'est de le relâcher. Les oiseaux ne doivent pas vivre en cage.

L'air frais me fait grelotter, mon estomac crie famine. La barre chocolatée que j'ai avalée hier soir avant de m'endormir est déjà loin.

Après avoir subi les foudres d'Alexandra, j'ai tenté ma chance chez Liam, mais c'est sa mère qui m'a ouvert, furieuse. Liam n'était pas là ; je n'avais qu'à revenir en journée, comme une personne bien élevée. Les petits roquets étaient aussi hargneux que leur maîtresse.

J'ai dormi dans la cave de Liam, sans solliciter la permission de sa mère, bien sûr. Quel intérêt ? J'avais les clefs, et je ne faisais de mal à personne.

En me réveillant, j'ai envoyé un message à mon pote, lui expliquant la situation et lui demandant si je pouvais crécher chez lui quelques jours. Il m'a répondu par la négative : la police venait de passer le voir parce qu'elle me cherchait et sa mère, folle de rage, l'avait menacé de débrancher le WiFi et de le flanquer à la porte.

Qu'est-ce que ça peut bien faire qu'elle éteigne le WiFi si elle le jette dehors, ai-je demandé, sur quoi il a répliqué que je l'avais bien cherché : j'avais bossé pour ce psychopathe d'Igor alors que je lui avais promis de m'abstenir.

La situation était absurde : allongé sur le sol dans la cave de Liam, je lui envoyais des textos sans qu'il sache que je me trouvais quelques étages au-dessous de lui dans le même immeuble. Les flics avaient dû passer chez lui alors que je dormais.

Les messages de Liam m'ont également permis de tirer une autre conclusion : les poulets ont dû me reconnaître dans la zone industrielle. Autrement, pourquoi me chercheraient-ils ? Cela signifie qu'ils sont au courant que je bosse pour Igor. J'en ai eu des frissons dans le dos. Ils doivent avoir un dossier sur moi, avec des photos et tout le tralala. Comme dans *Les Experts*.

C'est là que j'ai décidé de me faire la malle. J'ai récupéré la moto d'Igor que j'avais planquée dans le garage de l'immeuble de Liam et j'ai roulé aussi loin que possible, pris de panique, jusqu'à ce que la route se termine devant la mer.

Je tâche d'analyser ma situation avec un maximum d'objectivité, comme s'il s'agissait d'un problème de maths et non de ma vie en train de se déliter.

La police est à mes trousses ; Igor veut me faire la peau ; ma mère m'a mis à la porte ; cette hystérique d'Alexandra me traite de salaud parce que j'ai fait du rentre-dedans à Jeanette ; et Liam a sombré dans un délire de persécution parce que la police lui a posé quelques questions.

Sans oublier que je n'ai pas un rond.

Je retire quelques brins d'herbe d'un mégot qui traînait par terre, je le porte à ma bouche et l'allume. J'inspire deux profondes bouffées avant de l'écraser à nouveau dans l'herbe humide de rosée.

Je suis perdu.

Il faut que je disparaisse des radars, mais je n'ai nulle part où aller, et je ne peux pas continuer à coucher dehors, à vivre de soleil et d'air marin comme un pissenlit.

J'effleure mon bracelet, je tourne les perles en verre jusqu'à ce que les lettres soient à l'endroit. MAMAN.

Je pense à elle – ses cheveux gris-brun, ses yeux marron inquiets, sa croix en or dont elle ne se sépare jamais. Comme elle me tanne, à me répéter que je dois prendre ma vie en main et que tout s'arrangera si je laisse entrer Jésus dans mon cœur.

Désolé, mais où se trouvait Jésus lundi soir? Je me le demande.

Sans doute devrais-je téléphoner à ma mère, mais je n'ose pas. Les flics doivent être à l'affût, si je la contacte, ils s'en rendront compte illico, non? C'est ce que font les gros débiles comme moi: ils courent pleurer dans les jupons de leur maman après un braquage, une bagarre ou une vente de drogue ratée.

Debout, j'époussette mon pantalon plein de terre et d'herbe et je vais me soulager dans un buisson. Même mon sexe est frigorifié. Petit, fripé, il semble vouloir se recroqueviller sur lui-même, comme un animal apeuré.

Peut-être puis-je squatter dans une maison de campagne inoccupée? Inoccupée à cette époque de l'année? Aucune chance.

La moto d'Igor est garée un peu plus loin dans le sous-bois. Le chrome et la laque noire brillent dans les rayons du soleil qui filtrent à travers les branches; la flamme dorée qui serpente sur le réservoir luit faiblement.

Je remonte ma braguette et ferme mon pantalon d'une main tandis que, de l'autre, je pianote sur mon téléphone portable. Sur la carte de Snapchat, je vois que Liam est chez lui, Alexandra est chez sa meilleure copine Jeanette. Écœuré, je les imagine en train de casser du sucre sur mon dos. Alexandra doit chialer, son amie la consoler: *Ça va aller, ma puce. Je n'aurais jamais couché avec lui de toute façon. Ce n'est qu'un pauvre type.*

Je vais sur le compte Instagram de Jeanette : elle a posté une photo d'elle en bikini devant le miroir de l'entrée. Cambrée, la poitrine en avant, elle esquisse une petite moue en passant la main dans sa crinière. En temps normal, j'aurais eu une trique d'enfer, mais pas aujourd'hui.

Trois cent quatre-vingt-dix connards ont *liké* l'image.

Jeanette a près de deux mille *followers* sur Instagram et poste au moins cinq selfies par jour, le plus souvent en débardeur décolleté ou avec son chiot dans les bras, ou, encore mieux, avec son clébard coincé entre les seins comme une espèce de hot-dog.

D'où sa popularité.

J'ai reçu des messages : un pote de Liam m'a envoyé un lien vers Twitch où un type a promis de diffuser en streaming son propre suicide, mais il ne semble pas fonctionner. Je m'apprête à retenter ma chance lorsque j'entends une voiture approcher sur la route. D'un bond, je me planque derrière un fourré en attendant qu'elle passe, mais elle se gare à une vingtaine de mètres de moi.

Les portières s'ouvrent ; l'une se referme, puis une autre ; au loin, je devine des voix étrangement familières.

— Où ?

— Qu'est-ce que j'en sais. Quelque part par-là, en tout cas.

À travers les épaisses broussailles, je distingue deux hommes, l'un petit et bedonnant, en jean trop large qui lui tombe sur les hanches. Il me rappelle quelqu'un, comme un parent éloigné que l'on ne voit qu'à Noël ; l'autre homme est grand et voûté, ses longs cheveux châtain clair encadrent son visage famélique et son tee-shirt pendouille comme un sac autour de son torse maigrichon.

Mon cœur s'arrête ; je suis mort. Malte.

— Vérifie, dit-il.

Il s'immobilise, allume une cigarette.

— OK, réplique l'autre homme en sortant quelque chose de sa poche de blouson.

Malte n'est-il pas en garde à vue ? Et surtout : comment diable ont-ils fait pour me retrouver ? Quelques secondes de réflexion et tout s'éclaire. Mon portable. C'est forcément cet appareil à la mords-moi-le-nœud ! C'est Igor qui me l'a donné et il renferme un tas de programmes que je n'ai pas téléchargés. Qui sait ce que ce psychopathe a bien pu installer ? Ce serait bien son genre de fliquer ses subordonnés !

Les mains tremblantes, j'entreprends d'éteindre le portable, mais il me glisse des doigts et s'échoue par terre. Étouffant un juron, je m'accroupis, je palpe la terre humide et les feuilles sèches, sentant les branches me lacérer les joues. L'odeur de l'humus moite et de la couverture végétale me picote les narines. Mes doigts rencontrent enfin le métal chaud et j'enfonce le bouton latéral. Il faut une éternité à l'écran pour devenir noir.

Immobile, je cherche du regard les deux hommes qui continuent leur discussion à voix basse au bord de la route. C'est à peine si j'ose respirer tellement je flippe. S'ils me repèrent, ils me passeront à tabac, ou pire encore. Je repense aux mecs dont Liam m'a parlé, ceux qui avaient escroqué Igor et qui ont été balancés dans l'eau, pieds et mains liés, noyés comme des chatons.

— … pas… peut-être plus tard… capte plus… faim…

La conversation me parvient par bribes, comme des hirondelles paresseuses dans l'air du matin, comme des éclats de quelque chose qui s'est brisé et qui s'apprête à être reconstitué en une unité qui lui redonnera du sens.

Les jambes endolories, je me relève doucement, mais mon pull s'accroche à une branche qui se casse avec un bruit sec.

— Qu'est-ce que c'est que ça? s'exclame Malte. On aurait cru...

Il jette un regard circulaire.

— Bah, ce n'est rien, répond le petit gros, on se tire. J'ai la dalle.

Sans répondre, Malte marche d'un pas décidé dans ma direction. Immobile, je tente de contrôler ma respiration pantelante, en vain, j'ai l'impression d'avoir couru un cent mètres. Malte se trouve de l'autre côté du buisson, à quatre mètres maximum de ma cachette, le visage tourné vers moi, il m'a vu, c'est sûr! Mais, portant la main vers l'aine, il baisse sa braguette et urine entre les branches.

Mon cœur se calme, retrouve son rythme, mes épaules se relâchent et je reprends mon souffle. Malte remonte la fermeture Éclair et fait volte-face. L'odeur d'ammoniac me soulève l'estomac, mais mon cœur s'est apaisé. Il sait que cette fois je m'en suis tiré.

Après le départ de Malte et de son acolyte bedonnant, je reste assis dans le fourré pendant au moins une heure, puis je décide qu'il est plus sûr pour moi de mettre les voiles.

J'enfourche la moto que j'avais heureusement planquée et je longe la côte vers le sud pendant une dizaine de kilomètres, le vent dans les cheveux. Autour de moi, le vert est si intense qu'il semble artificiel, comme si je me trouvais à l'intérieur d'un jeu vidéo et non dans la campagne suédoise. L'herbe, l'engrais et la mer mêlent leurs effluves dans l'air.

J'ignore où je vais, je ne sais que ce que je fuis. Éperonné par la peur, je glisse le long de la route poussiéreuse, dépassant des prairies, des maisonnettes rouges – résidences secondaires des Stockholmois –, des fermes où travaillent de vrais agriculteurs qui conduisent de vrais tracteurs et élèvent de vraies vaches.

La route rétrécit, je vois un panneau, *Stuvskär 2*, et quelques minutes plus tard je débouche sur un petit port ensommeillé, joli comme une carte postale. La mer miroite entre les imposants rochers de granit, des bâtiments en bois rouge s'agglutinent autour d'un grand débarcadère. L'un des bâtiments abrite un bar-restaurant, un autre une supérette.

La route prend fin devant les bâtisses grenat. Dans le cul-de-sac se trouve un arrêt de bus, à gauche duquel on aperçoit un vaste parking quasiment complet. Près du quai, une station essence qui vend également des équipements nautiques. Un panneau indique la direction du port de plaisance, visiblement un peu éloigné.

En face de la bâtisse rouge se dresse une vieille maison jaune en pierre dont la porte est coiffée d'un panonceau vétuste arborant le mot « Capitainerie ». Juste au-dessous, sur une affichette manuscrite, je lis : *Musée d'histoire locale et bibliothèque*.

Quelques instants plus tard, je me trouve dans ladite bibliothèque, administrée, à en croire les informations placardées, par une association à but non lucratif. La femme à l'accueil m'a jeté un drôle de regard quand je suis entré – je dois avoir une tronche de clodo – mais elle s'est contentée de me saluer d'un signe de la tête, tout en remontant ses lunettes sur son nez.

Mon ventre digère à grand renfort de borborygmes le sandwich que j'ai subtilisé dans la supérette, et je me suis enfin réchauffé. Je suis confortablement installé dans un fauteuil devant un ordinateur moyenâgeux dont personne ne voudrait même si on le payait.

Aux murs, les étagères regorgent de livres sur l'archipel et de vieilles cartes marines. Rien à voler ici, c'est évidemment la première chose que j'ai regardée en entrant.

J'ai cherché Igor sur Google, sans succès, ce qui n'est guère étonnant étant donné que j'ignore son patronyme et que la police n'a aucun intérêt à diffuser le nom de personnes arrêtées. En revanche, sur le site Internet du journal local du sud de Stockholm, une information retient mon attention : « La police a tiré à balles réelles au cours d'une opération qui a eu lieu dans une zone industrielle proche de Fruängen, lundi soir. Plusieurs suspects ont été appréhendés. » Il n'y a pas grand-chose de plus, à part qu'une enquête interne a été ouverte, conformément à l'usage.

Je décide de faire une autre recherche : « Stuvskär + chambre à louer ». L'ordinateur réfléchit longuement, puis s'ouvre une page vide. Je tente « Stuvskär + offre d'emploi », davantage par curiosité que par réelle envie de turbiner. Ni à Stuvskär ni ailleurs.

L'ordinateur vrombit, comme si ma requête relevait de l'impossibilité, comme si je m'étais enquis de la taille de l'Univers ou du sens de cette chienne de vie, mais contre toute attente, un résultat s'affiche. Ayant cliqué sur le lien, je lis l'annonce plusieurs fois, en essayant d'élaborer un plan.

Une famille qui réside non loin de Stuvskär cherche un auxiliaire de vie pour son fils adolescent, lourdement handicapé. Ce n'est pas un emploi d'aide-soignant – les parents s'occupent des aspects médicaux – mais la personne doit jouer un « rôle social » : tenir compagnie au jeune homme, lui lire des livres, lui faire écouter de la musique et donner un coup de main pour les tâches ménagères.

Les yeux clos, je m'autorise quelques instants de réflexion : il va sans dire que je n'ai aucune envie d'être la nounou d'un attardé mental à Stuvskär, mais l'idée de me coucher dans un vrai plumard et de prendre une bonne douche est attrayante. C'est peut-être une bonne planque ; j'aurais un toit au-dessus de la tête, je gagnerais un peu fric, d'ici à ce que je réussisse à m'extirper du bourbier dans lequel je me suis fourré jusqu'au cou.

PERNILLA

Je suis dans le métro, en route vers la maison de retraite de mon père, située à Fridhemsplan, à Stockholm.

Une infirmière m'a téléphoné tout à l'heure : il a demandé à me voir, sa santé s'est dégradée. Ils m'appellent souvent lorsqu'il n'est pas dans son assiette et si évidemment cela m'inquiète, je tâche de ne pas céder à la panique.

Des arbres vert clair et des lilas en fleurs défilent devant la fenêtre. Dans des circonstances différentes, j'aurais admiré le paysage, profité de l'avènement de l'été, mais j'en suis incapable : mon père est mourant et je n'ai pas eu de nouvelles de Samuel depuis trois jours. Trois jours. J'ai dû m'astreindre à une discipline de fer pour m'abstenir de le contacter. C'est la première fois que nous restons sans nouvelles l'un de l'autre si longtemps.

Les yeux fermés, je sens le soleil me chauffer le visage à travers la vitre du train et je repense à ce jour de mai, il y a dix-huit ans, où Samuel est né.

Mon père était resté à la clinique pendant toute la durée de l'accouchement, faisant les cent pas devant ma chambre comme un futur papa inquiet. L'une des sages-femmes l'avait d'ailleurs pris pour mon mari, provoquant son hilarité. Moi, rouge de honte, j'aurais voulu disparaître sous terre.

Je ne me souviens guère de l'accouchement, hormis d'une douleur inhumaine, mais dès que j'ai reçu sur mon sein le petit corps, la souffrance s'est transformée en bonheur et j'ai décidé de baptiser mon fils Samuel. Peut-être parce que nous venions de lire un extrait des livres de Samuel au catéchisme – ce texte qui raconte que Dieu appelle Samuel plusieurs fois sans que ce dernier comprenne pourquoi. J'imagine que ce récit toucha une corde sensible ; Samuel est *choisi*, il peut entendre la voix du Seigneur ; je trouve ce message particulièrement important de nos jours, à une époque où la voix de Dieu est souvent noyée dans le flot d'informations émanant de la télévision, de la radio et de la publicité.

Mon père s'est félicité de mon choix de prénom, mais j'ai bien vu qu'une ride profonde barrait son front : peut-être croyait-il que c'était une concession accordée à Isaac, à la religion juive, à ce qu'il avait tant de mal à accepter.

Le métro s'arrête et je descends pour prendre ma correspondance, la ligne verte qui me conduira à Fridhemsplan pour voir mon père.

Samuel était un enfant exigeant dès les premiers jours. Il pleurait sans discontinuer et mon père s'occupait régulièrement de lui la nuit pour me permettre de dormir quelques heures. À l'époque, je n'y réfléchissais pas – je me disais sans doute que c'était ça, avoir un enfant. Je n'avais que dix-huit ans, les nourrissons étaient pour moi un territoire inconnu. À présent, avec le recul, je me demande si les problèmes de Samuel n'existaient pas déjà, s'il n'avait pas hérité de moi cette impatience, ces difficultés d'adaptation, cette tendance à être attiré par les problèmes comme les insectes sont attirés par une bougie dans la nuit.

Comme ma mère.

Mais j'éprouvais pour lui un amour inconditionnel, et il m'adorait en retour. Bien que nous ne fussions pas une *vraie* famille, nous étions heureux, Samuel, mon père et moi.

Les vraies difficultés commencèrent par l'entrée au jardin d'enfants : Samuel mordait ses camarades, refusait la sieste, jetait la nourriture par terre, frappait l'éducatrice aux jambes.

Petits enfants, petits problèmes... Avec le temps, la situation dégénéra : école buissonnière, vol à l'étalage, innombrables conversations avec des professeurs tracassés et des parents indignés. Ne pouvais-je pas enseigner à mon fils les bonnes manières ? Parce que, bien sûr, tout était ma faute : un parent normal devrait savoir faire rentrer dans le rang son rejeton turbulent. Éduquer un gosse, ce n'est tout de même pas la mer à boire !

Hormis ces difficultés, Samuel était un garçon adorable, charmant et sociable, avec un cœur en or et de nombreux amis.

Les problèmes ne s'arrêtèrent pas là cependant, et au fil des années, j'en vins à me convaincre qu'il s'agissait d'une sorte de péché originel, que les tares de ma mère m'avaient été transmises et que Samuel en avait hérité. Les mots de mon père me reviennent en mémoire : *un visage d'ange et un cœur de vipère.*

Avec un bruit métallique, le train se faufile dans les souterrains de Stockholm. L'air est un peu plus frais, je frissonne dans mon chemisier léger.

Dieu a un plan pour chacun d'entre nous, une mission, il s'agit simplement de comprendre ce qu'il veut, d'écouter attentivement lorsqu'il nous appelle, comme lorsqu'il s'est adressé à Samuel dans le temple à Silo.

Peut-être est-ce ma mission d'aider Samuel ?

Mon père fait peine à voir, avec son corps plus décharné encore que la dernière fois, sa peau et ses yeux jaunâtres, son crâne depuis longtemps dégarni – lui qui avait des cheveux si épais – et le grand hématome couleur lie-de-vin qui s'étend sur le dos de la main, à l'endroit où pénètre la perfusion.

Je l'enlace doucement et j'approche de son lit la chaise réservée aux visiteurs.

Mon père ne craint pas la mort, c'est une consolation. Moi, j'appréhende son départ. Comment vais-je m'en sortir sans lui ? Il est ma seule famille – hormis la congrégation, bien entendu. C'est vers lui que je me tourne dans mes moments de mélancolie, lorsque j'ai besoin de conseils ou d'emprunter un peu d'argent.

Toutes ces épreuves… Cette pensée me traverse l'esprit, mais je me ressaisis : moi qui suis forte et en bonne santé, je n'ai pas le droit de m'apitoyer sur mon sort.

— Bonjour ma fille.

— Bonjour, père, dis-je en lui prenant délicatement la main. Comment vas-tu ?

— Pas aussi mal que j'en ai l'air. Pourrais-tu relever un peu le dossier de mon lit ?

Je m'exécute, appuyant sur une pédale située sous la tête du matelas. Une grimace de douleur se dessine sur le visage de mon père, il lèche ses lèvres gercées et de petites perles de sueur éclosent sur ses tempes creusées.

— Merci. Comment ça va de votre côté ?

— On fait aller, dis-je, évasive.

— Est-ce que tu voudrais bien passer chez moi pour trier le courrier cette semaine ?

— Bien sûr.

J'hésite un instant, mes doigts tripotent nerveusement la couverture étendue sur les pieds de mon père, et je me décide à lui dire la vérité sur Samuel.

— Je l'ai mis à la porte. À nouveau. Ce n'est pas la première fois. Comme tu le sais.

— Oui. Il doit apprendre, Pernilla.

— C'était il y a trois jours, et je n'ai pas de nouvelles. Je ne sais pas quoi faire, c'est tellement dur. Je ne sais pas comment je vais supporter de…

J'étouffe un sanglot.

— Tu dois le lâcher si tu veux qu'il revienne.

Dans le silence qui suit, je prends conscience de la respiration rauque de mon père.

— Peut-on lâcher son enfant ? En a-t-on le droit ? Qui suis-je si je le laisse tomber ? *Que* suis-je ?

— Tu n'as pas le choix. Promets-moi de ne pas le contacter.

— Mais… alors je ne vaux pas mieux que maman…

Mon père pousse un râle qui se transforme en une longue quinte de toux grasse, comme si ses poumons étaient pleins de gravier. Puis il soupire, les paupières closes.

— Prie pour lui, c'est la seule chose que tu puisses faire.

MANFRED

Bianca Diaz vit au rez-de-chaussée d'un immeuble de cinq étages au centre de Jordbro, dans un appartement propret qui, bien qu'encore plus exigu et plus chichement meublé, n'est pas sans évoquer celui de Tuula Ahonen.

Bianca nous invite, Led' et moi, à nous installer à la table de la cuisine qui ne compte que deux chaises. Puis elle entre dans le salon. Par la porte, je distingue une poussette adossée au mur, toujours sous plastique. Led' suit mon regard, mais ne laisse rien paraître de ses sentiments.

— Avez-vous besoin d'aide ? lui criéje.

Bianca revient, un tabouret à la main.

— Non, merci, ça va aller, je suis enceinte, pas handicapée.

Led' se lève, indiquant sa chaise.

— Prenez ma place, ma petite dame.

Avec un sourire et un haussement d'épaules, elle s'exécute, et je me laisse tomber sur l'autre chaise, m'efforçant d'ignorer l'élancement dans mon genou.

Bianca Diaz a vingt ans, le même âge que Johannes Ahonen, mais semble beaucoup plus jeune. Elle a de longs cheveux châtain clair aux pointes blondes et un corps menu qui contraste avec son énorme ventre. On dirait qu'elle va accoucher d'un moment à l'autre, mais je sais qu'il lui reste encore un mois. Quelque chose dans sa posture me rappelle Afsaneh lorsqu'elle était enceinte de Nadja. Mon cœur se serre.

— Toutes mes condoléances, dis-je. C'est terrible ce qui est arrivé à Johannes.

— Merci. Oui, terrible, répond Bianca d'une voix étonnamment objective, dénuée de sentiments, comme si elle constatait que sa machine à laver était en panne ou qu'elle n'avait plus de lait.

— Est-ce que vous vous en sortez?

— Je m'en sors, comme toujours. Il est décédé, c'est vrai que c'est tragique, mais il n'était pas fiable. Avec lui, ça n'a jamais été simple. Pendant toute la durée de notre relation, je travaillais à plein temps, je faisais même des heures supplémentaires, tout en suivant des études pour devenir technicienne d'analyses biomédicales. Et lui, que faisait-il? Croyez-vous qu'il m'aurait aidée? Qu'il aurait contribué au foyer? Pensez-vous! Dès que je suis tombée enceinte, j'ai su que j'élèverais l'enfant seule. Et puis, il ne parlait que d'une chose: partir au Brésil. Il avait un ami là-bas.

Elle baisse les yeux sur son ventre, passe la main sur le tissu tendu et un peu usé de son tee-shirt.

— Vous n'aviez pas prévu d'élever votre enfant ensemble? demande Led'.

— Non. Johannes n'en voulait pas.

La jeune femme promène son regard vers la fenêtre, devant laquelle est planté un gros buisson garni de fleurs roses. Elle pince les lèvres et, pour la première fois depuis notre arrivée, une expression de douleur se peint sur son visage.

104

— Comment a-t-il réagi lorsque vous lui avez annoncé que vous étiez enceinte ?

— Il s'est mis en colère. *Il était furieux.*

Silence. Mon regard croise les yeux clairs de Led'.

— C'est peut-être mieux ainsi, reprend-elle. Pas qu'il soit mort, bien sûr, mais que je m'occupe seule de l'enfant. Johannes avait le don de compliquer les choses. Toujours.

— Savez-vous s'il se sentait menacé ?

— Menacé ? Non, je ne lui connaissais pas d'ennemis. Mais il avait emprunté beaucoup d'argent à quelqu'un, ce qui le stressait, car il n'avait pas les moyens de rembourser.

— À qui devait-il de l'argent ? demandé-je. Avez-vous une idée des sommes ?

— Je ne sais pas. J'ai toujours refusé de m'impliquer dans ses soi-disant affaires.

Mes yeux rencontrent ceux de Bianca, brillants, sérieux et imperturbables. Elle ne les détourne pas.

— Sa mère nous a dit qu'il s'était rangé. Qu'il avait arrêté la drogue et les bêtises. Que…

— Désolée, m'interrompt Bianca, mais Tuula est la naïveté incarnée. Elle croit que son fils est un ange ! C'est vrai que je ne l'ai jamais vu défoncé, autrement je l'aurais quitté illico presto, mais on ne peut pas dire pour autant qu'il se soit « rangé ». (Elle accompagne le dernier mot de guillemets avec les doigts, tout en levant les yeux au ciel.) Non. Johannes était tout sauf un exemple.

En sortant de l'immeuble, Led' prend une profonde respiration, se gratte la barbe, et un éclair de mélancolie passe dans son regard.

— La vie est triste, tout de même ! L'amour n'apporte que le malheur, pourtant impossible d'y échapper. Il suffit de tremper son biscuit pour se retrouver pris au piège.

Il ajuste son pantalon trop court et s'achemine vers la voiture, le dos voûté.

Quand j'arrive à l'hôpital, Afsaneh me serre dans ses bras.

Ayant repris le travail à plein temps, je profite de ma pause déjeuner pour la rejoindre – surtout pour lui faire plaisir, car je pense que Nadja n'a pas d'avis sur le sujet.

Après avoir interrogé la petite amie de Johannes Ahonen, Led' et moi sommes retournés en ville, je l'ai laissé devant le commissariat et j'ai poussé jusqu'à l'hôpital. En chemin, j'ai téléphoné à mes autres enfants : Alba n'a pas répondu, mais j'ai discuté quelques minutes avec Alexandre, puis avec Stella, leur posant les questions habituelles et abordant l'état de santé de la benjamine de la fratrie. Leur inquiétude se mêle au chagrin, bien sûr, car ils ont beau être plus âgés que leur demi-sœur, ils l'adorent depuis sa naissance.

— C'est bien que tu sois venu, murmure Afsaneh à mon oreille. Très bien.

Elle recule d'un pas, le dos droit. Un grand sourire illumine son visage, ses yeux pétillent et sa peau brille d'un nouvel éclat.

— Il s'est passé quelque chose ?

Afsaneh acquiesce avec enthousiasme et saisit mes mains.

— Ils vont réveiller Nadja. Les médecins me l'ont dit. Demain, ils commenceront à diminuer sa dose de somnifères.

— C'est vrai?

Ma voix est réduite à un murmure. Afsaneh m'attire vers elle et me serre à nouveau dans ses bras.

— Elle va revenir, Manfred. Nadja va revenir.

Le corps d'Afsaneh tremble contre le mien, et je n'ose pas lui dire le fond de ma pensée, ce que le personnel médical a pris le soin de nous expliquer depuis le début.

Car que se passe-t-il lorsqu'on ouvre la boîte du chat de Schrödinger? Très vite, on sait si l'animal est vivant ou mort. Cet entre-deux étrange, où la bête est à la fois vivante et morte, n'est qu'une construction intellectuelle.

Il en va de même pour notre enfant. Ce n'est que lorsque les puissants médicaments cesseront de faire effet, lorsque les tubes et les machines auront été retirés, que nous saurons si notre Nadja nous reviendra ou si elle a disparu à jamais.

Bien sûr, le mieux serait qu'elle se réveille; mais même la situation actuelle vaut mieux que de la perdre. Je préfère avoir une enfant branchée à des tubes aux soins intensifs que pas d'enfant du tout. L'équation est à la fois très simple et d'une incommensurable cruauté.

Nous demeurons quelques instants au chevet de Nadja, mais cette fois, nous nous asseyons du même côté, nos chaises si proches que je sens la chaleur du corps d'Afsaneh irradier jusqu'à moi.

Nadja a l'air de dormir, malgré les tubes et les machines; son visage est paisible, sa bouche entrouverte. Sur le plâtre qui enveloppe son bras, quelqu'un a dessiné un petit oiseau et un cœur au feutre rouge.

J'inspire profondément. J'ai toujours eu les hôpitaux en horreur. Ça a commencé avec Aron, qui a passé près de deux mois au service d'oncologie pédiatrique avant de mourir.

Je me rendais tous les jours à son chevet. Les premières semaines, Aron a bien répondu au traitement, il a repris du poil de la bête et nous sommes même partis en exploration dans le bâtiment. Un jour, nous sommes descendus dans les couloirs souterrains, moi devant, lui derrière, traînant avec lui son pied à perfusion.

Mais ensuite, il s'est affaibli et n'a plus eu la force de sortir de sa chambre. Il restait dans son lit, les yeux clos, on ne pouvait même plus lui parler.

Un jour, il s'est endormi, pour ne plus jamais se réveiller. Voilà ce qui s'est passé, ce n'était ni bizarre ni choquant. Cela faisait plusieurs jours qu'il était inconscient et son cœur a fini par lâcher.

En vie l'instant d'avant, mort l'instant d'après.

Depuis, j'ai une aversion pour l'environnement hospitalier. Je crois que c'est l'odeur. Ce qui est étrange, c'est que je peux sans problème assister à une autopsie dans une unité médico-légale, malgré la pestilence. Mais cet effluve d'hôpital – ce curieux cocktail de produits d'entretien, d'urine et de pommes de terre trop cuites – m'est insupportable. Tétanisé, je redeviens l'enfant de douze ans que j'étais.

Mon portable vibre dans la poche de ma veste. C'est Malin.

— Chérie, je dois répondre.

— Oui, vas-y, dit Afsaneh, sans même prendre un air réprobateur.

Je sors dans le couloir en essayant d'extirper mon paquet de cigarettes.

— Bonjour, dit Malin. Tout va bien ?

— Oui, oui, je suis passé à l'hôpital.

— Écoute, il y a du nouveau. Un autre corps a été trouvé, enveloppé d'un drap et enroulé dans une chaîne. Tu peux me rejoindre vers quatorze heures ?

SAMUEL

La femme qui m'attend sur le port me rappelle ma mère, malgré sa taille plus fine et ses cheveux plus longs, plus foncés. Sa peau, également plus pâle, semble diaphane dans la lumière aveuglante du soleil, et des rides délicates s'entrecroisent autour de ses yeux. Elle porte un jean et un tee-shirt. Elle me tend la main avec un sourire chaleureux.

— Rachel, enchantée !

Elle penche la tête sur le côté de sorte que sa crinière tombe en cascade sur son épaule.

— Samuel.

Elle serait belle si elle n'était pas si vieille. Toutes les phrases que j'avais préparées disparaissent au moment où je lui serre la main. Ma bouche est sèche, comme emplie de sable.

— Je suis contente que nous ayons pu nous voir dès aujourd'hui. Si on marchait un peu en papotant ?

Nous empruntons le chemin de gravier qui longe le port. Sur le ponton, un homme fume une cigarette, assis sur une mobylette triporteur. Sans doute attend-il le ferry qui passe à Stuvskär. Une fillette, installée à l'avant de la machine, déguste une glace à moitié fondue qui goutte sur son pull et sur le sol.

Le soleil me chauffe la peau, le ciel est bleu, mais dès que nous pénétrons dans l'ombre des grands arbres qui jouxtent la boutique, l'air devient frais et humide, comme une haleine hivernale.

— Quel âge as-tu, Samuel ? demande Rachel.

Loin d'être méfiante, sa voix est empreinte de curiosité, mais dépourvue d'indiscrétion ou d'inquiétude – pas comme ma mère qui part toujours du principe qu'il est arrivé quelque chose de terrible, comme si je fabriquais des bombes en cachette ou que je surfais sur des sites pédopornographiques dès qu'elle avait le dos tourné.

Je lui explique que j'ai dix-huit ans, que je « fais une pause » du lycée et que je cherche un boulot. Lorsque nous abordons mes expériences passées, je brode un peu : je lui dis que j'ai travaillé chez Media Markt – ce qui n'est pas complètement faux –, et que j'ai entraîné une équipe de football de catégorie poussin – information qui ne contient en revanche pas une once de vérité.

Au bout d'un moment, nous arrivons sur une pointe de terre et Rachel montre du doigt l'un des grands rochers plats qui s'étirent dans la mer comme une gigantesque langue.

— Par ici !

Elle saute par-dessus un fossé et traverse l'étendue d'herbes hautes sans attendre ma réponse. Je lui emboîte le pas et nous nous asseyons à quelques mètres de la mer, sur la pierre chaude et raboteuse. Des embruns salés pleuvent à nos pieds et une grosse vague nous oblige même à reculer de quelques mètres pour ne pas nous mouiller.

Des cannettes de bière vides sont fichées dans une crevasse et un vieux mégot roule au gré de la brise estivale. Dans la mousse au pied du rocher flottent des algues brunes.

— On est bien, là, non ?

J'acquiesce, les yeux rivés sur la mer. Certes, on est bien, mais je me sentirais encore mieux si j'avais quelque chose dans le ventre. Je suis complètement fauché. Par deux fois, je suis entré dans la supérette pour voler à manger, mais je ne pense pas pouvoir y retourner sans me faire repérer. D'ailleurs, ils n'ont que des sandwiches trop bizarres à l'avocat, au houmous et au tofu.

— C'est l'un des avantages qu'il y a à vivre ici. La proximité avec la nature, avec la mer... (Elle ferme les yeux et tourne son visage vers le soleil.) Alors, pourquoi es-tu intéressé par ce travail ? Il n'y a pas grand-chose à faire dans le coin, ça peut être un peu ennuyeux pour un jeune garçon comme toi.

Cette interrogation me prend de court.

— Hum... J'aime bien le calme...

— Parfait, parfait.

Un silence s'installe. Peut-être s'attend-elle à ce que je lui pose des questions ? Que je me montre concerné par ce soi-disant boulot ?

— Votre fils... Que lui est-il arrivé ?

Je ramasse un galet et je le lance vers l'eau ; il ricoche à la surface avant de plonger dans les profondeurs bleu marine.

— Jonas a été victime d'un accident il y a près de deux ans. Son cerveau a été touché et il a passé plusieurs mois à l'hôpital. Mon conjoint Olle et moi avons opté pour des soins à la maison. C'est là que tout le cirque a commencé.

— Le cirque ?

— Oui. Je crois que Jonas a eu au moins dix auxiliaires de vie en l'espace de trois mois. Ça ne marchait pas, tout simplement, et on ne peut pas dire que la municipalité se soit montrée coopérative. Finalement, nous avons décidé de nous occuper de lui nous-mêmes.

— Vous et le père de Jonas ?

— Olle n'est pas son père, mais il fait tout ce qu'il peut pour nous. Nous avons vendu notre appartement et acheté une maison ici. J'étais pharmacienne, mais j'ai démissionné. Maintenant je fais du télétravail : je suis cheffe de projet pour un laboratoire pharmaceutique. Olle est écrivain, il a des horaires assez souples. Mais nous avons besoin d'aide : Jonas ne peut pas rester seul. Il est cloué au lit et souffre d'épilepsie. Nous ne savons pas à quel point il est conscient, mais il a des moments de lucidité. Nous ne pouvons pas risquer qu'il tombe de son lit ou qu'il ait une crise d'épilepsie en notre absence.

Rachel a dû décrypter l'inquiétude dans mon regard, car elle pose une main sur mon bras.

— Tu n'as pas à t'en faire si tu n'as pas d'expérience dans le domaine médical. Ce n'est pas nécessaire. Il s'agit plutôt de lui tenir compagnie, de lui lire des livres, de lui faire écouter de la musique, et d'accomplir quelques tâches ménagères. Tu travailleras de dix heures à seize heures, cinq jours par semaine. En ce moment, comme Olle est en déplacement, ça peut être un peu plus. Le salaire est de quinze mille couronnes par mois, mais tu es nourri et logé.

Nourri et logé !

L'idée d'un lit moelleux et d'un vrai repas cuisiné rend la proposition alléchante, même si la paie est pourrie.

Quinze mille couronnes ! C'est ce que je gagne habituellement en une semaine !

Six heures par jour, cinq jours par semaine, cela fait trente heures hebdomadaires, en comptant en moyenne quatre semaines et demie par mois cela équivaut à cent trente-cinq heures mensuelles. Donc un salaire horaire de cent onze couronnes.

Cent onze couronnes de l'heure ! Sérieusement ?

Mais à bien y réfléchir, ce n'est pas si mal. Si en plus je suis payé au noir – j'imagine, mais je ne veux pas lui demander –, c'est tout de même mieux que de bosser chez McDo.

— Si tu venais travailler chez nous, nous pourrions revoir la rémunération à la hausse après le premier mois, ajoute Rachel, comme si elle lisait dans mes pensées. Si ça marche bien.

Je lève les yeux vers elle. *Si ça marche bien.* Est-ce qu'elle est en train de me proposer le boulot ? Vraiment ?

— Tu peux peut-être m'envoyer tes références ? Ton supérieur chez Media Markt, par exemple.

Après le départ de Rachel, je reste longtemps sur le rocher, à admirer la mer et le soleil qui lentement disparaît derrière les nuages massés à l'horizon. L'air s'étant un peu refroidi, je tire mon pull à capuche de mon sac et l'enfile.

Comment vais-je lui fournir des références ? Est-ce que je veux vraiment ce boulot ?

Je pense à Rachel, à sa peau blanche et à sa longue chevelure sombre ; je pense à un repas, à la sensation de dormir dans un lit qui vient d'être fait, avec des draps bien lisses et un véritable oreiller en lieu et place d'une touffe d'herbe.

C'est séduisant…

Mais une autre image apparaît sur ma rétine : moi, assis sur un tabouret, en train de nourrir un débile en couche dégoulinant de bave, aux bras aussi noueux que les bouts de bois logés dans les crevasses non loin de moi.

Non. Ça ne marchera jamais.

Pour cent onze balles de l'heure, en plus ! C'est une plaisanterie. Une insulte, même.

Je sors mon téléphone portable. Et si j'appelais ma mère ? Non, je n'ose pas. Si Malte me retrouvait ? J'ai beau avoir désactivé tous les services de géolocalisation, je ne me sens pas serein.

Que faire ? Si je l'allumais un court instant, rien qu'une minute – est-ce qu'ils pourraient vraiment me pister ? Je finis par céder à la tentation pour regarder mes messages. Personne n'a donné de nouvelles depuis mon départ, ni ma mère, ni Alexandra, ni Liam. Une vague de tristesse s'empare de moi. Je n'ai donc aucune importance à leurs yeux ? La petite voix cruelle est de retour. *Tu n'es qu'une merde, Samuel. Tu ne comprends donc pas qu'ils sont tous soulagés de s'être débarrassés de toi ?*

J'ouvre Instagram. Jeanette a encore posté une photo d'elle en bikini. Elle tire la langue et fait le V de victoire avec l'index et le majeur.

Trois cent quatre-vingts *likes*.

Mon portable m'avertit que j'ai reçu un message. C'est Rachel.

« C'était un plaisir de te rencontrer. Si tu es toujours intéressé, le job est pour toi. Contacte-moi dès que tu auras pris ta décision. »

Au moment où je lis ce message, un nouveau *bip* retentit. Mes poils se hérissent lorsque je découvre le SMS d'Igor. Seulement trois mots : « Tu es mort. »

Je laisse tomber mon téléphone comme s'il me brûlait les doigts.

Merde ! Je pensais qu'Igor était en taule ! Les flics l'auraient relâché, lui aussi ?

114

Je jette un regard circulaire autour de moi, comme s'il pouvait être là, à m'épier entre les arbres, mais tout semble tranquille.

Le sentier de gravier désert est baigné d'une lumière crépusculaire. Des balafres de brouillard laiteux caressent les troncs des pins, s'enroulent autour des fougères et effleurent les pierres ; le vent s'étant apaisé, les vagues lèchent doucement et régulièrement les rochers, l'air est humide et terreux, comme dans la cave de mon grand-père.

Sans doute devrais-je contacter Igor, lui expliquer que j'ai enfoui l'argent et pris sa moto pour le protéger, mais je n'ose pas. Si ça se trouve, ce n'est même pas Igor qui a envoyé le message ; c'est peut-être la police, pour m'attirer dans ses filets.

Une pensée chasse l'autre dans ma tête, j'ai l'impression d'être bloqué sur un manège, sans possibilité de descendre.

J'ai besoin de temps. Je dois me renseigner sur ce qui est arrivé à Igor et je dois mettre au point un plan pour me tirer de ce pétrin.

Tu peux prendre tout le temps que tu veux, ça ne te sauvera pas, espèce de pauvre mec !

Je me laisse tomber sur le rocher et, frissonnant de froid, je ressors mon portable. Après quelques instants d'hésitation, je réponds au message de Rachel, lui disant que j'accepte le boulot.

PERNILLA

Nous sommes assis en cercle sur le sol de la salle de rassemblement. Sur un banc près de la fenêtre brûlent des cierges et les murs sont couverts de dessins à la craie représentant des scènes du premier livre de Moïse – des interprétations colorées et inventives de la fuite en Égypte, des rêves du pharaon, et de Joseph qui soumet ses dix frères à une épreuve.

En face de moi, Karl-Johan, le pasteur, et autour de nous des filles et garçons de neuf à treize ans.

J'apprécie énormément l'école biblique pour les enfants et les jeunes créée par notre communauté. Ils sont tellement plus ouverts que les adultes au message de Dieu, d'une curiosité intacte et avides de connaissances. Ils témoignent un grand respect à Karl-Johan – à moi aussi, d'ailleurs. Jamais ces jeunes n'oseraient braver mon autorité à la manière de Samuel.

Je regarde Karl-Johan. Avec sa barbe grise et son corps trapu, il ressemble à un vieux conteur et paraît bien plus âgé que ses quarante-sept ans.

Tout à coup, le remords me saisit : notre rôle n'est pas de raconter des histoires, mais d'échanger autour de la parole de Dieu, retranscrite dans les Écritures saintes.

Sans compter que j'observe le *corps* du pasteur ! Quelle bassesse !

— Alors, lance Karl-Johan, en promenant son regard sur les enfants. Pourquoi la femme de Job lui a-t-elle dit « Maudis Dieu et meurs » ?

Peter lève la main à la vitesse de l'éclair, suivi de Lily et Julia.

Karl-Johan esquisse un signe de la tête en direction de Julia, une fillette timorée et taciturne, aux incisives si proéminentes qu'elle peine à fermer la bouche. Il veut l'encourager à s'affirmer au sein du groupe.

— Parce que… parce que… Dieu l'avait rendu malade, pris ses ânes et ses chameaux, et tué ses moutons. Et ses dix enfants.

Des rires fusent dans l'assemblée.

— Hum, oui et non. Tu as raison, Julia, mais ce n'est pas Dieu, c'est Satan qui a fait tout ça.

— C'est ce que je voulais dire, répond la fillette, les joues écarlates.

— Et qu'a fait Job ensuite ? A-t-il maudit Dieu ?

Julia secoue violemment la tête.

— Non. Il a refusé. Même si trois amis, qui n'étaient pas de vrais amis, sont venus et lui ont dit qu'il avait mené une mauvaise vie. Alors Dieu était content : il lui a rendu la santé, ses ânes et ses chameaux. Et dix nouveaux enfants.

Les ricanements cessent pour laisser la place à l'ennui. Nous travaillons sur le thème de Job depuis près d'une heure – les petits ont du mal à rester concentrés plus longtemps.

— Exactement. Quels enseignements pouvons-nous en tirer ?

— Celui qui est fidèle à Dieu obtient… obtient…, bredouille Julia.

— Des chameaux ? suggère James, le boute-en-train, un garçon roux grassouillet aux yeux rieurs.

Les autres enfants s'esclaffent à nouveau et Karl-Johan sourit, ce qu'il n'aurait jamais fait si quelqu'un avait osé une boutade dans le groupe d'adultes.

— Si tu es fidèle à Dieu, il te bénira et tu auras la vie éternelle, répond-il, enthousiasmé.

Muets, les enfants le fixent, les yeux écarquillés.

— Je crois que nous allons nous arrêter là. Avant de partir, Pernilla va vous donner quelques informations concernant la randonnée de la semaine prochaine.

Il me fait un signe de la tête et je me lève, lisse ma jupe et attrape le tas de papiers posé sur le banc à côté de moi.

— Nous nous retrouverons devant cette salle à neuf heures du matin. J'ai préparé une liste pour que vous n'oubliiez rien dans vos sacs. Lisez-la attentivement, il n'y a pas de magasin là où nous allons. Dans les bois.

Nouveaux rires.

J'entreprends de distribuer les documents et je poursuis :

— D'après la météo, il fera beau et chaud, mais apportez tout de même des imperméables, on ne sait jamais. Et soyez à l'heure. Le bus part à neuf heures trente.

Un murmure parcourt la salle tandis que les enfants rassemblent leurs affaires et se lèvent.

— Prenez des vêtements résistants ! Et de bonnes chaussures ! Nous allons marcher longtemps et cette fois je ne veux pas m'occuper de vos ampoules.

Personne ne répond, le groupe se dirige déjà vers la sortie.

— Et *pas* de portables !

Karl-Johan me regarde en souriant.

— Viens t'asseoir ici, Pernilla, me prie-t-il en tapotant le tapis de sa grande main.

Le dernier enfant quitte la pièce, la porte se ferme avec un léger claquement et les flammes des cierges vacillent dans le courant d'air.

Je me laisse tomber à quelques mètres de Karl-Johan.

— Ils sont adorables, tu ne trouves pas ? dis-je.

Il acquiesce, puis il fronce les sourcils et penche la tête sur le côté.

— Comment va Bernt ?

Je pense à mon père, alité, le corps décharné, la peau et le regard jaunis comme des jonquilles, qui attend que Dieu le rappelle à lui.

— Pas très bien.

Karl-Johan prend un air peiné.

— Nous allons prier pour lui. Y a-t-il autre chose qui te préoccupe, Pernilla ? Tu sembles un peu… apathique.

Je secoue la tête.

— Non, rien d'autre. Enfin, j'ai changé de travail, je suis contente. Donc tout va bien. Enfin, moi, je vais bien. Oui, généralement, ça va.

Son regard me transperce et, comme s'il lisait dans mes pensées, il demande :

— C'est encore Samuel, n'est-ce pas ?

— Oui.

Je ferme les yeux, sentant les larmes brûler sous mes paupières. Je songe au merle, seul dans sa cage, qui me lance des regards réprobateurs. Alors, quand bien même ce n'était pas mon intention, je lui raconte tout : les petits sachets blancs, Samuel que j'ai mis à la porte et la venue de la police.

Comme à mon habitude, je livre un récit interminable et confus et, comme à son habitude, Karl-Johan y prête une oreille attentive. Il sait écouter, contrairement à moi.

Avec mon babil incessant, on dirait que je veux faire mourir les gens d'ennui.

— Ah, ma chère Pernilla ! soupire-t-il lorsque j'ai fini. Hélas je ne peux pas dire que je suis surpris, mais sache que je suis convaincu que tout s'arrangera pour Samuel dès qu'il aura laissé entrer Dieu dans son cœur.

J'acquiesce en essuyant une larme. Je repense à toutes ces fois, ici, où j'ai eu honte de Samuel. Je ne peux qu'admettre que la congrégation a fait preuve d'une grande patience avec lui.

Petit, il se battait avec les autres enfants et volait des gâteaux. Puis il est tombé de Charybde en Scylla. Un jour, il a même mis le feu à des livres de cantiques dans le jardin. Mais il ne pensait pas à mal, il était juste facétieux et avait des difficultés de concentration. Avec les livres, il avait bâti une tour, qui était devenue une maison. Pour l'éclairer, il fallait naturellement des bougies… L'incendie ne fut qu'un accident, mais ça, personne ne le comprit et son entreprise fut interprétée comme un acte païen.

Même chose à l'école. Son institutrice l'envoya voir le médecin scolaire qui l'orienta vers une psychologue. Cette dernière constata qu'il présentait des difficultés de concentration et qu'il avait du mal à contrôler ses impulsions, mais que ça passerait avec le temps.

Moi, j'ai filé chez le pasteur et, ensemble, nous avons prié pour Samuel. Nous avons prié, prié, mais Dieu avait sans doute décidé que notre épreuve n'était pas terminée, parce que la situation ne s'est pas améliorée. Bien au contraire.

Les yeux clos, je refoule mes larmes tant bien que mal.

— C'est important que tu ne le reprennes pas chez toi. Il est majeur, Pernilla. Il doit tirer des leçons de ses erreurs. Si tu balayes derrière lui chaque fois qu'il fait une bêtise, il n'apprendra jamais. Prends ton mal en patience. Aie confiance. Il reviendra quand il sera prêt. Nous serons prêts à l'accueillir. *Dieu* sera prêt à l'accueillir.

J'esquisse un signe de la tête, incapable de prononcer la moindre parole, car la boule douloureuse au fond de ma gorge m'en empêche. J'imagine que le pasteur a raison. Sans doute a-t-il déjà été confronté à ce genre de situation, et il nous a tant aidés, Samuel et moi. Lorsque mon fils a volé dans le panier de la quête, Karl-Johan a accepté de ne pas déposer plainte, et il m'a prêté de l'argent quand nous étions dans le besoin. Sans oublier que je ne serais jamais devenue responsable des activités pour les plus jeunes sans son soutien si chaleureux.

— Pernilla, promets-moi de ne pas contacter Samuel cette fois-ci. Est-ce que tu me donnes ta parole ?

— Oui.

Ma voix n'est qu'un murmure, et je souris en prenant conscience qu'il parle comme mon père.

Karl-Johan opine du chef, l'air satisfait, puis me toise de la tête aux pieds, comme une voiture d'occasion qu'il envisagerait d'acheter.

— Est-ce que tu vois quelqu'un ?

— Comment ça, si je *vois* quelqu'un ?

Karl-Johan éclate d'un petit rire.

— Je veux dire, un homme. Tu es célibataire depuis longtemps, alors que tu es si jeune.

Il marque une pause, son regard s'arrête à hauteur de ma poitrine, puis il reprend :

— Et belle. Tu ne devrais pas être seule. Ce n'est pas la volonté de Dieu.

L'étonnement se mêle à la gêne : si je ne le connaissais pas, je penserais qu'il est en train de me faire du charme. Impossible. Karl-Johan est marié à Maria, je les ai toujours connus ensemble. Ils forment un couple parfait et jouissent du respect de toute la congrégation. Non. Je dois me faire des idées.

— Tu trouves ?

Karl-Johan acquiesce, sourit, et passe doucement la main sur ma joue. Je frissonne, mais mes lèvres restent scellées – habituellement incapable de me taire, j'ai sombré dans le mutisme.

— Nous aurons tout le loisir de discuter pendant la randonnée !

Il absorbe une de ces pastilles pour la gorge qu'il est toujours en train de sucer puis se penche vers moi.

— Hum, oui, oui, dis-je en m'écartant pour me dérober à son contact, et je sens le malaise grandir en moi.

— Prions pour Samuel !

Karl-Johan se lève, lisse son pantalon ringard en toile et me fait signe de le suivre. Lui emboîtant le pas, je m'approche du grand crucifix accroché au mur et j'observe le corps émacié de Jésus-Christ soigneusement sculpté dans le bois sombre.

Karl-Johan recule d'un pas de façon à se retrouver derrière moi, pose les mains sur mes épaules qu'il masse doucement.

— Tu me crois si je te dis que tout va s'arranger ?

— Oui.

Ses paumes glissent le long de mes bras et il avance vers moi, me serre contre lui et glisse ses mains dans les miennes. Cette proximité accroît mon embarras et je suis prise d'une soudaine envie de fuir, de sortir d'ici, de laisser le pasteur en compagnie de Jésus sur la croix, mais c'est impossible. C'est notre pasteur, après tout, celui qui dans notre congrégation est le plus proche de Dieu.

Cela ne peut pas être pris à la légère.

— Seigneur, commence-t-il. Merci de nous avoir donné Samuel. Il n'est pas facile d'être jeune aujourd'hui, d'être soumis à la tentation et d'être attiré par des idoles.

Il marque une pause, se colle contre moi. Ses bras appuient sur mes seins. Prise de nausée, je n'ose même plus respirer.

— Seigneur, protège Samuel des épreuves trop ardues, allume un cierge dans son cœur et montre-lui le chemin. Aide-le à faire la paix avec lui-même et à suivre le Christ.

Je sens le ventre de Karl-Johan contre mon dos, son odeur de transpiration et de pastilles pour la gorge.

— Au nom du Christ…

Il décale légèrement sa jambe, se presse contre mon derrière et ce que je perçois m'horrifie : son érection contre mes fesses.

M'arrachant de son étreinte, j'esquisse quelques pas titubants et je prends appui sur la croix pour ne pas tomber.

— Arrête ça ! Arrête de…

Je ne parviens pas à continuer. Où sont les mots lorsque j'en ai vraiment besoin ? Au lieu d'être disponibles pour me défendre, ils se tapissent au fond de mon cerveau, paralysés par le respect que j'ai pour le pasteur, le temple, Dieu et tout le tralala.

Le pasteur affiche un sourire mutin qui lui donne un air de mauvais garnement, et son regard cauteleux me suit alors que je me dirige vers la porte.

— Arrêter quoi, au juste ?

— Mais… mais enfin… Tu m'as touchée.

Les mots n'ont pas l'effet recherché. Loin de faire amende honorable, il se contente de secouer la tête. Son sourire s'est évanoui et il arbore à présent une expression impassible, austère.

— Voyons Pernilla, lance-t-il d'un ton offensé, je ne ferais jamais…

— Mais j'ai senti que… Je l'ai senti… quand tu…

— Excuse-moi, mais qu'est-ce que tu *crois* avoir senti ?

Le visage en feu, je ne parviens pas à prononcer les mots, pas ici, dans la maison de Dieu.

— Pernilla, poursuit-il d'une voix compatissante, je sais que tu n'es pas toi-même en ce moment. On peut facilement mal interpréter certaines situations. Surtout lorsqu'on est seule depuis aussi longtemps que toi. À ta place, moi aussi je rêverais de proximité. Rien d'étonnant à cela. Au contraire, c'est tout à fait humain et il n'y a pas de honte à avoir.

Néanmoins, c'est ce sentiment qui embrase mes joues.

— Je vais porter plainte.

— Ah oui ? Pour quoi, exactement ? Je n'ai toujours voulu que vous aider, Samuel et toi. Tu le sais.

Il a raison. Que dire ? Que je *crois* avoir senti son érection contre mon derrière ? On me rira au nez, on me prendra pour une bonne femme en manque d'amour qui fantasme en secret sur le pasteur, ingrate qui plus est, car tout le monde est au courant de ce qu'il a fait pour nous.

— Je t'en prie, Pernilla, ne laissons pas ce malentendu gâter notre relation. Notre travail avec les jeunes est si important, et il te plaît, non ?

Je recule de quelques pas, découvrant l'ampleur de sa trahison : ce qu'il sous-entend, c'est que si je veux continuer à m'occuper du groupe, je dois cesser de faire des histoires.

Tournant sur mes talons, je me dirige vers la sortie, à pas lents, comme si je contrôlais encore mon corps, mais à peine la porte franchie, je me mets à courir.

Je me sens anéantie, comme si on m'avait arraché tout ce qui importe dans ma vie – la foi en lui, la foi dans la congrégation, et même, peut-être, la foi en Dieu. Sans oublier ma propre dignité, bien sûr, mais c'est ce qui a le moins de valeur à mes yeux.

Je baisse les yeux sur ma jupe de guingois et je l'ajuste sur mes hanches.

Peut-être est-ce de ma faute, après tout ? Peut-être mes tenues sont-elles trop affriolantes ?

Un visage d'ange et un cœur de vipère.

Peut-être suis-je comme ma mère.

Ormö se trouve dans la partie sud de l'archipel de Stockholm. L'air est frais et humide, les immenses rochers plongés dans la pénombre, mais le ciel bleuté de juin est toujours clair. Les effluves marins et l'odeur capiteuse des algues en décomposition se mêlent à l'exhalaison répugnante de cadavre.

À une cinquantaine de mètres de nous, de grands projecteurs et des sacs sont disposés sur les rochers, et deux hommes en blanc sont agenouillés devant un gros paquet.

Une agente en uniforme vient à notre rencontre et se présente comme Mirjam. Le paquet, qui s'est vite révélé contenir un corps, nous explique-t-elle, a été découvert par un touriste allemand quelques heures plus tôt.

— Il était dans l'eau, au pied des rochers, mais nous l'avons sorti de la mer et posé là.

À quelques mètres de nous, son collègue parle au téléphone.

— Le médecin légiste est passé, poursuit-elle. Le corps est si bien emballé qu'elle n'a pas pu voir grand-chose, mais elle pense qu'il s'agit d'un homme et qu'il est mort depuis longtemps. Elle voudrait transférer le paquet, intact, à l'institut médico-légal, donc elle n'a pas voulu effectuer d'examen plus approfondi.

Devant moi s'étire la mer, telle une pièce de soie noire.

— Qu'est-ce qu'il y a en face ?

— Quelques îlots et écueils, et ensuite, la haute mer. Plein ouest se trouve l'Estonie, au nord-est, la Finlande et à l'est, la terre ferme, sans compter toutes les petites îles, Aspö, etc. Le bourg le plus proche est Dalarö, c'est de là que vous êtes montés sur le ferry, non ?

— Tout à fait.

Les techniciens prennent quelques photos dont le flash m'aveugle – je ne vois rien que du noir. À distance, on distingue le ronflement d'une embarcation à moteur qui s'éloigne. À une cinquantaine de mètres de nous, un groupe de gens bavardent à mi-voix, sans doute des insulaires curieux.

Je me tourne vers Mirjam et lui montre du doigt l'assemblée.

— Tu leur as parlé ?

— Non.

— Vas-y. Note leurs noms et coordonnées.

— D'accord, répond-elle, sans conviction, avant de se diriger vers les îliens.

— On va voir ? suggère Malin avec un signe de tête vers le corps allongé près de l'eau.

— Il faut bien.

Nous descendons la pente légère du grand rocher plat, saluons les techniciens et nous agenouillons près du corps. Dans la lumière crue des projecteurs, les membres se dessinent clairement sous le tissu blanc imbibé d'eau. On distingue les contours d'une épaule et d'une hanche. Une chaîne de fer épaisse et rouillée du même type que celle utilisée pour lester Johannes Ahonen, recouverte par endroits d'algues et de boue, est enroulée autour de l'étoffe d'où dépasse une main.

M'approchant pour l'observer de plus près, je découvre que la peau flétrie s'est détachée au niveau du poignet. On dirait presque que l'homme porte un gant de latex. J'ai vu suffisamment de victimes de noyade au fil des ans pour savoir que c'est normal : il arrive que la peau des pieds et des mains se disjoigne totalement, comme des gants ou des chaussettes, après quelques jours passés sous l'eau.

Mirjam nous rejoint et fixe la mer, évitant soigneusement le corps. Je la comprends. Il faut plusieurs années d'entraînement pour apprendre à regarder la mort en face.

Je me tourne vers elle.

— Qui a trouvé le corps ?

— Un certain Heinz Schwarz, marmonne-t-elle. Cinquante-neuf ans, domicilié à Hanovre, en vacances ici avec son partenaire Silvio. Heinz se promenait seul lorsqu'il a vu quelque chose dans l'eau près des rochers. En s'approchant, il a vu que c'était un corps et a alerté les secours.

— Depuis combien de temps est-il ici, dans l'archipel de Stockholm ?

— Apparemment, ils sont arrivés en Suède hier. Ils devaient rester une semaine, mais ils pensent rentrer. Heinz Schwarz semble assez ébranlé.

Une journée à Stockholm. Il est peu probable que ces deux touristes aient quelque chose à voir avec le cadavre.

— J'ai noté son témoignage, ajoute Mirjam.

— Bien. Qu'en penses-tu, Malin ?

— Que ces deux cas sont liés. C'est la même personne qui a plongé Ahonen et cet homme dans la mer.

Afsaneh est réveillée lorsque je rentre chez moi.

Elle me rejoint dans l'entrée et m'étreint longuement. Elle vient de prendre une douche – ses cheveux trempés me mouillent la joue et gouttent sur mon bras.

— Mon pauvre, vous êtes restés tard !

— Oui, malheureusement.

Elle s'écarte de moi, sourcils froncés.

— Tu as fumé ?

— Non.

C'est un mensonge.

— Ah bon, fait-elle, suspicieuse. Tu veux un thé et des tartines ?

— Volontiers, merci.

Je dépose un baiser léger sur son front et nous entrons dans la cuisine.

— Au fait, dit-elle en s'arrêtant brusquement. J'aurai peut-être quelques réunions la semaine prochaine.

— Des réunions ? Tu as rejoint les Alcooliques anonymes ?

— Très drôle. Non, c'est pour le boulot.

Je me fige moi aussi, car mon corps sait que quelque chose d'important est en train de se produire. Afsaneh est en congé maladie depuis l'accident de Nadja.

— C'est bien.

— Il s'agit du Projet. Je t'avoue que je suis curieuse de voir comment il évolue.

Le « Projet » est un projet de recherche interdisci-plinaire dont l'objectif est d'analyser l'influence des nouvelles technologies, en particulier Internet et les réseaux sociaux, sur les individus. Outre Afsaneh et son collègue Martin – qui sont tous les deux psycho-logues –, le groupe de recherche intègre des médecins, des neurobiologistes et des ingénieurs informatiques.

Dans sa thèse de doctorat et dans le cadre du poste qu'elle occupe à l'université de Stockholm, elle étudie les interactions entre l'homme et la machine – en se concentrant sur les véhicules : automobiles, bateaux, avions. Mais avec sa participation au Projet, elle a élargi ses recherches à d'autres domaines.

— C'est peut-être parce que je passe beaucoup de temps sur Internet en ce moment, explique Afsaneh avec un sourire mal assuré. Il devient évident pour moi que le Net permet aux gens de se rapprocher.

— Pour le meilleur et pour le pire...

Elle hausse les épaules.

— Peut-être. Mais il y a tant de personnes qui te comprennent, qui te donnent de l'amour, qui partagent le même vécu, la même douleur.

— Et tant de tarés.

Afsaneh lève l'un de ses sourcils noirs parfaitement dessinés, comme pour relever mes paroles déplacées en s'en tenant à un avertissement. Elle sourit à nouveau. Aujourd'hui, même ma technophobie avancée ne parvient pas à entamer sa bonne humeur.

— Tu n'es pas un peu trop dur ?

— Si, peut-être.

Afsaneh allume la bouilloire et quelques bougies. Je dresse la table. Ce n'est que lorsqu'elle y pose la théière et le pain beurré que je prends conscience de ma bévue : j'ai mis trois couverts. À la place de Nadja, j'ai placé une assiette et un verre, sans m'en rendre compte, comme par automatisme. Un grand froid me traverse quand le regard d'Afsaneh s'attarde sur la table.

— Désolé. Je ne sais pas ce qui m'a pris. Je suis crevé, c'est pour ça. Pardon !

Mais loin d'avoir la réaction escomptée, loin de se refermer sur elle-même et d'éclater en sanglots, elle me serre dans ses bras et murmure à mon oreille :

— Gros nigaud, laisse tout ça, je rangerai tout à l'heure. Écoute, elle va bientôt revenir. Bientôt, nous pourrons à nouveau mettre le couvert pour trois.

Mon cœur frémit. C'est vrai que les médecins vont progressivement arrêter les médicaments, mais il faudra patienter plusieurs jours avant que Nadja ne se réveille.

Si jamais elle se réveille.

Je n'ose même pas penser à ce qui arrivera si elle ne se réveille pas. Où partiraient l'énergie et la joie de vivre à peine retrouvées d'Afsaneh ? Quelle vie nous attendrait si Nadja disparaissait pour de bon ? Mais ma femme ne semble pas remarquer mon hésitation.

— Tu es drôle, parfois, déclare-t-elle.

Et elle m'embrasse fougueusement pour la première fois depuis la tragédie. Depuis que notre enfant est tombée dans le vide.

Deuxième partie

LA TEMPÊTE

« Mais l'Éternel fit souffler sur la mer un vent impétueux, et il s'éleva sur la mer une grande tempête. Le navire menaçait de faire naufrage. Les mariniers eurent peur, ils implorèrent chacun leur dieu. »

Jonas 1:4-5

SAMUEL

Rachel me retrouve près du port.

Elle a garé sa Volvo noire, bondi de sa voiture et m'a salué, puis a braqué son regard sur mon sac à dos vide. Je devine ses pensées : quelqu'un qui va s'installer chez son nouvel employeur ne devrait-il pas apporter quelques affaires ?

Enfilant mon sac, je tâche de me donner une contenance autre que celle d'un pauvre diable qui a échappé à un sadique baron de la drogue et passé plusieurs nuits dans un fourré.

Aujourd'hui, Rachel porte les cheveux remontés en un chignon dont débordent quelques mèches. Outre cela, elle a le même look qu'hier : sans maquillage, vêtue d'une simple chemise d'homme blanche et d'un jean usé.

— Bon, dit-elle en lorgnant la moto, le mieux c'est que tu me suives. Ce n'est pas loin, à quelques kilomètres seulement, mais sois prudent, la route est mauvaise.

J'acquiesce et enfourche le deux-roues tandis que Rachel monte dans son véhicule. Elle démarre, s'engage sur la route principale puis, au bout de quelques centaines de mètres, elle tourne à droite sur un chemin de gravier si étroit que je ne l'aurais sans doute pas aperçu si elle ne m'avait pas précédé.

Nous traversons une forêt de pins, puis nous franchissons un pont. L'eau dort, calme et lisse entre les rochers, la brise tiède me caresse le visage et le soleil m'éblouit. La voiture de Rachel fait soudain une embardée et l'instant suivant je remarque un nid-de-poule que j'évite de justesse. Elle avait raison : cette route n'est pas une partie de plaisir.

Je décélère et je la suis à distance à travers la forêt dont émane une odeur d'épineux et de terre. La piste serpente entre des mamelons rocheux, et je suis obligé de zigzaguer entre de grosses pierres qui s'en sont détachées et les anfractuosités de plus en plus nombreuses.

Enfin, j'aperçois une grille derrière laquelle une allée mène à une maison. Rachel freine près d'une clôture en bois peinte en blanc. Elle se gare au bord de la route, sur un carré d'herbe, sort de la voiture et me fait signe. J'arrête la moto et je la rejoins.

— Vous vivez sur une île, en fait ?

— Oui, mais je m'en rends à peine compte comme on a le pont. Avant, les habitants étaient obligés de prendre le bateau depuis Stuvskär.

Un mince sourire se dessine sur ses lèvres, révélant les ridules autour de ses yeux.

À une cinquantaine de mètres, derrière quelques pins maigrelets, on aperçoit sa maison : une construction aux murs blancs, aux contours de fenêtres et aux planches de rives peints en vert. Il n'y a aucune autre bâtisse aux alentours.

— Beaucoup de gens vivent ici ?

Je jette un coup d'œil à la ronde. Seuls le chant des oiseaux et les vrombissements étouffés des bateaux à moteur dans le lointain viennent briser le silence.

— Non. Deux familles habitent ici toute l'année, puis il y a quelques résidences secondaires, répond Rachel, l'air renfrogné – peut-être qu'elle n'aime pas les estivants.

Mais elle poursuit, comme si elle avait lu dans mes pensées :

— Ne te méprends pas, nous sommes très reconnaissants aux vacanciers : sans eux nous n'aurions ni ferry, ni restaurant, ni épicerie sur le port. Tu y es allé, d'ailleurs ?

— Oui, dis-je, me remémorant les sandwiches que j'y ai dérobés.

L'idée de manger me donne une crampe à l'estomac. La faim m'a empêché de dormir et j'ai même rêvé du McDo.

— C'est pratique de pouvoir y faire des petites courses de dépannage. Mais les produits proposés sont un peu particuliers : grenades, homard, bœuf Wagyu. Pas exactement ce dont a besoin une famille avec des enfants à midi moins cinq un mardi. Mais j'imagine que c'est ce que veulent les estivants. Ils ont un sacré pouvoir d'achat et les goûts de luxe qui vont avec.

Rachel se dirige vers la maison et je lui emboîte le pas. Sa fine chemise flotte au vent et on aperçoit en transparence la forme de son sein.

— Avant, c'était différent, ajoute-t-elle. À l'époque, Stuvskär était un village de pêcheurs. Parle avec n'importe lequel des anciens du bourg, ils pourront te raconter. On attrapait des harengs et du cabillaud dans des filets, on posait des nasses à anguilles, chaque famille avait un fumoir à poisson où on faisait brûler des branches de genévrier ou des copeaux d'aulne. Et on gardait tout, on mangeait de l'ide, de la brème et bien d'autres poissons que l'on rejette aujourd'hui à la mer.

Franchissant le portail, nous pénétrons dans un jardin à la pelouse grasse et verdoyante, plantée d'arbres fruitiers en fleurs et de maigres rosiers formant un massif légèrement surélevé devant l'entrée. Des lilas osseux aux feuilles vert clair et aux grappes fanées se recroquevillent au coin de la maison. L'odeur de l'herbe me chatouille les narines et les bandes laissées par la tondeuse sont si évidentes que je suis sûr que Rachel l'a utilisée juste avant de venir me chercher.

La bâtisse, vieillotte, mais charmante, pourrait sortir tout droit d'un roman d'Astrid Lindgren. Devant l'entrée, les quelques marches sont quasiment dissimulées par une rampe pour fauteuil roulant. Sur le perron sont disposés des pots garnis de fleurs roses que je reconnais – je ne saurais les nommer, mais ma mère a les mêmes dans la cuisine.

Comme elle me manque, ma mère ! Bien qu'elle me tape sur les nerfs, qu'elle épie tous mes faits et gestes, qu'elle me suive partout. Pas cette fois, d'ailleurs. Cette fois, elle n'a même pas donné de nouvelles.

Elle doit être heureuse d'être enfin débarrassée de toi et de tous tes problèmes !

Ignorant la petite voix cynique, je promène mon regard sur la maison. Les fenêtres du rez-de-chaussée sont équipées de grilles en fer forgé aux formes arrondies derrière lesquelles on devine des voilages en dentelle.

Rachel se tourne vers la rampe pour fauteuil roulant.

— Il arrive que nous sortions Jonas, le plus souvent sur la terrasse qui donne sur la mer, de l'autre côté de la villa. Mais nous avons laissé la rampe, au cas où… Au cas où il se réveille.

Elle grimpe l'escalier jusqu'à la porte d'entrée, sort un lourd trousseau de clefs et ouvre.

— Sois le bienvenu ! Je te fais visiter ?

Le vestibule me rappelle le décor d'un vieux film, avec des murs lambrissés de boiseries bleues traversées d'une frise fleurie à hauteur de poitrine. À droite, des vêtements pendent à des patères ; une étroite table grise surmontée d'un vase de roses rouges qui doivent provenir du jardin est adossée au mur.

Je dispose mes baskets à côté d'une paire de grosses bottes d'homme, et je suis Rachel dans la cuisine située à droite de l'entrée. Spacieuse, les murs jaune pâle, elle renferme à la fois un poêle à bois et une cuisinière moderne avec des plaques en vitrocéramique noires, où sont posées une marmite en fonte et une casserole. L'odeur de viande et d'épices me fait tourner la tête.

— J'ai préparé du ragoût, annonce Rachel en passant devant la cuisinière. Je me suis dit que tu aurais faim. Tu pourras manger tout à l'heure, et n'hésite pas à te servir dans le frigo et dans les placards.

Nous traversons la cuisine et entrons dans une vaste pièce toute blanche, meublée d'un canapé et de fauteuils de la même couleur. Des étagères débordant de livres et de babioles garnissent les murs. Près d'une photographie encadrée trône un récipient en verre, qui ressemble fort au présentoir à gâteau de ma mère.

Je m'approche ; dedans, on aperçoit une montre et une coque de téléphone mobile décorée d'une feuille de cannabis.

Peut-être Jonas était-il un garçon sympa avant son accident ?

Rachel m'interroge du regard.

— Ma mère en a un pareil, dis-je en lui montrant le saladier bleu.

Rachel acquiesce sans un mot.

Détournant les yeux, je fais quelques pas dans le salon. De larges fenêtres à croisillons et une porte-fenêtre sur toute une façade offrent une vue imprenable sur la mer qui s'étend à perte de vue dans le soleil du matin. Au loin, on distingue quelques îlots et un phare.

— Waouh !

J'aurais voulu retenir mon exclamation. Rachel se contente d'afficher un sourire de Joconde. La porte-fenêtre ouvre sur une terrasse en bois d'au moins trente mètres carrés où sont disposés des transats et des canapés de jardin. L'espace est délimité par une longue rambarde blanche.

Arrivé à la balustrade, j'étouffe un nouveau cri d'admiration.

À mes pieds, de hautes falaises escarpées descendent jusqu'à la mer. Des taillis, de la bruyère, des buissons de myrtilles poussent dans les crevasses. Un escalier en bois sinueux accoté à la roche donne accès à un ponton, situé à une vingtaine de mètres en contrebas. Non loin de là, un cabanon se cache derrière un fourré.

— Comme tu t'en doutes, nous ne pouvons pas amener Jonas à la mer, explique Rachel, la voix empreinte de tristesse. Mais ce n'est pas si grave, il n'en profiterait pas de toute façon. Toi, tu peux y aller quand tu veux. Je me baigne tous les matins. L'eau n'est pas très chaude, mais c'est… revigorant.

— D'accord.

— On continue ?

De retour dans le salon, elle me montre une porte du doigt.

— C'est notre chambre, à Olle et à moi. Elle donne sur une salle de bains qui ouvre sur la chambre de Jonas. Toi, tu utiliseras plutôt la douche du haut. Allons voir tes quartiers, puis je te présenterai Jonas.

Nous grimpons un escalier en colimaçon qui débouche sur un salon, également garni de canapés, les murs tapissés de livres. De même qu'au rez-de-chaussée, de grandes fenêtres à croisillons donnent sur la mer.

— Voilà notre salon et ça, fait-elle en montrant du doigt une porte, c'est le bureau d'Olle, sa tanière. Il s'y réfugie pour écrire. Il ferme à clef quand il n'est pas là.

Elle se tourne vers l'autre mur percé de deux portes autour desquelles sont montées des étagères.

— Voilà ta chambre et ta salle de bains.

Elle ouvre la porte de droite et nous entrons dans une grande pièce aux murs bleu gris – « bleu pigeon » dirait ma mère – au centre de laquelle trône un lit à deux places aux draps blancs et aux gros oreillers moelleux, comme dans les hôtels de luxe. Réprimant l'envie de me laisser tomber sur le matelas, je dépose mon sac à dos au pied du lit et nous pénétrons dans une petite salle de bains au carrelage moutarde usé par les ans, mais propre et bien rangée. Un miroir fendu est accroché au-dessus d'un lavabo vieillot et une douche se cache derrière un rideau à pois.

— Maintenant, dit Rachel, si nous allions voir Jonas ?

Un garçon de mon âge au teint blafard, au visage décharné et aux courts cheveux bruns gît dans un lit médicalisé. Il a les traits fortement accusés, des pommettes saillantes, un nez busqué et une bouche en cul-de-poule semblable à un masque. Une fine sonde fixée à sa joue par un bout de sparadrap marron pénètre dans une narine. Près du lit, un curieux appareil en métal pourvu d'une sorte de balançoire de sangles noires sert sans doute à le soulever hors du lit.

J'observe le garçon qui, loin d'avoir l'air malade, semble plongé dans un profond sommeil. Il n'est pas du tout comme je l'imaginais : ses bras ne sont pas tordus, il ne bave pas, il ne tremble ni n'émet ces cris étranges d'handicapés mentaux.

À vrai dire, il a l'air absent, inconscient. Comme un zombie.

Je balaye les murs du regard. On y voit quelques affiches de cinéma et plusieurs dessins, esquissés à la craie d'une main enfantine, qui représentent des voitures transportant des conducteurs souriants aux traits simplistes ; près de la fenêtre, une paire de chaussures à crampons aux lacets noués et un petit drapeau de l'équipe de Hammarby sont suspendus à un crochet.

Rachel s'approche du lit et, prenant place sur un tabouret, me fait signe de m'asseoir dans un fauteuil à oreilles de l'autre côté.

— Je l'ai mis là pour toi. Pour que tu sois à l'aise. Tu seras amené à passer beaucoup de temps ici.

Installé dans le fauteuil à l'assise défoncée, les mains sur les cuisses, je sens l'angoisse monter en moi. Cette chambre, ce garçon au visage de poupée de cire engoncé dans ses couvertures, toute cette situation me glace.

Dans quelle galère me suis-je fourré ? Vais-je vraiment rester claquemuré ici six heures par jour pour cent onze balles de l'heure ? Quel crétin je fais !

— Samuel est arrivé, murmure Rachel en caressant les cheveux de Jonas. Il va te tenir compagnie pendant que je travaille.

Pas de réaction.

— Il va te faire la lecture et te faire écouter de la musique. C'est sympa, non ?

Jonas ne bouge pas d'un iota, il reste immobile, le visage neutre, les yeux fermés. Rien ne permet de savoir s'il a entendu ou compris.

Rachel l'embrasse sur la joue et pointe du doigt le tuyau qui sort de sa narine.

— Jonas est nourri par sonde. Mais tu n'as rien à faire, je m'occupe de tout ça.

Elle saisit le tube de crème hydratante posé sur la petite table de chevet, en exprime une noisette dans sa paume et entreprend de masser la main droite du garçon.

Au-dessus du lit est suspendu un calendrier sur lequel quelqu'un – sans doute Rachel – a marqué d'une croix toutes les dates jusqu'à celle du jour.

— Il a les mains très sèches. Je lui applique de la crème au moins une fois par jour. Et du baume à lèvres aussi, quand j'y pense.

Sur la petite table qui jouxte le lit, un tube de pommade à lèvres et une brosse à cheveux tiennent compagnie à une rose solitaire logée dans un vase.

Rachel étale l'onguent sur l'autre main de Jonas et la masse consciencieusement de la paume jusqu'au bout des doigts.

— Voilà. C'est mieux comme ça?

Jonas pousse un gémissement, ce qui fait sourire Rachel.

— Il sait que tu es là, dit-elle, opinant lentement du chef.

Une crampe me tord à nouveau les boyaux – outre la faim, c'est à présent la panique qui me tenaille. Je balaye la chambre du regard, des affiches et dessins de ce côté jusqu'au mur d'en face où s'élèvent des étagères bourrées de matériel de soin : boîtes de médicaments, sacs en plastique, gants chirurgicaux et rouleaux de papier essuie-tout. Sur une petite table, quelques photos de Rachel avec un garçon, l'une prise à la plage, une autre sur une piste de ski. À côté de la table, une enceinte et un livre posés sur le sol.

— La seule chose que tu aies à faire c'est passer du temps avec Jonas, explique Rachel en plongeant ses yeux dans les miens. La plupart du temps il est tranquille, mais il peut s'agiter ou attraper des crampes. Dans ce cas, il faut que tu viennes me chercher sans attendre, tu comprends?

J'acquiesce, m'efforçant de ne pas reluquer son décolleté, et je déglutis avec difficulté.

— C'est simple comme bonjour, ajoute-t-elle avec un sourire.

Allongé dans le grand lit aux oreillers moelleux, aussi confortable qu'il en avait l'air, le ventre rempli de ragoût et de pommes de terre, la peau chaude après une longue douche brûlante, je ne pense qu'à une seule chose : prendre la poudre d'escampette aussi vite que possible. Partir loin de Rachel et de Jonas-le-zombie, loin des rochers, des pins et de la supérette du village qui vend du homard et du houmous aux touristes.

Sur la table de chevet, mon portable gît, brillant comme un miroir, aussi immobile qu'un poisson mort. Quelle tannée de ne pas pouvoir l'utiliser! Être là, dans ce lit, complètement coupé du reste du monde, c'est presque comme ne pas exister. Le monde est à l'intérieur, sous la coque argentée. La vie est là-dedans.

Liam, Alexandra, Jeanette. Igor aussi, bien sûr, c'est inévitable. Et ma mère.

Mais tout le reste – cette maison, le soleil couchant qui se reflète dans la mer devant ma fenêtre, Rachel, Jonas –, ce n'est pas vraiment réel.

Je tente de formuler un plan. Je pourrais passer un ou deux jours ici, peut-être puis-je trouver des objets de valeur à subtiliser avant de partir? Des gadgets que je peux vendre sur Internet, ce qui me permettra de me mettre au vert quelque temps.

Exténué, je ferme les yeux. Une image de ma mère apparaît sous mes paupières. Elle sourit et la croix dorée scintille sur sa gorge, comme éclairée par une forte lumière.

— Tu dois laisser entrer Jésus dans ton cœur, Samuel, murmure-t-elle.

Elle se penche en avant et m'embrasse sur la bouche, un baiser trop appuyé, et quand elle se relève ce n'est plus son visage, mais celui de Rachel.

PERNILLA

Dans le jardin de la maison en bois jaune, les pommiers sont en fleurs et l'herbe a tellement poussé qu'elle doit m'arriver aux genoux. La chaleur est écrasante, l'air saturé de chants d'oiseaux et de bourdonnements d'insectes.

Refermant derrière moi la vieille grille rouillée, je remonte l'allée de graviers, le trousseau de clefs à la main, et j'ouvre la porte d'entrée. Dans le vestibule si familier, je suis accueillie par une odeur rance de poussière et de moisissure. À part cela, tout est comme avant : les chaussures de mon père placées en deux rangées soignées dans le casier, les vêtements suspendus à des cintres identiques sous l'étagère à chapeaux.

Je dépose la pile de courrier et les journaux sur la commode coiffée d'un miroir, je passe en revue les lettres pour m'assurer qu'il n'y a pas d'urgence, et je fourre les factures dans mon sac.

Je ne connais pas les coordonnées bancaires de mon père, mais j'imagine qu'elles sont dans le meuble vert. Je vais fouiller, et si je ne les trouve pas, je m'acquitterai de ses factures, même si je suis presque dans le rouge.

Mon père a horreur des impayés.

Mes ballerines ôtées, je pénètre dans la cuisine. Ici non plus, pas de changements majeurs, si ce n'est que les grands rosiers qui poussent devant la fenêtre masquent quasiment l'intégralité de la vitre de droite. Un coup de sécateur ne leur ferait pas de mal. Mais leur présence n'empêche pas de voir la mer qui scintille au-dehors.

J'ouvre le réfrigérateur. Au lieu des reliefs de repas piqués de moisissure que je m'attends à trouver, je découvre qu'il est vide, éteint. Un léger relent de produit d'entretien en émane, et la clayette en verre est si propre qu'elle crisse quand j'y passe le doigt. Mon père a tout nettoyé. La porte du four est ouverte, les grilles de cuisson placées sur un torchon à carreaux sur le plan de travail, à côté d'un paquet d'éponges en laine d'acier.

C'est typique de mon père : sentant la mort approcher, il a dû faire le ménage, pour m'épargner cette peine. Comme il s'est échiné pour moi… Une profonde tristesse mêlée de mauvaise conscience m'envahit, ce qui n'arrange rien à mon humeur déjà exécrable. Je repense à Samuel qui a disparu, à l'haleine du pasteur contre mon cou lorsqu'il s'est pressé contre moi.

J'entre dans la chambre de mon père où la chaleur est accablante. Le soleil donne sur les fenêtres et dans le rai de lumière qui traverse la pièce flottent, comme en apesanteur, des particules de poussière qui semblent vouloir monter vers le firmament.

Sur le lit double soigneusement bordé repose, pliée, la couverture en patchwork cousue par ma mère lorsque j'étais petite. Sur la table de chevet, une bible dans la traduction de 1917, la préférée de mon père, bien qu'il utilise une version plus récente pour ses prêches. Autour, des boîtes et flacons de médicaments de différentes tailles.

Je m'approche de la commode verte sous la fenêtre et, accroupie, j'ouvre le premier tiroir. Vide. Idem pour le suivant. Mais dans le troisième, je découvre une grande enveloppe brune sur laquelle est inscrit « Pernilla » de l'écriture tremblante de mon père.

Je la saisis, ferme le tiroir, et me laisse tomber sur le lit, rongée par les doutes. J'en suis la destinataire, mais j'ignore ce qu'elle contient. Mon père ne veut peut-être pas que je l'ouvre maintenant. Mais d'un autre côté, elle renferme peut-être ses coordonnées bancaires et d'autres informations qui pourraient m'être utiles.

La curiosité finit par prendre le dessus. Je décachette délicatement l'enveloppe et j'en sors cinq courriers scellés qui me sont adressés. D'après le tampon de la poste, le plus ancien a été envoyé quelques jours avant mon dixième anniversaire.

Je décolle le premier pli. Dedans, un papier à lettres fin décoré de fleurs jaunes au coin droit.

> *Ma chère Pernilla,*
>
> *J'espère que tu te portes bien et que tout va bien pour toi et ton père ! Comme je te l'ai déjà écrit, tu me manques énormément ! J'aimerais tellement te voir. Tu pourrais demander à ton père s'il peut organiser une rencontre.*
>
> *Aujourd'hui, tu fêtes tes dix ans – c'est un grand jour. J'aurais tant voulu être des vôtres, mais je sais que ton père et tous les membres de la congrégation s'occupent bien de toi.*
>
> *Il y a tant de choses que j'aimerais t'expliquer, mais je crois qu'il vaut mieux que je t'en parle de vive voix. Certaines choses, comme ces choses-là, sont difficiles à comprendre.*
>
> *Comme je te l'ai déjà écrit, je t'aime et tu me manques beaucoup. Je pense à toi chaque jour. Mais ton père et moi ne pouvions tout simplement pas vivre ensemble. Ça n'a rien à voir avec toi ma petite abeille.*

Je te souhaite un bon anniversaire, en espérant que
nous nous reverrons vite. Je t'ai également envoyé un
cadeau par la poste.
Si tu veux m'écrire, l'adresse figure sur l'enveloppe.
Je t'embrasse fort,

Maman

Cette missive me fait l'effet d'un coup de poing en pleine poitrine. Je bascule en avant, m'agrippant au bord du lit pour ne pas tomber.

Qu'est-ce que c'est que ça ?

Ma mère voulait couper les ponts avec moi, non ? Elle et les quelques membres éloignés de son côté de la famille m'avaient exclue de leur vie.

Ma mère m'écrivait des lettres ! Pourquoi mon père me l'a-t-il caché ? Avait-il prévu que je lise ces lettres après sa mort ?

Les mots, l'écriture et les rayons du soleil qui donnent au tapis en lirette des tons chauds et familiers éveillent des souvenirs longtemps enfouis. L'odeur de ma mère : un mélange d'effluve de cuisine, de sueur et de parfum ; ses longs cheveux qu'elle attachait presque toujours et son trop joli visage, pareil à celui d'une poupée de porcelaine.

Et cette expression : « Ma petite abeille. »

Lorsque mon regard s'arrête à nouveau sur les mots, j'ai l'impression d'entendre sa voix, comme si, juste à côté de moi, elle susurrait à mon oreille : *ma petite abeille, ma petite abeille adorée.*

Les larmes montent et je ne fais rien pour les retenir. Elles coulent le long de mes joues et sur mon cou.

Je déchire les autres enveloppes et je lis les messages. Les trois suivantes ressemblent fort à la première : ma mère me souhaite joyeux Noël, bon anniversaire et bonne fête, assure qu'elle m'aime et qu'elle désire me voir. Pourtant, dans l'ultime lettre, rédigée quelques semaines seulement avant sa mort, je devine une opiniâtreté et un désespoir grandissants. Elle demande pourquoi je ne réponds pas, bien qu'elle ait écrit plusieurs missives, qu'elle ait envoyé des cadeaux et qu'elle ait proposé de me voir. Elle demande si je suis fâchée contre elle et sous-entend que mon père pourrait être en cause.

À la lecture des dernières lignes, mon cœur s'arrête. C'est impossible ! Est-ce que j'ai la berlue ? Je suis obligée de relire le paragraphe à plusieurs reprises.

> *Pernilla, ma petite abeille adorée, tu es suffisamment grande pour connaître la vérité. Ton père était un homme exigeant et manipulateur. Ses mots faisaient encore plus mal que ses coups et je n'ai pas vu d'autre issue que de le quitter. Il m'a fait promettre de ne pas te contacter et j'ai accepté. Idiote que j'étais ! Mais j'avais besoin de l'argent qu'il m'avait donné. Maintenant, je ne lui obéirai plus : je viendrai te voir pour ton treizième anniversaire.*

Je me laisse tomber en arrière sur le lit, la lettre à la main.

Est-ce vraiment possible ? Mon père l'a-t-il vraiment payée pour qu'elle se tienne à l'écart ? Ou est-ce une autre de ses fabulations ? Elle était encline à mentir, tout le quartier le savait – si l'on est capable de tromper son mari avec un voisin, cela signifie qu'on a fait de l'imposture son alliée.

Un visage d'ange et un cœur de vipère.

Une vague glaciale déferle dans mes entrailles, je fixe à nouveau les mots : *Je viendrai te voir pour ton treizième anniversaire.*

150

C'est ce jour-là qu'elle est morte, le jour de mes treize ans – je comprends désormais ce qu'elle faisait si près de notre maison.

Le visage enfoui dans la couverture en patchwork, je pleure comme je n'ai pas pleuré depuis mon enfance, comme si tous les sentiments séquestrés dans ma poitrine avaient gonflé, pareils à une rivière en crue, pour déborder et s'écouler par les yeux et le nez sur le vieux plaid de ma mère.

J'ai neuf ans et ma mère est nue sur le canapé avec le voisin.

J'ai treize ans et ma mère vient de mourir dans un accident de voiture à quelques kilomètres d'ici.

J'ai dix-huit ans, je suis enceinte jusqu'aux yeux puis mère célibataire.

J'ai trente-six ans, mon père est à l'agonie, mon fils a disparu et j'ai été trahie par tous ceux en qui j'avais confiance.

Tout à coup, Samuel me manque terriblement, la douleur de son absence est physique, si aiguë au creux de ma poitrine que je laisse échapper un gémissement. Tout à coup, j'ai l'intime conviction que je dois le contacter, n'en déplaise à ceux qui allèguent le contraire. Je n'ai que lui, il n'a que moi : c'est la seule chose qui compte.

J'attrape mon portable et je tente de lui téléphoner, mais je tombe directement sur sa messagerie, comme si son portable était éteint.

Sur le chemin du retour, je tâche encore d'appeler Samuel. Sans succès. Quand le métro s'arrête à Västertorp, je lui écris un message, lui disant que je l'aime, le priant de me contacter – un SMS que j'envoie avec un étrange sentiment de satisfaction : je fais fi des conseils bien intentionnés des membres de la congréga- tion et je viole sciemment la promesse faite au pasteur et à mon père.

Lorsque la rame entre en gare de Fruängen, le ciel s'est déjà assombri. Jetant un coup d'œil à ma montre, je presse le pas. Il est tard et ce soir c'est mon créneau à la buanderie de l'immeuble.

L'air tiède sent la poussière et les lilas en fleur.

Mon portable sonne et mon cœur fait un bond dans ma poitrine, mais ce n'est pas Samuel, ce n'est que Stina, la directrice du supermarché, qui me demande si je peux venir plus tôt demain. Bien sûr, lui dis-je en m'acheminant vers l'entrée. Samuel me manque à un point que je n'imaginais pas. Je prends conscience de ce sentiment, comme si la découverte des lettres de ma mère avait déclenché quelque chose en moi, m'avait fait reconsidérer ce qui importe ici-bas.

Je m'engouffre dans la cage d'escalier plongée dans le noir et tente vainement d'allumer. L'interrupteur ne répond pas à mes pressions répétées. Je grimpe les marches tant bien que mal, tout en cherchant les clefs dans mon sac. J'ai la vague impression d'entendre des pas au-dessus de moi, mais les cliquetis du trousseau ou mes pensées concentrées sur Samuel m'empêchent d'y prêter attention.

Puis tout va très vite. Une main gigantesque m'em- poigne le bras et je laisse échapper un cri en devinant la silhouette d'un homme massif au crâne rasé. Ses doigts s'enfoncent dans ma peau et il me fait signe de me taire.

— T'es la vieille de Samuel ? siffle-t-il.

Son accent est très prononcé, peut-être polonais ou d'un pays balte.

— Oui, dis-je, la gorge nouée, je suis sa mère.

L'étreinte autour de mon bras se relâche légèrement. L'homme se redresse.

— Où il est?

— Aucune idée. Je l'ai mis à la porte. Enfin, pas littéralement. Mais je lui ai demandé de partir. C'est-à-dire que... Nous nous sommes disputés et... En fait Samuel avait fait une bêtise et...

L'homme me lâche et frappe le mur du plat de la main avec une telle force que je sursaute.

— Où? hurle-t-il. Où. Il. Est?

— Je n'en sais rien. J'ai essayé de lui envoyer un message et de l'appeler, mais son téléphone est éteint et maintenant je regrette parce que rien de tout ça ne se serait passé si jamais je ne l'avais pas mis à la porte. Enfin, si je ne lui avais pas dit de...

— Il a quelque chose qui m'appartient.

Je ne réponds pas – que dire? – mais je pense inévitablement aux petits sachets de poudre blanche que j'ai jetés au rebut.

L'homme me saisit à nouveau le bras, plus doucement cette fois, comme s'il voulait s'assurer de mon attention à défaut de me terroriser.

— Dis-lui que je suis passé.

Laissant tomber mon bras, il s'achemine vers l'escalier.

— D'accord. C'est de la part de qui?

Je regrette tout de suite cette phrase mal placée. Qu'est-ce qui m'a pris de poser cette question? Comme si une personne normale avait frappé à la porte et demandé à voir Samuel, et non un « criminel dangereux » comme l'ont qualifié les agents qui sont venus me trouver au travail.

— Il sait qui je suis, riposte l'homme sans s'arrêter ni se retourner.

Les pas disparaissent dans l'escalier et je me retrouve seule dans la pénombre.

MANFRED

La main de Malin, posée sur mon bras, me fait lever la tête.

— On y va ? Tu dois passer à l'hôpital après, non ?

J'acquiesce en avalant le dernier morceau de brioche à la crème anglaise.

C'est samedi aujourd'hui et nous sommes à pied d'œuvre – seulement une demi-journée, certes. Pas de pauses dans une enquête pour homicide.

Aujourd'hui, c'est aussi le jour J – le jour où les médecins vont commencer à diminuer les doses de médicament de Nadja. Néanmoins, c'est davantage pour ma femme que pour ma fille que je ferai acte de présence à l'hôpital, vêtu d'une chemise rose repassée, signe, peut-être, que je remonte la pente.

Led', qui vient de se matérialiser aux côtés de Malin, me toise. Son regard s'arrête sur le mouchoir en soie couleur moutarde qui dépasse de ma poche de veste.

— Ah ! Je vois ! s'exclame-t-il, comme si ses soupçons avaient été confirmés.

Malin me décoche un sourire doublé d'un clin d'œil.

— Allons dans la petite salle de conférences.

Elle sort de la pièce et descend le couloir à grandes enjambées. De dos, difficile de croire qu'elle est enceinte : elle se meut avec l'agilité d'une danseuse. Nous lui emboîtons le pas et nous installons autour de la table blanche.

Je leur explique que Manuel dos Santos, le procureur responsable de l'enquête, a classé cette affaire comme prioritaire et nous a promis plus de ressources.

— Rien ne doit fuiter dans les médias, donc si on vous contacte, c'est motus et bouche cousue. Malin, du nouveau ?

Elle feuillette quelques documents et répond :

— Comme vous le savez, l'analyse ADN confirme que le corps est bien celui de Johannes Ahonen.

— J'en étais sûr avant même l'autopsie, grogne Led'.

— J'ai épluché l'historique des appels d'Ahonen ainsi que les transactions de sa carte bancaire, les semaines précédant sa disparition, reprend Malin. La dernière communication est un appel sortant, le 3 mars, qui a duré dix minutes et quinze secondes.

— Sait-on à qui il a téléphoné ?

— Oui. Sa compagne, Bianca. Je suis en train de lister tous les numéros qu'il a composés la dernière semaine, mais je peux d'ores et déjà vous dire qu'il a surtout parlé à sa mère, à Bianca, et à des amis avec qui nous avons déjà été en contact. Mais quelques numéros sont attribués à des portables prépayés : ils peuvent être difficiles à tracer.

— Et la carte bleue ?

— Elle a été utilisée le même jour, le 3 mars, dans une station essence à Jordbro, pour un montant de... (Malin fait courir son doigt sur son document jusqu'à trouver le chiffre qu'elle cherche.) Quarante-trois couronnes.

— Un sandwich ?

— Du *snus*, suggère Led', en montrant sa boîte de tabac.

— C'est ça. J'ai vérifié. Il n'y a pas d'achats étranges ou de gros retraits de liquide pendant les dernières semaines de février ou les premières de mars. Tout a l'air normal.

Je me redresse et me masse la nuque.

— Et ses fréquentations ?

— J'ai parlé avec ses trois amis les plus proches et avec son cousin, réplique Malin. Ils confirment les dires de Bianca : Johannes Ahonen n'avait a priori pas d'ennemis. Seul l'un d'entre eux était au courant de sa dette, mais il ne connaissait hélas pas l'identité du prêteur. En tout cas, Ahonen lui semblait stressé parce qu'il n'avait pas les moyens de la rembourser ; il cherchait même à emprunter à quelqu'un d'autre pour pouvoir honorer sa première dette.

— Avait-il une idée du montant ?

— Quelques centaines de milliers de couronnes. Il ne savait pas précisément.

— On peut se faire buter pour bien moins que ça, lâche Led' d'un ton incisif.

Il jette un coup d'œil au tableau blanc où est fixée une photo anthropométrique d'un Johannes Ahonen de dix-sept ans, l'air apeuré, comme conscient du destin qui allait être le sien. À côté, des images du cadavre boursouflé, enroulé dans une couverture et une chaîne, et une carte de la côte marquée d'une croix à l'endroit où le corps a été retrouvé.

— Il y a de gros versements sur son compte ? demandé-je.

— Tu penses à l'emprunt ? Je suis remontée un an en arrière sans trouver aucun virement conséquent. On a pu lui prêter du liquide.

— Peut-être... Est-ce que l'une des personnes que tu as rencontrées avait une théorie sur ce qui a pu lui arriver?

Malin secoue la tête.

— Un seul de ses amis a accepté de se livrer à des conjectures. Celui qui était au courant pour le prêt. D'après lui, son créancier a pu le tuer. *Si* on a affaire à un homicide, ce qui n'est pas avéré. On verra bien ce qu'en dit le médecin légiste.

— Bah, peste Led', notre chère légiste! Je mets ma main à couper qu'elle ne s'abaisserait pas à faire des hypothèses sur la cause de la mort.

Malin poursuit sans prendre garde aux remarques de Led'.

— Il a aussi indiqué qu'une bande d'adolescents somaliens en voulait à Ahonen, mais qu'il avait du mal à croire qu'ils l'aient exécuté. Visiblement, ils sont plutôt jeunes, une quinzaine d'années. J'ai demandé au groupe d'enquête chargé des mineurs de se pencher sur la question.

— Bien, dis-je. Et les particules de peau trouvées sous les ongles d'Ahonen? Du nouveau de la part des légistes de l'Institut national de la police scientifique?

— Non, soupire Malin. J'espère qu'on aura un ADN utilisable. Croisons les doigts. J'ai discuté avec notre contact à l'Institut, et elle a fait montre d'un certain optimisme. L'eau dans laquelle le corps a été conservé – avant que la formation de gaz ne le pousse vers la surface, bien sûr – est profonde, froide, et à faible teneur en oxygène, ce qui augmenterait la probabilité d'obtenir un profil ADN.

Je médite sur le compte-rendu de Malin, tout en lorgnant l'assiette de brioches à la cannelle posée sur la table. Me remémorant la pâtisserie que je viens d'engloutir, je décide de m'abstenir d'en manger une deuxième. Bien que mon appétit soit revenu au même rythme que la joie de vivre d'Afsaneh, je n'ai aucune envie de reprendre les dix kilogrammes perdus en un mois.

— Qu'en est-il de notre seconde victime ?

— Toujours pas identifiée. D'après le médecin légiste, il s'agit d'un homme entre seize et dix-huit ans. Le corps a passé environ deux semaines sous l'eau. Il a été trouvé le 14 juin, ce qui signifie qu'il a été jeté à la mer fin mai, début juin. La cause de la mort n'a pas été établie, mais le corps était criblé de blessures semblables à celles d'Ahonen. Surtout des contusions et des fractures du côté gauche.

— Il a subi des « violences extrêmes » ?

— Absolument, approuve Malin en attachant ses longs cheveux bruns en queue-de-cheval. Dans son cas également, les lésions sont survenues *post mortem*. Nous pouvons donc partir du principe que les deux affaires sont liées. Les techniciens ont confirmé que la chaîne est identique à celle utilisée pour lester Ahonen. Le tissu blanc dans lequel était enveloppé le corps est un simple drap, acheté chez Ikea. On en trouve probablement dans des milliers de foyers suédois.

— As-tu épluché les fichiers de personnes disparues ?

— Je suis dessus. Deux ou trois hommes pourraient correspondre. Je vous en reparle cet après-midi.

Malin fouille du regard ses notes, comme pour s'assurer de n'avoir rien oublié.

— Ah, une dernière chose ; la seconde victime avait un clou fiché dans le talon droit.

— Un clou ? répète Led'. Quel type de clou ?

— Un clou classique, de cinquante-six millimètres.

— Il aurait marché dessus ? s'enquiert Led' en considérant Malin avec un intérêt nouveau qui frôle la bienveillance.

— Hum, ça m'étonnerait. Il était logé dans le calcanéum, l'os du talon. On le lui a enfoncé à l'aide d'une cloueuse ou d'un marteau… Et ça n'a pas été réalisé *post mortem*. Il était bel et bien vivant quand on lui a fait subir ça.

— Merde ! Quelle horreur ! s'exclame Led' avec une grimace.

J'arrive à l'hôpital en même temps qu'Afsaneh. Je l'aperçois de loin qui marche vers l'entrée, vêtue d'une robe d'été rouge, les cheveux lâchés sur les épaules. Le vent soulève ses longues mèches noires et lisses. Lorsque je la serre dans mes bras, j'hume une vague odeur de cigarette mêlée à ce parfum qu'elle adore et que je lui ai offert à Noël dernier. Je l'ai acheté à Paris, au Bon Marché, dont je suis un inconditionnel.

— Bonjour mon chéri !

Elle presse ses lèvres contre les miennes.

— Bonjour ma chérie.

Main dans la main, avec une légèreté toute nouvelle dans nos pas, nous nous acheminons vers l'unité de soins intensifs pédiatriques.

Certes, j'ai les hôpitaux en horreur depuis l'épouvantable hiver où Aron nous a quittés, mais quand votre enfant fait une chute et se retrouve en soins intensifs, vous ne pouvez y échapper. Lorsque vous êtes flic, que vous rencontrez des victimes de crimes et leur famille, l'établissement médical est aussi un passage obligé. On aurait pu croire que la fréquentation assidue des blouses blanches guérirait ma phobie. Nullement. Chaque fois que je franchis la porte-tambour d'une clinique, mon cœur s'emballe, ma poitrine se noue, ma respiration devient haletante et les souvenirs se bousculent dans mon esprit.

Mais aujourd'hui, Aron est loin – le rire d'Afsaneh et les rayons de soleil qui illuminent le couloir le tiennent à une distance respectable.

Dans la chambre de Nadja, tout est à l'identique, bien qu'une bataille décisive soit en train de se jouer, une bataille qui changera nos vies à jamais, mais dont nous ignorons l'issue.

Je contemple ma fille. Couchée dans son lit, pareille à un gisant, elle semble si chétive, si vulnérable au milieu de tous ces appareils. Son index disparaît dans la pince de l'oxymètre et les autres ongles gardent encore des traces de vernis rose écaillé.

La porte s'ouvre, laissant passer le médecin. C'est à nouveau Angelica – à ce stade, nous appelons par leur prénom tous les professionnels du service. Après quelques phrases de politesse, elle nous invite à nous asseoir.

— Nous avons commencé à baisser la dose de somnifères, mais nous devons le faire progressivement.

Devant l'enthousiasme d'Afsaneh, je ne peux m'empêcher de me demander si elle a vraiment compris la portée de ce qui nous attend ; si elle a un instant envisagé l'idée que Nadja pouvait ne pas sortir de sa torpeur. Qu'il existe un risque que notre merveilleuse et indocile fillette demeure à jamais un légume.

— Il peut s'écouler plusieurs jours avant qu'elle n'ouvre les yeux, poursuit Angelica. Et si elle se réveille, il faudra encore patienter des semaines, voire des mois avant d'être fixé sur ses éventuelles séquelles. Une chose est sûre : elle ne se réveillera pas aujourd'hui.

— Nous le savons, confirme Afsaneh. Nous pouvons attendre. (Marquant une pause, elle me regarde dans les yeux.) Le temps, c'est tout ce qui nous reste.

SAMUEL

Je me réveille au son étouffé de casseroles qui s'entre-choquent. Le soleil est déjà haut dans le ciel. Je regarde autour de moi, incapable pendant quelques instants de me situer. Puis j'ai une illumination : Rachel, la maison blanche aux fenêtres vertes, Jonas-le-zombie, avec son teint cadavérique et cireux, son tube qui lui sort du nez comme une trompe et l'étrange appareil muni de sangles.

Je suis vraiment là. C'est une situation tordue.

Mon corps, lui, ne bronche pas. Il est bien emmi-touflé, repu, et ne m'a pas réveillé une seule fois de la nuit. Il se plaît dans ce lit, dans cette jolie maison, et ne s'indigne pas du fait que je materne un débile mental pour un salaire de misère.

Saisissant mon portable en charge sur la table de che-vet, je l'allume sans y penser, c'est aussi naturel pour moi que de boire de l'eau ou d'aller aux toilettes.

Il est huit heures trente et ma mère m'a envoyé un SMS : elle me dit qu'elle m'aime et me demande de rentrer. Je ferme les paupières, la poitrine envahie d'une sensation de chaleur, et frôle du bout des doigts mon bracelet de perles.

Après avoir effleuré l'idée de lui répondre sur-le-champ, je me connecte à Instagram où Alexandra a

163

posté une photographie, sans doute prise pendant une soirée. Un verre de vin à la main, elle esquisse une moue mutine en écarquillant les yeux dont les cils interminables ressemblent à des pattes d'araignées tendues vers le ciel. Au bas de l'image, je devine son décolleté plongeant. Ce cliché a été gratifié de cinquante-sept *likes*.

Jeanette a également publié un selfie. Elle y apparaît, souriante, les lèvres luisantes de gloss, à califourchon sur une chaise, la minijupe remontée sur ses cuisses musclées au point de dévoiler la dentelle de sa culotte. Deux cent onze *likes*. Pétasse !

Dans un éclair de lucidité, j'éteins mon portable. Quel idiot je suis, je ne devais en aucun cas l'allumer ! Le crâne glabre d'Igor, les joues émaciées et tavelées de Malte me reviennent en mémoire.

Je m'extirpe lentement du lit et je sors de la chambre, direction la salle de bains. Après une longue douche, j'enroule une serviette autour de mes hanches et m'apprête à retourner m'habiller, mais je reste comme paralysé devant les grandes fenêtres du salon à contempler le paysage paradisiaque.

Paradisiaque, je ne trouve pas meilleur mot, même si je répugne d'ordinaire à utiliser les termes chers aux membres de l'église de ma mère.

Parce que ce sont les mots de Dieu et il ne veut pas avoir affaire à toi.

Mais dans ce cas, le paysage est véritablement enchanteur. La mer qui scintille dans les rayons du soleil, le phare qui se dessine sur le ciel bleu clair du matin, la fine brume au ras de l'eau qui voile partiellement l'horizon. Et là, dans l'escalier sinueux qui plonge jusqu'au rivage, j'aperçois Rachel. Enveloppée dans un peignoir lavande trop grand pour elle, les cheveux au vent, elle dévale les marches d'un pas leste de ballerine, comme virevoltant le long de la falaise.

Arrivée en bas, elle avance jusqu'à l'extrémité du ponton, sort son téléphone portable de sa poche et le lève devant elle, sûrement pour prendre une photo de la mer, ou d'elle-même, avant de le ranger. D'un mouvement fluide, elle ôte la sortie-de-bain et plonge. Il me faut quelques instants pour prendre conscience qu'elle est nue.

Je regarde autour de moi, comme par réflexe – je ne pense pas que quiconque me voit en train d'espionner Rachel.

Je me tourne à nouveau vers l'eau. Rien, pas même une ride sur la surface lisse. Comme si elle n'avait jamais sauté. Mais le peignoir laissé en tas sur le ponton prouve que je n'ai pas rêvé. Où est-elle passée ? Et si elle avait heurté un rocher ? Ne devrais-je pas descendre la chercher ?

Comme je formule cette hypothèse, la tête de Rachel affleure à une vingtaine de mètres du ponton, et elle se met à nager lentement le crawl vers la terre ferme. Elle se hisse sur la plateforme en bois et s'assied sur le bord, les jambes dans l'eau.

Je devrais détourner le regard et regagner ma chambre, mais je reste planté là, à la reluquer comme un pervers. J'ai l'impression d'avoir pris racine. Son corps svelte, ses mouvements de jambes indolents à la surface de l'eau produisent sur moi un effet quasi hypnotique.

Elle se lève, toujours dos à moi, se penche sur le côté et essore ses longs cheveux. Lorsqu'elle se tourne, son immense beauté devient manifeste. Ces seins généreux, ces cuisses un peu plus rondes que celle d'Alexandra, cette toison pubienne sombre que je n'avais jamais vue que sur des images pornographiques d'un autre temps.

Je déglutis, sentant le désir monter en moi aussi vite que la honte. Elle a l'âge de ma mère, bordel ! Je ne peux pas être là, à bander devant une quadra au fils handicapé dont je suis le baby-sitter ! Pour cent onze couronnes de l'heure.

Cela dépasse l'entendement.

Après le petit déjeuner, Rachel m'accompagne dans la chambre de Jonas-le-zombie et m'invite à m'installer dans le même fauteuil qu'hier. Elle lui caresse les cheveux en lui expliquant que je suis là. Comme hier, Jonas gît, immobile, dans le lit, et ne semble rien comprendre à ce qui se joue autour de lui. Mais il est bien vivant, en témoignent les mouvements réguliers de sa cage thoracique et les secousses qui agitent l'une de ses mains.

Ramassant un livre sur la table à côté de l'enceinte, Rachel me le tend.

— Lis !

Elle s'installe sur sa chaise, saisit la crème hydratante, frappe plusieurs fois le tube contre sa paume, parvient à faire sortir de la lotion, et entreprend de masser la main droite de Jonas.

— Lis ! répète-t-elle.

Je crois d'abord que j'ai mal entendu. Elle ne va tout de même pas rester là à m'écouter ? Elle me regarde d'un air amusé.

— Je plaisante. Tu n'as pas besoin de me faire la lecture. Je vais simplement finir de lui mettre de la crème, puis je vais travailler. Il a passé une mauvaise nuit. Je lui ai administré un calmant par intraveineuse vers cinq heures du matin, donc il ne devrait pas te causer de souci.

— Ah, d'accord.

Rachel masse l'autre main de Jonas. Elle porte un débardeur blanc et le même jean élimé qu'hier. Ses cheveux, encore humides, sont attachés en chignon serré au niveau de la nuque. Son visage, lisse et exempt de maquillage, affiche une expression satisfaite lorsqu'elle repose la main de son fils sur la couverture.

C'est fou ce qu'elle ressemble à ma mère !

— Voilà, dit-elle en se levant. Tu peux commencer à lire à partir du marque-page, d'accord ?

— Bien sûr.

Le roman s'intitule *Le soleil se lève aussi*, écrit par un certain Hemingway dont le nom ne me dit rien du tout. Le livre non plus, d'ailleurs. Obéissant à la demande de Rachel, je l'ouvre à la page dite et entame une lecture lente à voix basse.

— Tu n'aimes pas Paris ?

— Non.

— Pourquoi ne vas-tu pas ailleurs ?

— Y a pas d'autre endroit où aller[1].

Après les balbutiements des premières pages, je me familiarise avec l'exercice. Au bout de quelques paragraphes, je marque une pause et feuillette le début du livre pour comprendre le contexte. Le roman raconte l'histoire de Jake, un Américain à Paris, qui passe son temps dans les bars et les clubs avec d'autres nantis étrangers désœuvrés. Ils me font penser à Liam et à moi – nous avons pas mal de points communs avec les personnages du roman, mis à part que nous devons voler pour avoir les moyens de ne pas travailler.

---

1. Traduit par Maurice-Edgar Coindreau, Gallimard, 1933.

L'Américain est amoureux d'une femme divorcée, mais ils ne peuvent se posséder parce que le type est impuissant à cause d'une blessure de guerre. C'est à ce moment-là que je commence à me lasser. Se faire émasculer, c'est sûr que ça craint, mais je n'ai pas le courage de lire un bouquin entier sur le sujet. Sans compter que la fille a l'air complètement cinglée. Moi, je l'aurais larguée depuis longtemps.

Laissant tomber l'ouvrage, je me concentre sur Jonas qui ne bouge pas d'un iota. Je me lève, m'approche, me penche vers son oreille.

— Jonas ? Allô !

Rien. Pas un geste.

— Ho ! Hé ! Il y a quelqu'un ?

Je hausse la voix, ce qui ne déclenche pas la moindre réaction chez Jonas-le-zombie ; il a l'air aussi mort qu'un poisson sous cellophane dans les bacs réfrigérés d'un supermarché.

Le malaise se diffuse en moi telle une mygale tissant sa toile. Cette chambre me répugne : les dessins sur les murs me rappellent beaucoup trop mes propres gribouillis, que ma mère a gardés dans une pochette cartonnée à la maison, à Fruängen ; et le drapeau de Hammarby me fait penser à mes entraînements de football à Älvsjö AIK, quand j'étais en primaire.

Je me tourne à nouveau vers Jonas. Il était exactement comme moi, avant. Si j'avais eu la malchance de me faire percuter par un bus, par exemple, j'aurais pu être là, inerte, dans un lit, à me faire badigeonner de la crème sur chaque centimètre du corps en écoutant un abruti me lire des histoires.

Il est presque onze heures. Je me lève et pénètre dans la grande salle de bains blanche qui communique avec la chambre de Jonas d'un côté et celle de Rachel de l'autre. Il y a une douchette à main au bout d'un long tuyau, peut-être pour nettoyer Jonas lorsqu'il est assis dans son espèce de balançoire.

Rachel doit être en train d'écrire : à travers le mur, on entend parfaitement le crépitement du clavier d'ordinateur. *Tap tap tap tap.* Parfois le bruit s'arrête, comme si elle réfléchissait, puis il reprend.

J'ai une idée. Et si j'entreprenais une petite mission de reconnaissance dans la maison ? Peut-être y trouverais-je des objets de valeur que je pourrais revendre sur le Web. Je retourne dans la chambre de Jonas et ferme délicatement la porte de la salle de bains derrière moi.

— Je reviens tout de suite ! dis-je sans même me tourner vers la silhouette alitée.

Je ne sais même pas pourquoi je lui parle, il ne comprend rien de toute façon, mais cela me semble tout de même correct. Après tout, c'est un être humain, pas un poisson.

La cuisine est bien rangée après le petit déjeuner, les miettes ont été essuyées et les tasses remisées dans le lave-vaisselle. À côté de la boîte à pain se dresse une pile de papiers qui attire mon attention. Le premier document est un formulaire intitulé « Demande d'allocation pour aide à domicile » auquel est attachée avec un trombone une petite brochure : « Loi sur les aides et les services aux personnes vivant avec un handicap – informations à destination des proches. »

Je repose les feuilles sur la table puis je passe en revue les placards et les tiroirs. Pas un seul objet digne d'intérêt. Il n'y a que de la vieille porcelaine décatie et des couverts dépareillés.

— Tu cherches quelque chose ?

Faisant volte-face, j'aperçois Rachel. Souriante, les yeux pétillants, elle se tient près de la porte, le porte-monnaie à la main.

— Oui, juste un peu d'eau.

— Il y a de l'eau gazeuse dans le frigo si tu veux, indique-t-elle en glissant les pieds dans des sabots. Je vais faire quelques courses. Ça va aller ?

J'opine du chef sans mot dire. Après le départ de Rachel, je m'attarde un long moment dans la cuisine, puis je m'aventure dans sa chambre à coucher.

Le lit double est soigneusement bordé et sur l'une des tables de chevet trône une pile de livres. Face au lit, une penderie en bois sombre à deux battants renferme des chemisiers, des robes et des pantalons et, au sol, des chaussures. Derrière l'autre porte se cachent des chemises d'homme, un pantalon décontracté et quelques pulls tricotés – sans doute les vêtements de son compagnon.

Je continue dans la salle de bains. Au-dessus du lavabo, une armoire de toilette blanche. La porte s'ouvre en grinçant lorsque je tire sur le bouton doré. Dedans, deux étagères. En haut, des trucs de fille : des lotions, quelques flacons de parfum, un déodorant et une boîte de tampons ; en bas, un rasoir et de la cire pour les cheveux.

Un grand casier métallique semblable aux armoires à dossiers utilisées dans les bureaux est calé contre un autre mur. La porte me résiste, mais, passant une main au-dessus du meuble, je trouve une petite clef qui glisse facilement dans la serrure. Mon cœur bat la chamade : on ne verrouille pas un placard s'il ne recèle pas des trésors, s'il ne contient que du papier toilette ou du lait hydratant.

La porte s'ouvre, révélant des étagères pleines à craquer de produits pharmaceutiques : comprimés, liquides à injecter, aiguilles. La déception que je ressens d'abord

170

laisse place à la curiosité. Je reconnais quelques noms sur les étiquettes : D-médétomidine, clonidine, midazolam, oxazépam, clonazépam, diazépam et fentanyl, 50 microgrammes/ml, solution injectable.

Du fentanyl ? Intéressant.

Même si Igor et Malte sont des dealers « à l'ancienne », je m'y connais tout de même en médicaments. Ils valent de l'or dans la rue et concurrencent de plus en plus les drogues classiques. Tout particulièrement le fentanyl. Malte m'a raconté que les camés découpaient les patches transdermiques en minuscules morceaux pour les gober.

Dans ce casier, il y a trois étagères. Et quatorze flacons de fentanyl par étagère. Quarante-deux doses au total – suffisamment de marchandise pour shooter une classe entière pendant des semaines.

Après quelques secondes de réflexion, je glisse trois petits flacons dans ma poche. Va-t-elle remarquer qu'ils ont disparu ? Vu le soin avec lequel elle les a rangés, elle doit connaître le nombre exact. Sans en être totalement sûr, j'ai la sensation que Rachel est un peu comme moi : compter, ça doit être son truc.

Tout en bas de l'armoire, j'avise quelques fioles vides. Ce qui me donne une idée : je déballe une seringue, je la remplis d'eau du robinet et j'injecte le liquide à travers la fine membrane en caoutchouc des flacons vides. Lorsque je ressors l'aiguille, la pellicule se referme, et l'on ne voit même plus qu'elle a été percée. Je visse le bouchon et place la fiole d'eau à côté de celles de fentanyl. Je répète l'opération avec deux autres petites flasques. Ni vu ni connu.

Cela ne peut pas faire du mal à Jonas-le-zombie, ce n'est que de l'eau, et le corps est constitué à soixante-dix pour cent d'eau.

Prenant une profonde respiration, je referme le casier métallique, tourne la clef et la repose où je l'ai trouvée.

Au même instant, un craquement étouffé se fait entendre et je me retourne pour découvrir Rachel dans la chambre de Jonas, un sac de courses à la main et la bouche entrouverte, comme tentant d'interpréter la situation sans y parvenir. La peur se lit dans ses yeux et ses doigts sont crispés autour de l'anse de son cabas.

Vite, une explication.

— Le tube de crème était vide, euh, j'en cherchais simplement un autre.

PERNILLA

Une fois ma caisse comptée et le rapport journalier rempli, je frappe à la porte de Stina.

— Entre ! dit-elle.

J'ouvre et je dépose le document sur son bureau. Stina me scrute par-dessus ses lunettes de lecture avec un sourire qui creuse de rides sa peau tachetée.

— Merci, ma belle. À demain !

— Oui, à demain.

Je réponds à son sourire et tourne les talons, prête à sortir, mais sa voix m'arrête.

— Attends, qu'est-il arrivé à ton fils, au fait ?

Dois-je lui dire la vérité ? La bienveillance de Stina, dont je ne doute aucunement, n'a d'égale que sa curiosité – comme la plupart des employés, d'ailleurs. J'opte pour un compromis qui ne me fera pas passer pour quelqu'un d'inaccessible, sans pour autant fournir de croustillants ragots dont se repaîtra toute l'équipe du magasin.

— Il a disparu, dis-je. Nous nous sommes disputés et je l'ai mis à la porte. C'est arrivé lundi et depuis je ne parviens plus à le joindre.

— Mais c'est terrible ! Ça doit être très dur pour toi. Il va vite revenir, tu verras. Björn fugue aussi parfois. J'ai l'impression que tous les ados passent par là.

Quoiqu'elle ait dépassé la soixantaine, Stina a un fils de l'âge de Samuel. J'ai commencé tôt. Elle, tard.

Elle marque une pause pour ôter ses lunettes, avant de reprendre :

— C'est pour ça que les policiers étaient là ?

— Oui, dis-je, après un instant d'hésitation, parvenant contre toute attente à m'en tenir là, bien que les mots menacent à tout instant de jaillir de ma bouche.

Mes joues s'embrasent – c'est tout de même saugrenu qu'à trente-six ans je sois incapable de raconter le moindre petit bobard sans être paralysée par la honte. C'est à peine si je peux formuler un pieux mensonge sans immédiatement songer à Jésus et au Jugement dernier.

De toute évidence, Stina brûle d'en savoir davantage, mais au lieu de poursuivre l'interrogatoire, elle sourit à nouveau.

— Tout va s'arranger, tu verras. Rentre chez toi et repose-toi.

— Oui, tu as raison…

Je devrais partir, mais je reste plantée au milieu de la pièce. Sentant des larmes couler sur mes joues, je cligne des yeux, sidérée par ma propre réaction.

— Ma chère enfant !

Stina se lève, vient vers moi et, une main dans mon dos, elle me conduit avec fermeté vers la chaise disposée devant son bureau jonché de papiers. Au centre trône un cendrier qui exhale une odeur de vieux mégots.

— Qu'est-ce qui se passe ? s'enquiert-elle en me faisant asseoir sur le cannage de rotin défoncé.

La digue qui retenait mes paroles impatientes cède brusquement et les phrases déferlent de ma bouche sans filtre aucun. La disparition de Samuel, l'homme au crâne rasé dans la cage d'escalier, les révélations sur mon père et ma mère, même le pasteur et les libertés qu'il a prises avec mon corps sous le regard de Jésus crucifié.

— Ma chère enfant, répète Stina en secouant la tête. Ma chère enfant.

Comme ces paroles me réconfortent ! On dirait que ses seuls mots pourraient me guérir.

— Alors, si on examinait les problèmes l'un après l'autre, déclare-t-elle d'une voix autoritaire.

S'étant levée, elle se dirige lentement vers l'armoire en métal gris cabossée et fouille bruyamment dans un tiroir. Je contemple son dos large, le tissu tendu de son chemisier, ses bras boudinés dont la peau semble saillir des manches, et ses cheveux roux broussailleux qui forment comme une auréole autour de sa tête. Elle referme le tiroir et revient vers moi, tenant à la main une petite flasque et deux minuscules verres.

— Tu plaisantes ? On ne peut pas... Techniquement ce sont des heures de travail... Même si le magasin est fermé. Mais nous sommes payées, et nous sommes *dans* le magasin. Même s'il n'y a pas de clients... Donc... Qu'est-ce qui se passe si quelqu'un...

— Chut, ne t'inquiète pas.

Stina débouche la flasque, verse dans les verres le liquide ambré et m'en tend un.

— Bois.

J'obéis. L'alcool me laisse une trace brûlante dans l'œsophage en descendant vers l'estomac.

— Écoute, Pernilla. Ton père t'a empêchée de voir ta mère. C'est terrible, mais tu ne peux plus rien y faire maintenant.

— Mon père m'a sauvée, il m'a aimée même si j'avais péché et il m'a aidée à élever Samuel. Je ne m'en serais jamais sortie sans lui.

— Moi j'ai l'impression qu'il avait la mainmise sur toi, siffle Stina. (Elle vide son verre d'une traite.) Ah ! Ça nettoie !

— C'était pour mon bien.

— Balivernes ! Tu devrais te voir quand tu parles de ton père : tu deviens servile, apeurée, comme un chien craignant d'être battu. Ces hommes-là n'ont qu'une envie : contrôler les femmes.

Je pense à mon père lorsque nous priions pour l'âme de ma mère. Il posait sa grande main sèche sur ma joue et murmurait : « Dieu a créé la femme à partir de la côte de l'homme pour qu'elle le complète ; pas à partir de la tête pour qu'elle le domine ; ni du pied pour qu'elle l'écrase ; non, à partir d'une côte, pour qu'il la protège. Près de son cœur, pour qu'il l'aime. »

— Rien ne sert de lui dire ses quatre vérités maintenant. Et ce pasteur qui s'avère être un obsédé sexuel ! Je trouve que tu ne devrais pas non plus lui attacher trop d'importance. C'est une chance que tu aies découvert sa vraie nature, non ? C'est peut-être le moment de te demander si tu veux réellement rester proche de lui et de sa congrégation.

— Mais il nous a tellement aidés, Samuel et moi.

— De quelle manière ?

— Il m'a prêté de l'argent. Et grâce à lui, j'ai pu occuper des fonctions importantes au sein de l'église.

— Et tu crois que c'est un hasard ?

La chaleur me monte au visage lorsque je comprends ce qu'elle sous-entend. Peut-être n'a-t-elle pas tort, car le pasteur m'a toujours choisie pour toutes les activités et a souvent voulu parler avec moi en tête à tête. Et pendant ces conversations, il a toujours recherché un contact physique. Il n'y avait rien de sexuel, mais tout de même… Une main sur la mienne, un bras autour de mes épaules, une caresse sur ma joue. J'interprétais ses gestes comme de la sollicitude paternelle, mais ses derniers agissements les éclairent d'une lumière bien différente.

— Il prépare le terrain depuis longtemps, c'est évident, affirme Stina, comme si elle lisait dans mes pensées. Une chose est sûre : il n'est pas bête. Il a cherché à se rapprocher de toi. Et il voulait que tu te sentes obligée de céder, que tu aies une dette de reconnaissance envers lui. Mais pour l'instant, oublie-le.

Elle balaie le sujet d'un revers de la main.

— À présent, nous devons nous concentrer sur Samuel. On dirait qu'il a des mauvaises fréquentations. Tu as parlé avec ses amis ?

— Pas avec tous.

— Fais-le. Son silence ne devrait pas trop t'inquiéter pour le moment, mais tu devrais tout de même signaler sa disparition à la police. Car même si les flics sont venus te poser des questions, ils ne savent pas qu'il a *vraiment* disparu, si ? (Stina marque une pause, me détaille de la tête aux pieds.) Je t'accompagne, ajoute-t-elle d'un ton qui ne laisse aucune place à la négociation.

— On ne devrait pas attendre quelques jours ?

Stina se caresse le menton avec le majeur, l'air pensif.

— Oui. Attendons quelques jours. Et maintenant Pernilla, rentre chez toi. Et dors. Tu as besoin de repos. N'hésite pas à m'appeler, même au milieu de la nuit. Face à ce genre de choses, on ne doit pas être seule.

— D'accord…

Je me lève, les jambes flageolantes et les joues brûlantes à cause de l'alcool.

— Et merci, m'empressé-je d'ajouter.

Stina m'imite, s'approche de moi et me donne une longue accolade.

— Il faut se serrer les coudes face au malheur.

Je contemple la photographie de Björn, son fils, posée sur le bureau. Avec ses épais cheveux blond vénitien, sa peau émaillée de taches de rousseur, ses yeux gris clair et ses lèvres charnues, il me fait penser à Liv Ullmann jeune.

Stina recule d'un pas et, interprétant mon regard, reprend :

— Ça va s'arranger, tu verras. Tout finit toujours par s'arranger.

L'espace d'un instant, je la crois.

J'emporte ses mots avec moi en sortant dans le calme vespéral de l'été, mais à peine suis-je descendue dans le métro que l'angoisse revient, insidieuse, assortie de mille ruminations. Je pense à ma mère, à ce jour où elle est morte en venant me rendre visite. Les larmes m'aveuglent à nouveau, mais à présent c'est l'absence de Samuel que je pleure.

Je formule une courte prière. *Seigneur, protège Samuel et montre-lui le chemin. S'il revient, je promets de faire tout ce que je peux pour l'aider à reprendre sa vie en main. Au nom du Christ, amen.*

Mais une fois de plus, Dieu demeure sourd à mes supplications. Il reste aussi silencieux que Samuel et que la fraîche soirée estivale.

Un autre sujet me taraude. Quand Samuel a eu trois ans, Isaac est apparu tel un diable à ressort, comme si tout était oublié et pardonné. Que s'était-il imaginé ? Qu'il pouvait simplement revenir dans ma vie et prendre le rôle du père de Samuel ?

C'était impossible, lui ai-je expliqué, j'avais raconté à mon fils et à tous nos amis que son père était décédé et nous avions réussi à bâtir une existence fonctionnelle dans laquelle il n'avait pas sa place. Déçu, il a insisté.

Un jour, dans un café, il a tenté de m'embrasser. J'étais à deux doigts de céder, cette fois-là, car il était toujours aussi beau – même s'il s'était coupé les cheveux. Je suis parvenue à contrôler mes pulsions : j'avais tout de même appris de mes mésaventures.

Isaac a persévéré. Il a dit qu'il se tournerait vers les services sociaux pour demander une sorte de droit de visite. Cela m'a effrayée : après tout, il était le père biologique de Samuel, qui sait quelles retombées auraient pu avoir des démarches de sa part ?

Nous avons fini par conclure un marché : j'ai promis à Isaac qu'il pourrait rendre visite à Samuel chaque année le jour de son anniversaire et le 26 décembre. En contrepartie, il m'a assuré qu'il ne révélerait pas à Samuel sa véritable identité.

Ainsi fut fait. J'avais raconté à mon fils qu'Isaac était un vieil ami très seul, et nous le reçûmes deux fois par an, entre les trois et les quinze ans de Samuel. Puis, après le déménagement d'Isaac à Gävle, les retrouvailles devinrent plus sporadiques.

D'après ce que je sais, il ne s'est jamais marié, ni n'a eu d'autres enfants.

On dit que c'est important pour les garçons de grandir avec un modèle masculin, surtout pour les enfants comme Samuel – ceux qui ont des *problèmes*. Aurait-il évolué de la même façon si Isaac avait été plus présent dans sa vie ? Je ne peux m'empêcher de me le demander. Mais j'ai toujours agi en fonction de ce que je croyais être son intérêt – comme mon père a fait pour moi, sans doute.

Peut-être existe-t-il vraiment un péché originel dans ma famille ? Un péché tout à fait différent de celui que j'imaginais, qui consiste à défendre à nos enfants de fréquenter ceux qui ne respectent pas les règles de vie draconiennes que nous nous sommes fixées. Qui consiste à leur interdire de voir leurs proches.

La rame s'arrête, les portes s'ouvrent, je monte et je m'installe près de la fenêtre pour regarder dehors.

Et si je quittais la congrégation ?

Cette nouvelle idée m'épouvante. Je ne peux pas. Pourquoi le ferais-je ? Je connais la réponse avant même de formuler la question : toutes ces règles et ces condamnations, émanant d'hommes loin d'être irréprochables, expliquent, entre autres, la situation dans laquelle Samuel et moi nous trouvons à présent ; ça et ma répugnance à voir que les problèmes de mon fils étaient plus graves que ce que j'imaginais, que les prières et l'huile de poisson ne suffisaient pas pour les soigner.

Et aujourd'hui, plus rien ne me rattache à cette congrégation – à part mes amis. Et Dieu.

Mais ce n'est pas parce que je quitte la paroisse que je dois abandonner Dieu. Je n'ai pas l'audace de suivre le fil de mes pensées, j'ignore où peuvent me mener toutes mes idées rebelles si je les embrasse. Tout cela me fait bien trop peur.

Au lieu de cela, je sors mon portable pour appeler Alexandra, la petite amie de Samuel – je ne suis pas sûre de la relation qui les unit, je n'ai jamais osé demander. Au bout de trois sonneries, une voix guillerette me répond, qui devient grave dès qu'elle comprend qui je suis.

— Je ne sais pas où il est. Je ne l'ai pas vu depuis lundi.

— Tu lui as parlé au téléphone ?

Pause. La rame de métro ralentit à l'approche de la station Telefonplan et la femme assise en face de moi se lève pour descendre.

— Non… On s'est disputés lundi et…

La phrase reste en suspens et j'entends de la musique en toile de fond.

— Tu sais où il pourrait être ?

— Non, la police est passée me poser la même question. Ils sont aussi allés chez Liam. Je ne sais pas dans quoi Samuel est impliqué, mais peut-être qu'il a décidé de se cacher. Il doit savoir que la police le recherche.

Je lui demande de me prévenir si Samuel l'appelle, puis je raccroche.

L'inquiétude grandit en moi, mon diaphragme est comprimé et je me sens nauséeuse. Des images de Samuel, de mon père, de ma mère voltigent devant ma rétine.

Mon cher Samuel.

Ma petite abeille.

Pourquoi tout va de travers quand on s'efforce de faire de son mieux ?

MANFRED

Afsaneh coiffe les boucles folles de Nadja avec une petite brosse rose, puis s'assied sur une chaise à côté de moi.

— Ne devrait-elle pas se réveiller bientôt ? demande-t-elle sans me regarder, comme si, à défaut de poser une question, elle exprimait une frustration générale ou s'adressait à une puissance supérieure.

— Ils nous ont dit qu'il fallait être patients.

— Mais ça fait déjà plusieurs jours.

— Ça peut prendre des semaines.

Afsaneh se tortille sur sa chaise.

— Je ne peux pas attendre des semaines.

La porte s'ouvre, laissant passer Dennis, l'un des médecins qui s'occupent de Nadja depuis notre arrivée et dont l'extrême jeunesse empêche Afsaneh d'avoir totalement confiance en lui. Quant à moi, son âge ne me pose aucun problème ; d'expérience, je sais que les médecins débutants – les policiers aussi, d'ailleurs – sont souvent à la fois compétents et ambitieux. Ils n'ont pas encore été brisés par le système et, malgré toutes les calamités auxquelles ils sont confrontés, n'ont pas été rattrapés par le cynisme et l'indifférence.

Afsaneh se lève et va à sa rencontre.

— Pourquoi ne se réveille-t-elle pas ? s'indigne-t-elle, sans le saluer ni tenter d'enrober sa question.

Un rictus hésitant aux lèvres, Dennis me lance un coup d'œil compatissant.

— Il va sans doute falloir patienter quelques jours. D'ailleurs, vous n'êtes pas obligés de rester. Nous vous appellerons au moindre changement de son état.

— Mais je veux être là quand elle se réveille.

— Je comprends, mais nous n'avons pas encore complètement arrêté les somnifères. Tout cela va prendre du temps, nous vous téléphonerons quand…

— Vous ne m'écoutez pas ? Je veux être *ici* quand ma fille se réveille. Je ne veux pas que la première chose qu'elle voie soit des visages inconnus !

Je me lève, me dirige vers elle et entoure ses épaules de mon bras.

— Viens ma chérie, on va boire un café.

Elle se libère avec une force que je ne lui connaissais pas.

— Je ne veux pas de café, je veux que Nadja se réveille !

Dennis me regarde, témoin impuissant de la scène, comprenant sans doute qu'il est inutile de parler à Afsaneh dans cet état, qu'elle se trouve dans un lieu où les mots ne peuvent pas l'atteindre.

— Je veux qu'elle se réveille, répète-t-elle, en se mettant à arpenter la chambre, les bras croisés sur la poitrine.

Nous restons muets, Dennis et moi, et je me rassieds sur la chaise près du lit de Nadja, les yeux rivés sur le petit corps qui repose, paisible, entre les draps. Au bout d'un moment, le médecin quitte la pièce et ma femme se laisse tomber à côté de moi.

— Je ne sais pas combien de temps je pourrai endurer ça. Je n'ai plus la force…

Je plonge mon regard dans ses yeux noirs, qui contrastent plus encore avec son visage blême et ses lèvres pâles et pincées.

— Tu en as la force, Afsaneh. Nous en avons la force. Nous n'avons pas le choix.

Une heure plus tard, en route vers le commissariat central, je fume trois cigarettes, vitre baissée, priant pour qu'Afsaneh ne sente pas l'odeur à mon retour. J'ai finalement vaincu sa réticence à me laisser partir, avec le concours de Dennis, arguant de l'utilité limitée de ma présence.

Des nuages sombres se sont amassés et les premières gouttes s'écrasent sur le pare-brise au moment où l'hôpital disparaît dans mon rétroviseur. Lorsque je franchis le pont vers Kungsholmen, la pluie tombe à verse, ponctuée, dans le lointain, par des roulements de tonnerre étouffés. Les piétons descendent les trottoirs en courant, leur journal ou leur veste en guise de capuche, tentant vainement de se protéger de l'ondée.

Je ne peux m'empêcher d'imaginer que la météo est symbolique, bien que je sache que c'est mon inconscient qui cherche des liens inexistants. Pourquoi le temps aurait-il un quelconque rapport avec la santé de ma fille ? Cette pensée magique, cette vision infantile et naïve de la causalité, s'insinue pourtant en moi. Comme si l'univers se souciait de mes problèmes !

Notre équipe a reçu du renfort, deux nouveaux enquêteurs en plus de Malin, Led' et moi. Malik, qui a travaillé avec moi sur les meurtres d'Ormberg, est assis près de Led'. Ses cheveux noirs, attachés en queue-de-cheval,

184

gouttent – j'en conclus qu'il n'a pas échappé à l'averse. Il porte une barbe conforme à la mode du moment, un jean ajusté replié en bas, une chemise à carreaux. Je dirais qu'il affiche un parfait look *hipster*, mais je peux me tromper : je suis trop vieux pour distinguer avec une grande acuité les nuances de la culture populaire qui changent si vite.

Postée devant le tableau blanc, Samira, le médecin légiste, me décoche un sourire accompagné d'un petit signe de la main que je lui rends.

Malin se lève et se racle la gorge.

— Samira Khan, de l'institut médico-légal de Solna, est venue nous briefer sur les résultats de l'autopsie de la seconde victime.

Il est rarissime que les légistes se déplacent jusqu'ici – ils se contentent d'ordinaire de nous envoyer un rapport écrit récapitulant leurs conclusions. J'imagine que Samira a découvert quelque chose d'inhabituel qui doit être expliqué et débattu.

— Je t'en prie, dit Malin, avec un geste de la tête vers Samira.

Cette dernière commence par nous montrer des photographies du corps sur le lieu où il a été retrouvé.

— La victime est un homme, entre seize et dix-huit ans, en bonne santé et en forme physique correcte, quoique présentant un léger sous-poids.

Malin croise mon regard et je devine ce qu'elle pense : entre seize et dix-huit ans, c'est un mineur, un enfant.

Samira poursuit, énumérant de façon systématique toutes les lésions, de la tête aux pieds. Elle nous parle des fractures et des contusions subies *post mortem* et du long clou logé dans le talon.

Led' s'agite sur sa chaise, émet un grognement et laboure de ses doigts sa barbe hirsute. Même un enquêteur aussi aguerri que Led' ne peut se montrer indifférent à la violence qu'on a infligée au jeune garçon.

— L'avez-vous identifié ? demandé-je.

— Oui, répond Samira. Nous avons confronté l'ADN avec les candidats potentiels parmi les personnes disparues. La victime est Victor Carlgren, dix-sept ans, domicilié à Saltsjöbaden. Il a disparu le 10 mai après une dispute avec sa sœur.

— Que sait-on de ce Victor ? s'enquiert Malin.

Led' ajuste ses lunettes d'un geste de l'index.

— Garçon bien élevé. Bons résultats scolaires. Pas de problèmes connus de drogue ou de délinquance. Les parents sont au courant et ont été entendus. Apparemment, il est parti avec le bateau à moteur familial. Ce n'est pas la première fois, raison pour laquelle ils n'étaient pas très inquiets au départ, mais au bout de vingt-quatre heures sans nouvelles de sa part, ils ont signalé sa disparition et les gardes-côtes ont lancé des recherches, craignant qu'il ait eu un accident en mer.

— Quel était l'objet de la dispute avec sa sœur ? s'enquiert Malin.

— Netflix. Visiblement, ils ne voulaient pas regarder le même film.

Le silence s'abat sur la pièce : chacun semble méditer sur l'absurdité de la situation. L'idée que quelque chose d'aussi banal ait pu déclencher une suite d'événements qui conduisent finalement à la mort de Victor Carlgren suffit à provoquer la nausée.

— Oui, c'est terrible, soupire Led' en plaçant sur sa calvitie une fine mèche grise.

— Johannes Ahonen a disparu début mars. Victor Carlgren, le 10 mai. Les deux corps ont été retrouvés au sud de l'archipel de Stockholm ; les deux corps ont été soumis à une extrême violence et étaient enveloppés dans du tissu et des chaînes. Bien que nous ne puissions pas prouver qu'il s'agit d'un homicide, je pense qu'on peut partir de cette hypothèse, et de l'idée qu'il s'agit du même coupable.

Le silence se fait à nouveau ; on n'entend que la pluie qui martèle la fenêtre avec une force redoublée, et le bruit de la ventilation.

— Je ne vous ai pas tout dit, reprend Samira en replaçant sa lourde tresse noire sur son épaule. Comme vous le savez, nous avons trouvé des fragments de tissus cutanés sous les ongles de Johannes Ahonen. Les techniciens de l'Institut national de la police scientifique ont réussi à déterminer un profil ADN et…

Samira ménage une pause, comme incertaine de la manière dont elle va continuer sa phrase.

— L'analyse ADN révèle que les tissus appartiennent à Victor Carlgren.

— Comment ça ? s'écrie Malin en laissant tomber son stylo sur la table. Désolée, mais je ne comprends pas vraiment.

Led' lève les yeux de ses notes, bouche bée.

— Explique-toi ! peste-t-il.

— La peau sous les ongles de Johannes Ahonen, la victime n° 1, est celle de Victor Carlgren, la victime n° 2, explicite Samira lentement, attentive à ce que le message passe bien. Et, sur le bras de Carlgren, il y a des griffures à demi cicatrisées qui ont sans doute été causées par Ahonen. Donc les deux victimes se sont rencontrées et se sont probablement battues, juste avant qu'Ahonen ne meure. Mais Carlgren est décédé bien plus tard.

— Mais quel bordel ! s'exclame Led' en frottant les mains contre son pantalon en synthétique qui crépite d'électricité statique. Quel bordel !

SAMUEL

Je fais la lecture à Jonas-le-zombie, sans prêter attention aux mots qui s'échappent de ma bouche. Mes pensées vagabondent, loin de Stuvskär, d'Igor et de Rachel, qui a tout de même failli me prendre la main dans le sac en train de voler du fentanyl hier.

Je songe à ma mère, au SMS qu'elle m'a envoyé hier.

« Rentre. Je t'aime. »

Pauvre maman ! Elle a vraiment fait de son mieux. Même si nombre de ses tentatives de me sauver de moi-même étaient déplacées, elle a au moins essayé, on ne peut le nier.

Je me rappelle toutes les fois où elle m'a amené à l'église, les regards sévères des aînés de sa congrégation, et le fou, Stephen, qui parlait la « langue des anges » et affirmait que le Jugement dernier était proche parce que de nos jours tout le monde utilise des cartes de crédit. Je me rappelle surtout la voix du pasteur, qui ressemblait fort à la petite voix maligne qui jacte dans ma tête, qui me répète que je ne suis qu'un bon à rien. Ce n'est sans doute pas un hasard.

Ils ont tout fait pour que je devienne un vrai chrétien – il y a eu le catéchisme, puis les scouts, les oraisons et tout le tralala. Ils s'asseyaient tous en cercle autour de moi et priaient pour mon âme. De vrais allumés !

Tout cela n'a fait que renforcer ma hantise de la religion. À un moment de ma vie, vers quatorze ou quinze ans, je potassais la Bible à fond, rien que pour pouvoir répondre aux arguments de ma mère.

Je lui expliquais que le christianisme n'était pas du tout l'œuvre de Jésus, mais de l'autre type, Paul, qui était juif et romain, et avait persécuté de nombreux chrétiens, en plus d'être un phallocrate borné qui écrivait des lettres complaisantes à des congrégations du monde entier. Sans compter qu'il se faisait passer pour le meilleur pote de Jésus alors qu'il n'était même pas l'un des apôtres.

J'avoue que j'étais malin, j'utilisais les mêmes méthodes que la congrégation quand je citais la Bible pour contredire ma mère. Elle pleurait, disait que j'avais Satan en moi, que mon âme était perdue et que j'étais « souillé ». Comme si je n'étais qu'un morceau de papier toilette usagé.

Je contemple Jonas-le-zombie. Où se trouve son âme immortelle ? Le visage inexpressif, la peau légèrement luisante de sueur, la bouche entrouverte, il est étendu, inerte, sous les draps bien repassés. Sur la sonde qui sort de son nez scintille une gouttelette d'eau. Peut-être qu'il vient de « manger » ? J'ignore si c'est comme cela qu'on dit lorsque quelqu'un vous injecte de la nourriture directement dans l'estomac.

Je repense à ma mère. Elle croit que c'est sa faute si je suis devenu comme je suis, que j'ai décroché du lycée et que je travaille pour Igor ; elle croit que c'est parce que je n'ai pas grandi dans une parfaite petite famille chrétienne, avec un papa et une maman, dans une maison avec jardin située dans un quartier cossu ; et que tout aurait été différent si j'avais été suffisamment dévot.

J'aimerais tant lui dire que ça n'a rien à voir avec tout cela ; c'est moi qui suis responsable. Pauvre maman ! Comme elle s'est décarcassée pour rien !

Parfois je me demande si elle fréquentait un homme en secret. J'en suis presque venu à l'espérer, car l'idée qu'elle n'ait fait que trimer et s'occuper de moi est presque insoutenable. Peut-être y avait-il quelque chose entre elle et son ami – cet Américain qui me fichait la chair de poule, qui débarquait tous les ans, à Noël et à mon anniversaire, et qui m'obligeait à m'asseoir sur ses genoux. Je n'osais pas protester, je restais de marbre tandis qu'il posait sur moi son regard onctueux de pervers. On aurait dit qu'il voulait me bouffer. Ou pire.

Je me tenais à carreau pour être agréable à ma mère qui avait cuisiné, acheté des cadeaux et tout le reste, car même si j'étais possédé par le démon, je n'étais pas un monstre.

Jonas-le-zombie pousse soudain un gémissement, ses membres sont secoués de soubresauts, ses paupières tressaillent et j'ai l'impression qu'il va se réveiller. Puis tout redevient calme.

Je poursuis la lecture. Le personnage principal du roman est en route vers l'Espagne pour une partie de pêche. Même si les plaisirs de la chair lui sont interdits, il a l'air de se la couler douce : il voyage en Europe, traîne dans des bars et multiplie les jolies rencontres.

Jonas laisse échapper un nouveau râle. Cette fois, ayant posé le livre sur la table de chevet, je me penche vers lui et je lui demande si ça va, sachant pertinemment qu'il ne m'entend pas. Un grognement me répond. L'une de ses mains, traversée par une secousse, tremble légèrement en se tendant vers la petite table.

— Ahhhrggg, gargouille-t-il et l'écume roule de la commissure de ses lèvres jusque sur sa joue.

La peur me prend aux tripes. Est-ce là une des crises dont m'a parlé Rachel?

— Uhhhrg.

Le corps bandé, on dirait qu'il s'ingénie à atteindre quelque chose sur la table de chevet, mais il n'y a là que le vase à la rose rouge qui commence déjà à se faner et le livre que je viens de poser.

Veut-il que je me remette à lire? C'est cela qu'il cherche à me dire?

— Est-ce que ça va?

— Gahhh.

Son poing est fermé, mais son index pointe en direction de la petite table, comme s'il s'attachait à me montrer quelque chose. Je regarde à nouveau le meuble sans comprendre. Sur la face la plus proche du lit, on distingue des égratignures. On dirait qu'il a entaillé le bois dur avec ses ongles. Pauvre diable!

— Attends-moi ici!

Je me précipite dans la chambre de Rachel – elle a passé la matinée à taper sur son clavier, les cliquetis résonnaient jusque dans le couloir. Elle n'est pas là. Son bureau est méticuleusement rangé et son ordinateur portable fermé repose sur une pile de papiers.

Je m'élance dans l'entrée, j'ouvre la porte et me heurte à un mur d'air chaud. Dans le jardin à l'odeur de rose, de chèvrefeuille et de terre humide, des bourdons butinent dans les parterres.

Dans le nichoir installé contre l'une des façades de la maison, une femelle gobe-mouches lève la tête. Elle vient de nourrir ses petits et s'apprête à repartir en quête d'autres insectes. Le mâle n'est pas en vue, sans doute s'est-il envolé à la recherche d'un nouveau territoire

– c'est ce qu'ils font – tandis qu'elle passe sa journée à chercher de quoi sustenter ses oisillons. Elle fait tout pour eux. Je pense à ma mère, ce qui me met instantanément en rogne.

Puis j'aperçois Rachel, agenouillée devant les maigres rosiers du parterre de fleurs surélevé, un sécateur dans sa main gantée et un fichu sur la tête. Sa peau est rouge aux épaules, comme si elle avait attrapé un coup de soleil. À côté d'elle se trouve un panier tressé rempli de fleurs coupées et de branches mortes.

Son sourire s'évanouit dès qu'elle voit mon regard.

— Il y a un problème avec Jonas !

Rachel se lève d'un bond, lâche son outil et se précipite vers moi. Elle retire ses gants jaunes qui atterrissent dans l'herbe, semblables à de gigantesques girolles.

— Il a dit quelque chose ? lance-t-elle, haletante.

Dans ses yeux, je devine de la panique, assortie d'une autre émotion. De l'espoir, peut-être ?

— Non, il pousse des cris qui ressemblent à des gargouillis, c'est tout.

J'emboîte le pas à Rachel qui court dans la chambre de Jonas, s'accroupit près de lui et lui caresse les cheveux. Son fichu a glissé de sa tête et pend sur son dos.

— Mon cher Jonas, mon amour, qu'est-ce qui se passe ?

— Ahgg ! Uaahhgg !

Le corps du garçon se crispe puis se relâche, comme un ressort. Des secousses ébranlent la couverture et le lit en métal émet un grincement suspect.

— Vite ! crie Rachel. Donne-moi la seringue et le flacon sur l'étagère.

Faisant volte-face, je balaye des yeux les rayons garnis de sacs en plastique, gants chirurgicaux et boîtes de médicaments, et là, près d'une pile de serviettes en papier, j'aperçois une seringue enveloppée dans du plastique et une petite bouteille en verre que je tends à Rachel.

Elle ouvre l'emballage, sort la seringue, enfonce l'aiguille dans le flacon et aspire une partie du liquide, puis elle pointe l'instrument vers le haut, lui décoche une chiquenaude et presse l'embout pour en exprimer une goutte.

— Aide-moi à le tourner, dit-elle.

En avançant vers Jonas, j'ai une telle frousse que j'ai peur de me faire dessus, mais je suis aussi décidé à faire de mon mieux pour l'aider.

— Là. Prends l'épaule, je prends la hanche.

Unissant nos forces, nous poussons Jonas sur le côté, Rachel baisse la couverture et plante l'aiguille dans sa fesse.

— Aughhhh !

Après une ultime convulsion, le corps de Jonas se détend et il lâche un long soupir ; ses muscles se relâchent sous ma main, sa tête tombe sur l'oreiller blanc, et son visage redevient paisible.

Rachel s'affale sur le sol et y reste prostrée, le dos contre le lit, laissant échapper de petits gémissements. Au bout d'un long moment, elle se lève, jette la seringue et les emballages à la poubelle et ramasse son fichu par terre.

— Merci, dit-elle, les yeux mouillés de larmes. Merci, Samuel, je ne sais pas ce que j'aurais fait sans toi.

Je réponds d'un signe de la tête, sans rien dire, mais je sens mes joues devenir écarlates lorsque la fierté se mêle à l'embarras.

— Viens, poursuit-elle, allons prendre un thé. Il devrait dormir un peu maintenant.

Nous buvons en silence dans la cuisine jaune. Dehors, le ciel s'est couvert et les branches des buissons ploient sous le vent, signes annonciateurs de la pluie. Rachel a l'air triste et fatigué, les rides autour de ses yeux se sont creusées et elle est penchée en avant, la tasse entre les mains. Ce qui me rappelle une fois de plus à quel point elle ressemble à ma mère. Pas seulement physiquement, mais dans l'attitude. Elle semble totalement résignée.

— Ce sera plus facile une fois qu'Olle sera rentré.

— Où est-il ?

— Je ne te l'ai pas dit ? s'étonne-t-elle. Il est à Stockholm. Il avait rendez-vous avec les services sociaux. Il avait aussi d'autres affaires à régler. Il revient dans quelques jours, mais il a un roman à terminer, donc je ne suis pas sûre qu'il nous tienne beaucoup compagnie.

Je m'étire et mon portable manque de tomber de ma poche. Je l'en sors et le pose près de ma tasse. Rachel jette un coup d'œil à l'écran éteint.

— Tu me montres ton fond d'écran ?

Avec réticence, je l'allume et lui montre la photographie : ma mère et moi devant la nouvelle voiture décapotable rouge du pasteur.

— C'est ta maman ?

— Oui.

Rachel se penche vers l'image.

— Vous vous ressemblez. La même forme de visage, les mêmes… (Elle se lève d'un bond.) J'en ai pour une minute !

Elle disparaît dans la direction de la chambre de Jonas et revient quelques minutes plus tard avec des albums sous le bras. S'installant sur l'une des élégantes chaises, elle se met à en feuilleter un.

Son visage s'adoucit et le profond sillon qui barrait son front s'estompe lorsque son regard se pose sur un enfant d'environ cinq ans, assis dans une caisse à savon, affublé d'un tee-shirt à l'effigie de Spider-Man. Ses jambes pâles sont criblées de boutons rouges semblables à des piqûres de moustique.

— J'avais le même, dis-je en m'approchant pour mieux voir.

L'odeur de Rachel, un mélange de fleur d'oranger et de pâte d'amande, me chatouille le nez et je sens au creux de mon ventre d'étranges picotements que je ne parviens pas à identifier, comme si une abeille à peine éveillée bourdonnait à l'intérieur de moi.

— Le même quoi ? demande-t-elle en souriant.

— Le même tee-shirt.

— Ah ! Jonas adorait ce fichu vêtement. Il a fini par se déchirer, mais il a continué à le porter pendant un an. J'avais honte au jardin d'enfants !

Rachel éclate d'un petit rire, continue de feuilleter l'album et s'arrête sur un portrait de Jonas à l'âge de sept ou huit ans, radieux, bronzé, les cheveux plus clairs aux pointes.

Il est si différent du zombie qui gît là-bas, dans la chambre, qu'il est difficile de croire que c'est la même personne. À nouveau je me dis que Jonas et moi étions finalement assez semblables : dans une autre vie, j'aurais pu être ce garçon cloué au lit. Cette idée me donne le tournis. Je m'agrippe par réflexe à la table.

Rachel montre l'image d'un signe de tête.

— Regarde les yeux. Tu vois ?

J'observe le visage du garçon, ses minces sourcils décolorés par le soleil et ses paupières déjà un peu lourdes, bien qu'il ne soit qu'un enfant. Je vois Rachel dans ce visage.

— Vous vous ressemblez…

Rachel s'approche de moi pour me permettre de mieux voir ; son bras repose contre le mien, je sens la chaleur de sa peau irradier.

L'abeille tapie au creux de mon estomac sort de sa torpeur et j'ai des fourmillements à l'entrejambe.

— Nous nous *ressemblions*. Avant. Après l'accident, il… il a changé.

Son visage se durcit et j'ai soudain envie d'entourer ses épaules de mon bras, de la consoler, comme je le fais avec Alexandra, et je suis en même temps conscient de tout le reste : la rondeur de ses seins sous son débardeur, la courbure de son cou fin, et la clavicule qui transparaît sous sa peau.

C'est malsain. Tellement malsain. Elle pourrait être ma mère ! La bouche aussi sèche que les rochers en train de rôtir sous le soleil, je demande :

— Qu'est-ce qui lui est arrivé ?

— Un accident de voiture. Le chauffard est parti. Jonas n'était même pas gravement blessé, mais quelque chose s'est produit à l'hôpital : tout à coup, son état s'est dégradé. Les médecins pensent qu'il a pu subir une hypoxie ou un peut-être un AVC… Il avait la vie devant lui, conclut Rachel, en clignant des yeux plusieurs fois.

Puis elle prend une longue respiration.

— Et toi ?

— Moi ?

Où veut-elle en venir ? Elle me sourit, pose une main sur mon bras, et je sens ma peau se consumer sous ses doigts, comme si on en avait approché une allumette, provoquant l'embrasement de mes cellules épidermiques.

— Oui, *toi*, Samuel, comment ça se passe avec ta famille ? Est-ce que tu es proche de tes parents ?

196

— Je…

Les mots refusent de sortir, telles des grives farouches cachées dans les branches d'un arbre. Je me lance à nouveau :

— Je… Mon père est mort.

Les yeux de Rachel s'agrandissent.

— Je suis désolée, dit-elle en effleurant mon bras, plus brièvement cette fois, et je me sens flancher. Et ta mère ?

Elle me jette un regard bienveillant, comme pour m'encourager.

— Ma mère est… Je crois que je l'ai déçue.

— D'où te vient cette impression ? demande-t-elle, l'air authentiquement étonné.

— Parce qu'elle… Je fréquentais les mauvaises personnes. Et elle… Elle m'a mis à la porte.

Et je lui confie tout. Sans savoir pourquoi. Peut-être parce que Rachel s'est livrée. Bien sûr, je me garde de lui dire que j'ai volé à l'étalage et vendu de la drogue, mais je lui parle de l'église, d'Alexandra, du fait que je suis pourchassé par un horrible malfaiteur qui s'appelle Igor. J'explique que ma mère n'est jamais fière de moi, que je ne suis qu'un raté à ses yeux, et que, si ça se trouve, elle ne m'aime pas.

Rachel se contente de sourire en secouant la tête.

— N'importe quoi ! Elle t'aime, c'est sûr. Tu es son fils. Les parents aiment leurs enfants, c'est comme ça.

Elle marque une pause avant de continuer :

— Tu dis que tu as échappé à ce fameux Igor ?

— Moui.

— As-tu parlé avec ta mère depuis ?

Le visage de Rachel se rembrunit, lui donnant un air sévère.

— Euh, non. Je… Elle s'inquiète toujours pour un rien ! Elle a toujours peur qu'il m'arrive quelque chose.

— Toutes les mères s'inquiètent. Et toi, ça ne t'arrive jamais ?

— Non. Je n'ai pas peur de ce qui pourrait m'arriver. En tout cas, pas avant de rencontrer Igor… À l'époque, j'avais plutôt peur que…

— De quoi ?

— Qu'il ne se passe *rien*.

C'est la vérité. Mon cauchemar a toujours été de rester bloqué dans ma chambre à Fruängen toute ma vie. Que les jours se suivent et se ressemblent, pendant des mois et des années, avec les éternelles jérémiades de ma mère, les dix-neuf minutes de métro pour aller en ville, et que tout à coup j'aie trente ans.

Rachel me considère, mi-peinée mi-amusée, puis elle baisse les yeux sur l'album photo.

— Allons, fait-elle, on ne peut pas rester ici toute la journée.

Lorsqu'elle se lève, la fine étoffe de son débardeur épouse la forme de sa poitrine, et je me hâte de détourner le regard.

L'après-midi, nous travaillons dans le jardin. L'air est plus frais, mais un peu lourd, comme si l'orage approchait. Des nuages sombres d'un bleu tirant sur le violet se sont déployés au-dessus de l'archipel et se dressent à l'ouest comme un grand mur compact.

J'ai aidé Rachel à réparer une brèche dans la clôture, et elle a glané des pommes de pin dans l'herbe. Elle regarde à présent le ciel, et s'apprête à ramasser les gants de jardinage et le sécateur abandonnés. Elle s'arrête en arrivant à ma hauteur.

— J'oubliais ! Samuel, tu pourras m'aider à revisser la grille devant la fenêtre de Jonas ? Elle ne tient plus très bien en bas.

— Bien sûr, dis-je, avec un haussement d'épaules.

Rachel s'éloigne vers l'abri de jardin et revient quelques minutes plus tard, armée de vis et d'une visseuse sans fil.

— Il y a eu pas mal de cambriolages dans le coin, explique-t-elle en montrant la grille. Il vaut mieux mettre toutes les chances de son côté.

Je ne réponds pas, mais je me dis que les cambrioleurs seraient bien déçus. Qui voudrait voler des couches pour adultes et des laxatifs ?

— C'est sans doute les drogués du camping, marmonne Rachel, le visage crispé. Il faut bien qu'ils financent leur addiction. Quand on vit dans un endroit isolé comme moi, avec un enfant handicapé, on n'a pas envie de recevoir la visite d'un hippie intoxiqué en pleine nuit.

La grille devant la fenêtre est épaisse et rouillée. Les deux vis de la platine de fixation inférieure sont tombées et le bois au-dessous est abîmé, comme si quelqu'un les avait arrachées. Je revisse la grille de protection et tire dessus pour vérifier sa solidité. Elle ne bouge pas d'un iota.

— Voilà ! Ça devrait tenir.

Le visage de Rachel s'éclaire.

— Merci beaucoup ! Tu es vraiment doué pour le bricolage. Pour la clôture aussi, tu as fait du bon boulot.

— Mais non, dis-je en fixant mes pieds.

— Je t'assure, insiste Rachel avec un petit rire. Je n'aurais jamais réussi sans toi. Tu as de la force et une bonne technique.

La chaleur me monte au visage – j'espère qu'elle ne le remarque pas. Ma mère n'aurait jamais dit ça. Je détourne le regard vers les pivoines sous la fenêtre. Les tiges jaillissent comme des javelots dans l'herbe haute ; les bourgeons charnus couleur grenat se sont libérés de leurs sépales et pourraient s'ouvrir d'un moment à l'autre. Le long de la façade serpente une plante grimpante dont les feuilles vert clair semblent pousser à vue d'œil.

Ça sent l'herbe, la terre humide et le parfum de Rachel. Les insectes bourdonnent autour de nous, les oiseaux chantent, les papillons volettent. Tout est luxuriant, florissant, plein de vitalité et de vie.

Rachel se penche vers moi ; une mèche de sa longue chevelure noire tombe sur son visage ; sa langue glisse sur ses lèvres pour les humidifier et une gouttelette de salive brille à la commissure de ses lèvres.

C'est maintenant, me dis-je. *C'est maintenant que je meurs. Ça y est.*

Elle avance le bras vers mon visage, mais, au lieu de me caresser la joue, ses doigts s'écartent et sa paume s'y abat violemment.

— Un moustique !

Dans sa main, je vois une tache de sang, grosse comme une pièce de monnaie.

Ma peau me brûle. La douleur de la gifle, le contact de sa peau, de sa main pâle contre ma joue. Pour me frapper, certes, mais tout de même. Une partie de moi aimerait qu'elle recommence.

Allongé dans mon lit, je tente de trouver le sommeil, sans parvenir à faire taire les pensées qui se disputent mon attention.

Je ne peux pas rester ici. Tout vaut mieux que tenir compagnie à Jonas-le-zombie dans cette chambre qui sent le renfermé. Et Rachel – son visage et son corps qui apparaissent dans ma tête dans les situations les plus absurdes. Bien qu'elle ait au moins quarante ans et un compagnon qui va bientôt rentrer de Stockholm. Et qu'elle ressemble à ma mère.

Même au fond du gouffre, je ne peux m'empêcher de penser à elle, à sa peau d'albâtre, à sa lourde poitrine, aux ridules qui encadrent ses yeux lorsqu'elle rit, à son sourire lorsqu'elle m'a dit que j'avais de la force et une bonne technique.

Tu fanfaronnes devant une femme de quarante ans parce que tu rêves de te la taper. C'est pathétique. Et sacrément pervers.

Je me retourne sur le côté et tapote mon oreiller pour lui donner du volume. La nuit est sombre et interminable, comme dans l'un de ces films français que nous avons vus à l'école. Dans la pénombre bleutée, je discerne les contours de l'armoire et de la petite chaise où sont posés mes vêtements sales. Tôt ou tard, il faudra que je les lave, mais je n'ai rien d'autre à me mettre, et je ne peux pas me promener nu une journée entière en attendant qu'ils sèchent. Mais j'ai des problèmes plus graves que des fringues sales.

Quelles sont mes options ?

Hors de question d'aller chez les flics. D'abord, je n'ai aucune envie de finir en prison ; en outre, cela signifierait dénoncer Igor, donc signer mon arrêt de mort. Parce qu'ils n'arriveront jamais à l'arrêter. À côté d'Igor, la police n'est qu'un tigre de papier, une bande de tocards.

Je ne peux pas non plus contacter Igor ou Malte pour expliquer que tout n'est qu'un malentendu, car je risque d'avoir les flics à mes trousses. En plus, trop de temps s'est écoulé pour que je puisse décemment revenir, la queue entre les jambes, et présenter mes excuses. J'aurais dû les contacter illico pour leur dire que j'avais caché l'argent et emprunté la moto.

L'argent, d'ailleurs !

Je me relève d'un bond en inspirant profondément. L'oreiller glisse au sol.

L'argent !

Pourquoi n'y ai-je pas pensé plus tôt ? Il y a au moins deux cent mille couronnes sous un rocher au milieu des bois. Si j'en emprunte un peu, je peux rester caché un moment – du moins jusqu'à ce que les choses se tassent.

Je sais qu'Igor avait parlé de s'envoler pour Miami. S'il a mis son plan à exécution, il ne reste plus que Malte et, même si c'est un vrai connard, il n'est pas aussi détraqué que son chef. Et je peux le faire chanter : ne l'ai-je pas vu filer le fric d'Igor à une nana à qui il devait remonter les bretelles ? Une nana qui recevait une seconde visite.

Je me souviens des mots que Malte m'a sifflés à l'oreille chez la rousse : « Pas un mot de ce que tu viens de voir. Sinon, je suis mort. Et toi aussi. » Les battements de mon cœur s'accélèrent, je ramasse l'oreiller, m'allonge sur le dos et fixe le plafond.

Comment récupérer l'argent ? Je ne peux pas retourner à Fruängen sur la bécane d'Igor et déterrer le sac – le risque que quelqu'un de l'entreprise me découvre est bien trop élevé. Pourrais-je demander à Alexandra d'aller le chercher ? Non. Impossible. Elle n'a même pas répondu à mes SMS. Et elle déteste tout ce qui touche Igor de près ou de loin. Elle refuserait catégoriquement d'être entraînée dans ses affaires.

J'attrape mon téléphone portable posé sur la table de chevet. Est-ce si grave de l'allumer quelques secondes ?

J'appuie sur le bouton et l'écran éclaire tout à coup ma chambre.

Sur Instagram, Jeanette a posté un gros plan d'elle, pris à contre-jour, la bouche en cul-de-poule, les yeux grands ouverts. Le vent joue avec ses cheveux et les rayons du soleil forment comme un halo autour de son visage à la fois mélancolique et aguicheur. Sous la photo, une phrase : « Aujourd'hui, nous avons enterré Snuff, le hamster de ma sœur, tellement triste ! »

Quatre cent onze *likes*.

Hamster mort + moue sexy = gros carton sur Instagram.

Soudain, mon portable vibre : j'ai si peur que je manque de le laisser tomber. Un message de Liam : « Arrête de m'écrire merde les flics ont relâché Igor faute de preuves il veut te BUTER planque-toi ne m'appelle pas laisse-moi EN DEHORS de tout ça !!! »

Fermant les yeux, je balance l'appareil de toutes mes forces sur la couverture. Le désespoir grandit en moi, j'ai l'impression que ma poitrine va exploser, comme s'il y avait quelqu'un ou quelque chose là-dedans qui essayait de s'en extirper.

Et les larmes viennent, malgré mes efforts pour les retenir, elles coulent sans s'arrêter. J'ai l'impression d'être un gosse qui a perdu son doudou et pas un majeur qui s'est mis lui-même dans la merde à cause de sa débilité profonde.

Tu n'es rien. Tu ne sais rien. Si tu mourais, personne ne te regretterait, car tout le monde s'en fout.

Je me mouche dans le drap.

Il ne reste qu'une seule personne à contacter. La seule personne qui ne me tournera pas le dos.

PERNILLA

Je viens d'arriver au local de la congrégation lorsque mon téléphone sonne ; je ne regarde même pas l'écran, convaincue que c'est le pasteur Karl-Johan qui m'appelle pour des informations de dernière minute. Je manque de perdre l'équilibre en déposant mon sac à dos qui renferme le matériel pour la randonnée avec les enfants et adolescents.

Depuis plusieurs jours, je suis pétrie d'angoisse à l'approche de l'excursion. Stina m'a conseillé d'y renoncer, d'ignorer les inepties du pasteur et « d'envoyer balader cette espèce d'hypocrite ». Comment oserais-je ? Il est notre pasteur, il m'a rendu d'innombrables services et il ne veut que le bien de Samuel. Je pense aussi aux enfants. Sans moi, pas de randonnée.

Lorsque je décroche ce n'est pas la voix de Karl-Johan, mais celle de mon fils. Samuel ! Mon cœur bondit dans ma poitrine et je formule des remerciements silencieux à Dieu.

— Samuel ?

Ma voix est si faible que je ne suis pas sûre qu'il m'entende.

— Salut maman. Comment ça va ?

Les mots restent coincés dans ma gorge, mais dans ma poitrine se diffuse une chaleur familière et mon pouls s'accélère.

— Maman ?

Il me faut quelques instants pour me ressaisir et répondre.

— Où es-tu ? Pourquoi ne m'as-tu pas contactée ? J'étais morte d'inquiétude ! fais-je, bien consciente de mon ton acerbe.

Je laisse glisser mon regard sur les enfants qui se sont déjà assemblés dans la rue. Les nuages se sont dissipés, laissant apparaître quelques langues de ciel bleu. Le sol est encore détrempé après les violentes averses.

— Pardon, maman.

J'entends sa respiration au bout du fil.

Samuel, cher enfant. Cher enfant désespérant.

— Pardon, répète-t-il. Il m'est arrivé une merde.

— Surveille ton langage !

Je réagis par réflexe et je regrette aussitôt. Je ne veux pas le faire fuir, alors qu'il m'appelle enfin, mais je ne veux pas non plus qu'il jure – en tout cas pas lorsqu'il s'adresse à moi.

— Pardon. Il m'est arrivé un truc, je suis obligé de me cacher.

— Est-ce que cela a quelque chose à voir avec les sachets ?

— Oui. Mais… Ils n'étaient pas à moi, et quand tu les as jetés, la personne en question s'est foutue, pardon, *mise* en rogne contre moi.

Mon estomac se contracte lorsque je repense aux étranges petits sachets que j'ai enfoncés dans le sac-poubelle – jamais je n'aurais pu imaginer que mon action puisse mettre la vie de Samuel en péril. Moi qui pensais l'aider, moi qui pensais fixer une limite claire, pour une fois.

— Je... je ne savais pas.

— Je sais, maman. Écoute-moi, s'il te plaît. Il faut que j'aille travailler bientôt, je commence à dix heures.

La respiration de Samuel est haletante, comme s'il était dehors en train de marcher.

— Travailler?

— C'est une longue histoire. J'ai trouvé un boulot vers Stuvskär.

Samuel me raconte une histoire sans queue ni tête à propos d'un travail qu'il aurait trouvé chez une dénommée Rachel et son compagnon, Olle, qui est apparemment écrivain. Le fils de la femme, Jonas, a subi un traumatisme crânien et a besoin de compagnie.

— Le problème, c'est que je ne peux pas rester ici, poursuit-il. Je pète les plombs. Mais je dois continuer à faire profil bas, jusqu'à ce que le type qui me cherche soit parti à l'étranger.

— L'homme dont tu parles, dis-je en repensant au monstre de la cage d'escalier qui m'a laissé une marque rouge sur le bras. Est-ce qu'il avait le crâne rasé et un accent polonais ou...

— Igor, il s'appelle Igor. Ce que tu as balancé lui appartenait. Comment sais-tu à quoi il ressemble?

— Il est venu. Il m'a demandé où tu étais.

— Merde!

— Enfin Samuel!

— Bordel de merde!

— S'il te plaît!

Je l'entends panteler entre chaque juron, comme s'il montait un escalier.

— Il est dangereux, maman! Je ne veux pas que tu lui parles.

— Mais enfin, ce n'est pas moi qui l'ai contacté ! Il est venu chez nous, il voulait savoir où tu étais.

— Qu'est-ce que tu as répondu ?

— La vérité ! Que je ne le savais pas.

Je soulève mon sac à dos et me décale d'un pas pour laisser passer une femme conduisant une poussette. Devant le local de la congrégation, quelques garçons jouent au football avec une botte en caoutchouc qu'une fillette essaie en vain de récupérer. Je devrais aller les voir et leur dire de se calmer, mais je ne peux pas, maintenant que Samuel m'a enfin appelée.

— S'il te plaît, maman, écoute-moi. Il faut que tu m'aides.

— Bien sûr que je vais t'aider. Si je le peux. Je ne sais pas ce dont tu as besoin.

— Tu vois le petit bois le long de la piste cyclable et la pépinière ?

— Oui ?

— Il y a un très gros rocher, à quelques mètres à droite du chemin. Tu ne peux pas le rater. Il est énorme.

Je ne réponds pas, car j'ai un mauvais pressentiment.

— Sous le rocher, il y a une cavité. Pour l'atteindre, il faut creuser le long du rocher, du côté où se trouve le bouleau. Dessous, il y a un sac de sport et dedans…

— Samuel, dis-je, d'une voix la plus sévère possible.

— Il y a du fric, poursuit-il comme s'il ne m'avait pas entendue. Tu pourrais récupérer quelques liasses de billets de cent ?

— Samuel ! Tu te rends compte de ce que tu me demandes ? De l'argent ? Dans un sac au milieu des bois ? Des liasses de billets de cent ? D'où viennent-elles ? Du trafic de drogue ? Il faudra me passer sur le corps ! Jamais je n'accepterai d'être impliquée dans ces affaires. Il faut que tu ailles au commissariat, Samuel. Si tu as fait quelque chose d'illégal, tu dois le reconnaître et purger ta peine.

— Plutôt crever !

— Mais Samuel, pourquoi dis-tu cela ? Purger ta peine, c'est la seule chose à faire.

— Pas si facile.

— Facile ? Tu te moques de moi ? Qui a dit que la vie était *facile* ? Et qui te dit que la voie la plus facile est la plus juste ?

— Maman, écoute-moi, je t'en prie…

— Non, j'en ai assez entendu, je ne compte pas rester là à me tourner les pouces pendant que tu détruis ta vie. Et la mienne. Je vais demander de l'aide à la police. Voilà ce que je vais faire.

— Écoute, s'il te plaît ! Si je reviens près de Stockholm, c'en est fini de moi. Je suis mort. Tu comprends ? Mort ! Pour de vrai. Et ça sera ta faute !

— Mais Samuel ! Comment oses-tu dire ça ? Après tout ce que j'ai fait pour toi !

— Parce que c'est vrai ! Igor va me retrouver et me faire la peau. Je te le jure. Tu as vu toi-même comment il est ! *Ce* qu'il est ! Il n'hésitera pas un instant avant de me brûler la cervelle !

Je ferme les yeux. Pourquoi ne peut-il pas se ranger ? Pourquoi faut-il toujours qu'il se mette dans des situations inextricables ?

— J'aurais pu te prêter de l'argent, dis-je en essayant de garder mon calme, sachant que je suis en train de perdre la partie. Mais je n'en ai pas. J'ai été obligée de payer quelques factures pour ton grand-père et je ne sais même pas comment je vais finir le mois.

— Va chercher l'argent ! De toute façon, il est en train de pourrir sous ce caillou !

Je jette un coup d'œil vers le local de la congrégation.

— Même si j'avais voulu t'aider, je n'aurais pas pu. Je pars en randonnée avec les jeunes de la congrégation.

— En randonnée ? Tu te moques de moi ? Tu vas griller des saucisses et lire la Bible avec un groupe de petits bigots demeurés pendant qu'Igor utilise ma tête comme punching-ball ? Sérieusement ?

La voix de Samuel tremble, comme si les larmes étaient proches, mais j'ignore s'il dit la vérité ou s'il exagère. Il a toujours tendance à dramatiser. Mais il est mon fils, mon tout, la seule personne au monde que j'aime vraiment, hormis mon père.

— Aide-moi, maman ! Il *faut* que tu m'aides.

— Je, je…

Une main se pose sur mon épaule et je me retourne, le téléphone toujours collé à la tempe.

— Je te rappelle tout de suite, Samuel.

Je raccroche. Le regard de Karl-Johan est sombre et son front barré d'un sillon profond.

— Je n'ai pas pu m'empêcher d'écouter. Pernilla, ne fais rien que tu regretteras. Tu te souviens de ce que tu m'as promis ?

Je hoche la tête.

— Tu ne vas pas le rappeler ?

Je secoue la tête, comme une enfant docile. Comme un mouton.

— Bien.

Il tient à la main un minuscule sac à dos.

— Où est ta tente ?

— Elle est déchirée, je crois qu'il vaut mieux que je dorme dans la tienne.

Mon sang ne fait qu'un tour et une main glacée me serre la poitrine.

— Non. Impossible.

— Pff! Ne fais pas ta mijaurée, rétorque le pasteur en me prenant par le bras, un peu trop fort, pour m'attirer vers le local. Allez, viens! C'est l'heure de partir!

À cet instant précis, quelque chose en moi se brise. Toutes ces années, je n'ai fait qu'obéir, d'abord à mon père, puis à la congrégation – c'est-à-dire à Karl-Johan, l'homme qui me traîne par le bras comme si j'étais une adolescente rebelle. L'homme qui se permet de juger mon célibat, et qui voudrait bien me mettre dans son lit, quoiqu'il soit marié et le serviteur de Dieu. J'en ai la nausée. Ma propre servilité moutonnière me reste en travers de la gorge. Que m'a-t-elle apporté? Rien. Absolument rien.

Et tous ces mensonges! Des images du corps émacié de mon père et des lettres jaunies de ma mère me reviennent en mémoire. Et Isaac, qui voulait apprendre à connaître son petit garçon! Qui demandait beaucoup et qui n'a presque rien eu. Quelques heures, quelques fois par an, tout au plus.

Tous ces faux-semblants! Toutes ces années où nous avons refusé aux autres la proximité dont ils avaient besoin et à laquelle ils avaient droit.

Je m'arc-boute, les pieds sur le trottoir, faisant fi des regards interloqués de Karl-Johan et de quelques enfants qui ont cessé de jouer pour nous observer.

— Viens donc, Pernilla!

Malgré la douleur à l'endroit où sa main me serre, je résiste, je ne bouge pas d'un pouce.

— Arrête de te donner en spectacle!

Nos yeux se rencontrent, je soutiens son regard sans ciller. Son visage trahit sa frustration, sa rage, mais également une peur authentique, comme si ma force nouvellement acquise l'effrayait.

— Viens, je te dis!

Il jette des regards alarmés vers le groupe d'enfants devant le local. J'arrache mon bras de son étreinte, recule d'un pas et enfile mon sac à dos sur mes épaules.

— Plutôt crever !

MANFRED

Afsaneh tend le bras par-dessus l'oreiller pour me montrer son portable.

— Regarde !

À l'écran, Alba, mon aînée qui vit à Paris, sourit, les cheveux châtains au vent, un verre de vin à la main.

— Moi aussi je veux recevoir ses photos !

Ma femme lève les yeux au ciel.

— Tu n'as qu'à te mettre à Instagram.

— Comment fait-on ?

— Manfred, tu es incorrigible !

Afsaneh s'empare de mon smartphone posé sur la table de chevet. Elle tape le code PIN qu'elle connaît évidemment par cœur, puis le dos appuyé contre l'oreiller, ayant repoussé la fine couette d'un coup de pied, elle pianote sur l'appareil, concentrée.

Elle ressemble à une sauvage, une créature des bois, avec sa longue chevelure hirsute, ses sourcils épais et sombres et son nez luisant. Et pourtant, elle est si ravissante que je suis pris d'une soudaine envie de la toucher pour m'assurer qu'elle est bien en chair et en os et non un mirage sorti tout droit de mon imagination.

Afsaneh et moi nous sommes rencontrés il y a quatre ans, à Sandhamn, une petite île située dans la partie la plus à l'est de l'archipel de Stockholm. Contrairement à ce que pensent les gens, c'est elle qui m'a abordé et non l'inverse. Je n'aurais jamais eu l'audace de draguer une femme aussi jeune, intelligente et belle. En tout cas pas à cette époque-là : le récent divorce d'avec Beatrice avait réduit à néant ma confiance en moi d'ordinaire indéfectible.

Mais pour une raison que j'ignore, la jolie doctorante en psychologie a voulu discuter avec moi. Et pas seulement discuter, d'ailleurs. Elle m'a invité dans la maisonnette que lui avait prêtée une amie, en réalité une cabane perdue au milieu des pins et des myrtilliers, sans électricité ni eau courante. Mais quelle importance !

Bien sûr, je pensais qu'elle s'amusait avec moi, mais je n'avais rien contre l'idée d'être son jouet. Les jours se sont écoulés. Cela faisait déjà une semaine. J'ai appelé mon patron et prétexté une angine carabinée. Les bains de mer, les longs dîners au restaurant et les déambulations sur l'île étaient devenus notre pain quotidien. Lorsqu'il a fallu rentrer, elle m'a demandé mon numéro de téléphone que j'ai griffonné à l'arrière d'un ticket de caisse. Quand elle m'a dit qu'elle me contacterait, je n'ai pu qu'opiner du chef avec un petit ricanement gêné : j'étais sûr qu'elle n'en ferait rien. En outre, j'étais mal à l'aise avec cette inversion des rôles. C'est elle qui m'avait approché, séduit et invité chez elle. Puis demandé mon numéro avec la promesse d'appeler. Elle avait fait tout ce que font les hommes – qui n'ont pas la moindre intention de donner de leurs nouvelles. Or, le soir même, alors que je venais d'entrer dans mon appartement désert, mon téléphone a sonné.

— Voilà ! Et maintenant tu dois remplir ton profil Instagram.

Elle m'aide à démarrer et me montre sur son propre portable comment utiliser l'application.

— Tu peux suivre autant de comptes que tu veux. Si tu aimes leurs photos, tu peux cliquer sur le petit cœur, là. Pour commenter, tu appuies sur la bulle. Comme ça !

Je dégage une mèche noire de son visage, me penche vers elle et lui embrasse la joue, mais elle se soustrait à mon contact, concentrée qu'elle est sur l'écran.

— Tu trouves que je suis un attardé ?

— Oui. Un attardé numérique, en tout cas.

— Tu crois que je peux apprendre ?

Silence. Elle lève les yeux du portable et m'observe.

— Non.

— Ne te fâche pas, Afsaneh, mais je ne comprends pas vraiment le but.

— Le but, c'est-à-dire ? Il n'y a pas de but particulier. On peut rester en contact avec les gens, voir ce qui se passe dans leur vie. Tu peux suivre Alba, Alexander et Stella par exemple.

— Et celle-là ? dis-je en montrant une jeune femme en vêtements de créateurs d'une grande vulgarité. Elle a deux cent mille *followers*. Elle les connaît tous ?

Afsaneh pousse un long soupir puis s'esclaffe.

— Bien sûr que non. C'est une influenceuse. Elle vit pour les *likes*. C'est aussi important pour elle que le boulot pour toi.

— En parlant de boulot, dis-je en jetant un coup d'œil à ma montre. Je devrais vraiment y aller.

Avec un signe de tête, Afsaneh s'enfonce à nouveau dans le lit.

— On se voit à l'hôpital ?

— Oui, à tout à l'heure.

Lorsque je passe la porte du commissariat central, je pense à Peter, comme toujours. Il me manque terriblement. Lui et moi avons travaillé dix ans ensemble avant que l'obscurité d'Ormberg ne l'engloutisse à jamais. L'image de son corps rigidifié par le froid dans le gigantesque congélateur restera éternellement gravée dans ma mémoire ; jamais je ne cesserai d'interroger mes agissements l'hiver dernier. Je me demanderai toujours si j'aurais pu faire quelque chose pour le sauver.

Peter était l'un des rares amis intimes que j'ai eus dans ma vie. J'imagine qu'Aron était le premier, peut-être aussi le plus proche. C'est lui qui m'a appris la douleur de perdre un être aimé. L'image du corps menu de Nadja dans son grand lit d'hôpital m'apparaît.

On aurait pu croire que la mort d'Aron me plongerait dans une dépression, que je me renfermerais sur moi-même. Ça n'a pas été le cas. Bien sûr, j'étais malheureux ; bien sûr, je pleurais mon frère et je me réfugiais dans la nourriture et les sucreries. Mais curieusement, cette tragédie n'a pas eu que des conséquences négatives : je me suis mis à jouir d'un statut privilégié à l'école. Surtout auprès des filles.

C'est lui, là. Le frère du garçon qui est mort.

Je venais de fêter mes treize ans lorsqu'Anna m'a pris sous son aile. Elle avait un an de plus, une poitrine de femme, elle savait embrasser avec la langue et était bien décidée à m'apprendre tout ce qu'elle connaissait de l'amour pour apaiser mes souffrances.

Et je me suis laissé aider avec plaisir.

Anna a été suivie d'une kyrielle de filles : Sussi avec son grain de beauté sur le front, Elsa, la championne de Suède junior de natation, et la plantureuse Pirjo ; Marika qui fumait de l'herbe, dont le père était en prison pour fraude fiscale et dont la mère s'envolait pour Paris ou

New York le week-end pour faire les magasins ; puis la grande Stella et la grande Sanna, deux sœurs qui n'avaient rien contre le fait de me partager. Puis est venue Beatrice, la splendide fille de bonne famille qui vivait à deux pâtés de maisons de chez moi, qui est devenue ma femme et la mère de mes trois premiers enfants.

Mes amis n'ont jamais compris ce que me trouvait la gent féminine – j'étais loin d'être un Apollon, et les kilogrammes avaient déjà commencé à alourdir ma bedaine. Ce qu'ils ne voyaient pas, c'est que j'avais développé d'autres facettes – peut-être à cause des événements tragiques, ou pour compenser mon physique ingrat. J'avais appris à écouter – un art ô combien difficile – et je cultivais une image de marque selon moi irrésistible, caractérisée par le cynisme, le pessimisme et un humour laconique. J'avais aussi entamé ma longue histoire d'amour avec les costumes de luxe.

Il ne fait aucun doute que je concentrais ma vanité sur ma garde-robe, étant incapable de venir à bout de mon embonpoint. Avec les années, j'ai fait la paix avec mon corps, comme on dit, je l'ai accepté, tout simplement, du moins d'un point de vue purement physique. En revanche, la peur que ma surcharge pondérale nuise à ma santé, voire qu'elle m'expose à un décès prématuré, grandit de jour en jour.

Je ne peux pas mourir. Pas déjà. Pas maintenant. Je n'ai pas le temps. Sans compter que ce serait terriblement injuste pour Afsaneh, ma si jeune, si délicieuse et si malheureuse épouse…

J'ai toujours cru que nous allions finir nos jours ensemble, mais à présent je ne sais plus quoi penser. Nous avons investi tant d'amour dans Nadja que j'ignore ce qui resterait si… Si elle…

216

Impossible de suivre le fil de mes réflexions jusqu'au bout. Impossible que le monde continue d'exister sans Nadja. Que le printemps revienne, que les plantes sortent de leur torpeur hivernale ; que les tiges pâles jaillissent de la terre humide, au mépris de la mort ; que des femmes aussi pleines d'espoir que l'était un jour Afsaneh donnent naissance à de nouveaux enfants.

Il m'est surtout inconcevable de nous imaginer, Afsaneh et moi, sans Nadja : notre fille est la somme de nous deux, la somme de notre amour, de notre appétit de vivre. Sans elle, nous ne sommes rien. Sans elle, nous ne sommes que des feuilles mortes, desséchées, charriées par les tempêtes automnales et, comme elles, nous serons dispersés par le vent sans avoir la force de résister.

Lorsque j'arrive dans la petite salle de conférences, Led' et Malin sont déjà en place. Malin porte un tee-shirt moulant qui dévoile son ventre protubérant. Elle sourit en voyant mon regard et je fais de même, malgré ma souffrance intérieure, sa rondeur me rappelant inévitablement Afsaneh et Nadja.

Led' est installé en bout de table, affublé d'une chemise légèrement transparente, sans doute confectionnée en matière synthétique, sous laquelle on devine un marcel en filet. Son jean taille haute repassé avec un pli est trop court et ses orteils dépassent de ses sandales. Fichtre ! On dirait un parfait beauf, tout droit sorti de sa caravane au camping de la plage. Comment les femmes peuvent-elles être attirées par ce type ronchon et négligé ?

— J'ai parlé de notre affaire avec l'équipe de profileurs, dit Malin. Ils ne sont pas formellement impliqués, mais ils m'ont fait part de leurs réflexions. Je voulais vous les transmettre.

Elle feuillette son bloc-notes et reprend :

— Nous avons deux homicides. Ou deux cas d'atteinte à l'intégrité d'un cadavre dans l'hypothèse peu plausible où les garçons seraient morts de cause naturelle avant d'être jetés à la mer. Par souci de simplicité, nous partons du principe qu'il s'agit d'homicides – une mort naturelle pour les deux, ce serait vraiment tiré par les cheveux. Dans les affaires d'homicides, le coupable typique est un homme, vous le savez déjà, mais dans ce cas c'est encore plus probable. Pourquoi ? Parce que les corps ont subi une extrême violence avant d'être balancés à l'eau. Ce type de violence indique plutôt un homme. En outre, il faut une certaine force physique pour traîner un corps, ce qui corrobore l'hypothèse du criminel masculin. Enfin, on a affaire à des jeunes hommes en bonne santé – une personne âgée ou malade n'aurait pas osé s'attaquer à eux. Conclusion : le responsable serait un homme plutôt costaud.

Led' croise les bras sur sa poitrine.

— Moi je ne crois pas à ces trucs de mentaliste ! Ces espèces de psys qui ne sont même pas policiers et qui ne connaissent rien du travail sur le terrain ! Bientôt on embauchera des voyantes, des chiromanciennes et des sourciers !

Malin me jette un coup d'œil interrogateur.

— Continue, dis-je.

— Par ailleurs, d'après les profileurs, le coupable a une carrière criminelle derrière lui, poursuit Malin. Les personnes qui tuent ont généralement commis d'autres crimes ou délits avant. Il y a donc de grandes chances pour que notre coupable figure dans nos fichiers. Peu de risque que son casier judiciaire soit vierge. Il a peut-être même fait de la prison. Selon eux, il est plus âgé que les victimes. Sans doute entre trente et cinquante ans.

Led' regarde par la fenêtre, décidé à faire comprendre à Malin son désintérêt manifeste.

— Qu'en est-il de la manière dont les corps ont été traités après la mort? Les violences *post mortem*. Comment interprètent-ils cela?

— Nous en avons parlé, en effet. Cela peut évoquer une rage, un manque d'égards.

Je me penche en avant, les coudes sur la table.

— Et ce clou, logé dans le talon de Carlgren? Si le médecin légiste a raison, ce qui ne fait pas grand doute, il y a été enfoncé volontairement, ce qui nous fait penser à…

Malin esquisse une grimace de dégoût et pose une main sur son ventre.

— De la torture, dit-elle, en hochant la tête d'un air grave. Ce qui peut signifier deux choses. Soit le coupable met ses victimes au supplice pour atteindre un objectif précis, par exemple leur soutirer des informations ou envoyer un signal à d'autres, du type « voilà ce qui se passe si vous essayez de me duper ».

Led' se racle la gorge et se gratte la barbe; ses ongles auraient aussi besoin d'être coupés.

— On ne serait pas en train de se compliquer la vie? On a des jeunes gars: je suis sûr que les meurtres sont liés à la drogue. Carlgren se shootait peut-être à la cocaïne même si de l'extérieur il semble blanc comme neige. On sait bien ce qu'il se passe dans ces banlieues cossues.

J'acquiesce. Il n'a pas tort.

— Demain nous interrogerons la sœur aînée de Carlgren. Elle sait peut-être s'il consommait des stupéfiants.

Le silence se fait.

— Tu nous disais qu'il y avait deux raisons principales qui expliquent l'usage de la torture, dis-je, tourné vers Malin. Quelle est la seconde ?

— Bien sûr, pardon, vous l'avez sans doute déjà devinée : la deuxième possibilité est que nous ayons affaire à un meurtrier sadique, une personne qui aime faire souffrir. Précisons que l'un n'exclut évidemment pas l'autre.

Troisième partie

LA DESCENTE

« Ces hommes furent saisis d'une grande crainte, et ils lui dirent : Pourquoi as-tu fait cela ? Car ils avaient su qu'il fuyait de devant la face du Seigneur, parce qu'il le leur avait indiqué.

Ils lui dirent : Que te ferons-nous, afin que la mer se calme pour nous ? car la mer s'élevait et se gonflait.

Il leur dit : Prenez-moi et jetez-moi dans la mer, et la mer se calmera pour vous ; car je sais que c'est à cause de moi que cette grande tempête est venue sur vous. »

Jonas 1:10-12

SAMUEL

Le temps s'est réchauffé. Dans la chambre à l'étage, exposée plein sud, l'air est déjà étouffant et mes draps collants de sueur quand je me réveille à sept heures du matin.

Je me glisse hors de mon lit et j'allume mon portable, formulant la promesse silencieuse de rester connecté au maximum une minute. Je me promène sur Instagram et m'immobilise en découvrant le minois d'Alexandra, sourire aux lèvres, au-dessus d'un gigantesque verre à cocktail. Elle cligne d'un œil et forme un « o » avec le pouce et l'index. La photo est légendée : « Vive le célibat retrouvé ! »

Je frappe le mur du plat de la main ; mon visage se tord à la fois de douleur et de rage. Comment ça « célibat » ? On n'a jamais été officiellement ensemble !

Je ne supporte plus d'être coincé dans cette foutue maison, sans pouvoir communiquer avec personne. Je ne peux même pas me fendre d'un commentaire, ni écrire un tout petit SMS ! J'ai l'impression d'avoir été radié de la face de la Terre.

Je tente de me contrôler en inspirant profondément et je vérifie mes messages. Rien. Mon pouls ralentit. Tout va s'arranger. Ma mère va aller chercher l'argent et je resterai planqué jusqu'à ce qu'Igor se soit calmé ou barré à l'étranger. Et Alexandra, qu'elle aille se faire foutre !

J'éteins mon portable, le repose sur la table de chevet, me dirige vers la fenêtre et tire sur la cordelette du vieux store décoloré. Il se lève avec un bruit sec. La fenêtre ouverte, j'hume l'odeur de la bruyère et du pin en contemplant l'étendue bleue lisse comme un miroir. Des îlots semblent voguer çà et là, le phare se dresse, sombre, devant l'horizon, et au loin on entend un moteur de bateau et quelques cris de mouettes.

Quelle tranquillité !

Laissant la fenêtre entrebâillée, j'enfile mon jean et mon tee-shirt et, le plus discrètement possible, je traverse le salon du haut, descends l'escalier en spirale et me dirige vers la porte d'entrée.

En passant devant la chambre de Jonas, un bruit attire mon attention. Je pense d'abord que c'est Jonas qui gémit, que c'est l'un de ces petits cris qu'il pousse parfois, mais je me rends compte que ce sont des pleurs. Les sanglots de Rachel. Il y a dans chaque hoquet, dans chaque reniflement, un tel désespoir, un tel chagrin que mon cœur se serre et je n'ai qu'une envie : partir en courant de cette maison, enfourcher ma moto et rouler aussi loin que possible. Pourtant, je ne le fais pas. Je reste là, à écouter sa complainte, honteux de mon indiscrétion. Soudain, je l'entends parler – marmonner, plutôt, la voix embrumée de larmes.

— Jonas, mon cher Jonas, tu me manques tant.

Ravalant la boule qui s'est formée dans ma gorge, j'essuie la sueur de mon front. C'en est trop. *Pauvre* Rachel ! *Pauvre* femme ! Son fils est dans un état végétatif, ce n'est pas vraiment une nouveauté, mais c'est la première fois que je perçois de façon tangible son affliction, que je l'entends à travers la porte, et j'ai mauvaise conscience de ne pas avoir mesuré plus tôt l'horreur de sa situation.

Pourrais-je faire quelque chose pour elle ? Quelque chose d'autre que rester assis à côté de Jonas et lui lire ce bouquin soporifique. Quelque chose qui pourrait l'égayer ?

Un bruit sourd retentit dans la chambre de Jonas. Je me précipite vers la porte d'entrée, enfile mes baskets, ouvre le verrou et sors dans le jardin. Empruntant le long escalier en bois, je descends vers le ponton. Seulement soixante-sept marches, mais une éternité à parcourir. Des deux côtés, l'escarpement rocheux se jette dans la mer, mais la construction semble solide. Agrippé au granit, l'escalier ondule le long de l'à-pic, tel un gigantesque python. Comme unique végétation, on aperçoit çà et là des pins déformés par le vent, un peu de bruyère et de mousse qui poussent dans les profondes lézardes verticales de la roche, semblables à des plaies béantes.

Je ralentis le pas pour admirer la vue, effleure du pied quelques cailloux qui dévalent la pente abrupte.

À la surface, la pierre semble morte et stérile, mais en y regardant de plus près, on découvre un fourmillement de vie. Des lichens de différentes couleurs s'y étalent comme des océans gris et verts qui, lorsque je les touche du bout de ma chaussure, s'émiettent, se changeant en paillettes sèches qui s'envolent au gré du vent. Mon grand-père Bernt disait toujours qu'il ne fallait pas les détruire – les motifs que ces végétaux mettaient des centaines d'années à construire pouvaient être anéantis en quelques secondes par mon petit pied d'enfant.

Grand-père.

Lorsque je pense à lui, ma respiration se fait plus laborieuse, ma poitrine est oppressée, comme alourdie par une pierre. Il était presque comme un père pour moi et pourtant je n'ai pas eu le courage d'aller le voir dans ce mouroir qui ressemble à un camp de concentration pour cancéreux.

Mon grand-père s'est toujours occupé de moi, m'a gardé quand ma mère travaillait, m'a remonté les bretelles quand je commettais des bêtises. Je le respecte à cent pour cent, sauf son insupportable bondieuserie. Le problème, c'est que la bigoterie a dicté sa conduite toute sa vie.

Je balaie du regard les rochers puis me penche en avant pour découvrir une myriade de petites bêtes qui vont et viennent de tous côtés : de petites fourmis noires, de grandes fourmis au corps brun tirant sur le rouge et de minuscules araignées orange aux pattes si menues et si rapides qu'elles semblent flotter au-dessus du sol.

Je déloge à coups de pied une autre pierre qui rebondit plusieurs fois avant de s'échouer tout en bas, dévoilant dans la cavité qu'elle occupait d'autres insectes : des perce-oreilles cuivrés et des cloportes d'un noir mat qui détalent dans tous les sens, éblouis par la luminosité soudaine. Je recule d'un pas, craignant l'apparition soudaine d'une araignée velue – moi qui suis arachnophobe.

C'est mon grand-père qui m'a appris les noms des insectes et des plantes. Petit, je partais en colonie de vacances à Ljusterö, avec la congrégation. En raison de mes difficultés de concentration, j'étais exempté de chorale et de catéchisme, mais je participais aux excursions et aux activités : voile, camping, feux de camp et découverte de la faune et de la flore.

Mon grand-père nous expliquait que les araignées jouent un rôle important dans l'écosystème et qu'elles ne sont absolument pas dangereuses pour l'homme. Mais ma phobie est toujours là.

Mon cher grand-père ! Tous ces souvenirs semblent à présent si lointains, presque comme si tout cela s'était déroulé dans une vie antérieure, ou n'était qu'un épisode d'une série sur Netflix.

Je poursuis ma descente vers la mer ; chaque pas fait pâlir un peu plus les images des étés en colonie, remplacées par celle de la débâcle de ma vie réelle. L'expression qui s'est peinte sur le visage d'Igor lorsqu'il a pris conscience que je n'avais pas le paquet d'échantillons, le corps maigre de Malte et ses dents en or.

Je les ai déçus. Comme tant d'autres. Mon grand-père ; Liam à qui j'avais promis de renoncer à turbiner pour Igor ; Alexandra en larmes derrière la porte, refusant de me laisser entrer. *Et arrête de m'appeler bébé !* Elle avait raison.

Et ma mère... Ma mère qui ne cesse de me seriner qu'elle m'a soutenu, qu'elle m'a épaulé toutes ces années. C'est vrai. Sans elle, j'ignore ce qui serait advenu de moi. Maintenant, tout est parti en vrille de toute manière, mais ça aurait été bien plus rapide sans elle.

Il faut qu'elle récupère le blé fissa – je vais craquer si je reste. Jonas-le-zombie me tape sur le système ; Rachel aussi, mais d'une tout autre manière. Cela fait cinq jours que je suis ici et après-demain, vendredi, c'est la fête de la Saint-Jean. Si seulement je pouvais être loin d'ici là !

Arrivé sur le ponton, débarrassé de mes baskets, de mon jean et de mon tee-shirt, je sens le bois chaud et collant sous mes pieds. Une odeur de goudron et d'algues flotte dans l'air au son des clapotis de l'onde.

Lorsque je me penche vers l'eau, elle me semble profonde : on ne voit qu'une grappe de varech et quelques poissons près de la surface. Au large, dans la mer insondable et glaciale, j'imagine les bancs de harengs et les anguilles qui ondulent sous la surface.

Je m'étire, prêt à plonger, mais pour une raison que j'ignore je tourne la tête vers la maison. Il y a un homme devant une des fenêtres de Rachel – je suis trop loin pour distinguer ses traits, mais j'ai l'impression qu'il est collé à la vitre, la main en visière sur le front, comme pour regarder à l'intérieur. Ça doit être un ami de Rachel. Je repense aux sanglots dans la chambre de Jonas. L'espace d'un instant, je songe à aller la trouver, mais, choisissant plutôt de me baigner, je prends une longue respiration et je plonge.

L'eau est plus froide que je ne le croyais, mais j'ai la sensation que mon corps entier accueille cette fraîcheur, comme si je renaissais de mes cendres dans la quiétude turquoise de la mer. Les yeux ouverts sous l'eau, je regarde vers la surface où montent de petites bulles. Les rayons du soleil se désagrègent en paillettes d'or qui voguent à la surface, comme une couronne de Noël tombée du ciel et brisée en mille morceaux.

Puis je fais la planche, attentif à tous les bruits de la mer, d'étranges petits claquements et battements, le susurrement ininterrompu de toute la vie invisible qui nage, rampe et flotte dans l'eau.

— Elle est bonne ?

Je me tourne vers la voix, effectuant des mouvements de ciseau avec les pieds pour me maintenir à flot. Rachel se tient au bord du ponton en bikini bleu marine, les yeux rouges et un peu gonflés, mais un large sourire aux lèvres.

— Vous allez vous baigner ?

En prononçant ces mots, je prends conscience de l'absurdité de la question : si elle est là en maillot de bain, ce n'est pas pour désherber son parterre de roses !

Rachel éclate d'un petit rire, plie les genoux et plonge dans l'eau, à quelques mètres de moi, dans un mouvement presque parfait. À peine une ride à la surface. Et, comme la fois où je l'ai vue de la fenêtre du premier étage, elle nage longtemps sous l'eau avant d'émerger, au moins dix mètres plus loin. Puis elle me rejoint en crawl.

— C'est divin, non ?

Elle repousse sa chevelure qui lui tombe devant les yeux, esquissant des moulinets avec les jambes pour rester statique dans l'eau.

— Oui.

Elle se hisse sur le ponton tandis que je reste dans l'eau, tout à coup conscient de porter un boxer blanc qui, imbibé, doit être devenu transparent.

Rachel m'observe, l'air amusé.

— Tu comptes nager longtemps ?

— Oui, un petit moment, dis-je, les joues brûlantes malgré l'eau glaciale.

Haussant les épaules, elle présente son visage au soleil, les paupières closes. Ce qu'elle est belle ! La peau diaphane de ses bras hérissée de chair de poule, ses tétons qui se dessinent sous son haut de maillot de bain humide, ses jambes qui se balancent doucement dans l'eau, ses longs doigts qui agrippent le bord en bois, et sa chevelure ruisselante. Je donnerais n'importe quoi pour toucher sa peau, passer la main dans ses cheveux, glisser un doigt sur ses lèvres. Les membres frigorifiés, je nage jusqu'au bord du ponton et m'y accroche.

Elle fixe mon poignet.

— Qu'est-ce qui est écrit sur le bracelet ?

Je croise son regard.

— C'est juste un truc que j'ai fait quand j'étais petit, dis-je, honteux de ce bijou puéril.

— Je vois ça, mais je crois voir des lettres, non ?

— Oui. C'est marqué « maman ». Je l'ai fait pour ma mère.

— C'est adorable.

Elle approche la main et effleure les perles. Surpris par son geste, je me soustrais à son contact. Je déglutis avec peine. Le silence se fait et elle plisse le front. On dirait qu'elle va se remettre à pleurer, mais elle cligne des yeux quelques fois et détourne la tête.

Pour briser le silence, je demande :

— Quelqu'un est venu vous voir tout à l'heure, non ?

Elle sort les pieds de l'eau et pivote vers moi, l'air interloqué.

— Ah bon ?

Rachel se lève et s'étire, les bras vers le ciel.

— Oui, un homme. Il était devant votre fenêtre. Je croyais que…

— Devant ma fenêtre ? À quoi ressemblait-il ?

— Impossible à voir d'ici.

À présent, je grelotte, et ce n'est pas seulement à cause de l'eau. Je prends soudain conscience que l'homme devant la fenêtre de Rachel, loin d'être son ami, peut très bien être un affidé d'Igor.

— Merde ! Merde ! Merde !

— Quoi ?

— Ça peut être l'homme dont je vous ai parlé.

— Le Russe ? Tu l'aurais reconnu, non ?

— Sans doute… Mais il a pu envoyer quelqu'un d'autre.

Rachel incline la tête sur le côté.

— Tu n'es pas un peu paranoïaque là, Samuel ? Ça devait plutôt être quelqu'un qui venait me rendre visite. Un voisin, peut-être ? Ou peut-être que tu as mal vu ? C'était peut-être un chevreuil. Ils viennent souvent manger mes fleurs et piétiner mes plates-bandes. Si j'avais un fusil, je les descendrais.

Elle lève les yeux vers la maison sur la falaise.

— Où l'as-tu aperçu exactement ? Tu pourras me montrer ? demande-t-elle calmement.

Je me hisse hors de l'eau et j'enfile mon jean en un seul geste, mais l'inquiétude relative à la transparence de mon sous-vêtement n'avait pas lieu d'être : Rachel ne me gratifie même pas d'un regard. Elle continue à fixer la maison, les mains calées sur les hanches.

Nous gravissons l'escalier en silence. Mon corps se réchauffe à mesure que nous grimpons. Arrivé en haut, je suis baigné de sueur. Le soleil me picote les épaules et mon cœur tambourine à cause de l'effort.

Contournant la terrasse, nous nous dirigeons vers les deux fenêtres à barreaux du rez-de-chaussée, orientées ouest, qui correspondent aux chambres à coucher de Rachel et de Jonas. Une plate-bande plantée de végétaux aux larges feuilles rondes longe la maison. Rachel s'accroupit et je l'imite. Elle écarte avec précaution les feuilles grasses et brillantes, dévoilant de profondes empreintes dans la terre humide : des marques de grands souliers d'homme.

PERNILLA

Dans quelle aventure me suis-je embarquée ?

À peine avais-je laissé Karl-Johan muet comme une carpe sur le trottoir que j'ai été assaillie par les regrets. Au sentiment de triomphe qui m'a envahie lorsque je l'ai envoyé paître s'est substitué un doute grandissant et une angoisse si profonde que j'ai été à deux doigts de rebrousser chemin pour faire acte de pénitence, comme la gentille fille que j'ai toujours été.

Mais à présent je suis là, dans une zone industrielle nimbée de cette espèce de lumière bleue spectrale que l'on ne voit qu'un temps très court au début de l'été, à un moment où la véritable obscurité n'ose pas encore s'imposer.

Je presse le pas, bifurque au niveau de la piste cyclable qui mène à la pépinière et traverse un petit carré d'herbe.

C'est incompréhensible : moi, une mère profondément croyante, qui ai toujours travaillé dur, je vais chercher de l'argent sale dissimulé sous un rocher pour mon fils ! Moi, si respectueuse des lois que je pourrais faire passer un nouveau-né pour un délinquant ; moi qui n'ai jamais eu d'amende de stationnement, qui n'ai jamais rendu un livre en retard à la bibliothèque de ma vie !

Qu'en penserait mon père? Qu'en penserait Dieu?

Instinctivement je me retourne, comme si Dieu m'épiait, camouflé dans les broussailles obscures. J'ai l'impression d'entendre la voix grave de mon père lisant la lettre aux Hébreux :

Nulle créature n'est cachée devant lui, mais tout est à nu et à découvert aux yeux de celui à qui nous devons rendre compte.

Mais la piste cyclable est déserte. Pas un mouvement, pas un bruit. Les réverbères sont espacés, certains ne fonctionnaient pas : celui qui le voudrait pourrait aisément se tapir dans l'obscurité entre les halos lumineux.

En dépit de la douceur du soir, je frissonne en pensant à l'homme glabre à l'accent slave de la cage d'escalier, que Samuel a appelé Igor. L'homme qui est un *monstre*.

J'ignore si Samuel a raison lorsqu'il dit que cet Igor en veut à sa vie, mais je n'ose pas prendre le risque, car tout me semble soudain clair comme de l'eau de roche : Samuel est mon fils unique et je dois tout faire pour l'aider.

Cette résolution est peut-être une tentative inconsciente de dédommager Samuel pour lui avoir refusé un père pendant toutes ces années. Ainsi soit-il. Il n'empêche que ce monstre russe n'attrapera pas mon fils dans ses filets !

Et puis, il était grand temps que je me révolte contre Karl-Johan. Comment ai-je pu passer si longtemps à côté de ses viles intentions? Ma vision du monde a été ébranlée par les agissements abjects du pasteur – lui surtout, un homme de Dieu! À qui peut-on se fier s'il se comporte ainsi? À personne. À aucune communauté.

Et Dieu, dans tout cela? Que penser de ma relation avec le Seigneur?

Pressant le pas, je plonge le regard dans la pénombre, tentant d'écarter ces réflexions théologiques, mais le visage du pasteur m'apparaît à nouveau. Peut-être a-t-il raison lorsqu'il dit que je devrais rencontrer quelqu'un. Depuis la naissance de Samuel, je n'ai eu aucune véritable liaison. Bien sûr, j'ai eu des rendez-vous galants ; je suis même tombée amoureuse quelques fois ; mais j'ai toujours eu la sensation que la fragile existence partagée avec Samuel ne supporterait pas l'entrée d'un homme dans notre vie.

Je songe à Mario, le professeur de sport du lycée de Huddinge, et j'en ai des papillons dans le ventre. Que se passerait-il si je l'invitais à dîner ? Si je lui proposais de faire partie de ma vie pour de vrai ?

Au loin, un bruit. Des grincements. Des claquements. D'un bond, je me recroqueville dans la pénombre à côté de la piste cyclable, derrière un arbre, les mains posées sur l'écorce froide et rugueuse.

Le bruit s'approche et une bicyclette apparaît dans mon champ de vision, à une cinquantaine de mètres de moi. Une femme d'un certain âge penchée sur le guidon peine à avancer sur son vieux vélo rouillé. Quelque chose s'est coincé dans les rayons, provoquant ces bruits métalliques.

Collée contre le tronc de l'arbre, j'attends que la cycliste soit passée. Le vacarme s'atténue et je pousse un soupir de soulagement. Igor a sans doute des collaborateurs, mais je doute fort qu'il ait embauché cette vieille dame sur sa monture décrépite.

À mesure que mes yeux s'accoutument à la pénombre, les silhouettes des arbres et des buissons se dessinent. Au moment précis où je distingue les contours d'une grande forme ronde qui pourrait être un rocher, mon téléphone sonne. Quelle idiote ! J'ai oublié de l'éteindre ! Je le sors tout de même de ma poche : c'est la maison de retraite. Quelques secondes d'hésitation et je réponds.

C'est une femme, Katja, dont je ne reconnais pas la voix. L'état de mon père s'est dégradé, explique-t-elle calmement. Elle me conseille de venir tout de suite.

Ma poitrine se serre. Pas cela ! Pas maintenant ! Serait-ce Dieu qui me punit pour mon insolence envers Karl-Johan ? Ou parce que je l'ai laissé seul avec les enfants en sachant pertinemment qu'il devrait annuler la randonnée.

— Il va vraiment mal ? Je suis très occupée.

L'infirmière explique patiemment que mon père est inconscient depuis six heures ce matin, que sa tension a chuté. Quelques heures ou plusieurs jours, elle ne peut pas le dire, et bien sûr c'est à moi de décider de ce que je veux faire.

Au coin de l'œil, je devine un mouvement et fais volte-face vers la zone industrielle. Rien. Pourtant, je suis certaine d'avoir vu quelque chose bouger, glisser à la frontière du halo diffusé par le réverbère, comme un poisson qui nage prestement au travers d'un rayon de soleil avant d'être à nouveau englouti par les ténèbres.

J'explique à l'infirmière que je vais faire de mon mieux, mais que je ne suis pas sûre de pouvoir venir tout de suite, et je lui demande de me prévenir si l'état de mon père se dégrade encore.

Une fois que j'ai raccroché et mis mon portable en silencieux, je reste un long moment à scruter l'obscurité, mais je ne vois que des buissons bas et des troncs tachetés de blanc.

Les bras tendus devant moi, je hasarde quelques pas, puis mes mains rencontrent une surface froide et rocailleuse. J'ai découvert la cachette de Samuel.

Je m'agenouille pour creuser avec les mains au pied du rocher ; je dégage des feuilles mortes et des branches, faisant fi des épines qui se logent sous mes ongles.

Est-ce vraiment ici ? J'ai de la terre jusqu'aux coudes, pourtant je ne trouve rien. Mais soudain le sol cède sous mes mains et je rencontre le vide, comme si j'étais tombée sur une grotte souterraine. Penchée en avant, je tends un bras sous le rocher, palpe les racines, la terre humide, puis, sous mes doigts, je sens une toile épaisse.

Cinq minutes plus tard, de retour à la voiture, je jette le sac de sport étonnamment léger dans le coffre et lance un nouveau regard alentour. Tout est calme. Pas un mouvement dans la pénombre, pas un bruissement de feuilles. Me laissant tomber sur le siège du conducteur, je pousse un soupir de soulagement, puis je sors mon portable. Trois appels en absence. Tous viennent de la maison de retraite.

MANFRED

Je suis réveillé par le cliquetis du clavier d'Afsaneh. Le store est toujours baissé et dans la chambre plongée dans la pénombre, l'air est oppressant comme dans une voiture restée trop longtemps en plein soleil.

Je jette un coup d'œil à la table de chevet : cinq heures et demie. Qu'est-ce qui peut revêtir une importance telle qu'on soit obligé de le coucher sur papier aux aurores ?

— Qu'est-ce que tu fais ?

Mon ton est légèrement plus incisif que je ne l'aurais voulu.

— J'écris un truc.

— Je le vois bien. Mais pourquoi maintenant ? Sais-tu quelle heure il est ?

— Je peux m'installer dans le salon si tu préfères.

Je dégage la couverture avec un gémissement, les draps sont humides et ma peau collante de sueur.

— Inutile, je suis déjà réveillé.

Afsaneh ne répond pas, mais les cliquettements redoublent d'intensité. Elle est assise dans le lit, l'ordinateur portable sur les genoux. Sur l'écran, je vois une photographie d'un enfant chauve mais souriant avec un chat tacheté dans les bras.

— Qu'est-ce que c'est que ce truc ?

Les doigts d'Afsaneh se figent en plein mouvement. Elle se tourne vers moi, le regard sombre, mais alerte.

— Ce « truc », c'est Julia. Une fillette de six ans, atteinte de leucémie lymphoïde.

— Et pourquoi lui écris-tu ?

Afsaneh pousse un long soupir et ferme violemment son portable.

— Je n'écris pas à Julia, mais à sa mère. Je l'ai rencontrée sur un forum pour les parents d'enfants gravement malades.

— Tu fréquentes toujours ces sites, alors.

Afsaneh pose la machine sur le sol.

— Oui. Et tu sais ce que je pense ? Tu devrais peut-être faire pareil, parce que ça aide vraiment de discuter avec des gens qui sont dans la même situation que nous. Des gens qui peuvent comprendre. Qui comprennent vraiment. Je ne sais pas ce que tu fais de ton angoisse, où tu la caches, mais moi j'ai besoin de parler de Nadja.

Je m'abstiens de répondre ; je me sens tellement moins mature que ma jeune épouse. Immature et terriblement dépourvu de tact. Sans compter mon irrépressible envie de fumer !

Évidemment qu'elle a le droit de communiquer avec ces personnes si cela l'aide à se sentir mieux ! Nadja ne s'est toujours pas réveillée et j'imagine que tout ce qui peut nous aider à ne pas sombrer dans la folie doit être envisagé.

— Pardonne-moi, Afsaneh.

Elle pose une main sur ma joue et la caresse tendrement. Je reprends :

— Écoute, est-ce que tu pourrais m'expliquer quelque chose ? Tout cela... ce n'est pas *pour de vrai* ?

— C'est-à-dire ?

Elle semble réellement surprise, pas fâchée, mais interloquée, comme si elle ne comprenait pas ma question.

— Ce que je veux dire, c'est que ce sont des personnes que tu ne connais pas, que tu n'as jamais rencontrées et que tu ne rencontreras sans doute jamais. Vous vous envoyez des messages, des e-mails, vous chattez, ou autre, mais ce ne sont pas des personnes en chair et en os.

Afsaneh secoue lentement la tête.

— Je ne vois pas où tu veux en venir. Justement, ce *sont* des personnes en chair et en os. Avec des enfants qui sont aussi malades que Nadja. Au moins.

— Mais tu ne les connais pas. Pas vraiment. Tu ne sais même pas si elles disent la vérité.

— Pourquoi mentiraient-elles ?

Je hausse les épaules.

— Pourquoi diraient-elles la vérité ? Ce n'est pas quelque chose de réel.

— Qu'est-ce que la réalité pour toi ?

Étonné par la question, j'hésite quelques instants avant de répondre. La philosophie n'a jamais été mon point fort.

— Quelque chose qu'on peut toucher, j'imagine. Des personnes en chair et en os. Des choses.

— Quand tu vois à la télévision qu'il y a des incendies en Californie, ce n'est pas réel pour toi ?

— Si, mais…

— Quelle est la différence ?

Sa voix est insidieusement douce, mais je sais que l'irritation monte en elle, son poing est serré et des taches rouges sont apparues sur son cou.

— Dans les programmes télévisés, aux informations, il y a tout de même un certain contrôle de la véracité, une sorte d'examen critique. Sur Internet, n'importe quel imbécile peut déclarer n'importe quoi. Il n'y a pas de vérité. C'est l'anarchie la plus totale.

— C'est vrai pour moi.

— Mais ce n'est pas le vrai monde. C'est *Internet*. Du silicium et de l'air.

— C'est le monde d'aujourd'hui. Nous sommes tous connectés. Il n'y a pas de barrières, pas de frontières entre les individus.

— Ce ne sont que des zéros et des uns. De maudits signaux électroniques générés par des personnes dont tu ignores les intentions ! Loin d'une espèce de conscience collective.

— Tu es obligé de t'énerver quand quelque chose t'échappe ?

— Hum, désolé de ne pas comprendre. Je dois être trop vieux pour ce genre de chose.

Afsaneh secoue la tête, puis elle se détend, prend une profonde respiration et me contemple avec ce regard qui signifie que je suis un cas désespéré, mais que pour une raison inexplicable elle m'aime quand même et que je devrais être terriblement reconnaissant.

— Oui, dit-elle après quelques instants d'hésitation. Tu dois être trop âgé.

— Un vieillard, même ?

Elle sourit sans répondre et, reprenant son ordinateur, se remet à pianoter avec une force redoublée.

À huit heures passées de quelques minutes, j'attends Malin qui doit venir me chercher. L'air est déjà lourd et ma peau couverte d'une fine pellicule de sueur. La chaussée poussiéreuse et les ordures en train de pourrir dans la poubelle de l'arrêt de bus dégagent une telle puanteur que je décide de patienter un peu plus loin.

Malin, qui arrive directement de l'appartement qu'on lui a prêté à Lidingö, freine sec et me décroche un grand sourire lorsque, plié en deux, je m'installe sur le minuscule siège passager.

— Comment ça va ?

— Bien.

Elle bifurque à droite dans Banérgatan, continue vers Narvavägen, et reprend :

— Alors, Amélie Carlgren. Que sait-on d'elle ?

— C'est la sœur aînée de la victime n° 2, Victor Carlgren. Vingt et un ans, étudiante à l'école de commerce Handelshögskolan, habite dans un studio dont elle est propriétaire Luntmakargatan.

— Comment en a-t-elle les moyens ? s'enquiert Malin.

Elle accélère, dépasse un cycliste et tourne à droite, dans Strandvägen. Illuminé par le soleil matinal, le quai où sont amarrés des péniches, des restaurants flottants et des ferries s'étend devant nous. Les gens font déjà la queue pour se rendre à Grinda ou à Sandhamn.

— Sa famille a les moyens. Ses parents ont dû lui acheter l'appartement.

— Incroyable. Il y a des gens qui ont la belle vie.

Elle secoue la tête en bifurquant vers Norrmalmstorg.

Je ne lui livre pas le contenu de mes pensées : Amélie Carlgren céderait certainement sans hésiter son logement en plein centre-ville pour récupérer son frère. L'argent n'a d'importance que jusqu'à ce qu'on en ait, et il faut parfois que son enfant tombe de la fenêtre ou que son frère se fasse assassiner pour en prendre conscience.

Amélie Carlgren entrouvre la porte d'entrée ; je devine une longue chevelure blonde et un visage luisant, dépourvu de fond de teint.

— Bonjour, dit Malin en montrant sa carte. Nous sommes de la police. C'est moi qui ai téléphoné hier.

Le battant se ferme, on entend un bruit métallique de chaîne, et la porte s'ouvre en grand.

— Entrez, murmure Amélie Carlgren.

Elle porte un bas de jogging et un tee-shirt à l'effigie de David Bowie. Sa tenue et son absence de maquillage la font paraître beaucoup plus jeune qu'elle ne l'est.

Ayant ôté nos chaussures, nous traversons la pièce principale qui renferme un petit canapé, une table et un lit.

— Mettons-nous dans la cuisine, déclare Amélie. Il y a trois chaises. Voulez-vous boire quelque chose ?

Malin secoue la tête.

— Je veux bien un verre d'eau, dis-je.

Dans la cuisine exiguë qui donne sur une cour intérieure se trouvent une table à rabats et les fameuses chaises. Nous nous y installons tandis qu'Amélie me sert de l'eau. Malin sort son carnet de notes, Amélie dépose le verre devant moi et s'assied en bout de table, en face de la fenêtre.

Je me tourne vers elle.

— Merci. D'abord, nous vous présentons nos sincères condoléances, dis-je d'une voix douce. Nous allons faire tout ce qui est en notre pouvoir pour savoir exactement ce qui est arrivé à votre frère et qui est responsable de sa mort.

Amélie hoche la tête, les yeux baissés.

— Nous aimerions vous poser quelques questions.

— Bien sûr, allez-y. Je donnerais tout pour retrouver l'assassin de mon frère. De mon *petit frère*, ajoute-t-elle en clignant des paupières plusieurs fois avant de rester le regard rivé à la table abîmée.

— Comme vous le savez sans doute, nos collègues ont déjà discuté avec vos parents. Mais nous voudrions aussi avoir votre vision de Victor et des derniers mois de sa vie.

Amélie renifle et se lève d'un bond au moment où je prononce les derniers mots.

— Désolée, sanglote-t-elle. Je me sens complètement dépassée.

Elle arrache un morceau de Sopalin du rouleau posé près de l'évier, se mouche dedans et l'enferme dans son poing. Elle revient s'asseoir.

— Comment était-il ? s'enquiert Malin.

— Normal. Gentil. Bon élève. Il voulait devenir juriste, comme maman.

— Lui connaissiez-vous des ennemis ? reprend Malin en prenant quelques notes dans son carnet.

— Pas du tout. Il était… complètement inoffensif, si vous voyez ce que je veux dire. Tout le monde l'aime bien, il me semble. (Elle esquisse une grimace et se corrige.) L'*aimait* bien, je veux dire. Merde alors ! Je n'arrive pas à croire qu'il n'est plus là. C'était mon petit bébé !

Les larmes se remettent à couler sur ses joues, elle se mouche à nouveau. Malin l'observe, attend quelques instants avant de continuer :

— Comment était sa relation avec vos parents ?

Amélie inspire profondément et recouvre suffisamment ses esprits pour pouvoir reprendre la parole.

— Bien. Je veux dire, c'est vrai qu'ils se disputaient parfois, mais ce n'était jamais grave.

— Et ce jour-là ?

243

— Nous nous sommes engueulés. À cause d'un film sur Netflix. Il voulait le regarder, pas moi. C'est complètement aberrant, mais c'est comme ça que ça s'est déroulé. Il est parti avec le bateau. Victor prenait facilement la mouche. Ce n'est pas la première fois qu'il s'en allait suite à une de nos prises de bec.

Le silence se fait.

— Si je ne l'avais pas enguirlandé, il serait peut-être encore en vie…

— Ce qui s'est passé n'est pas de votre faute, dis-je, mais elle ne répond pas.

— Est-ce que vous avez une idée de ce qui a pu arriver ? demande Malin.

Amélie secoue violemment la tête, une mèche de cheveux se coince entre ses lèvres qu'elle déloge de l'index. Son ongle est rongé au sang.

— Non. Il a dû tomber sur un psychopathe. Un désaxé. Personne ne voudrait de mal à Victor !

— D'accord, fait Malin.

Nos regards se croisent et je devine ses pensées. Tous ces proches – des victimes collatérales innocentes – sont le plus souvent incapables d'envisager que leurs frères, fils, ou autres, puissent ne pas être irréprochables.

Malin se penche vers Amélie, la tête légèrement inclinée sur le côté.

— Quelle jolie boucle d'oreille.

— Merci, réplique la jeune femme en se caressant le lobe. C'est une coccinelle. Victor a – ou *avait* – la même. Les bijoux appartenaient à ma grand-mère et lorsqu'elle est décédée, j'en ai hérité. Victor s'est fait percer l'oreille. Ma mère était folle de rage, mais je lui en ai donné une. C'était un truc d'amour fraternel. On portait chacun une boucle d'oreille.

Malin opine du chef et s'approche pour mieux voir. C'est effectivement une petite coccinelle, fabriquée en une sorte d'émail et qui semble ramper sur le lobe.

— Victor portait-il souvent la boucle d'oreille ?

— Toujours.

Ma collègue esquisse un signe de tête presque imperceptible dans ma direction : nous savons tous les deux que Victor ne portait pas la boucle d'oreille lorsqu'on l'a retrouvé.

— Est-ce que je pourrais prendre le bijou en photo ?

— Bien sûr.

Malin s'exécute, à l'aide de son portable, puis se penche en arrière sur sa chaise et fixe la jeune fille.

— Une dernière question. Savez-vous si Victor ou l'un de ses amis prenait de la drogue ?

Amélie tourne la tête, le regard tout à coup fuyant.

— Je dois vous demander d'être sincère, continue ma collègue. Notre but n'est pas d'écrouer des jeunes qui fument un joint de temps en temps, mais de faire avancer l'enquête.

Amélie garde le silence, touche du bout du doigt une miette qu'elle pousse sur la table.

— Oui, avoue-t-elle enfin.

— Que prenaient-ils ?

— De la cocaïne. Pas souvent, d'après ce que je sais. Et seulement en soirée.

— Savez-vous où il se la procurait ?

— Non. Enfin si. Je crois qu'un des amis de Victor l'achetait à un certain Måns ou Malte. Je ne me souviens plus.

— *Lequel* de ses amis ? demande Malin qui a posé son stylo et fixe Amélie avec un air de profonde concentration.

La jeune fille soupire.

— Je ne sais pas. Il ne me l'a jamais dit.

Je croise le regard de ma collègue. Son visage est neutre, mais ses yeux disent tout. Nous devons trouver Malte Lindén.

SAMUEL

Il fait une chaleur de plomb dans la chambre de Jonas-le-zombie, mais il ne semble pas en souffrir. Il est toujours immobile dans le lit, semblable à un mannequin de cire. Il a l'air de plus en plus maigre et sa peau est devenue translucide – ses os et ses veines apparaissent en transparence, comme des denrées dans un mince sac en plastique. Son visage est blafard, ses lèvres sèches et craquelées.

J'attrape le tube de baume posé à côté de la fleur sur la table de chevet. C'est assez touchant – chaque matin, Rachel place une rose fringante dans le vase, bien que Jonas-le-zombie ne s'en rende même pas compte, bien qu'il ne soit qu'un légume. Une bouse de vache à côté de son lit lui ferait le même effet.

Je me penche vers Jonas et lui applique directement le stick blanc et gras sur les lèvres. Il ne réagit pas.

Je m'approche de la fenêtre pour l'ouvrir, mais je ne peux la pousser que d'une dizaine de centimètres avant qu'elle heurte la grille rouillée. Le bruit effraie quelques moineaux friquets qui s'envolent du buisson qui pousse devant la fenêtre.

Passer montanus.

247

Ma mère n'a jamais su distinguer les moineaux friquets des moineaux domestiques. Pourtant, je lui ai expliqué mille fois que le moineau friquet a un point noir sur la joue tandis que le moineau domestique a une bavette noire.

Laissant la fenêtre entrouverte, j'essuie la sueur qui perle sur mon front et m'enfonce dans mon fauteuil. J'ai du mal à me focaliser sur la lecture. Je devrais peut-être mettre un peu de musique ? C'est mon échappatoire quand j'en ai ras le bol de lire – c'est-à-dire assez souvent, parce que le roman est d'une lenteur innommable. Mais aujourd'hui, si je peine à me concentrer, c'est pour une autre raison : je pense au SMS de ma mère que j'ai lu au réveil et qui a dû me parvenir pendant la nuit.

Elle a récupéré le fric. Ma daronne – la personne la plus exaspérante, la plus respectueuse des lois et la plus paranoïaque au monde – vient de déterrer l'argent d'Igor pour moi. Elle qui craint de brûler en enfer si elle traverse au feu rouge est allée chercher le blé ! J'ai du mal à y croire. Nous nous sommes donné rendez-vous à Stusvkär demain, le jour de la Saint-Jean, et ensuite, bye bye Jonas-le-zombie !

Quel soulagement de quitter cet endroit maudit ! Même si j'aime beaucoup Rachel. Et Jonas ? Impossible de se faire une opinion sur lui. Il gît toujours dans son lit, la respiration silencieuse et superficielle. Le drap a glissé, dévoilant une poitrine glabre qui se soulève et s'abaisse doucement. Comment pourrais-je l'apprécier ou ne pas l'apprécier ? Il *existe*, un point c'est tout. À l'instar des perce-oreilles et des cloportes sous la pierre.

Les pages du livre sont jaunies et fripées par l'humidité, comme s'il était resté longtemps dehors. Il dégage une odeur de moisissure et de vieux papier. Je le feuillette et découvre sur la dernière page un tampon : *Centre*

de documentation et d'information, lycée de Nacka.
Sans doute l'établissement de Jonas.

Je referme l'ouvrage et tente d'évaluer son poids.
Quatre cents grammes environ. Plus de trois cents, c'est
certain, mais moins de quatre cent cinquante. S'il était
fabriqué en cocaïne, il vaudrait autour de trois cent mille
couronnes, mais personne n'est prêt à dépenser autant
pour des mots. Le prix du gramme n'oscille pas autour
de huit cents couronnes.

Je tente de reprendre ma lecture, mais je bute sur
les mots qui tournent, s'emmêlent dans ma bouche
et sortent dans le mauvais ordre. J'ai sauté quelques
chapitres pour voir s'il y a davantage de suspense à la
fin, mais non. Il y a un seul « rebondissement » : Brett,
la barjo, termine dans les bras de Romero, un matador
de dix-neuf ans. À vrai dire, je m'y attendais, ce qui
ne m'empêche pas d'éprouver de la pitié pour Jake : il
devrait oublier cette nana et passer à autre chose.

Le visage d'Alexandra m'apparaît, avec ses yeux
tristes et réprobateurs. Oui, je regrette de l'avoir traitée
comme je l'ai fait. Effectivement, si j'avais réfléchi une
seconde, si j'avais utilisé mon cerveau, comme disait
souvent Liam, j'aurais pigé ce qui allait arriver si je
draguais Jeanette. Pas besoin d'être astrophysicien pour
comprendre que la relation risque de partir en cacahuète
si on fait du rentre-dedans à la meilleure amie de sa
nana.

*Mais réfléchir, ça n'a jamais été ton fort, hein,
Samuel ? C'est pour ça que personne ne t'aime. Parce
que tu es une espèce d'attardé qui...*

— Ta gueule ! dis-je à voix haute.

Voyons voir... Peut-être que Jonas apprécierait
davantage un autre bouquin ? Quelque chose de plus
captivant ? Peut-être réagirait-il, bougerait-il la main ou

gémirait-il comme il fait parfois ? N'importe quoi pour le rendre un peu humain.

On frappe à la porte et Rachel entre.

— Bonjour. Tout se passe bien ?

J'opine du chef sans rien dire.

Elle affiche une mine fatiguée, ses cheveux sont attachés en une queue-de-cheval négligée, la peau de son visage et de son cou est luisante de sueur, elle porte un tee-shirt, un short et des tongs aux pieds. Et pourtant, elle est si belle…

Comment serait-ce de coucher avec elle ? D'embrasser ces seins plantureux ? Ça fait si longtemps que je n'ai pas fait l'amour que je sens l'excitation monter en flèche et, honteux, je pose rapidement le livre sur mes genoux.

— Je vais aller faire des courses, continue-t-elle. Vers le port de plaisance.

— Près du camping ?

Ses yeux s'assombrissent.

— Tu es déjà allé par là-bas ?

— Non, je…

— Ne t'en approche pas. C'est un repaire de toxicomanes, de dealers et je ne sais quoi encore.

Depuis que nous avons trouvé l'empreinte de pas dans la plate-bande, Rachel paraît se ronger les sangs, malgré son attitude détachée le jour de la découverte. Dès lors, elle m'a demandé plusieurs fois si l'homme dans le jardin pouvait être Igor. J'ai répondu par la négative. Je l'aurais reconnu.

Je crois qu'elle a peur que ce soit l'un des camés du camping qui vienne faire du repérage pour cambrioler la maison.

— D'accord.

Rachel acquiesce.

— J'en ai pour une petite heure. (Son visage s'adoucit.) Au fait, merci pour ce que tu fais pour Jonas. Tu es adorable avec lui et je suis heureuse que tu sois ici.

Mon embarras est tel que je m'enfonce dans le mutisme. Rachel prend congé d'un geste de la main et ferme la porte, me laissant seul avec son fils.

Quelques instants plus tard, j'entends la porte d'entrée claquer, puis la voiture démarrer et s'éloigner.

— Je vais voir si je trouve un livre plus sympa, dis-je à Jonas.

Ne me demandez pas pourquoi je lui parle alors que je sais qu'il ne comprend pas un traître mot. Peut-être suis-je en train de sombrer dans la folie à force de vivre ici.

Je sors de la pièce et referme la porte doucement. Comme guidés par une raison propre, mes pieds me conduisent vers l'escalier en colimaçon et jusqu'à l'étage. Je me retrouve planté devant la pièce que Rachel a présentée comme le bureau d'Olle. Les rayons du soleil pénètrent par les grandes baies vitrées, transperçant la chaleur oppressante. Dehors, la mer s'étend, infinie, scintillante et traversée de ridules.

Une pression sur la poignée de la porte m'informe qu'elle est fermée à clef. Mais les gens sont tellement prévisibles, pourquoi croire qu'il en serait autrement de Rachel ? La clef de l'armoire à pharmacie n'était-elle pas au-dessus du meuble ?

Je me dirige vers la bibliothèque et passe la main sur les étagères garnies de livres. En moins d'une minute, j'ai trouvé la clef : elle était posée tout à droite de la plus haute planche devant un livre sur les phares suédois.

La clef glisse dans la serrure. En quelques secondes, je me trouve dans une pièce assez réduite, percée de

deux fenêtres, sommairement meublée : une bibliothèque basse remplie de livres et de quelques dossiers,
un siège à roulettes ainsi qu'un bureau de style ancien
surmonté d'une imprimante, d'une pile de feuilles A4 et
de quelques photographies encadrées. Elles représentent
Jonas enfant. Sur l'un des clichés, il pose avec un ballon
de football à la main ; sur l'autre, il est debout devant
une mobylette, rayonnant.

Près du meuble bas, j'aperçois un sac en toile bleu
marine assez élégant qui ressemble à un petit bagage de
week-end. Dedans, des vêtements d'hommes : tee-shirts,
pulls en laine, jeans. Sous ces habits impeccables et bien
pliés, je découvre une enveloppe kraft que je soupèse.
Maximum cent cinquante grammes. Je l'ouvre. Elle
contient le passeport d'un dénommé Olle Berg, âgé
de trente et un ans, qui mesure un mètre quatre-vingt-
deux.

Je contemple la photo du passeport : cheveux bruns
hirsutes, yeux sombres. Je ne suis pas sans trouver une
certaine ressemblance avec mon propre visage. Il n'y a
que la barbe qui nous différencie. Et l'âge, bien entendu,
puisqu'il est de treize ans mon aîné – mais si je me
laissais pousser du poil au menton, je passerais pour un
type de trente ans.

Un plan commence à prendre forme au fond de mon
cerveau, une idée diffuse aux contours incertains, mais
je sais que je suis sur la bonne voie. Le passeport, les
vêtements, voilà les pièces du puzzle qui me faisaient
défaut.

Je replace avec délicatesse l'enveloppe, ferme le sac
et me dirige vers le bureau. Au-dessus de la pile de
papiers se trouve une coupure de journal jaunie.

Un jeune homme grièvement blessé a été retrouvé
vers minuit sur la route 53 au niveau du château de

Sparreholm par un automobiliste. On ignore encore comment sont survenues les blessures. La police enjoint aux témoins potentiels de se manifester auprès de...

Délaissant l'article, je m'intéresse à une liasse de feuilles au titre intrigant. « La torpeur. » Je tourne les pages. Les premières ne comportent que des notes manuscrites, puis je m'arrête sur un texte imprimé semblable à un long poème. Olle est écrivain, non ? C'est lui qui a dû composer ces vers.

Je repense à Jonas-le-zombie, à sa respiration haletante, à son corps sclérosé. Que se passerait-il si je lui lisais des lignes qu'il reconnaissait, qu'il aurait même peut-être déjà entendues ? Un texte écrit par Olle par exemple. Et si cela provoquait une sorte de réaction dans son cerveau éteint, comme on démarre un ordinateur ou un modem ?

Et s'il se réveillait...

Fermant la porte derrière moi, je me laisse tomber dans le vieux fauteuil qui crisse sous mon poids. Jonas ne bronche pas.

Je pose le texte sur mes genoux, me racle la gorge et commence ma lecture.

> *J'étais l'agneau, tu étais la colombe*
> *Le paradis était notre foyer*
> *Notre cimetière bordé d'épines*
> *Chaque jour un peu plus loin tu t'envolais*
> *Tel l'orage, tu assombrissais le soleil de ton jeu*
> *Telle la suie, tu polluais l'air de ta vanité*
> *Telle une flèche me perça ta trahison*

J'étais l'agneau, tu étais la colombe
Tu faisais fi de mes haros
Tu te riais de tous mes mots
Refusant de boire à la fontaine de mon amour
Ta coiffe en plume frissonnait d'excitation
Ta bouche répétait son refus
Tes pensées vivaient partout
Hormis chez moi

Je marque une pause. Qu'est-ce que c'est que ce machin ? Je pensais qu'Olle écrivait des romans, pas de la poésie à la mords-moi-le-nœud.

J'entends un bruit. Cela vient du lit. Jonas-le-zombie gémit, ses paupières frémissent, les doigts osseux d'une de ses mains tremblent légèrement et les muscles de ses bras se bandent. Son index se soulève et il tend la main vers la table de chevet, comme la dernière fois qu'il est sorti de sa torpeur.

Comprend-il ce que je raconte ? Reconnaît-il le texte ? Son bras s'étire de plus en plus jusqu'à quasiment toucher les rainures dans le vernis de la table de chevet. Mon cœur bat la chamade, je continue à lire.

J'étais l'agneau, tu étais la colombe
La falaise te brisa les ailes
Le soleil te brûla les plumes
Le mensonge te noircit le bec
Et pour moi la chute, la mort, sans espoir de réveil
Mais au fond de mon malheur
Je vis un lion approcher

— Marghhhh…, gargouille-t-il depuis le lit et mon pouls s'accélère.

J'étais l'agneau, tu étais la colombe
J'ai pansé tes plaies
Tu as pu boire mes larmes
De ta torpeur je t'ai tiré
Vers notre paradis
Puis je t'ai pardonné
Mais tu n'avais qu'une envie
Tes ailes retrouver

Des pas retentissent sur le perron suivis du cliquetis d'une clef dans la serrure. D'un bond, je me précipite vers le lit, fourre les feuilles sous le matelas, mais je ne suis pas assez rapide et elles dépassent encore lorsque la porte s'ouvre, laissant passer la tête de Rachel.

— Bonjour. Vous vous amusez bien ?

— Oui, oui, fais-je en jetant un regard en biais à Jonas, à nouveau inerte.

Rachel s'approche du lit, se penche en avant et le borde avant de déposer un baiser sur son front. On entend un froissement de papier et Rachel se fige en plein mouvement. Mon cœur s'arrête, mon estomac se comprime, mais son hésitation est de courte durée. Elle sourit et se tourne vers moi :

— Et si on allait manger un bout ?

PERNILLA

J'ai passé une nuit exécrable, je me suis réveillée plusieurs fois et j'ai eu un mal fou à me rendormir. J'ai écouté le merle de Samuel faire du raffut dans sa cage, je me suis tournée et retournée dans mes draps humides, j'ai pleuré, j'ai prié.

Je ne peux pas comprendre que mon père nous ait quittés ; que son âme ait rejoint le Seigneur au moment même où je déterrais une besace remplie d'argent sale – car je me doute bien que ce pécule ne vient pas de la vente de journaux de Noël.

À la maison de retraite, une infirmière m'a accompagnée dans la chambre de mon père. Sur sa table de chevet, un bouquet de fleurs fraîches côtoyait une bougie allumée. Les mains de mon père étaient croisées sur sa bible, posée sur sa poitrine. C'était d'une beauté cruelle, une vision à la fois banale et incompréhensible – un être cher qui était là l'instant d'avant et qui n'est plus.

Ma peine est teintée de colère. Mon père mort, je ne saurai jamais pourquoi il m'a caché que ma mère voulait me voir.

À présent, nous sommes seuls, Samuel et moi. Mon fils… Je me souviens du petit corps glissant que la sage-femme a posé sur mon sein, de la joie dans les yeux de mon père lorsqu'il a vu son petit-fils pour la première fois, en dépit de cette honte incommensurable – sa fille encore adolescente avait péché et donné naissance à un bâtard.

Puis, le bambin grassouillet de deux ans, avec des bourrelets aux bras comme aux jambes, satisfait du moment qu'il avait l'estomac plein.

Et à présent ?

De l'argent dans un sac sous un rocher. Des petits sachets remplis de poudre étalés comme des pétales de rose sur le sol en linoléum de notre appartement. Des vêtements de marque qu'il n'a pas les moyens de se payer. Et tout est ma faute. *Ipso facto.* Parce qu'à la naissance, Samuel était parfait et innocent, à l'instar de tous les enfants de Dieu.

Je termine ma tartine de fromage et jette un coup d'œil au sac posé par terre, barré de l'inscription *Just do it*.

Je n'ai pas pu m'empêcher de l'ouvrir en rentrant. Samuel avait raison : il regorge de billets. Quand j'ai découvert les liasses, j'ai senti la peur s'insinuer en moi et l'image de l'homme dans la cage d'escalier m'est réapparue. Igor. Mon corps s'en souvenait aussi – une douleur cuisante comme un coup de soleil s'est diffusée sur la peau de mon bras, à l'endroit qu'il a serré. J'ai dû me lever à plusieurs reprises, vérifier que la porte d'entrée était bien fermée et la chaîne de sécurité enclenchée. Puis, cachée dans la pénombre, derrière le mince rideau de la salle à manger, j'ai cru apercevoir quelqu'un – une silhouette sombre rôdant parmi les arbres de l'autre côté de la rue.

Ce n'était que le fruit de mon imagination, j'espère.

Quoi qu'il en soit, je refuse de garder cet argent chez moi plus longtemps que nécessaire ! Je suis convenue d'un rendez-vous avec Samuel : à dix-sept heures cet après-midi à l'embarcadère de Stuvskär. Et j'ai décidé de m'y rendre dès ce matin.

Aujourd'hui, c'est la Saint-Jean, une fête que j'ai toujours célébrée avec mon père. Cette année sera la première sans lui. Sans harengs marinés, crème aigre et ciboulette finement hachée. Sans danse autour du mât. Sans bière, sans eau-de-vie, sans l'alternance implacable de la pluie et du soleil.

Par la fenêtre, je contemple le ciel sans nuages et les cimes des arbres immobiles. C'est une belle journée – une journée aussi idoine que toute autre pour annoncer à Samuel le décès de son grand-père. Et pour lui livrer cet embarrassant colis.

Je n'ai toujours pas vidé le sac à dos que je devais apporter à la randonnée et je décide de le prendre avec moi à Stuvskär, au cas où Samuel aurait besoin de quelque chose.

Après une douche, je me brosse les dents, me maquille et enfile une fine robe d'été. Puis, le sac à dos dans une main et le cabas aux billets dans l'autre, je me dirige vers ma voiture.

À hauteur de Länna, je commence à avoir un mauvais pressentiment. Une BMW me suit depuis l'entrée sur la nationale Nynäsvägen, en dépit de mes accélérations et ralentissements. Le véhicule est trop loin pour que je puisse voir qui est au volant, mais le conducteur en question s'attache à maintenir la distance.

J'ai la bouche sèche, des glaçons dans la poitrine ; bien que le soleil darde ses rayons et que le paysage verdoyant du début de l'été m'entoure, je ne me sens pas du tout en sécurité. Mon imagination doit me jouer des tours. Je monte le son de l'autoradio pour entendre la musique malgré le vacarme des vitres grandes ouvertes, cet ersatz de climatisation dont dispose ma vieille voiture déglinguée. La station diffuse *Dancing Queen*, d'Abba, le seul groupe de pop que nous écoutions à la maison. Officiellement, mon père n'aimait que la musique classique et des chants religieux, mais la passion qu'il nourrissait pour Abba l'obligeait à faire une entorse à son régime musical. Résultat, leurs disques tournaient jusqu'à se rayer et mon père finissait par les racheter. Je connaissais toutes les chansons par cœur, même sans comprendre les mots. Ne me demandez pas pourquoi, mais j'avais pris l'habitude d'en réciter les titres comme un mantra lorsque j'avais peur.

> *Dancing Queen*
> *Mamma Mia*
> *Chiquitita*
> *The Winner Takes It All*

Un coup d'œil dans le rétroviseur me révèle qu'une Volvo blanche a dépassé la BMW noire, comblant l'espace entre nos voitures. Mon cœur retrouve un rythme normal, je pousse un soupir de soulagement et me concentre sur la conduite. Mes mains moites agrippées au volant se relâchent et je les essuie l'une après l'autre sur ma robe. Je pousse le volume de l'autoradio et je m'égosille sur la chanson :

> *You are the dancing queen*
> *Young and sweet*
> *Only seventeen*

Néanmoins, en entrant dans Stuvskär quelques minutes plus tard, j'aperçois à nouveau la voiture, à environ soixante-quinze mètres derrière moi. Elle roule si lentement qu'elle paraît immobile. Une vague de panique déferle sur moi, mon cœur palpite, la sueur perle entre mes seins et coule le long de mon ventre tel un ruisseau d'angoisse. Quelles sont mes options ?

Me garer, comme si de rien n'était, et m'étendre tranquillement sur un rocher, sans prendre garde à la voiture ? Ou essayer de la semer ? Cette scène est digne d'un polar ! Comment fait-on, dans la vraie vie, pour se soustraire à des poursuivants ?

Je décide de tenter ma chance : je vais parcourir les petites routes des environs pour tâcher de me débarrasser de cette automobile noire comme de ces insupportables insectes qui grimpent sur mes vêtements.

Je fais demi-tour au niveau de l'embarcadère et me dirige vers la BMW qui s'engouffre sans tarder dans un chemin forestier. Lorsque je la croise, j'essaye d'apercevoir le conducteur, mais c'est impossible – je continue donc quelques centaines de mètres avant de bifurquer à droite sur une petite route en gravier si mauvaise que sans mes brusques embardées je n'éviterais ni les cratères ni les gros cailloux.

Je traverse une forêt de grands pins clairsemés ; le soleil filtre à travers les branchages, dessinant des motifs dentelés. Entre les arbres dégingandés s'élèvent des rochers de granit arrondis, partiellement recouverts de sphaignes, dans les failles desquels poussent des fougères et des myrtilliers.

L'air plus frais des bois est saturé d'une odeur d'épineux et de terreau. Je passe devant de magnifiques villas datant de la fin du dix-neuvième siècle, ainsi que des maisons cubiques des années cinquante.

Je dépasse des caravanes et d'onéreuses voitures de sport garées dans des allées parfaitement entretenues – mais je ne vois pas âme qui vive.

Où sont les gens ? Ont-ils déjà commencé la célébration de la Saint-Jean ?

Un regard dans le rétroviseur. Rien. Ralentissant, je continue à me frayer un chemin sur les minuscules routes qui rayonnent autour de Stuvskär, puis je traverse un pont au-dessus d'une eau miroitante, pour déboucher sur une petite île. Les bâtiments se font plus rares. J'aperçois de temps en temps une allée ou une maison enfoncée dans la forêt.

Au moment où je me prépare à faire demi-tour, je découvre la voiture noire dans mon rétroviseur. C'est comme si on me décochait un coup de pied dans le ventre ! Autant retourner tout de suite à Stuvskär.

Alors que je freine pour contourner un rocher qui a roulé sur la chaussée, je distingue un petit chemin à droite où sont stationnées une moto et une Volvo noire. Le deux-roues me semble vaguement familier avec son vernis noir et la flamme peinte sur le réservoir. Entre les pins, je devine l'étage et le toit d'une vieille et belle bâtisse en bois.

J'accélère. Nouveau coup d'œil dans le rétro. La BMW est toujours là.

Seigneur, aide-moi à retourner saine et sauve à Stuvskär. Au nom du Christ. Amen.

Je serre le volant de toutes mes forces en marmonnant les mots. Je ferme les paupières un court instant pour entrer en contact avec Lui, et lorsque je les ouvre je suis éblouie par un rayon de soleil. Les yeux plissés, je tente de discerner les contours de la route. La forêt est plus dense, il fait plus sombre et quelques sapins poussent çà et là au milieu des pins.

Nouveau regard furtif. La voiture a disparu. Est-ce vraiment possible ? Ma prière a-t-elle été entendue ?

J'ai du mal à y croire : je continue sur les petites routes pendant au moins un quart d'heure avant de prendre conscience que la BMW s'est bel et bien évanouie. Je reprends la direction de Stuvskär en chuchotant :

— Merci mon Dieu. Merci d'avoir exaucé ma prière.

SAMUEL

Il doit être dix heures passées de quelques minutes lorsque j'entends la porte d'entrée claquer. Comme j'ai fait des heures sup ces derniers jours, Rachel m'a autorisé à faire la grasse matinée. Olle, son compagnon, n'est toujours pas revenu de Stockholm et je n'ai pas pu prendre les congés qu'elle m'avait promis.

Je me lève du lit, enfile mon jean, passe dans le salon et prends quelques respirations. Bordel, il doit faire au moins trente degrés dans ma chambre ! Et impossible d'ouvrir la fenêtre sous peine de se faire dévorer par les moustiques.

Le parquet craque sous mon poids lorsque je m'avance vers la vitre pour contempler la mer. Quelques oiseaux marins flottent au-dessus de moi et un voilier se découpe à l'horizon. Rachel descend l'escalier extérieur, chevelure au vent, vêtue de son incontournable peignoir trop grand.

Je ne suis pas le seul à m'être autorisé une grasse matinée, on dirait. Peut-être Jonas a-t-il passé une mauvaise nuit ? Le genre de nuit qui se termine par une piqûre dans le derrière, le laissant complètement défoncé pendant des heures ?

Je me force à lâcher Rachel du regard et je m'approche de la bibliothèque. La clef est au même endroit qu'hier – près du livre sur les phares – et la porte s'ouvre sans bruit. Comme le soleil ne donne pas encore sur cette pièce, l'air demeure frais et agréable. Le fauteuil situé dans le coin de la pièce diffuse une légère odeur de cuir et de poussière.

Agenouillé près du sac en toile, j'en extrais un jean, un tee-shirt et une chemise, ainsi que l'enveloppe contenant le passeport et la carte bleue. Puis je tire la fermeture Éclair et vérifie que le sac est bien comme avant. C'est le cas. Impossible de voir que j'ai fouillé dedans, à moins de l'ouvrir.

Je me faufile hors de la pièce, verrouille la porte et replace la clef dans sa cachette. Je range les vêtements et l'enveloppe dans mon sac à dos, à côté des bouteilles de fentanyl subtilisées dans l'armoire à pharmacie.

Je vérifie que j'ai toutes mes affaires – téléphone portable, chargeur, clefs – et je laisse courir mon doigt sur le porte-clefs que m'a donné ma mère, composé d'un livre miniature et d'un petit poisson en plastique, une ridicule bondieuserie que la congrégation a distribuée aux jeunes comme pot-de-vin.

Le moment est venu de partir. Dès que j'aurai terminé ma journée, j'irai voir ma mère près du port, et je ne compte pas revenir. Une fois que j'aurai récupéré l'argent d'Igor, je pourrai me mettre au vert un bon moment, et grâce au passeport, je pourrai même m'envoler pour l'étranger.

Problème réglé.

Après avoir pris une douche, je descends au rez-de-chaussée. Une odeur de crêpes flotte dans l'air, une odeur suave de pâte légèrement roussie qui excite

mes papilles, mais qui éveille en même temps un sentiment de culpabilité.

Pauvre Rachel – rien ne l'oblige à cuisiner pour moi.
Elle mérite bien mieux que de rencontrer un type qui la
dépouille avant de l'abandonner seule avec son légume
de gosse.

Je déglutis, l'œsophage serré, comme obstrué par une
boule invisible.

*Tu ne sais rien, tu ne vaux rien, et maintenant tu
craches sur la seule personne qui te vient en aide.*

— Bonne fête de la Saint-Jean ! J'ai préparé des
crêpes, j'espère que tu as faim.

Rachel, radieuse, mord dans une crêpe qu'elle tient
entre le pouce et l'index. Dans sa robe blanche et son
tablier, elle me rappelle ma mère qui arborait un tablier
semblable et faisait souvent des crêpes pour le petit
déjeuner.

La boule grossit en moi, j'ai l'impression qu'elle va
éclater. Impossible de prononcer le moindre mot. Assis
à table, je me sers un verre de jus d'orange et me force à
en boire quelques gorgées. Rachel pose sur la table une
assiette de crêpes fraîchement confectionnées.

— Je t'en prie.

— Merci.

Je parviens à articuler un mot, bien que la boule dans
ma gorge menace d'exploser.

— Je dois aller faire des courses. (Rachel dénoue
son tablier dans le dos, le passe par-dessus la tête et le
suspend à un crochet près de la cuisinière.) Tu surveilles
Jonas ?

— Bien sûr.

Lentement, je regagne le contrôle, l'angoisse disparaît et la boule dure se rétracte comme un ballon
crevé.

Je me dis que je ne suis pas quelqu'un de mauvais, je ne suis qu'un type comme les autres, un mec qui s'est retrouvé dans le pétrin et qui fait de son mieux pour en sortir.

Je n'ai jamais eu le choix.

Jonas-le-zombie est étendu sur le dos, immobile. Le léger relent d'urine qui flotte dans la pièce étouffante se mêle au parfum de la rose rouge, qui se dresse dans le vase de la table de chevet comme un point d'exclamation solitaire.

Je me penche vers Jonas et observe son visage. La narine intubée est irritée, de la plaie purulente s'est détachée une croûte, dévoilant de la chair à vif. Ses lèvres, lardées de fissures verticales, paraissent encore plus sèches qu'hier.

— Bonjour, Jonas.

Je débouche le tube de baume à lèvres et lui en applique. Il ne réagit pas, mais un mince filet de salive coule de sa commissure sur l'oreiller. Je lui essuie délicatement la bouche avec un mouchoir avant de le poser près de la rose. Puis, je masse ses doigts maigres et froids avec de la crème hydratante.

— Et si on finissait ce poème ? Qu'est-ce que tu en dis ?

Sans surprise, il ne répond pas, mais pour tout vous dire, je suis un peu curieux : que va-t-il arriver au lion, à l'agneau et à la colombe blessée qui n'aspire qu'à retrouver ses ailes ?

Je sors le papier de sa cachette sous le matelas, m'assieds dans le fauteuil et commence à lire :

J'étais l'agneau, tu étais la colombe
Le lion rugissant
T'exhorta à rester
Mais ses crocs acérés
Et ses griffes trop longues
Brisèrent ton corps
En voulant t'attraper

La colombe n'était plus
Une mer de larmes je pleurai
Et me couchai pour mourir
Sur l'herbe tendre de la tristesse
Soudain revint le lion
Portant entre ses crocs
Une colombe immaculée

Je repose le document sur mes genoux. Le poème continue à la page suivante, mais quelque chose me retient. Impossible de continuer ma lecture. Il faut vraiment être taré pour pondre un truc pareil ! En plus d'être barré, le texte a même une tonalité biblique. Je suis bien placé pour le savoir puisqu'on m'a forcé à suivre les cours de catéchisme chez les cinglés de la communauté de ma mère.

Je me replonge dans le texte pour en relire les dernières lignes :

Soudain revint le lion
Portant entre ses crocs
Une colombe immaculée

Il y a quelque chose dans ce poème, dans ce récit, qui me file la chair de poule. Je n'arrive pas à mettre le doigt dessus. C'est comme si j'avais inconsciemment compris quelque chose. Comme si un immense animal noir nageait aux abords de ma conscience, refusant de se montrer en dépit de mes appels.

Je replie le papier, le glisse dans la poche arrière de mon jean et lève les yeux sur Jonas-le-zombie. Merde ! Tout son corps tremble et ses poings sont serrés comme pris de crampes. Et s'il mourait sous ma surveillance ?

Mais quelques secondes plus tard, ses mains se relâchent et son corps retrouve sa quiétude. De sa bouche s'échappe une écume semblable à celle qui se forme sur la mer au pied des falaises lorsque le vent souffle. J'attrape un mouchoir sur la table de chevet pour essuyer la salive, et le malaise grandit dans ma poitrine.

— Je vais devoir partir, lui dis-je. Désolé, mon vieux. Ne le prends pas contre toi, mais il va falloir que j'y aille… En tout cas, j'espère que tu vas guérir…

Les mots se tarissent. Il n'y a rien à dire, rien qui puisse expliquer ce que je m'apprête à faire.

Je reste quelque temps dans le fauteuil. Les minutes s'écoulent, lentement. La porte claque, annonçant le retour de Rachel. Je l'entends vider des sacs et ouvrir le réfrigérateur. Puis elle se retire dans sa chambre. Au bout d'une demi-heure, je décide qu'il est temps. Me penchant vers Jonas, je lui prends la main et la serre doucement dans la mienne. Pas trop fort, de peur de la cribler d'hématomes.

— Au revoir. Bon rétablissement.

Absence de réaction.

Je sors de la chambre et frappe à la porte de Rachel.

— Entre !

Entrebâillant la porte, je la vois, à son bureau, les yeux rivés sur son ordinateur, comme d'habitude. C'est dingue ce qu'elle bosse. Elle ôte ses lunettes de lecture, détourne sa machine, pose un coude sur la table et me dévisage.

— Tout va bien ?

— Oui. Il dort. Je vais faire un tour au magasin, j'ai des trucs à acheter.

— Pas de problème, répond-elle en fermant le clapet de l'ordinateur. Pourrais-tu me trouver un cadenas de vélo à la station-service ?

— Bien sûr !

Je ne suis pas très fier de moi : son antivol, elle n'en verra jamais la couleur. Ça y est, je prends la poudre d'escampette.

— Tiens. Deux cents couronnes, ça devrait suffire ?

— Oui, merci, dis-je en glissant les billets dans ma poche.

Le soleil qui darde ses rayons par la fenêtre fait jaillir dans les cheveux de Rachel des reflets cuivrés. Consciente que je l'observe, elle esquisse un sourire. Je déglutis, luttant contre l'envie de déguerpir, de m'éloigner illico de cette superbe femme nimbée de lumière qui ne se rend pas compte de sa magnificence. Je lui souris poliment en retour, puis Rachel redresse son écran, chausse ses lunettes et se détourne, comme pour clore la conversation.

Dans l'entrée, chaussures lacées et sac sur le dos, je m'apprête à ouvrir la porte lorsque j'entends des pas derrière moi. C'est Rachel.

— Écoute, Samuel, je voulais encore te remercier. Tu es adorable avec Jonas. J'ai vu que tu lui avais mis de la crème. C'est merveilleux que tu sois là, surtout à un moment où Olle est absent. Avoir un homme à la maison, ça change tout.

— Merci...

Avoir un homme à la maison, ça change tout.

Je dois être rouge comme une pivoine. Moi qui ne suis qu'un bon à rien… qui m'apprête à trahir Rachel, à l'abandonner. J'abaisse la poignée de sa porte d'entrée pour la dernière fois de ma vie, tout en la fixant. Tout à coup, son sourire se fige, ses yeux s'agrandissent et ses lèvres dessinent un « o » d'étonnement.

— Quoi ?

Un souffle humide et chaud se presse contre ma nuque – comme sur le quai du métro, juste avant l'arrivée de la rame.

Rachel ne répond pas, mais sa bouche grande ouverte laisse échapper un cri si aigu que j'ai l'impression que mon cœur va lâcher, qu'il va geler au beau milieu d'un battement et s'éteindre, se rabougrir, devenir un minuscule morceau de cartilage flétri dans ma poitrine.

Au ralenti, je pivote sur mes talons, vers la sortie.

Sur le perron, une silhouette colossale se dresse devant moi. Muscles bandés sous un marcel ajusté, peau luisante de sueur, mandibules contractées, yeux atones comme si des billes de plomb s'étaient substituées à ses globes oculaires.

C'est Igor.

MANFRED

J'ai parfois le sentiment que tout aurait été un peu plus simple s'il n'y avait pas eu entre Afsaneh et moi une telle différence d'âge.

Certes, cela n'aurait rien changé à l'état de Nadja, et j'aurais aussi été rongé par la culpabilité. Mais peut-être pas autant. Peut-être pas de la même manière, parce qu'avec Afsaneh, c'est comme si je partais toujours avec un handicap, comme si elle m'avait déjà rendu un incommensurable service en endossant le rôle de ma compagne, malgré mon âge avancé et le fardeau que je trimbale, constitué d'une peau de vache en guise d'ex-épouse, de trois enfants majeurs, et d'une foultitude de kilos superflus.

Mais Afsaneh n'a pas seulement accepté ma famille, elle l'a adoptée dès le commencement de notre idylle. Et mes enfants l'adorent. Même Beatrice la porte dans son cœur, ce qui relève du miracle, car les personnes qu'elle apprécie se comptent sur les doigts d'une main.

C'est peut-être parce qu'Afsaneh n'a pas de famille qu'elle s'est aussi rapidement attachée à la mienne. Elle était bébé lorsque son père et son grand frère ont été assassinés en Iran, au début des années quatre-vingt, quelque temps après la prise de pouvoir des islamistes sous l'égide de l'ayatollah Khomeini. Sa mère, qui a appris leur mort alors qu'elle était au marché, a quitté le pays sur-le-champ, avec Afsaneh dans ses bras. Trois mois plus tard, elles se sont installées à Stockholm où elles ont lentement commencé à reconstruire leur vie. Cela s'est assez bien passé, mais quand Afsaneh a eu dix-sept ans, sa mère est décédée des suites d'un infarctus.

Afsaneh m'a raconté son histoire dès notre première rencontre. Elle ne m'a pas caché que son objectif le plus important dans la vie était de fonder une famille. Dès lors, quand elle m'a annoncé sa grossesse, je n'ai pu rétorquer que j'avais déjà trois rejetons et que l'idée d'en avoir un quatrième ne m'enchantait guère.

Ma dette envers elle est incommensurable. Et en contrepartie, il eut été normal que j'assume les responsabilités qui m'échoyaient et que je protège la petite famille qu'Afsaneh avait tant désirée. J'en ai été incapable. Je n'ai pas pu empêcher que notre enfant tombe du troisième étage pour s'écraser en bas, sur l'asphalte.

Une douleur me vrille l'estomac lorsque je repense à la petite main glissante de beurre de Nadja qui se déliait de la mienne. Et aux ouvriers qui couraient vers nous dans la rue en contrebas. Sans un certain Grzegorz Cybulski, un ouvrier polonais de vingt-cinq ans, Nadja aurait succombé à ses blessures, mais, en tentant de la rattraper, il est parvenu à ralentir sa chute.

Afsaneh et moi lui avons apporté des fleurs quelques jours après l'accident. Malgré son bras cassé, il avait l'air de bonne humeur et semblait heureux de nous voir. Nous savions déjà que l'avenir de Nadja était imprévisible, mais nous étions loin d'imaginer que nous resterions bloqués dans les limbes, entre la vie et la mort, pour cette durée indéterminée.

Je me tourne vers Nadja. Elle paraît si paisible dans ce lit d'hôpital. Le soleil s'efforce d'éclairer la pièce, un rayon caresse son bras et sur sa peau dorée brille un fin duvet. À quoi pense-t-elle, plongée dans cette hibernation qu'on appelle coma ? Rêve-t-elle ? Lui arrive-t-il d'être un peu plus éveillée, de flotter juste en deçà des frontières de la conscience ? Peut-être alors nous entend-elle, comme on peut écouter à une porte fermée en y plaquant l'oreille. Peut-être que la pellicule qui la sépare de notre réalité est aussi fine que de la gaze, que je peux passer à travers, à condition que ma volonté et mon amour soient suffisamment forts. À condition que je paie ma dette.

La voilà qui revient, cette pensée magique – celle qui ne sert qu'à me plonger dans la fange de l'auto-apitoiement et du remords.

Afsaneh se lève, s'approche de Nadja et se penche vers elle.

— Pourquoi ne se réveille-t-elle pas ?

— Ils nous ont dit qu'elle avait réagi à la douleur hier. C'est bon signe.

— Je veux qu'elle se réveille, scande Afsaneh, qui s'exprime de plus en plus souvent à la manière d'un enfant, sans circonlocution, sans formule de politesse.

— Tu sais que ça peut prendre du temps.

— J'ai assez attendu. Je veux qu'elle se réveille maintenant.

Sortant son téléphone mobile, elle recule de quelques pas et s'accroupit.

— Qu'est-ce que tu fais ?

— Je prends une photo.

— Je vois ça. Mais pourquoi ?

Sans répondre, elle s'assied sur la chaise à côté de moi et pianote sur son smartphone. Les portables sont interdits dans l'enceinte du bâtiment, mais elle n'en a cure : d'après son ami Love, doctorant en physique, il est impossible que cela interfère avec les appareils électroniques du service.

J'aperçois une image de Nadja sur l'écran avant que le message d'Afsaneh ne soit envoyé avec un son sifflant.

— Pourquoi envoies-tu des photos de Nadja ?

— C'est pour le forum.

— Le forum ? Tu es folle ! C'est un manque de respect envers Nadja et envers nous !

— Tu ne comprends pas. Nous partageons nos expériences. Sans ça, je n'y arriverais pas. Et puis, je ne poste aucune photo où l'on peut la reconnaître.

Afsaneh range son portable et me contemple. J'aurais juré sentir une odeur de cigarettes – mais je sais qu'elle a arrêté de fumer. Elle a les yeux gonflés et rougis, les lèvres pâles et gercées, le front luisant. Pour la première fois, je me demande qui de nous a raison.

Ne suis-je qu'un vieux schnock qui ne comprend rien à sa souffrance ou est-ce elle qui n'est plus en mesure de préserver la frontière entre le privé et le public ?

Au moment précis où nous nous apprêtons à rentrer manger en toute modestie notre déjeuner de la Saint-Jean, je reçois un SMS de Malin. Je le lis et me tourne vers Afsaneh.

— Il faut que j'aille bosser.

Elle me fixe de ses yeux noirs et vides.

— C'est la Saint-Jean.

— Je fais au plus vite.

Je retrouve Malin dans la salle de conférences. À peine entré, je pose les yeux sur la table où trônent des croissants fourrés au chocolat. Des bombes caloriques. Des sucres rapides doublés de lipides prêts à sprinter vers mes poignées d'amour pour y prendre racine, tout cela réuni dans ces irrésistibles viennoiseries qui s'entassent sur une assiette en carton luisante de beurre. J'ai horreur de ces moments où je suis confronté à mon manque d'autodiscipline – moi qui suis si satisfait d'avoir perdu près de dix kilogrammes. Je prends un croissant. Qu'est-ce que ça peut bien faire ? Ce n'est qu'un tout petit croissant.

— Qu'est-ce qui s'est passé ?

Malin hausse les épaules.

— Aucune idée, mais j'espère que ça sera rapide.

Au moment où j'engloutis ma dernière bouchée, Led' entre dans la pièce, vêtu de la même chemise transparente que l'autre jour, mais sans marcel au-dessous.

— Ça vous dit d'échanger quelques mots avec le meilleur copain d'Igor Ivanov ? lance-t-il en se laissant tomber sur l'une des chaises délabrées.

Malin pose son gobelet de café sur la table avec une telle force qu'il déborde.

— Sans blague ? Vous avez trouvé Malte Lindén ?

Led' se penche vers Malin et croise son regard, le visage rayonnant.

— Une équipe l'a localisé tard hier soir et l'a ramassé ce matin avec la bénédiction du procureur. Nous allons l'interroger. Je viens d'aller le voir.

Malin hoche la tête et essuie la tache de café avec une serviette en papier au motif de Noël qui a survécu au moins un hiver dans une des cachettes du commissariat central.

— Il fait des siennes ?

— Non. Ce n'est pas un novice. Il a déjà fait de la taule pour détention de stupéfiants et violence. Il choisit ses luttes. Mais il a essayé de faire venir son avocat à l'interrogatoire.

— Qu'est-ce que tu lui as dit ?

Led' esquisse un rictus mesquin.

— Qu'il n'avait pas plus le droit à un avocat qu'une pute à un congé maladie. Il ne pourra y faire appel que s'il est mis en examen, conformément au vingt et unième chapitre du Code pénal, ce qui présuppose qu'il ait été informé des faits qui lui sont reprochés, au titre du chapitre vingt-trois.

Malte Lindén est affalé sur sa chaise, les bras ostensiblement croisés sur sa poitrine. Maigre, presque décharné, il porte un marcel et un jean lacéré. Ses cheveux châtain clair et gras pendouillent de part et d'autre de son visage criblé de cicatrices d'acné. Il affiche une mine indifférente et un regard ennuyé, comme s'il se trouvait dans le métro et pas au commissariat.

Il lève un sourcil en nous voyant entrer à trois dans la salle d'interrogatoire – d'ordinaire, nous ne sommes que deux – mais il reste de marbre lorsque nous nous présentons. Nous nous installons autour de la table. Au moment où Malin s'apprête à commencer l'enregistrement, on entend frapper à la porte et Malik passe la tête dans l'embrasure.

— Led', tu peux venir un instant ?

— Je suis vraiment obligé ? gémit-il comme un gamin de cinq ans.

— C'est important.

Led' se lève en soupirant et quitte la pièce en traînant la patte. Malin lance l'enregistrement et, après quelques formalités, se tourne vers Malte.

— Connaissiez-vous Johannes Ahonen et Victor Carlgren?

Silence. Puis Malte prend la parole sans regarder ma collègue.

— Non.

— Vous n'avez jamais rencontré ni l'un ni l'autre?

— Non.

Malin pose des photos de Johannes et de Victor sur la table devant Malte.

— Vous les reconnaissez?

— Non, répond Malte sans jeter un coup d'œil aux photos.

— Pouvez-vous regarder, s'il vous plaît?

À contrecœur, Malte baisse les yeux sur les documents puis hausse les épaules.

— Vous les reconnaissez?

— Nan.

— Jamais vu?

— Nan.

— Vous êtes sûr?

— Mmmh.

— D'après nos informations, Johannes Ahonen et Victor Carlgren avaient acheté de la cocaïne à des personnes que l'on peut relier à vous et à Igor Ivanov. Qu'en dites-vous?

— Rien.

Malte, l'air désabusé, contemple ses ongles sous la lumière froide du néon.

— Alors, ils se sont procuré de la cocaïne auprès de votre bande et vous n'avez pas de commentaire à faire?

— Ce n'est pas ce que j'ai dit, rétorque Malte sans élever la voix. Vous *prétendez* qu'ils ont acheté de la cocaïne à des gens qui *selon vous* me connaissent. Là-dessus, je n'ai aucun commentaire.

Malin me lance un regard résigné, et je hausse les épaules. Comment être surpris ? Il en faut plus que cela pour décontenancer un malfaiteur aguerri. Il faut plus que quelques affirmations isolées au cours d'un interrogatoire pour faire avouer à un type comme lui qu'il a franchi les limites de la légalité.

J'envisage une autre tactique. Je sors les photographies des victimes prises par le médecin légiste et les répartis sur la table.

— Ils ont très probablement été assassinés. Ils étaient jeunes. Ils avaient la vie devant eux. Quelqu'un les a tués et balancés à la mer, comme des ordures.

Malte contemple les images, impassible, visiblement indifférent à ces corps boursouflés et à cette peau tendue et craquelée.

— Pas de chance pour eux, marmonne-t-il de la même voix monotone.

Malin soupire et se tortille sur sa chaise.

— Si vous savez quelque chose, il vaut mieux que vous nous le disiez maintenant.

Pas de réponse.

— Est-ce que vous savez quelque chose ? demandé-je.

L'homme lève lentement la tête, nos yeux se rencontrent. Ce masque d'insensibilité me donne la chair de poule et un frisson me parcourt l'échine malgré la chaleur de sauna. Quelque chose brille dans la bouche de Malte. Ses incisives sont en or.

— Non. Rien du tout.

Un silence s'abat sur la pièce. Je le brise.

— Où est Igor, Malte ?

— Je sais pas.

— Vous n'avez pas une petite idée?

— Il est peut-être allé à la plage.

— À la plage?

Malte tire sur ses doigts noueux, l'un après l'autre, faisant craquer ses articulations et je devine un sourire sur son visage maigre.

— Ben oui. Il fait un temps magnifique.

Dans l'escalier, nous croisons Led' qui descend en haletant comme s'il venait de courir un cinq cents mètres. Des auréoles tachent sa chemise.

— Ça n'a rien donné, déplore Malin à la question implicite de Led'.

— Qu'est-ce que je vous avais dit?

— Tu aurais pu te tromper.

— Je ne me trompe jamais. Je ne me suis trompé qu'une fois. Et je savais que je me trompais. Même là j'avais raison.

Led' rit de sa plaisanterie et poursuit:

— Ne faites pas cette tête, les jeunes! M. Gunnar a quelque chose à vous mettre sous la dent. Suivez-moi, je vais vous montrer.

Il monte les marches et nous lui emboîtons le pas jusqu'à son bureau. Son ordinateur portable est ouvert.

— Malik est venu me chercher car nous avons reçu la visite d'un gars de l'équipe technique, raconte Led' en s'essuyant le front. Comme j'ai beaucoup bossé sur ces trucs, il voulait que je sois là, insiste-t-il avec une fierté mal dissimulée.

Il pianote sur son clavier, l'écran s'allume, puis il clique sur un dossier et une photographie s'affiche.

— Voici le corps de Victor Carlgren, soigneusement enveloppé dans un drap avec des chaînes tout autour. Ce qui ne se voit pas au premier coup d'œil, c'est la présence de ruban de masquage sur le drap, là, au niveau du cou.

Led' désigne la forme momifiée à l'écran.

— Oui. Et ? demande Malin.

— Le ruban a protégé le tissu, l'a empêché de se détruire, poursuit Led'. Et là. (Il montre du doigt le cou de la victime.) Là, sous le ruban adhésif, on a retrouvé quelques poils avec les follicules pileux. Les techniciens sont parvenus à dégager l'ADN nucléaire, ce qui signifie que nous avons un profil ADN complet de la personne à qui appartiennent ces poils.

Il marque une pause, l'air triomphant.

— Et ce n'est pas la victime.

— Le coupable ? susurre Malin.

— Peut-être…

Led' arrête son regard sur moi, puis sur Malin, et il nous décoche un immense sourire. Je ne l'ai jamais vu comme ça : son visage habituellement bougon s'est adouci. Il rayonne.

— Mais nous savons à *qui* appartient l'ADN ! L'homme figure dans notre fichier d'empreintes génétiques.

— Qui ? demande Malin en un souffle.

Le sourire de Led' s'élargit. Malin lui envoie un petit coup de poing sur l'épaule et reprend :

— Gunnar, arrête de nous faire mariner ! Dis-nous.

Il acquiesce lentement, se caresse la barbe et pianote à nouveau sur son clavier. Un visage apparaît : un homme barbu aux cheveux bruns en bataille.

— Olle Berg, trente et un ans. Condamné pour violence aggravée et menaces avec arme.

PERNILLA

L'embarcadère de Stuvskär est quasiment désert, hormis deux garçons d'une dizaine d'années qui pêchent au bout de l'appontement.

La brise ride la surface de l'eau et fait voleter ma robe. Une odeur âcre d'algues et de poissons émane des petites perches soigneusement alignées sur un journal derrière les garçons. Un ferry blanc glisse sur l'eau, projetant de l'écume de part et d'autre de sa poupe. Les voyageurs se pressent près du bastingage pour obtenir une place au soleil.

J'ai rendez-vous avec Samuel dans un quart d'heure.

Je me laisse tomber sur le banc en béton, le sac de sport entre les pieds. J'espère que toute cette histoire servira de leçon à Samuel. Si seulement il pouvait mettre de l'ordre dans sa vie. Je ne peux pas toujours passer derrière lui et le tirer d'affaire. Surtout si cela implique de se trouver hors la loi.

Le ferry est presque arrivé. On distingue clairement les passagers, ces estivants qui s'apprêtent à célébrer la Saint-Jean comme il se doit. Ils font déjà la queue côté proue, les bras chargés de provisions – mets traditionnels, bière et eau-de-vie.

Les petits pêcheurs se lèvent. L'un d'entre eux prend une photo des poissons avec son portable puis ramasse le journal et jette ses petits occupants à la mer. J'en ai la nausée. Je sais, ce ne sont que quelques poissons, mais pourquoi fait-on une chose pareille à un autre être vivant ? On l'attrape, on l'immortalise sur un écran, et on le balance à l'eau.

Quel est l'intérêt ?

Je suis les garçons du regard lorsqu'ils s'éloignent vers le restaurant. Ils marchent côte à côte, mais ne semblent pas se parler, absorbés qu'ils sont par leur téléphone portable. L'un d'entre eux esquive de justesse une voiture stationnée.

Le ferry s'immobilise, les vacanciers endimanchés déferlent sur le quai, se dirigent vers le port et disparaissent dans différentes directions. Une mobylette triporteur démarre en trombe, transportant passagers et bagages. Deux chiens s'aboient dessus.

Le sac bien serré entre mes pieds, je jette un coup d'œil à ma montre – encore cinq minutes.

L'embarcadère est vide à présent. Le ferry a disparu derrière une île. De grands nuages noirs s'agglutinent au-dessus des terres. Le sémaphore rouillé grince légèrement. Un emballage de crème glacée s'envole pour finir sa course dans l'eau.

Nouveau coup d'œil à ma montre. Samuel a dix minutes de retard. Rien d'inhabituel. Il est très rarement à l'heure.

Je baisse les yeux sur le sac de sport d'aspect totalement inoffensif. Passe-partout. Si je l'avais vu à l'épaule de quelqu'un dans la rue, jamais je n'aurais pensé qu'il contient quelque chose d'illégal.

Mon portable retentit et je frissonne, malgré la chaleur. C'est Stina qui me demande si je peux travailler demain. Je réponds par la positive et nous papotons quelques instants. Lorsque je lui raconte que mon père est décédé, elle me console et me promet de s'occuper de moi quand nous nous verrons. Cela doit impliquer de me faire boire de l'alcool, me dis-je, mais je m'abstiens de tout commentaire. Puis nous abordons le sujet Samuel. Quand je lui dis que je l'attends à Stuvskär, je devine à sa voix qu'elle est sincèrement heureuse.

— Je suis contente pour toi, ma chérie. Très contente.

Nous décidons de nous voir dès que je serai de retour en ville : elle veut m'inviter à dîner et je lui promets de venir, si je ne la dérange pas.

— Me déranger ? Mais pas du tout, ma belle ! s'écrie-t-elle. D'ailleurs, comment ça s'est passé avec ce tartuffe de pasteur ? Il t'a lâché la grappe ?

Je relate notre échange houleux lorsque nous nous sommes retrouvés pour partir en randonnée, qu'il m'a enjoint de venir, et que j'ai répondu : « Plutôt crever ! » Stina s'étrangle de rire et en fait tomber son téléphone.

— Désolée, pouffe-t-elle, l'ayant ramassé. C'est ce que tu lui as dit ? Devant les gamins ? C'est hilarant ! Tu me raconteras les détails quand tu viendras dîner. Et ce sera à moi de me lamenter : je rencontre toujours les mauvais hommes, je te l'ai déjà dit ?

À mon tour de m'esclaffer.

— Non, jamais.

Puis nous raccrochons sans que j'aie évoqué ni le sac ni l'argent. J'en ai trop honte.

Les minutes passent, se transforment en heure. Le ciel prend une teinte plus sombre et l'on entend au loin le tonnerre, une rumeur étouffée, comme si l'on roulait un gros rocher rond au-dessus de l'archipel.

Je scrute la mer ; je scrute la terre ; je scrute mon téléphone toutes les dix minutes ; je marche jusqu'au restaurant du port et, par la fenêtre crasseuse, je scrute l'intérieur. J'entre dans le magasin qui s'apprête à fermer et j'achète le produit le moins cher de leur sélection : une brique de lait de coco bio ridiculement onéreuse.

Aucun signe de Samuel.

Quand les premières gouttes s'écrasent sur l'appontement, je me lève et je déambule au hasard sur le chemin de gravier qui longe la mer, dépassant des maisons rouges et les criques où l'eau repose, obscure et calme, sous la nuée. L'averse s'intensifie. Où s'abriter ?

Près d'un ponton, à une cinquantaine de mètres, se dresse un cabanon de pêcheur délabré dont le toit forme un petit porche. Je m'y précipite, le dos collé à la porte. La pluie crépite sur le bois au-dessus de ma tête. Le tonnerre gronde, les éclairs se succèdent. Ma robe imprégnée d'eau est froide contre ma peau et mes cheveux trempés me glacent la nuque, mais une pensée m'obsède : mon enfant a de nouveau disparu. Tout à coup, je suis accablée par le sentiment irrationnel mais péremptoire que mon fils est en danger. Que quelque chose de terrible lui est arrivé.

SAMUEL

Ce salopard d'Igor m'a plaqué à terre, à plat ventre, les mains immobilisées par une poigne de fer et il me frappe la tête contre le sol. Il me soulève et me projette contre le parquet, encore et encore, comme une vulgaire poupée de chiffon ou une noix de coco qu'il cherche à ouvrir.

Dans mon visage, quelque chose se brise, mon nez craque, ma bouche s'emplit de sang. Igor me broie les mains, je parviens à peine à respirer, ingurgitant l'air par minuscules bouffées.

Puis il s'assied à califourchon sur moi, me plante un genou entre les lombaires, resserre son emprise autour de mes poignets et une vive lancination vrille mes bras déjà engourdis. Penché sur moi, il susurre à mon oreille :

— Petit connard. Fils de pute.

Les postillons pleuvent sur mon visage. Impossible de répondre, impossible de bouger. Malgré ma respiration difficile, je sens son odeur âcre de sueur et de rage, la puanteur d'une bête de proie.

Au milieu de cette apocalypse, une partie de mon cerveau analyse la situation, calcule la probabilité qu'il me pulvérise la tête ou qu'il me fracasse les bras, réfléchit avec une précision étonnante aux potentielles façons de m'en tirer. Et cette partie de mon cerveau constate sèchement que je suis cuit, que je n'ai aucune chance contre Igor, qu'il va me réduire en bouillie comme une banane trop mûre.

Je devrais paniquer, prier, peut-être. Mais je ne pense qu'à une personne : ma mère.

— Tu croyais pouvoir me couillonner, petit con ? Tu vas crever, pigé ?

Les mots me parviennent de plus en plus loin, comme si je les pensais, ou m'en souvenais au lieu de les entendre.

— C'est ta vieille qui m'a conduit jusqu'ici. Marrant, non ? Elle…

La voix d'Igor s'évanouit. Ne reste que cette effroyable douleur pulsatile qui me transperce par vagues. Comme si je me noyais dans une mer de souffrance.

Puis, c'est le silence. Les tourments s'apaisent et je sens sa présence, je sais qu'elle se trouve auprès de moi, qu'elle ne me laissera pas crever. Elle pose sa main fraîche sur mon front.

— Samuel.

Il y a tant d'amour dans ce chuchotement.

— Samuel, réponds-moi ? S'il te plaît, dis-moi que ça va !

L'élancement s'éveille dans mes bras, dans mon nez, et la pièce retrouve ses contours. Je sens les planches lisses du parquet contre ma joue et le poids qui m'oppresse le dos.

Elle me secoue les épaules.

— Samuel.

J'ouvre un œil. Ce n'est pas ma mère, c'est Rachel.

Puis je découvre le sang. Un lac de sang qui baigne presque tout le sol de l'entrée.

Je laisse échapper un hurlement, même si je suis sûr d'avoir déjà rendu l'âme : on ne peut pas perdre autant d'hémoglobine et survivre, si ?

Rachel souffle, halète, et je suis tout à coup délesté du fardeau qui m'écrasait l'échine. Le soulagement est immédiat – j'ai le sentiment de léviter au-dessus du plancher. Je parviens à me redresser et, accroupi, je jette un regard à la ronde, évitant de justesse de glisser dans la flaque de sang.

Igor gît à côté de moi, les bras en croix, la bouche et les yeux ouverts, et la tempe percée d'une béance écarlate, comme si un prédateur avait arraché de ses crocs un morceau de sa caboche.

Je pivote vers Rachel, debout près d'Igor, tenant à la main un cale-porte en fonte en forme d'agneau. Il est rouge de sang.

Rachel est inconsolable. Ses larmes dégoulinent le long de ses joues, se mêlant aux mucosités qui coulent de son nez.

— Je… ne… voulais pas… le tuer…

J'arrive difficilement à discerner les mots au milieu de ses sanglots. J'éteins le robinet et je m'essuie sur le torchon en lin, que je lâche tant mes mains tremblent.

— Il est moooort, se lamente Rachel.

Elle fait les cent pas dans la cuisine, laissant dans son sillage des empreintes cramoisies. Dans l'entrée, le corps massif d'Igor nage toujours au milieu de la mare de sang. Rachel s'affale sur une chaise dans la salle à manger, cache son visage dans ses mains et se balance d'avant en arrière.

— Qu'est-ce qu'on va faire ? gémit-elle. Qu'est-ce qu'on va faire ? Qu'est-ce qu'on va faire ? Qu'est-ce…

— On devrait peut-être appeler la police ?

Non que je veuille voir débarquer les flics, mais c'est une folie de chercher à gérer seuls une telle situation. Je n'ai aucune idée de la marche à suivre quand on a par mégarde refroidi quelqu'un.

Rachel s'immobilise, ôte ses mains de son visage et me contemple. Elle semble avoir recouvré ses esprits.

— Impossible ! Je l'ai tué. Je ne peux pas aller en prison, tu le comprends bien ? Jonas n'a personne d'autre que moi. Il ne s'en sortirait pas, il…

Sa voix se brise et elle renifle doucement.

— C'était de la légitime défense. On ne va pas en prison dans ce cas-là.

Rachel secoue la tête.

— Je ne peux pas prendre ce risque. Non… Et toi ? Tu ne veux pas la police à tes trousses, si ?

Nos yeux se rencontrent. Même si je me suis confié à Rachel, je ne lui ai pas parlé de l'entreprise d'Igor – mais elle a peut-être deviné. Je suis envahi par un brusque sentiment de désespoir.

— Mais alors… Qu'est-ce qu'on va faire ?

Rachel soupire.

— Tu as raison. On devrait peut-être appeler la police… Non. Impossible. *Impossible*.

Elle éclate à nouveau en sanglots et s'approche de moi, les mains levées, dans un clapotis de sang.

— Samuel. Qu'avons-nous fait ?

Elle me serre très fort dans ses bras. Les lèvres contre son oreille, je murmure :

— Et si on le jetait à la mer ?

Rachel se fige, me lâche et recule d'un pas.

— Tu as perdu la raison ?

Elle fronce les sourcils, semble réfléchir à ma proposition, et reprend :

288

— Non. Impossible. Imagine si quelqu'un le trouve ?

— Mais si on sort en haute mer ? Vous avez un bateau, n'est-ce pas ?

Rachel secoue la tête, essuie une larme, se tourne vers la fenêtre. Dehors, il tombe des cordes et le tonnerre gronde.

— Par ce temps ? En plus, c'est un rafiot. Il tombe souvent en panne. Imagine si ça nous arrive avec lui à bord ?

Elle esquisse un signe du menton dans la direction d'Igor, puis plaque sa main contre sa bouche comme si elle allait vomir.

Je pousse la brouette le long de l'étroit sentier, emboîtant le pas de Rachel qui me montre le chemin.

Le déluge me fouette la nuque et les coups de tonnerre s'enchaînent. La douleur pulse dans mon crâne, j'ai l'impression d'avoir un ballon à la place du nez et la nausée m'assaille à intervalles réguliers, mais je me force à continuer : je ne veux pas laisser tomber Rachel.

Nous avons de la chance dans notre malheur : il est peu probable que nous croisions quelqu'un par ce temps.

Le corps d'Igor est dissimulé par une couverture, mais une main sanglante apparaît sous les bords à franges.

La situation est insensée.

Nous avons tué un homme – même si c'était en légitime défense et que l'homme en question est un monstre, un vrai connard qui voulait me faire la même chose.

À cause de nous, quelqu'un a perdu la vie. C'est incompréhensible. Igor qui, il y a quelques minutes, respirait, puait la transpiration et me frappait la tête contre le sol comme un psychopathe, est ratatiné dans une brouette sous un plaid à carreaux.

J'en ai des haut-le-cœur et je suis obligé de fermer les yeux, de m'arrêter et de m'appuyer à un arbre.

Rachel fait volte-face et me dévisage d'un air inquiet.

— Viens ! lance-t-elle en jetant un regard circulaire.

Je saisis la brouette et je continue en comptant mes pas, comme toujours, le long de la route, puis en montant une butte – cent quarante-sept pas depuis le portail. Ensuite, sur la gauche, nous arrivons sur une sorte de terrain vague – cent quatre-vingt-dix-sept pas. La robe de Rachel lui colle au dos et je distingue clairement son soutien-gorge sous l'étoffe trempée. Deux cents pas.

— Ici ! annonce Rachel en désignant un point entre les buissons.

Je devine la silhouette d'un bâtiment délabré tapissé de mauvaises herbes et de taillis. Rachel m'attend. Prenant de l'élan, je pousse la brouette d'un coup sec pour franchir une petite bosse. Puis je m'arrête près de Rachel.

Deux cent cinquante pas.

— Nous sommes à l'emplacement d'une ancienne usine de fabrication de peinture. Elle a fermé il y a cinquante ans, mais la terre reste contaminée par des produits chimiques. La municipalité et l'État se renvoient la balle pour financer l'assainissement. C'est d'ailleurs pour ça qu'il y a si peu de maisons sur l'île. Personne ne veut construire sur un sol pollué. Le bâtiment que tu vois est le logement du chef d'atelier.

En effet, il y a une bâtisse en ruine qui jouxte un vieux puits et un tas de pierres envahies par des plantes rampantes.

— Personne…

La voix de Rachel est étouffée par un roulement de tonnerre.

— Personne ne vient ici. Personne.

Elle me dévisage de ses yeux sombres et sérieux et je pense une fois de plus à ma mère, me remémorant que j'avais rendez-vous avec elle à Stuvskär. Il y a au moins une heure. Elle m'a sans doute attendu sur l'embarcadère, sous la pluie, passant de la colère à la tristesse, puis au désenchantement.

Comme d'habitude.

Rachel montre du doigt le vieux pont.

— Là !

Elle avance jusqu'au puits et s'empare de la poignée rouillée du couvercle.

— Tu peux me donner un coup de main ?

MANFRED

C'est le soir. L'orage s'est calmé, mais une fine bruine arrose Stockholm. De la vapeur s'élève de l'asphalte encore brûlant. Le ciel est sombre et l'air moite qui pénètre par la fenêtre entrouverte de la salle de conférences charrie toutes les senteurs de l'été. Dans la rue, une alarme de voiture déclenchée par la tempête hurle.

Je me lève pour aller fermer la fenêtre et je réajuste mon nœud papillon (à pois et en soie, bien sûr, comme celui de Churchill), un accessoire que je porte à de rares occasions.

Je pense à Afsaneh, obligée de manger le repas de la Saint-Jean toute seule, alors que je lui avais promis de rentrer ; je pense à Alba, Alexander et Stella, que je n'ai pas eu le temps d'appeler ; puis je regarde mes collègues. Nous voulons tous nous échapper d'ici. Nous avons tous des proches qui nous attendent quelque part pour célébrer la fête la plus suédoise qui soit.

Malin est penchée en avant, les coudes sur la table ; son visage trahit la fatigue malgré son enthousiasme de façade. Led' se tient devant le tableau blanc, les mains enfoncées dans les poches de son jean terriblement démodé.

Malin se lève et se dirige vers le tableau.

— Olle Berg, annonce-t-elle en accrochant deux photographies sur le tableau blanc à l'aide de petits aimants ronds. Surnommé La Boule. Trente et un ans, domicilié à Flemingsberg, au sud de Stockholm. Déjà condamné pour coups et blessures et violences conjugales. Il a fait dix-huit mois de prison et il est sorti il y a plus ou moins un an.

— Parle-nous un peu des différentes infractions, dis-je en me massant le genou.

— La peine pour coups et blessures a été prononcée suite à une bagarre pendant une fête à Tumba. Olle Berg a frappé l'hôte à plusieurs reprises avec une cannette de bière pleine, provoquant une blessure à la lèvre et à l'arcade sourcilière droite. La victime a dû recevoir trois points de suture. Berg semble avoir agi sous l'influence de l'alcool. Mais la violence conjugale...

Malin marque une pause et cligne des yeux.

— C'est là que ça devient vraiment dégueulasse. Il a menacé et violemment agressé son ex-concubine. Elle a perdu un œil. Ensuite, il a enfreint l'injonction d'éloignement à plusieurs reprises et a vandalisé sa voiture. Un vrai salaud.

— Il a dû avoir une vie difficile, tranche Lcd'. Les mecs comme ça ont souvent beaucoup souffert. Vous avez parlé avec son ex ?

— Oui, répond Malin. Elle n'est plus en contact avec lui, mais comme ils ont des amis communs, elle sait certaines choses sur sa vie. Enfin, elle *savait*, car elle n'a plus aucune nouvelle depuis six mois.

— Que s'est-il passé il y a six mois ?

Je jette un coup d'œil à mon portable pour voir si Afsaneh m'a envoyé un message, mais l'écran est vide, hormis la photo de fond représentant Nadja affublée d'un maillot de bain jaune et de brassards assortis.

— Il a rencontré une femme, s'est investi à fond dans la relation, explique ma collègue. Il a arrêté de côtoyer ses anciens amis. Visiblement ils habitent ensemble à présent. Avant ça, il squattait chez un ami.

— *Où* habitent-ils?

— C'est bien le problème. Personne ne sait où se trouve La Boule ni où vit sa nouvelle conjointe.

— Comment s'appelle-t-elle?

— On l'ignore aussi. Tout ce que nous savons c'est qu'elle porte un prénom assez rare, un peu désuet, selon son ex-compagne. Nous savons aussi qu'elle a un fils adolescent handicapé, Jonas, qui a visiblement subi des lésions cérébrales à la suite d'un accident.

— Mais…, marmonne Led' en se caressant la barbe des deux mains. *Quelqu'un* doit bien avoir des informations sur elle. Vous avez parlé avec l'ami chez qui il vivait auparavant?

— Oui, mais il n'est au courant de rien.

— Bordel! La situation est de plus en plus rocambolesque!

Malin jette un coup d'œil discret à sa montre, mais lorsqu'elle remarque que je la fixe, elle détourne le regard aussi sec.

J'interviens:

— Est-ce qu'on a une autre piste? La Boule n'avait pas de boulot? De parents? On a analysé les conversations téléphoniques et les retraits par carte bleue?

Malin acquiesce.

— Depuis sa disparition, il n'a utilisé ni son téléphone ni sa carte bleue. Question boulot, il travaillait comme chauffeur livreur jusqu'à il y a huit mois, mais il était négligent, toujours en retard, et j'en passe. Son contrat n'a pas été renouvelé. Par ailleurs, ses deux parents sont décédés et il n'a pas de frères et sœurs.

— On ne sait rien d'autre ? insiste Led'.

— Si, des détails de moindre importance : il est gaucher, supporter d'Arsenal, et passionné de jeux vidéo. Il aimait les comédies romantiques au cinéma, mais visiblement son romantisme s'arrêtait là.

Led', qui semble avoir accumulé une rage certaine contre notre coupable présumé disparu sans laisser de traces, siffle entre ses dents :

— On ne peut pas se volatiliser comme ça ! Quelqu'un doit bien savoir où il est !

Malin ne répond pas, mais, appuyée contre le tableau blanc, elle ferme les yeux comme si elle se rêvait loin d'ici. Puis elle commence à rassembler ses affaires.

— Désolée, mais je dois vraiment y aller.

Je lui adresse un signe de tête compatissant et je demande :

— Pouvons-nous contacter tous les postes de police de la région de Stockholm Sud pour tenter de trouver des informations sur Olle Berg ? En n'omettant pas de mentionner qu'il vit avec une femme dont le fils adolescent est en situation de handicap. C'est le genre de chose qu'on n'oublie pas.

Malin acquiesce, sort son carnet de notes de son sac et y consigne quelque chose.

— Je file. Andreas est à Stockholm.

Je la suis du regard. Son corps élancé, son ventre protubérant, la résignation qui se lit sur son visage. Je sais ce qu'elle ressent. Je sais ce que c'est que d'être un jeune flic plein d'espoir, d'ambition, de passion. Je m'en souviens. Ce désir ardent de faire la lumière sur les mystères les plus impénétrables. Toutes ces nuits, tous ces week-ends passés au bureau à éplucher des comptes-rendus d'interrogatoires et des rapports de la police scientifique. Tous ces amis, ces petites copines, et plus tard, ces enfants, qui vous attendent en vain à la maison devant la télévision.

Le jeu en vaut-il vraiment la chandelle?

— À demain! lance Malin par-dessus son épaule en se dirigeant vers la porte.

Avant même qu'elle ait saisi la poignée, elle s'ouvre en grand et Malik apparaît. Avec ses cheveux noirs noués en chignon sur le haut du crâne, il me fait penser à une version transsexuelle du personnage de Jolimie dans les Moumines. Ses vêtements sont fripés et il porte aux poignets plusieurs lacets de cuir.

C'est hideux – mais je ne me permettrais pas de le lui dire. Les gens n'ont pas besoin de moi pour s'humilier.

— *Nousavonsunenouvellevictime*, annonce-t-il si rapidement que je peine à distinguer les mots.

Il a le souffle court. Il a dû grimper l'escalier quatre à quatre.

— Un corps vient d'être trouvé dans l'eau à l'est de la plage de Galö, poursuit-il. Pouvez-vous aller à l'institut médico-légal?

SAMUEL

Des trombes d'eau s'abattent sur moi lorsque je quitte en courant la maison de Rachel. Mes pieds s'enfoncent dans la pelouse, comme si elle m'aspirait pour me retenir.

Je n'ai qu'une envie : m'enfuir loin d'ici, loin du pavillon sur la falaise, loin de Rachel, de Jonas qui bave et qui pue la pisse. Loin de l'entrée qui, malgré l'odeur de savon noir et de chlore, garde des taches sombres sur les lattes de bois. Loin des effluves de crêpes et des chemisiers transparents de Rachel qui laissent entrevoir ses tétons.

Rachel est allée faire une sieste et j'en ai profité pour m'éclipser discrètement. Je ne pense pas que ma mère m'attende encore au port, mais je veux en avoir le cœur net. Si je la trouve, je me barre d'ici pour ne plus jamais revenir.

Fermant la porte derrière moi, je continue vers la route. On dirait que quelqu'un a déplacé la moto. J'étais sûr de l'avoir garée à côté de la voiture de Rachel, mais à présent elle est située plus près de la chaussée. Ça doit être Igor. C'est même peut-être la bécane qui m'a trahi, révélant ma cachette – j'aurais dû mieux la planquer ! En plus de ma mère qui a mené mon bourreau jusqu'à Stuvskär.

Tu aurais dû. Tu as encore fait une connerie, espèce de naze.

Ignorant la petite voix, je démarre la moto et je mets les gaz. Mon jean, que j'ai rincé tout à l'heure, est trempé et me colle à la peau. J'ai la tête qui va exploser et l'impression que je vais vomir d'un moment à l'autre. Arrivé à hauteur du pont, je me sens si mal que je suis contraint de m'arrêter.

Je laisse la bécane au bord de la route, fais quelques pas sur le grand rocher plat qui descend vers la mer. Je m'accroupis, ôte mon sac à dos, puis m'étends à plat ventre sur la pierre humide pour me rincer le visage à l'eau. Le sel marin pique la chair à vif de mon nez.

Je roule sur le dos et reste immobile, incapable de bouger. La pluie tombe comme des larmes sur mon visage.

Qu'est-ce que je dois faire, bordel? Que fait-on quand on a tué quelqu'un? Que faire si ma mère n'est plus à Stuvskär?

Dois-je rentrer à Fruängen?

Si tu fais ça, les complices d'Igor vont te réduire en bouillie.

Dois-je me cacher chez un pote?

Tu n'as plus de potes.

Je ne peux pas en être sûr, mais je pense qu'Igor est venu à Stuvskär seul, sans quoi Malte et les autres seraient déjà sur mon dos. Igor me trouvait peut-être tellement inoffensif qu'il pensait pouvoir me faire la peau tout seul. Ou bien sa haine était telle qu'il *voulait* me trucider de ses propres mains. Quoi qu'il en soit, je ferais mieux de rester discret.

Je sors mon portable du sac et l'allume. Cinq messages de ma mère. D'abord, elle écrit qu'elle est arrivée à l'embarcadère, ensuite elle demande où je suis, et dans les trois derniers elle ne cache pas sa colère.

Le téléphone éteint, je retourne auprès de la moto. Vite, ma mère est peut-être encore au port à m'attendre ! Mais lorsque j'y arrive, il est désert.

Je me gare sous une pluie battante et je me précipite vers la boutique du village. Un coup d'œil par la fenêtre. C'est fermé. Je continue jusqu'au restaurant, coule un regard entre les rideaux. Ma mère n'est pas là non plus. J'ai à nouveau mal au cœur. Les jambes flageolantes, j'avance vers le ponton et me laisse tomber sur le banc. Ici, le vent se déchaîne – les vagues se brisent contre les rochers dont les failles se remplissent d'écume.

C'est fini, Samuel, tu ne peux plus fuir à présent.

Foutaises ! Bien sûr que je peux fuir !

Les larmes sourdent ; elles coulent le long de mes joues, se mêlant à l'eau salée et à la pluie, pénétrant dans ma bouche, glissant dans mon cou. La voix mesquine a raison cette fois. Que j'aille en Thaïlande, à Marbella ou à Miami, je resterai toujours un satané bon à rien. Mieux vaudrait que je disparaisse, que je laisse la mer m'engloutir.

Mais… ma mère ne s'en remettrait pas. Toute sa vie tourne autour de moi. Je ne peux pas lui faire ça. La pluie redouble d'intensité, des rideaux gris défilent au-dessus de la mer, effaçant les contours du phare et des écueils. Le tonnerre gronde au loin. Je me force à penser à toutes les personnes que j'ai encore une fois trahies.

Tu vois ce que tu as fait ?

Je le vois, oui. Pour la première fois de ma vie, je vois les calamités que j'ai provoquées, même si ce n'était pas délibéré, même si je n'ai jamais voulu blesser qui que ce soit. Ce n'est pas un beau spectacle, car je ne veux pas être ce raté qui désespère tout le monde.

Je voudrais être sympa. Vraiment. Un garçon dont ma mère peut être fière, sur qui elle peut compter.

Qu'est-ce qui m'en empêche ?

Je contemple la mer, je me lève et sors les flacons de fentanyl de mon sac à dos. *La drogue de la mort*, comme on peut lire dans la presse de caniveau. Sans hésiter, je balance les bouteilles dans l'eau, l'une après l'autre, aussi loin que possible, puis je me dirige vers le parking. À mi-chemin je passe devant un bac à ordures ; j'y enfonce le passeport et la carte bleue d'Olle au milieu des cannettes vides, des couches souillées et des sacs d'excréments de chiens.

Je vais mettre de l'ordre dans ma vie, et je vais commencer par retourner chez Rachel qui m'a tout de même sauvé la vie. Je ne peux pas la laisser seule avec Jonas. Ce n'est pas juste. Non, je vais rebrousser chemin, présenter ma démission à Rachel comme n'importe quelle personne civilisée et l'aider avec Jonas jusqu'à ce qu'elle me trouve un remplaçant. Nous pouvons peut-être aller au commissariat ensemble, expliquer ce qui est arrivé à Igor.

Et puis zut, je vais même lui acheter cet antivol de vélo qu'elle m'a demandé – comme le ferait un mec sympa. Au moment où je décide cela, il se passe un truc incroyable : ma poitrine devient plus légère et la voix dans ma tête se tait. L'air est tout à coup plus respirable et les crampes qui tenaillaient mes épaules et ma nuque disparaissent.

Je m'apprête à démarrer la moto lorsque j'aperçois une forme rouge derrière le magasin. Je m'approche pour découvrir la voiture de ma mère, garée dans la cour derrière le bâtiment.

Elle est vide, mais la fenêtre côté conducteur est baissée d'un centimètre environ, comme d'habitude – ma mère n'a pas de clim et insiste pour rouler les vitres ouvertes.

Voyons voir… Quand ma mère est venue à Stuvskär, elle a dû s'abriter de la pluie, dans la boutique ou dans le restaurant. Ou bien dans la voiture, mais il n'y a clairement personne dedans. Aurait-elle pu rentrer en laissant sa bagnole ? C'est vrai qu'elle est tombée en rade trois fois en six mois. Une fois, ma mère a même fait tout le chemin depuis Norrtälje en bus. C'est concevable, mais peu probable.

Il est possible aussi qu'elle soit plantée sous un arbre à l'heure qu'il est, mais je n'ai pas envie de faire le tour de Stuvskär à moto, de peur que les gars d'Igor soient dans les parages. Il faudrait que je lui donne rendez-vous plus tard non loin d'ici. Fixant la fenêtre entrouverte, je réfléchis, puis je sors de ma poche un papier que je déplie : c'est le poème sordide d'Olle.

Je relis la dernière strophe :

> *Une mer de larmes je pleurai*
> *Et me couchai pour mourir*
> *Sur l'herbe tendre de la tristesse*
> *Soudain revint le lion*
> *Portant entre ses crocs*
> *Une colombe immaculée*

Au-dessous, il y a suffisamment de place pour écrire. Accroupi, je sors un stylo de mon sac, j'appuie la feuille contre mes genoux et je griffonne mon message.

La pluie a presque cessé lorsque je me gare près de la voiture de Rachel. De grosses mares se sont formées sur le chemin en graviers et l'herbe haute est aplatie au sol en épis, comme les cheveux quand on vient de les laver. La maison se dresse, charmante comme toujours. Pas du tout le genre d'endroit où l'on se fait assassiner avec un agneau en métal.

Mon estomac se révulse lorsque je pense au poids d'Igor sur mon corps, à la douleur dans mes bras, au craquement dans mon nez. Par réflexe, j'y porte la main. Il est gonflé, endolori, mais je peux respirer sans problème.

Le tonnerre vrombit au loin et je me tourne pour apercevoir une couche de nuages violet foncé dans la direction de Stockholm. Je me dirige vers la porte d'entrée et j'enfonce la clef dans la serrure. Le cale-porte est de retour à sa place, adossé au mur. Le plafonnier diffuse une lumière douce. Ça sent la piscine et le produit d'entretien.

Je me déleste de mes baskets imbibées d'eau et de la veste fine que j'ai trouvée dans l'armoire d'Olle avant d'extraire de mon sac l'antivol, une chaîne longue et épaisse recouverte de plastique rouge. C'est le nec plus ultra de l'antivol, m'a-t-on informé à la station-service, beaucoup plus difficile à sectionner qu'un simple câble.

Des pas approchent depuis la chambre de Jonas, et Rachel apparaît, pâle, les yeux gonflés et injectés de sang.

— Samuel, murmure-t-elle en se dirigeant vers moi.

Puis elle m'entoure de ses bras fins et me serre contre elle.

— Je suis juste allé faire quelques courses.

Sa peau est chaude contre la mienne, ses longs cheveux me chatouillent le bras, je sens les battements de son cœur – rapides et légers comme ceux d'un oiseau – et les mouvements de sa cage thoracique qui se presse contre moi à chaque inspiration. Je sens le désir monter en moi en même temps que les larmes.

— Jonas, marmonne Rachel en me caressant les cheveux.

— Quoi ?

J'essaie de ne pas m'appuyer contre son corps. Son étreinte se relâche, elle saisit mes mains dans les siennes et me fixe avec un sérieux que je ne lui ai jamais vu.

— Viens.

— J'ai acheté l'antivol, lui dis-je en lui montrant le puissant cadenas rouge.

Figée dans son mouvement, Rachel se tourne vers moi, l'air décontenancé, me faisant d'emblée regretter de lui avoir parlé de ce satané cadenas. Elle me le prend des mains, le soupèse comme si elle réfléchissait à quelque chose, le pose sur le banc.

— Merci.

Je lui emboîte le pas. La chambre de Jonas est plongée dans la pénombre, une bougie solitaire est allumée près de la rose sur la table de chevet. La flamme vacille lorsque nous nous asseyons, Rachel sur la chaise et moi dans le vieux fauteuil.

Quelques gouttes tombent sur le rebord de la fenêtre. Rachel croise les mains sur son giron et dirige son regard vers Jonas. Je contemple la femme, la chandelle, puis Jonas-le-zombie immobile dans le lit. Sa peau luisante semble presque transparente, sa bouche ouverte comme s'il allait crier.

— Quand on y pense, c'est assez ironique que nous l'ayons baptisé Jonas, dit Rachel dans un filet de voix.

— Ah oui ?

— Connais-tu l'histoire de Jonas et la baleine ?

— Oui.

Si ma réponse reste lapidaire, c'est que je répugne à lui expliquer que ma mère me forçait à suivre les cours de catéchisme quand j'étais gamin.

— Mon père était pasteur au sein de l'Église de Suède, reprend-elle. Tous ces récits me sont familiers. Jonas fuyait Dieu lorsqu'il a été surpris par une violente tempête en mer. Il a dit aux marins de le jeter par-dessus bord, car Dieu était en colère contre lui. Ils se sont exécutés et Jonas a été englouti par une baleine ou, si l'on en croit les traductions plus anciennes, un poisson. Il est resté trois jours et trois nuits dans le ventre de l'animal à prier et à faire pénitence, jusqu'à ce qu'il finisse par le recracher.

— Hum, oui.

Je me demande où elle veut en venir.

— Après son accident, j'avais l'impression que Jonas était reclus dans le ventre d'une baleine. Il ne pouvait pas communiquer, il était séparé du monde, tel un fœtus dans l'utérus… Comme j'ai prié ! Mais Dieu n'a pas respecté sa partie de l'accord : Jonas n'est jamais sorti de sa torpeur, il est demeuré dans l'ombre de la baleine. Et moi, je suis restée là, à son chevet. Je me suis bien occupée de lui, j'ai tout donné. Dieu aurait dû me laisser le garder, car il était tout ce que j'avais. Tu comprends ?

Rachel se lève, s'approche de moi et pose les mains sur mes épaules. Son discours est obscur, je ne vois pas où elle veut en venir.

— Je suis désolée, chuchote-t-elle en serrant mes épaules.

Je tourne la tête. Ses yeux sont rivés sur Jonas. Alors je percute. Jonas. Mon estomac se noue, je frissonne, mes oreilles sifflent et les murs semblent se refermer sur moi. La pluie s'abat avec un vacarme assourdissant sur le rebord de la fenêtre. On dirait un gigantesque tambour.

Il ne respire plus.

Jonas-le-zombie a cessé de respirer.

PERNILLA

Les yeux perdus dans l'étendue sombre de la mer, je tente de comprendre. Mon père a disparu. Samuel a disparu. À mon chagrin dévorant et à la peur de ce qui a pu arriver à Samuel s'ajoute un sentiment de déracinement, comme si j'étais un arbre sans racines ou un minuscule bateau à la dérive sur un océan infini.

Sans Samuel, sans mon père, je n'ai d'ancrage ni dans le passé ni dans l'avenir. Qui suis-je sans eux ? Est-ce que j'existe véritablement ?

Je m'efforce de regarder cette douloureuse réalité en face : mon père n'est plus là. Samuel a disparu. A-t-il vraiment disparu ? Mon père ne reviendra pas, je peux en être sûre, mais avec Samuel, on ne sait jamais.

Disparaître est l'une de ses spécialités.

Je me rappelle ce jour de mai où nous devions nous retrouver devant le magasin de la place centrale pour aller rendre visite à mon père pour son anniversaire. J'ai fait le pied de grue pendant plus d'une heure, jusqu'à être convaincue qu'il s'était fait dévaliser, passer à tabac ou renverser par une voiture. Et à l'instant où j'allais partir, je l'ai vu fouler les pavés d'un pas nonchalant, sans se hâter, tenant entre ses mains son oisillon, qu'il m'a dit avoir trouvé dans un container à ordures.

À d'autres moments il se trompait de date, ne parvenait pas à se tirer du lit ou bien son attention était détournée par la télévision, par un quelconque événement dans la rue, voire par ses pensées confuses.

Samuel est imprévisible, impulsif. Il a une capacité de concentration qui ne dépasse pas celle d'un chiot. Mais il n'est pas méchant. Il est simplement… désespérant.

Le vent s'engouffre sous ma robe, la soulève au-dessus de mes cuisses, mais qu'importe. Qu'est-ce que ça peut faire si quelqu'un me voit?

Je pense à mon père… Comment expliquer l'amour que je ressentais pour lui, malgré le contrôle qu'il exerçait sur moi, et bien qu'il m'ait retiré ma mère?

Quant au pasteur… Sa trahison est tout aussi profonde. Il a fait croire à son troupeau de moutons crédules qu'il était le représentant de Dieu sur terre, alors qu'il n'est qu'un homme d'âge mûr à la banalité confondante, incapable de refréner ses désirs.

Les pensées s'enchaînent… Tous ces hommes qui ont régi ma vie… Pourquoi? Qui leur a donné le droit de décider à ma place? C'est moi. Je sais que je suis l'unique coupable.

Appuyée contre la voiture, je sanglote sans m'arrêter, refoulant le cri qui menace de sortir. J'ouvre la portière et me laisse tomber sur le siège conducteur, dans l'odeur de plastique et de tissu mouillé. Je tourne la clef et enfonce l'embrayage, mais il y a quelque chose entre la pédale et le plancher, j'entends un froissement, comme si j'écrasais un paquet de chips vide.

Pliée en deux, je palpe le sol et attrape un bout de papier que j'ouvre sur le tableau de bord. Je m'approche pour mieux voir dans la pénombre du soir. On dirait un texte imprimé. Un poème intitulé « Torpeur » qui parle d'un lion et d'une colombe dont la dernière strophe est poignante :

> *Une mer de larmes je pleurai*
> *Et me couchai pour mourir*
> *Sur l'herbe tendre de la tristesse*
> *Soudain revint le lion*
> *Portant entre ses crocs*
> *Une colombe immaculée*

Qu'est-ce que c'est que ce texte ? Et que fait-il dans ma voiture ? Un malaise diffus grandit en moi. Le lion… l'agneau… Ce récit me rappelle quelque chose, mais je ne parviens pas à mettre le doigt dessus. Au moment où cela me revient, j'aperçois des mots rédigés au stylo au bas de la feuille.

Je reconnais d'emblée les pattes de mouches penchées en arrière, les lettres négligées qui semblent trébucher les unes sur les autres. Une chaleur se diffuse en moi, comme si je venais d'avaler une tasse de thé.

> *Rendez-vous à la station-service à 22 heures il s'est*
> *passé des trucs de dingue j'ai des choses à régler*
> *bisous*
>
> *S.*

Sous le message, Samuel a dessiné un petit plan et a marqué d'une épaisse croix la station-service en question.

Je jette le papier sur le siège passager et ferme les yeux. Le visage de mon père apparaît, sa voix me somme de ne pas honorer le rendez-vous avec Samuel.

308

Non ! Je ne compte pas faire la même erreur que mon père.

Un coup d'œil à ma montre : j'ai encore le temps.

MANFRED

D'un geste de la main, Samira nous invite à prendre place devant son bureau. Led' et moi nous laissons tomber sur des chaises en plastique hideuses. La mienne tangue sous mon poids et je crains qu'elle ne s'effondre.

Nous avons autorisé Malin à partir. Elle devait retrouver Andreas. Saboter la soirée de deux enquêteurs est bien suffisant.

— Je ne suis pas sûre qu'il soit utile pour vous de voir la dépouille, déclare Samira. Pour être honnête, il n'en subsiste pas grand-chose. Le corps est resté dans l'eau au moins quatre ou cinq mois. Apparemment, c'est une famille avec des enfants qui l'a trouvé. Ils étaient sortis en mer avec leur voilier.

— Le corps flottait ? s'enquiert Led'.

— Non, soupire Samira. Ils avaient jeté l'ancre dans une petite anse pour se baigner et au moment où ils ont voulu reprendre la mer…

Je laisse échapper un juron.

— Purée ! Ne me dis pas que…

Samira hoche la tête et me fixe de ses beaux yeux noirs qui ont vu tant de souffrance.

— Si. L'ancre s'était accrochée dans les liens qui entouraient le corps et lorsqu'ils l'ont levée…

— Le corps est venu avec ? termine Led' avec une grimace de dégoût.

— Que peux-tu nous dire de la victime ? demandé-je.

Samira feuillette ses documents avec un signe de la tête.

— Vous parlerez avec les techniciens tout à l'heure, mais le corps était emprisonné dans des chaînes, comme Johannes Ahonen et Victor Carlgren. En revanche, nous n'avons pas trouvé de tissu : soit il a disparu, soit le coupable n'en a pas utilisé. J'ai réalisé un examen préliminaire du corps, mais on va l'autopsier demain.

— C'est un homme ?

— Oui. Sans doute entre trente et quarante ans, mais je ne pourrai le confirmer qu'après l'autopsie. Quant à la cause du décès, je ne peux rien vous en dire pour le moment, mais on remarque des contusions et de multiples fractures aux jambes, bras et bassin, ce qui veut dire que le corps a été soumis à d'importantes violences.

— Toujours ces violences extrêmes ?

— Tout à fait.

— Ont-elles été exercées *post mortem* ? demande Led'.

— On ne peut pas encore le dire. Je ne sais même pas si je pourrai le déterminer à l'autopsie. Vu l'état du corps, je ne suis pas sûre qu'on puisse établir la cause du décès.

— Et l'identification ?

— Je suis plus optimiste. Je suis presque certaine que nous arriverons à extraire l'ADN. Par ailleurs, il avait une mâchoire assez particulière. Nous verrons ce que dira l'odontologue légiste, mais je crois qu'il était très prognathe.

Samira esquisse un croquis pour illustrer son propos et tourne la feuille vers nous.

Lorsque j'arrive à l'hôpital, Afsaneh a déjà eu le temps de rentrer, manger, prendre une douche et revenir. Contrairement à ce que je pensais, elle n'est pas en colère. Elle lève brièvement les yeux de son ordinateur portable et me décoche un sourire.

— Je suis désolé, ma chérie.

Je me hâte de la rejoindre et l'embrasse sur le front.

— Mmmh. Ne t'inquiète pas. (Elle me considère.) Le nœud papillon te va bien.

Je souris, promène la main sur la pièce de soie qui agrémente mon col, et me dirige vers Nadja. Je dépose un délicat baiser sur sa joue. Sa peau est chaude, un peu humide sous mes lèvres, comme si elle venait de courir – comme devraient pouvoir le faire tous les enfants.

Je me tourne à nouveau vers Afsaneh. Elle pianote sur son clavier, affichant un petit rictus de satisfaction.

— Comment va-t-elle?

— Qui ça? demande ma femme, les yeux rivés à l'écran.

Sa réponse me surprend: c'est la première fois depuis l'accident qu'elle n'est pas focalisée sur Nadja. C'est peut-être une bonne chose. Elle reprend immédiatement:

— Ah, pardon. Comme avant. Aucune évolution.

Je vais m'asseoir sur la chaise à côté d'Afsaneh. Je hume son parfum, mêlé à une odeur de cigarette. Elle a dû fumer avant d'arriver à l'hôpital. C'est presque touchant que nous nous cachions pour nous adonner à notre vice. J'ignore si c'est par peur ou par sollicitude envers l'autre.

Je jette un coup d'œil à l'écran de son ordinateur pour y découvrir la photographie d'une fille en fauteuil roulant, dont la casquette dissimule mal son crâne glabre. Elle sourit, mais sa posture trahit sa maladie – sa tête mollement inclinée sur le côté, son corps visiblement sans force affalé contre le dossier.

L'image porte une légende : *Amelia, trois semaines après le début de sa nouvelle chimio.* Suivie d'une ribambelle de commentaires :

Plein de bisous ! Bon courage à vous !

Amelia, tu es la plus belle ! Vous allez y arriver !

<3 < 3 <3

Avez-vous essayé l'argent colloïdal ? Un super remède naturel ! Cf. le lien sur mon profil.

Nadja et moi croisons les doigts pour vous !

Je me fige et relis le commentaire :

Nadja et moi croisons les doigts pour vous !

Afsaneh tourne la tête vers moi, affichant une mine concentrée, un rien provocante. Ses yeux pétillent et ses lèvres ont retrouvé leur couleur.

— Eh bien, oui. Je croise les doigts pour elle. Ça te pose un problème ?

PERNILLA

Le soleil levant scintille à la surface de l'eau et une fine brume y lévite, semblable à la fumée d'un brasier éteint. De la tempête d'hier il ne reste plus trace : la terre a absorbé la pluie, les rochers ont séché et les hautes herbes, à présent redressées, se lèvent vers le ciel.

Il est parfois bon d'être une amoureuse de la nature. Même si on manque les randonnées organisées par la congrégation, on peut utiliser son paquetage dans les situations les plus inattendues.

Je crache par terre et range ma brosse à dents dans son étui. Ma tête me fait souffrir et j'ai les yeux qui piquent. J'ai l'impression d'avoir passé une nuit blanche – ce qui n'a rien d'étonnant. Une Golf vieille de dix ans n'est pas un lit très confortable. Mais j'avais oublié mon tapis de sol et je préférais dormir dans ma voiture que dans ma tente.

Samuel n'est pas venu hier soir. Je n'ai eu aucune difficulté à trouver la petite anse qu'il avait marquée d'une croix et je suis arrivée avant l'heure du rendez-vous. Mais il est resté aux abonnés absents.

Assise dans l'herbe, je ferme les paupières et j'accueille les rayons du soleil. Je repense à ce que Samuel a écrit sous le poème : *... il s'est passé des trucs de dingue j'ai des choses à régler...*

« Des trucs de dingue »… Qu'est-ce qu'il veut dire par là ? Parle-t-il d'événements qui pourraient le mettre en danger ? Comme se faire pourchasser par un dealer assoiffé de sang ? Ou simplement des choses extraordinaires ?

Je me masse les tempes du bout des index, essayant de me concentrer. Je repousse de la main un scarabée d'un vert foncé luisant qui grimpe sur ma robe et je regarde l'heure. Huit heures moins le quart. Il faudrait que je rentre, notamment pour subvenir aux besoins du malheureux merle dans sa cage. Sans compter que dans une heure, je dois être sur le pied de guerre au supermarché. Mais puis-je réellement aller travailler alors que mon fils court un danger ? Je ne peux pas scanner du pain de mie, des conserves de maïs et de petits pois en faisant risette aux vieilles dames alors qu'il est arrivé « des trucs de dingue » à mon fils – la seule personne vivante que j'aime vraiment – et qu'il a disparu.

La question est de savoir que faire… Je ne sais même pas où est Samuel.

Mon portable à la main, je vais m'asseoir sur un rocher au bord de l'eau et je téléphone à Stina. Elle répond au bout de la troisième tonalité, la voix guillerette, comme toujours. On dirait qu'elle vient de gagner au loto ou de devenir grand-mère, ou les deux. Comme si le monde n'était pas cruel et plein de dangers où des « trucs de dingue » peuvent advenir à tout moment.

Je lui explique que Samuel a de nouveau disparu, mais au lieu de maugréer parce qu'elle doit me faire remplacer, elle me propose gentiment de m'aider.

— Tu peux me demander n'importe quoi, ma chérie.

— C'est adorable, mais j'ignore par où commencer.

— Maintenant, tu ne peux plus attendre, tu dois aller au commissariat, affirme-t-elle, comme si ses enfants et amis avaient pour habitude de se volatiliser et qu'elle savait exactement combien de temps patienter avant de prévenir les autorités.

— Oui, tu as raison. Mais je ne sais même pas où il a habité ces derniers temps.

— Tu m'as dit qu'il bossait pour une famille, non ?

— Oui, une famille avec un fils handicapé qui vit dans les environs de Stuvskär. Mais je ne pourrais pas dire où précisément.

— Comment Samuel a-t-il trouvé cet emploi ?

J'entends un froissement de papier puis des crissements, comme si Stina prenait des notes.

Je me creuse les méninges, tentant de me souvenir de ce que Samuel m'a raconté.

— Je crois qu'il a répondu à une annonce sur Internet.

— Hum. Est-ce qu'il t'a donné un nom ?

— Seulement des prénoms. La femme s'appelle Rachel et le fils, qui souffre apparemment de lésions cérébrales, Jonas. Le père, ou plutôt le compagnon de Rachel, est écrivain. Il s'appelle Olle, je crois. C'est tout ce que je sais.

Stina marque une pause, semble réfléchir aux informations que je viens de lui fournir. Puis elle demande, baissant la voix :

— Il n'a pas envoyé de photos ?

— Non, et maintenant son portable est éteint et je ne sais pas quoi faire. Nous devions nous retrouver hier soir à vingt-deux heures, mais il n'est jamais venu.

— Tu dois signaler sa disparition à la police, ordonne Stina. Va voir les flics et tiens-moi au courant. On va le trouver, ma belle, j'en suis sûre !

Au volant de ma Golf, je dépasse des mâts de la Saint-Jean habillés de feuilles et de fleurs déjà séchées par le soleil; des cannettes de bière et des bouteilles de vin jetées sur le bas-côté témoignent des bacchanales qui se sont déroulées pendant la nuit dans l'archipel. Il ne me faut que vingt minutes pour gagner le poste de police le plus proche, mais mon corps proteste à chaque kilomètre qui m'éloigne de Stuvskär, comme si chacune de mes cellules sentait que le lien invisible qui m'attache à Samuel est en train de se distendre jusqu'à se rompre. Lorsque je me gare enfin sur le parking, je suis en nage et mon cœur bat la chamade.

La policière qui me reçoit répond au nom d'Anna et semble à peine avoir plus de dix-sept ans. Je me demande presque si elle n'a pas volé son uniforme ou si elle est en stage d'observation.

— Vous voulez signaler la disparition de votre fils? s'enquiert-elle, en esquissant une petite moue de ses lèvres pulpeuses.

— Oui. Il a disparu. Samuel. Mon fils. C'est son nom. Il s'appelle Per, Samuel, Joel.

L'adolescente en uniforme me regarde, l'air las.

— Depuis combien de temps a-t-il disparu?

— Nous avions rendez-vous hier à vingt-deux heures à Stuvskär, mais il n'est pas venu. Cela fait douze heures. Mais il est parti il y a plus longtemps. Cela fait deux semaines qu'il n'est pas rentré. J'ai été très inquiète, évidemment. Mais ensuite il m'a envoyé des SMS – donc il n'avait plus vraiment disparu. Mais à présent, oui. Il a bel et bien disparu.

Je regrette tout de suite de ne pas m'être contentée de répondre à la question – pourquoi suis-je incapable de la boucler?

— Douze heures, vous dites?

Entre ses sourcils se dessine une ride qui me fait comprendre qu'elle me prend pour une demeurée, mais également qu'elle n'est sans doute pas aussi jeune qu'elle y paraît. Cette hypothèse me semble encore plus plausible lorsque j'aperçois son ventre rond. Comment ai-je pu rater cela ? Elle doit être au sixième mois, au moins.

Tu ignores ce que c'est que d'avoir des enfants. Tu ignores à quel point ça fait mal quand ils souffrent, à quel point on devient forte lorsqu'ils ont besoin d'aide ou à quel point on a peur lorsqu'ils sont en danger. Tu es là avec tes lèvres couvertes de gloss et tu crois connaître quelque chose de la vie, alors qu'elle n'a même pas encore commencé pour toi.

— Et si nous reprenions depuis le début ?

Je lui parle de Samuel, de la famille de Stuvskär chez qui il travaille – Rachel, Olle, Jonas ; je lui explique que même si Samuel est désorganisé, il honore généralement ses rendez-vous. Je lui montre le message rédigé au-dessous de ce singulier poème, mais avant qu'elle n'ait le temps de le lire, on entend un grand fracas dans le couloir, suivi d'un claquement et d'un cri guttural.

— Tu ne me touches pas, salope ! Compris ?

La policière lève les yeux au ciel en soupirant pour manifester son exaspération.

— Vraiment désolée, je dois donner un coup de main à mes collègues. Je reviens dans un instant.

Or, on sait qu'un instant peut s'étirer indéfiniment, et à mesure que passent les minutes et que les hurlements et le vacarme se déplacent lentement mais sûrement vers l'extérieur, mon irritation grandit.

Bien que la policière ne m'ait pas réellement offensée, elle m'a fait clairement comprendre qu'une intervention en bonne et due forme n'était pas à l'ordre du jour. Visiblement, Samuel n'a pas disparu depuis assez longtemps. Combien de temps faut-il rester sans nouvelles pour que la police daigne réagir ? Une journée ? Une semaine ?

En outre, que dirait Samuel s'il me savait ici ? Plusieurs questions émergent dans mon esprit déjà embrouillé. Dois-je lui raconter que ses collègues sont déjà à sa recherche ? Je sens la sueur perler sur mes tempes et mon cœur s'emballe lorsque je commence à comprendre dans quoi je me suis aventurée.

Et le sac de sport rempli de billets, que dire de cela ? Les battements dans ma poitrine redoublent, j'ai une boule dans la gorge. Non, je ne peux pas.

Je me lève d'un bond, manquant de renverser ma chaise, et j'attrape mon sac à main avant de sortir aussi discrètement que possible.

La jeune femme et ses collègues sont occupés à calmer l'homme violent qui est maintenant étendu sur le sol du couloir, en larmes, agrippé au poignet d'une des policières.

Je quitte le commissariat, profondément soulagée, et je me laisse tomber sur le siège conducteur de ma voiture. Le tissu brûlant me pique la peau, mais je n'en ai cure. Tout ce qui m'importe c'est de réussir à prendre la poudre d'escampette avant qu'il ne soit trop tard et de trouver une manière de mettre la main sur Samuel – sans mentionner notre implication dans un trafic de stupéfiants.

D'abord, je tiens à retourner à Stuvskär – il doit être là-bas, non ? Quelqu'un doit bien l'avoir vu ?

Ce n'est qu'à l'approche du village que je me rends compte que j'ai oublié le poème augmenté du message de Samuel sur le bureau de la policière au visage juvénile.

MANFRED

Encore un matin ensoleillé qui ne reflète aucunement mon état d'esprit. Que l'astre du jour soit de sortie ne signifie pas qu'il brille dans mon âme.

Je décide de faire contre mauvaise fortune bon cœur et j'enfile mon costume gris sur ma chemise rose, agrémenté d'un mouchoir fuchsia que je plie consciencieusement avant de le glisser dans ma poche de poitrine. Quelques gouttes d'Acqua di Parma dans le cou constituent le point d'orgue de ma préparation. Je me recule pour contempler dans le miroir cet homme massif aux cheveux blond vénitien qui me fixe en retour.

Afsaneh me regarde en souriant.

— Quelle élégance ! s'exclame-t-elle en faisant durer le second mot, comme si elle le dégustait.

— Merci. Tu n'es pas mal non plus.

Afsaneh a revêtu une robe jaune vif en tissu satiné. Elle resplendit. Mais elle serait aussi belle dans un vieux tee-shirt. Tout lui va – mais je la regarde avec les yeux de l'amour.

Nous quittons l'appartement ensemble. Karlavägen est presque déserte dans la touffeur estivale. Des graines duveteuses volettent, s'accrochent partout – dans les arbres, dans la bouche, sous les chaussures – et s'amoncellent le long des trottoirs comme de la neige. De la neige d'été.

Nous nous arrêtons un instant devant le porche. Afsaneh éclate de rire, retire quelques flocons de mon visage, et nous échangeons un bref baiser – comme n'importe quel couple – avant de partir chacun dans un sens.

Je sais qu'il serait plus rapide pour Afsaneh d'emprunter le même chemin que moi, de couper Karlaplan, mais elle ne supporte pas de passer par l'endroit où Nadja est tombée. Elle fait toujours un détour. Quant à moi, j'accélère toujours le pas à cet endroit et il m'arrive de traverser la rue pour ne pas fouler ce maudit asphalte, cette partie du trottoir qui s'est jetée sur mon enfant sans défense.

Prenant une profonde respiration, je tente de chasser Nadja de mes pensées. Je me concentre sur la robe jaune d'Afsaneh, comme elle dansait autour de ses fines chevilles lorsqu'elle a pivoté sur elle-même et qu'elle s'est éloignée de moi. Et le vent dans ses cheveux. Et la légèreté de ses pas.

Est-ce grâce à ses amis sur Internet qu'elle a remonté la pente ? Lui offrent-ils un soutien que je suis incapable de lui donner ? Je l'ignore.

Je passe la matinée à relire le vieux rapport d'enquête préliminaire faisant état des coups et blessures et des violences conjugales pour lesquels Olle Berg, alias La Boule, a été condamné en première et en deuxième instance. Je me représente un homme impulsif et misogyne, un homme qui à plusieurs égards est si immature qu'on pourrait presque parler de lui comme d'un garçon.

Au milieu des documents, je tombe sur le rapport d'un psychologue qui a examiné Berg et lui a fait subir un test de QI. Avec son quotient intellectuel de soixante-dix, il échappe au diagnostic de déficience intellectuelle, mais de peu. Il n'a pas inventé le fil à couper le beurre, en somme.

Après le déjeuner, je me dirige vers la machine à café pour me servir ce jus de chaussettes financé par le contribuable que je bois tous les jours avec désespoir. J'aperçois Led' et Malin en plein conciliabule. Lorsqu'ils me voient, ils viennent à ma rencontre.

— Il faut qu'on parle, lance Malin.

— Vous permettez que je prenne un café ?

— On n'est pas des monstres, grogne Led'.

La tasse à la main, je m'installe avec mes collègues dans la salle de conférences.

— Je vous écoute.

— Hier, tu m'as demandé de contacter les commissariats du sud de Stockholm, en quête d'informations sur Olle Berg, sa compagne et le fils de celle-ci, commence Led'.

— Tout à l'heure, une collègue de Haninge a téléphoné, poursuit Malin. Ce matin, Anna Andersson, une policière stagiaire, a enregistré un signalement de personne disparue.

— Elle pense que la personne disparue travaillait pour la famille à Stuvskär, ajoute Led'. Elle est en route, nous devrions bientôt pouvoir lui parler.

— Par ailleurs, complète Malin, Victor Carlgren et Johannes Ahonen ont appelé des numéros de mobiles associés à des cartes prépayées.

— Le même numéro ?

— Non, mais l'opérateur a pu relier les deux cartes prépayées à un même numéro de série, celui d'un iPhone, qui a été utilisé pour toutes les conversations. Le portable et les cartes prépayées ont été achetés dans une boutique du bourg de Haninge, mais pas au même moment. Les appels ont également été passés là-bas. Les collègues de Haninge vont se renseigner pour savoir s'il y a des caméras de vidéosurveillance et si la personne a été filmée.

— Stuvskär, dis-je. Ce n'est pas loin du bourg de Haninge, n'est-ce pas ?

— À une vingtaine de kilomètres, marmonne Led'.

— Excusez-moi, intervient Malin, je ne connais pas très bien la région de Stockholm. Stuvskär, c'est quel genre d'endroit ?

Après quelques secondes de réflexion, je réponds :

— C'est un peu comme Ormberg, mais l'évolution a été différente. C'est aussi petit. C'est un ancien village de pêcheurs qui s'est gentrifié : il n'y a quasiment que des résidences secondaires qui appartiennent aux nantis de Stockholm. Presque personne n'y vit toute l'année.

— Je vois, répond Malin. Alors on attend Anna Andersson.

— De ce côté-là, on a un souci : la femme qui était là pour signaler la disparition est partie avant que notre jeune collègue n'ait pu terminer le rapport ou prendre ses coordonnées.

Anna Andersson a le corps musclé et le ventre rond – comme celle de Malin, sa grossesse se voit comme le nez au milieu de la figure. Des cheveux blond foncé encadrent son joli visage poupin un peu trop maquillé.

— Alors, elle est partie ? Comme ça ? s'enquiert Malin en griffonnant dans son carnet.

Anna se tortille sur sa chaise.

— Nous avions un fauteur de troubles dans le couloir. Il est bien connu de nos services. Je suis sortie pour aider mes collègues et quand je suis revenue, la femme n'était plus là.

Malin semble sincèrement confondue.

— Pourquoi penses-tu qu'elle soit partie ?

Les joues empourprées, Anna fixe le sol.

— Heu, c'est-à-dire que… Comme Samuel – son fils – n'avait disparu que depuis quelques heures, je l'ai prévenue qu'il faudrait attendre un peu avant que… nous puissions prendre des mesures concrètes.

— Tu l'as fait fuir, si j'ai bien compris ? lance Led' en avançant son menton barbu.

Anna, visiblement morte de trouille, reste coite.

— Il plaisante, tempère Malin.

Mais Led' ne sourit pas. Il dévisage la policière stagiaire en mâchonnant un cure-dents.

— Ah bon, répond Anna, qui a toujours l'air d'avoir vu un fantôme.

J'interviens :

— Qu'a-t-elle eu le temps de dire avant de disparaître ?

Anna sort son bloc-notes et l'ouvre à une page noircie de pattes de mouches.

— Elle a raconté qu'elle avait rendez-vous avec son fils de dix-huit ans, Samuel, à Stuvskär à vingt-deux heures la veille, mais qu'il n'est pas venu. Qu'il travaillait pour une famille dont le fils est handicapé, pas loin de Stuvskär. La mère s'appelle Rachel, le fils Jonas ou quelque chose comme ça. J'ai tout noté dès que j'ai vu qu'elle était partie.

— Rien d'autre ?

— Non. Enfin, si. Selon elle, son fils avait déjà disparu une fois, mais était revenu. Pour être honnête, elle semblait un peu paumée. En plus, c'était le lendemain de la Saint-Jean : je me suis dit qu'il devait être en train de cuver quelque part, alors…

— Mais enfin, bordel de Dieu ! peste Led' en scrutant son cure-dents mâchonné. Je ne sais pas ce qu'on enseigne de nos jours à l'école de police ! L'égalité des genres ? La diversité ? Les valeurs ? En tout cas, un peu de bon sens ne ferait pas de mal !

Anna semble vouloir disparaître sous terre et Led' balade son regard entre Malin et elle.

— Et un cours de planning familial, maugrée-t-il en crachant dans sa paume un fragment de son cure-dents.

Je reprends la main.

— Si j'ai bien compris, la femme a oublié quelque chose ?

Les larmes aux yeux, la jeune recrue hoche la tête et pose sur la table une feuille glissée dans une pochette plastique transparente. On dirait un poème.

Nous nous penchons instinctivement pour lire.

— Qu'est-ce que c'est que ce machin ? murmure Led'.

Je relis le texte dont la dernière strophe me fait froid dans le dos.

> Une mer de larmes je pleurai
> Et me couchai pour mourir
> Sur l'herbe tendre de la tristesse
> Soudain revint le lion
> Portant entre ses crocs
> Une colombe immaculée

— Qu'est-ce qu'on fait avec ça ? rugit Led'. On l'envoie à l'unité poésie ? On cherche un médecin légiste de la littérature lyrique ? Ou on en parle aux lopettes du service de la communication ?

— Gunnar ! le tance Malin.

— Lisez le texte manuscrit au-dessous, dit la stagiaire aux joues cramoisies.

Nous nous exécutons :

Rendez-vous à la station-service à 22 heures il s'est passé des trucs de dingue j'ai des choses à régler bisous S.

— Bon, fais-je. Une Rachel avec un fils handicapé nommé Jonas, il ne doit pas y en avoir cinquante. (Malin acquiesce et se lève.) Et le poème. Tu peux trouver d'où il vient ?

— Je m'en occupe, répond-elle, arrêtée devant la porte. Vous croyez que ce jeune homme, Samuel, est en danger ?

— Aucune idée. Mais on doit lui mettre la main dessus le plus vite possible.

Personne ne dit rien. C'est inutile.

Je baisse les yeux sur le poème pour l'examiner à nouveau.

Portant entre ses crocs
Une colombe immaculée

— Je pense que nous allons rendre une petite visite à notre amie à Ormberg.

— À Ormberg ? Pour rejoindre un groupe de résistance aryenne ? lance Led'.

— Hanne Lagerlind-Schön habite là-bas, rétorque Malin.

— La sorcière ?

— Appelle-la comme tu veux, dis-je. Sans elle, nous n'aurions jamais élucidé les meurtres d'Ormberg. Elle est particulière, je crois que je n'ai jamais rencontré une personne capable comme elle de s'insinuer dans la tête des criminels. En un sens, je comprends son surnom : elle est la meilleure profiler qu'il m'ait été donné de connaître... En tout cas, elle l'était. Avant.

Fronçant les sourcils, Led' pince son grand nez entre le pouce et l'index.

— Avant quoi ?

— Avant qu'elle ne perde les pédales, conclut Malin.

PERNILLA

Assise sur un rocher, je contemple la mer et les mouvements de l'onde, bercée par le clapotis des vaguelettes caressant la langue de granit qui s'étire dans l'eau. Le soleil de l'après-midi brûle mes épaules nues, la brise est chaude contre ma peau.

Toute la journée, j'ai arpenté Stuvskär pour montrer des photographies de Samuel aux employés de la supérette, de la station-service et du restaurant du port. Aux passants aussi.

Mais personne ne l'a reconnu – ce qui me semble étrange, car il a dû venir ici plusieurs fois.

Les gens ne se regardent-ils plus ? Sommes-nous obsédés par nos portables et nos selfies au point de ne plus nous intéresser à notre prochain ?

Je repense aux garçons sur l'embarcadère, qui ne pêchaient que pour prendre en photo les poissons avant de les rejeter à la mer, comme des détritus.

Les mains enfoncées dans les poches, je pousse un long soupir. Le pasteur devait avoir raison lorsqu'il a critiqué notre époque – le narcissisme et le matérialisme sont en train de remplacer la foi véritable, disait-il. Cependant, je ne sais pas si je suis d'accord avec lui pour dire que nous vivons la dernière heure, que les cartes de crédit, Internet, et la reconnaissance officielle par les États-Unis de Jérusalem comme capitale d'Israël sont des signes que le retour de Jésus est proche, que l'antéchrist est tapi à tous les coins de rue et que nous sommes en train de bâtir notre propre tour de Babel.

Il m'a envoyé plusieurs SMS depuis que je l'ai insulté devant les enfants l'autre jour. J'ai reçu le dernier ce matin, lorsque je roulais vers Stuvskär après mon passage au commissariat. Il se prétend inquiet pour mon « âme immortelle ».

Ma colère a été telle que j'ai manqué de jeter le téléphone par la fenêtre de la voiture. Non, mais pour qui se prend-il? Mon âme immortelle? La seule partie de mon corps qui intéresse Karl-Johan se trouve entre mes jambes et si j'ai bien compris, ce n'est pas là le siège de l'âme.

Je songe à le lui écrire, une idée qui me fait éclater de rire malgré tous mes malheurs.

Je m'allonge et je ferme les yeux, sensible à la chaleur de la roche contre mon dos comme un giron aride, mais fiable.

Comme mon père.

Ce qu'il peut me manquer! J'ai mal dans la poitrine, j'ai mal partout, lorsque je pense à son corps émacié et jaunâtre, à la fois frêle et inflexible. Même ma peau me fait souffrir, comme si le chagrin et la peur étaient fixés à la surface de mon corps, tel un invisible costume de douleur.

— Samuel.

Je prononce son nom à voix haute, seule la nature m'écoute, et personne ne me répond.

Il doit y avoir un détail que j'ai vu ou entendu, mais dont je n'ai pas perçu l'importance. Un détail qui peut m'aider à le trouver.

Je formule une courte prière tout en sortant ma crème solaire de mon sac. Je m'en badigeonne le visage. Oui, lorsqu'il s'agit de ma foi, je suis capable de faire deux choses en même temps : prier et repasser, prier et conduire, ou par exemple prier et coller des étiquettes orange « prix spécial » sur du pain ayant atteint la date limite de vente. Prier a ses avantages. Comme l'activité physique du quotidien, on peut l'inscrire dans sa journée sans y consacrer un moment particulier.

J'ouvre les yeux, contemple le ciel et les oiseaux marins qui flottent au gré de la brise, si libres, inconscients des tourments humains. Je range mon tube de lotion, observe le rocher arrondi par l'érosion pendant des milliers d'années, traversé de crevasses et de lignes qui rappellent la peau parcheminée d'un vieillard.

Le visage ridé de Stina, parsemé de taches de soleil, me revient à l'esprit et ses mots résonnent dans mes oreilles, plus fort que mes propres pensées.

Comment Samuel a-t-il trouvé cet emploi ?

Je me fige au moment où j'allais fermer mon sac. Pourquoi n'y ai-je pas songé plus tôt ?

— Merci, dis-je à mi-voix en jetant un rapide coup d'œil vers le ciel.

MANFRED

— Tu préfères passer par Nyköping ou Gnesta? demande Malin avec un coup d'œil dans ma direction.

— Gnesta.

Je regarde par la fenêtre. Des champs jaunes de colza en fleur semblent luire.

— Je ne suis pas très à l'aise. Imagine si on croise ma mère?

— Ne t'en fais pas, tout va bien se passer.

Malin profère un juron en freinant pour laisser la voie libre à un tracteur qui s'engage sur la route.

— Tu as eu des nouvelles de Hanne récemment?

— Non, mais la dernière fois que je l'ai vue, elle allait plutôt bien.

Malin débraye, rétrograde, met les gaz et se déporte sur la gauche pour dépasser l'engin agricole. La voiture accélère, je suis plaqué contre mon siège auquel je m'accroche instinctivement. Quelques secondes plus tard, Malin se rabat devant le véhicule et je pousse un soupir de soulagement.

— Et la mémoire?

— Elle a surtout des problèmes de mémoire à court terme. Quand nous nous verrons, je lui dirai où nous en sommes de l'enquête, je lui montrerai le poème, etc. Elle pourra proposer des réflexions spontanées, ses capacités cognitives sont toujours très bonnes. Et elle se rappelle tout ce qui s'est passé à peu près jusqu'à l'an dernier, elle peut donc tirer profit de son expérience professionnelle. Mais si nous retournions à Ormberg demain ou la semaine prochaine, elle aurait certainement tout oublié. Je devrais alors tout reprendre depuis le début.

— Quelle vie infernale !

Je ne réponds pas. Pour moi, elle n'a raison qu'en partie : il doit y avoir des avantages. Par exemple, Hanne n'est pas hantée par les souvenirs des événements survenus à Ormberg.

Je contemple les champs qui s'étendent à perte de vue comme une mer verte et jaune secouée par une houle lente, mais puissante. Les parcelles boisées qui s'élèvent çà et là jettent des ombres fantomatiques sur la terre.

— Au fait, je n'ai pas trouvé le poème sur Internet, dit Malin. Il a sans doute été créé par un amateur.

— Moui.

— Tu sais, la jeune recrue…, commence Malin.

— Anna Andersson ?

— C'est ça. Elle a dit que Olle – admettons qu'il s'agit de Olle Berg – est écrivain.

— Écrivain ? Laisse-moi rire ! Mais après tout, pourquoi pas. De nos jours, tout le monde a des ambitions littéraires.

Malin baisse sa vitre, une odeur d'herbe et de fumier emplit l'habitacle.

— Je sais bien qu'il n'est pas écrivain, j'ai lu le rapport comme toi. Mais peut-être qu'il compose à ses heures perdues. Par exemple, ce poème.

— Bien sûr, c'est possible. Moi aussi, il m'arrive de prendre la plume. Le résultat est plutôt médiocre, pour être franc.

— À propos de littérature… J'ai parlé avec une collègue qui bossait à la brigade des stups – avant qu'elle ne disparaisse après la réorganisation. Elle connaît les usagers, qui connaissent les dealers et… enfin, tu vois ce que je veux dire. En tout cas, il paraît qu'Igor Ivanov a publié deux bouquins. Des recueils de poésie.

— Sans blague !

— Je t'assure. Ils sont en vente sur Amazon et visiblement ils rapportent pas mal. On ne peut pas exclure que ces vers soient extraits de ce bouquin.

— Je n'en mettrai pas ma main à couper.

Je baisse ma vitre, sors une cigarette et l'allume sous le regard étonné de Malin. Mais elle ne fait pas de remarque et s'engage sur la route cabossée qui mène à Ormberg. Les nids-de-poule réparés forment sur la chaussée des motifs qui me font penser aux affreux jeans en patchwork dont s'affublaient mes camarades de lycée. Déjà à l'époque, il ne me serait jamais venu à l'idée de porter une chose pareille.

Malin freine d'un coup sec pour éviter un chevreuil qui traverse la rue à une cinquantaine de mètres de nous. J'écrase ma cigarette contre la carrosserie et la laisse tomber par terre en attendant que Malin accélère. Mais elle s'arrête sur le bord de la route, les mains agrippées au volant, les yeux rivés sur un grand pin.

— Je ne sais pas si je vais y arriver.

— Tout ira bien, je t'assure.

— Non, tout n'ira pas bien.

Ma conscience me reproche de l'avoir forcée à m'accompagner.

— Tu veux que je prenne le volant ?

Malin secoue la tête, enclenche la première et nous poursuivons lentement notre route vers Ormberg. Autour de nous, la forêt s'épaissit, la route, de plus en plus sombre et étroite, semble balafrer les bois comme un ravin traverse une chaîne de montagnes.

Je regarde mon portable, mais je n'ai pas reçu de message d'Afsaneh. Quand je lui ai dit que je devais travailler ce soir, elle ne s'est même pas fâchée. Elle s'est contentée d'un *hum*, comme si elle était occupée à autre chose et ne prêtait aucune attention à mes paroles. Son changement de comportement est impressionnant. J'ignore si je dois m'inquiéter ou me réjouir.

Il est presque vingt heures lorsque nous arrivons au village – le soleil s'est caché derrière le mont Ormberg, le ciel turquoise très clair est barré de rais dorés comme sur les toiles rococo. Mais les similitudes avec l'art du dix-septième siècle s'arrêtent là. Certes, le bourg est lové dans un écrin de verdure, mais les rares bâtiments constituant le « centre-ville » sont aussi monstrueux que dans mon souvenir.

En passant devant l'ancienne boutique – dans laquelle nous avions installé notre bureau provisoire pendant l'enquête sur les meurtres d'Ormberg –, je remarque qu'elle est en cours de rénovation. Une bétonnière jouxte quelques sacs de gravats. Au-dessus de la fenêtre est accroché un panneau que je lis.

— Chez Hassan, alimentation générale. Ça alors !

Nous dépassons l'église lugubre et déserte, posée au milieu du champ comme un monolithe, souvenir de temps meilleurs où le village et la communauté prospéraient. Des herbes hautes poussent autour de l'édifice dont l'entrée est dissimulée par des buissons. La façade est lardée de béances couleur brique là où le crépi s'est détaché.

Nous parcourons au ralenti les derniers kilomètres qui nous séparent de chez Berit Sund. Les silhouettes titanesques des sapins, véritables gardiens du temple, nous engloutissent à nouveau. L'hiver a attaqué durement le vieux chemin de gravier, criblé de creux. À plusieurs endroits, l'accotement s'est effondré dans le fossé, comme si la chaussée était construite sur un marécage.

La forêt se fait enfin moins dense et la maisonnette de Berit apparaît, avec ses fenêtres éclairées, accueillantes, et son panache de fumée.

— Alors, c'est toujours l'harmonie parfaite entre Berit et Hanne ? demande Malin lorsque nous sortons de la voiture.

Berit, une femme d'un âge canonique, vit au village depuis la nuit des temps. Après avoir travaillé pour la municipalité et les services sociaux, elle s'occupe à présent de Hanne. J'imagine qu'elle est à la fois son amie, son aide-soignante et son aide-ménagère.

— On dirait bien.

— Il y a pire comme manière de finir ses jours, constate ma collègue en caressant du regard la bâtisse rouge aux coins peints en blanc.

Son visage a retrouvé des couleurs et elle semble soulagée d'avoir traversé le village sans croiser la moindre connaissance.

Sur la pelouse bien entretenue se dressent des arbres fruitiers. La maison est entourée d'une plate-bande où poussent de l'herbe-aux-chats et des roses trémières sur le point d'éclore. Dans l'humidité du soir se mêlent l'odeur de la fumée à celle, lourde et doucereuse, du grand seringa qui étire ses branches à gauche de l'entrée.

Berit ouvre promptement la porte lorsque nous frappons. Elle est vêtue d'une robe informe à motif floral – une « robe d'intérieur » aurait dit ma grand-mère. Ses pieds sont enfoncés dans de grosses chaussettes en laine, et sa frange fixée sur le côté par une barrette de fillette décorée d'une étoile qui scintille sous la lumière du plafonnier. Ses rides se sont creusées : de longs sillons barrent son visage qui fait penser à un billot ancien sur lequel on a coupé du bois à la hache pendant des décennies. Derrière elle, son chien, tête baissée, remue la queue, comme dans l'expectative. Un sourire éclaire le visage de la vieille dame lorsqu'elle m'aperçoit, et elle me serre dans ses bras avec une force inattendue.

— Manfred, ça fait un bail !

Elle me paraît plus menue que dans mon souvenir, comme si son corps avait fondu en même temps que l'épaisse couche de neige. Puis elle donne l'accolade à Malin.

— Ma chère enfant ! Quel plaisir de te voir ! (Elle pose une main sur le ventre de ma collègue.) Et félicitations ! Quelle bénédiction ! Mais ne restez pas là, entrez donc !

Dans la maison, rien n'a changé ; les vêtements sont suspendus à leurs patères, les chaussures placées en rang sur l'étagère au-dessous, et les géraniums devant la fenêtre ont l'air aussi triste que cet hiver. Depuis la cuisine, on entend le feu crépiter.

Hanne, assise à la table, se lève en m'apercevant. Elle est radieuse. Ses cheveux roux ont poussé, elle a davantage de mèches grises et ses bras semblent un peu plus maigres qu'avant, mais à part cela elle est fidèle à elle-même. Elle prend mes mains dans les siennes et me contemple.

— Comme tu m'as manqué !

— Toi aussi.

Elle m'étreint si longtemps que c'en est presque gênant, puis se tourne vers Malin et lui tend la main.

— Hanne, enchantée.

Malin me jette un regard de biais.

— Malin Brundin, dit-elle en lui serrant la main. En réalité, nous nous sommes déjà rencontrées. Nous avons travaillé ensemble sur les meurtres d'Ormberg.

— Désolée, articule Hanne d'un air contrit, ça m'est sorti de l'esprit.

— Ce n'est rien.

Nous nous asseyons à la table de la cuisine. Je me tourne vers Hanne.

— Comment ça va ?

— Je ne peux pas me plaindre. Et toi ? Comment se portent Afsaneh et Nadja ?

Mon cœur fait un bond dans ma poitrine et je prends une longue respiration. J'ai raconté à Hanne ce qui est arrivé à Nadja, mais elle a dû oublier. Berit affiche une expression inquiète.

— Hanne, voyons, murmure-t-elle, nous venons d'en parler : Nadja a eu un accident. Elle est à l'hôpital.

— Oh ! (Hanne plaque une main sur sa bouche comme pour ravaler ses mots.) Je suis désolée !

Je m'efforce de sourire.

— Il n'y a pas de mal.

— Est-ce que c'est grave ?

— Eh bien… J'espère que non.

Hanne reste immobile un long moment, les yeux baissés, et Berit se plie en quatre pour détendre l'atmosphère – elle apporte sa vieille cafetière en porcelaine fleurie, nous sert du café, nous propose des petits biscuits faits maison, parle de la pluie et du beau temps jusqu'à ce que Hanne reprenne ses esprits.

— Je vais promener le chien, annonce-t-elle finalement.

Ayant replacé la barrette de sa frange, elle sort de la cuisine en claudiquant, suivie de son compagnon à quatre pattes aussi boiteux qu'elle.

Nous discutons avec Hanne d'Ormberg, de l'ancien magasin d'alimentation qui va rouvrir, du jeune Jake qui contre toute attente a remporté un concours de nouvelles et dont l'œuvre sera publiée dans un grand quotidien national.

Nous parlons du long hiver qui a failli tuer un couple âgé à quelques kilomètres d'ici : apparemment, la neige les a bloqués chez eux pendant plusieurs semaines. Incapables d'accéder à la remise, ils ont dû utiliser des meubles comme bois de chauffage.

Hanne gagne en confiance lorsque nous abordons l'objet de notre visite. Elle nous regarde, Malin et moi, chacun notre tour, le visage calme, digne, où pointe un infime sourire qui me donne l'impression qu'elle est très heureuse que nous ayons fait la route jusqu'à Ormberg pour la consulter.

— Si j'ai bien compris, nous n'êtes pas venus pour entendre les ragots du village !

— En effet.

— Racontez-moi tout.

Hanne écoute patiemment notre récit. Les trois corps retrouvés dans la partie sud de l'archipel de Stockholm ; la femme venue au poste de police pour signaler la disparition de son fils qu'une stagiaire sans cœur a fait fuir. Hanne prend des notes dans un carnet, opine du chef et pose çà et là une brève question, laissant son stylo danser sur le papier. Au bout d'une quarantaine de minutes, Berit est de retour avec son chien. Elle nous propose à nouveau du café que nous refusons avant de disparaître au premier étage.

Dehors, le ciel estival s'assombrit ; une brume bleu-gris enveloppe la prairie et le bois derrière la

338

maison. Une grosse teigne atterrit sur le cadre de la fenêtre, sans doute attirée par la lumière du plafonnier.

— Et le troisième corps, vous ne l'avez pas encore identifié ?

— Exact, dis-je. Mais il est beaucoup plus vieux que les deux autres. Il aurait entre trente et quarante ans, selon le médecin légiste. Par ailleurs, il est mort depuis plus longtemps.

— Ah, fait Hanne. Ce n'est pas tout à fait le même schéma.

— C'est vrai.

— Mais vous pensez que le dénommé Olle, alias La Boule, a quelque chose à voir avec les homicides. Voire qu'il pourrait être le coupable.

— Son ADN a été retrouvé sur le drap qui enveloppait le corps de Victor Carlgren. Par ailleurs, il a un passif criminel et violent, il est connu de nos services, et personne n'a de nouvelles de lui depuis quelque temps.

— Et ce garçon qui a disparu, heu…

— Samuel, complète Malin.

— C'est ça. Vous pensez qu'il travaillait pour Olle Berg et sa compagne… (Hanne cherche dans ses notes.) Rachel ?

— Tout à fait. Ça correspond : les amis de Olle Berg nous ont dit qu'il était en couple avec une femme dont le fils était handicapé.

— Hum, d'accord. (Hanne s'enveloppe dans son châle et caresse sa joue parsemée de taches de rousseur.) Et ce poème vient du garçon disparu qui pourrait l'avoir trouvé chez Berg et sa conjointe.

Malin acquiesce.

Les lunettes de lecture sur le nez, Hanne saisit la copie du texte dactylographié et du message de Samuel, allume la bougie qui trône sur la table et se plonge dans la lecture. Après avoir parcouru le poème une première fois, elle renverse la tête en arrière, pensive, les yeux rivés au plafond, avant de le lire une deuxième fois. Puis, elle ôte ses lunettes, se frotte les tempes et, appuyée contre le dossier de la chaise, elle ferme les paupières.

— Ce n'est pas de la grande littérature. Mais il y a quelque chose… Voyons voir. Rachel. Rachel. Jonas… Rachel et Jonas.

Malin me jette un regard interrogateur et, d'un signe de tête, je lui indique de ne pas intervenir. Puis Hanne remet ses lunettes, ses yeux pétillent et elle affiche à nouveau cet air folâtre qui me fait penser à un enfant espiègle.

— Alors… (Elle marque une pause théâtrale avant de poursuivre.) La colombe et l'agneau vivaient en harmonie jusqu'à ce que l'oiseau commence à s'aventurer de plus en plus loin. Écoutez : *Chaque jour un peu plus loin tu t'envolais / Tel l'orage, tu assombrissais le soleil de ton jeu / Telle la suie, tu polluais l'air de ta vanité / Telle une flèche me perça ta trahison.*

Ni Malin ni moi ne répondons.

Hanne baisse ses binocles sur son nez et nous contemple avec sérieux.

— Vous me suivez ?

— Oui, mais…, dis-je, hésitant.

— L'agneau aimait la colombe, mais cette dernière était sourde à ses déclarations d'amour. *Ta bouche répétait son refus / Tes pensées vivaient partout / Hormis chez moi.*

— Hum, je vois, constate Malin qui lève les yeux vers la pendule fixée au mur.

— Puis la colombe a subi un accident, continue Hanne. L'agneau, désespéré, a rencontré un lion qui a malencontreusement tué la colombe. *Mais ses crocs acérés / Et ses griffes trop longues / Brisèrent ton corps / En voulant t'attraper.*

Malin se tortille sur sa chaise.

— L'agneau était inconsolable, reprend Hanne, sourcils froncés. Elle était inconsolable. Alors le lion est allé lui chercher une autre colombe. *Une mer de larmes je pleurai / Et me couchai pour mourir / Sur l'herbe tendre de la tristesse / Soudain revint le lion / Portant entre ses crocs / Une colombe immaculée.*

— Je suis désolée, l'interrompt Malin. Je ne veux pas paraître impolie, mais j'ai du mal à comprendre où tout cela nous mène.

Penché vers la bougie, avec la flamme à deux doigts de ma joue, j'interviens :

— Attends... Pourquoi dis-tu de l'agneau qu'*elle* était inconsolable ? Comment sais-tu que l'agneau est une femme ?

Hanne me décoche un grand sourire, attrape son carnet de notes et l'ouvre à une page blanche qu'elle place de manière à ce que nous voyions ce qu'elle s'apprête à écrire.

— Rachel est un prénom de l'Ancien Testament, peut-être le savez-vous.

— Ce n'est pas vraiment mon domaine, répond Malin avec un bâillement étouffé.

— Rachel signifie agneau, ou brebis, plus exactement, en hébreu.

Elle écrit : *L'agneau = Rachel.*

Malin me regarde, bouchée bée, tandis que Hanne continue son explication.

— Devinez ce que Jonas veut dire en hébreu ?

Malin secoue la tête, muette, le visage empreint d'une expression à la fois fascinée et inquiète.

— Jonas est une forme dérivée du prénom Yonah qui signifie « colombe ». C'est un prénom que l'on retrouve dans la Bible, comme vous le savez sans doute.

Le stylo de Hanne gratte le papier. *La colombe = Jonas*.

— Nom d'un chien ! Ça voudrait dire que…

— L'auteur du poème décrit la relation entre Rachel et son fils, raconte son accident et sa… mort ? murmure Malin d'une voix à peine audible.

— Mais la colombe a été tuée par le lion, dis-je. Qui est le lion ?

Le visage de Hanne devient grave, son sourire se dissipe et ses yeux semblent s'assombrir dans la lueur vacillante de la bougie. Elle trace quatre lettres sur la feuille :

Olle =

— Qu'obtient-on si l'on retire un « l » et que l'on inverse les lettres « l » et « o » ?

Sa question est rhétorique. Le papier se froisse très légèrement lorsqu'elle écrit le mot sans attendre notre réponse.

Olle = Leo.

— *Leo* est le mot latin pour…

— Lion, dis-je.

Hanne acquiesce et complète la formule – *Olle = Leo = lion* – avant de reposer délicatement le stylo près du bloc-notes.

Malin se lève d'un bond et se met à arpenter la pièce en frappant du poing droit dans sa paume gauche.

— Merde ! Bordel de merde ! Comment avons-nous pu passer à côté de ça ?

Silence.

— Peux-tu relire la dernière strophe, Hanne ? demandé-je.

Hanne saisit la feuille et lit :

— *Une mer de larmes je pleurai / Et me couchai pour mourir / Sur l'herbe tendre de la tristesse / Soudain revint le lion / Portant entre ses crocs / Une colombe immaculée.*

— Et comment diable doit-on interpréter cela ?

Quatrième partie

DANS L'OMBRE DE LA BALEINE

« L'Éternel fit venir un grand poisson pour engloutir Jonas, et Jonas fut dans le ventre du poisson trois jours et trois nuits. Jonas, dans le ventre du poisson, pria l'Éternel, son Dieu. »

Jonas 1:17 2:1

SAMUEL

Je vole en cercle dans cette grotte obscure.

Je tourne, je tourne, porté par l'air frais et humide, mes ailes sont fortes et mon corps persévère, bien que je me cogne aux murs, parfois. Alors je m'allonge, je laisse tomber ma tête et mon bec sur le côté, je me pose par terre, et je sens mon petit cœur d'oiseau battre la chamade.

La tête inclinée, j'examine mon plumage gris, les marques noires sur les ailes et la queue, le poitrail rose. Mes pattes, roses aussi, sont courtes et puissantes. Sans en être sûr à cent pour cent je pencherais pour le pigeon ramier. *Columba palumbus.*

Parfois, des bribes de conversations, de voix humaines, me parviennent à travers les épaisses parois de la grotte, comme de l'eau qui s'infiltre par les fissures d'une montagne.

Il m'arrive de reconnaître des voix, voire de comprendre des mots. J'ai entendu Rachel dire d'un ton paniqué : « Qu'est-ce que tu lui as fait ? Si tu touches à un cheveu de sa tête, je vais… » Puis : « Si tu ne disparais pas tout de suite de chez moi, j'appelle la police ! » A répondu une voix d'homme teintée d'un accent de Scanie si prononcé que je n'ai pas saisi ses paroles. Il semblait bouillir de rage.

Mon cerveau éreinté et alangui est parvenu malgré tout à formuler une question : parlait-elle à Olle ? Est-il enfin rentré ?

Les voix finissent toujours par se dissoudre, par se pulvériser, par devenir de la poussière qui se disperse sur le sol humide de la caverne.

Parfois, il y a la Lumière. Une lumière aveuglante, éblouissante, qui perce comme la pointe d'un couteau mes yeux fragiles. Je ferme les paupières, désireux de retrouver la grotte et son obscurité, mais la Lumière m'attire, m'étire, me tord comme une serviette mouillée que l'on cherche à essorer. Je suis écartelé et mon bec brûle, comme dévoré par les flammes.

J'atterris finalement dans mon Corps – l'*autre* corps – celui qui a des bras au lieu des ailes, celui qui a des doigts et des orteils. Mais cela ne dure jamais longtemps. Ensuite vient la douleur dans la fesse, la chaleur qui se diffuse et je tombe à nouveau. La chute est interminable. Je traverse le sol, la terre, la pierre pour échouer dans la caverne. Je hérisse mes plumes, je roucoule un peu et j'enfonce mon bec dans le doux duvet de mon poitrail.

Ce n'est pas si mal, dans la grotte. Il n'y a ni souffrance, ni faim, ni angoisse. Tout est prévisible, organisé selon un rythme propre, comme les battements du cœur ou le déferlement des vagues. À intervalles réguliers, l'Obscurité m'abandonne à la Lumière, qui à son tour me laisse entre les mains de l'Obscurité.

Jusqu'à…

Jusqu'à ce que…

Quelque part au-dessus de moi, je devine de nouvelles nuances de couleurs sur le plafond de la grotte. Le noir devient moins noir ; les contours apparaissent plus distinctement et l'air devient plus transparent.

La Lumière arrive, d'une force jamais vue. De plus en plus violente, elle devient soleil et finit par m'arracher de ma demeure souterraine comme une carotte mûre pour être sortie de terre.

Tout est dur, tout m'agresse ; la douleur est insupportable. Je sens mes bras, mes jambes, même mes orteils qui reposent sous quelque chose de chaud et doux. Et je sens mon cœur qui, loin d'être celui d'un oiseau, bat lourdement dans ma poitrine. Je sens la pesanteur de ma tête, le sang qui afflue dans mes veines, la sécheresse de ma bouche, ma langue collée à mon palais, la douleur cuisante dans mon nez.

— Gaahh aarrgghh.

Les sons proviennent de mon corps. Ces mots qui ne sont pas des mots, mais des gargouillis, des grognements porcins sortent de *ma gorge*. Je me force à fixer la Lumière, malgré le supplice. Une araignée géante, au corps aussi gros que celui d'un homme, est suspendue à une toile au-dessus de moi. L'abdomen, la tête et les longues mandibules sont bleus, mais les pattes sont noires.

Je voudrais hurler, mais il ne se passe rien, à part qu'un filet de salive dégouline sur ma joue.

Les pattes arachnéennes approchent, je distingue les poils drus et les pinces au bout des membres. La tête d'un bleu vif est pourvue de plusieurs paires d'yeux métalliques qui luisent dans la lumière crue.

Je crie, je vocifère, je dois finalement avoir effrayé la gigantesque tarentule parce qu'elle semble se pétrifier et changer d'apparence devant mes yeux. Ses pattes rétrécissent, se transforment en sangles de nylon, les pinces se muent en attaches de plastique et le corps prend une forme rectangulaire, les globes oculaires deviennent des boutons argentés.

Clignant des paupières, je tente de comprendre… Bon sang ! Ce n'est pas une araignée, mais le harnais de ce débile de Jonas ! Celui que Rachel utilise pour le déplacer !

Je suis dans le lit, sous cette espèce de balançoire ! Dans le lit de Jonas ! Merde ! Comment est-ce possible ? Le choc est comme un coup de pied dans les tripes. Que fais-je dans ce satané plumard ? Suis-je malade ? Et où est Jonas ?

Je tente d'appeler Rachel. Elle doit bien savoir ce qui s'est passé, non ? Elle doit pouvoir m'expliquer pourquoi je me retrouve dans ce lit, à moitié dans les vapes, incapable de bouger un orteil. Mais ma bouche se rebiffe, refuse de former des mots, ne fait que cracher de la salive.

Alors je me remémore Jonas entre les draps, maigre comme un junkie, la peau blanche et lisse comme du marbre poli, qui ne respirait plus…

Un frisson glacial me parcourt l'échine. Jonas est-il *mort* ?

J'entreprends de tourner la tête pour mieux voir la table de chevet, mais impossible ; je demande à mon corps, non, je lui *ordonne* de tourner la tête, mais il m'oppose une fin de non-recevoir. À croire que je suis encore dans la grotte.

Nouvelle tentative, un peu plus fructueuse cette fois : mon cou pivote, mais pas suffisamment pour que je puisse apercevoir la table de chevet dont je connais l'emplacement exact. Allez, j'essaie à nouveau, les yeux fermés, concentré au maximum, imaginant ma tête rouler sur l'oreiller, comme si c'était le mouvement le plus facile au monde.

Encore un centimètre.

J'ouvre les yeux. Sur la table de chevet trône une rose fraîche dans un vase ; à côté, un tube de crème pour les

mains et du baume à lèvres ; le tout surmonté du calendrier fixé au mur.

Le 24 juin. Comment cela ? Impossible. Nous sommes
le 22 aujourd'hui, le lendemain de la Saint-Jean. Cela ne
peut pas faire deux jours que je pourris dans ce lit. La
pièce tourne autour de moi et mes oreilles bourdonnent.

— Gaahhrrraa !

Cette fois, le grognement n'est même pas intentionnel
– il se faufile hors de ma poitrine comme s'il voulait lui
aussi prendre la poudre d'escampette.

À nouveau j'observe la petite table et la rose dans
son vase. Comme d'habitude. Puis mon regard est attiré
par les éraflures dans le vernis, celles que Jonas essayait
d'atteindre de la main.

Et là, je vois.

Dans cette position, je vois que ce ne sont pas de
simples rayures.

Ce sont des lettres. Des lettres tordues, presque illi-
sibles, gravées avec les ongles, formant trois mots :

[A L AIDE]

PERNILLA

— Bien sûr que nous allons t'aider ! Je te l'ai toujours dit. Il ne faut pas avoir peur d'appeler au secours. La prochaine fois, c'est moi qui aurai besoin d'un coup de pouce, et je viendrai te trouver.

La voix de Stina est convaincante, sa main dans la mienne chaude et rassurante.

— La prochaine fois que je rencontrerai un type désespérant et que j'aurai besoin d'une épaule pour pleurer, ajoute-t-elle avec un rire rauque.

Nous sommes installés sur un rocher à une centaine de mètres du port de Stuvskär. Le soleil est bas dans le ciel et la pierre a commencé à refroidir. Les cheveux rouge vif de Stina flamboient dans la lumière chaude du soir et sa peau tannée adopte une teinte cuivrée. Elle porte un débardeur cerise si échancré qu'il découvre presque l'intégralité de son soutien-gorge.

— Alors, tu es prêt, Björn ? demande-t-elle avec dévotion en se tournant vers son fils, le garçon maigre aux cheveux blond vénitien et au beau visage presque féminin que j'ai déjà vu en photo sur le bureau de ma chef.

— Oui, répond-il, enfin… j'ai peur de ne pas être naturel.

— Sottises ! Ça ne se verra pas au téléphone.

Björn hausse ses fines épaules et se gratte un bouton d'acné sur le menton. Je lui tends le portable à carte prépayé que je viens d'acheter.

— Allons-y.

Björn saisit le téléphone d'une main, les notes et le stylo de l'autre.

— C'était bien à dix-neuf heures trente ? demande Stina.

— Oui, dis-je, mais je ne peux pas promettre qu'elle appellera précisément à cette heure-là.

Rachel est prudente. Après avoir trouvé son annonce sur Internet, je lui ai envoyé un e-mail auquel elle a répondu par deux messages : d'abord pour me poser des questions complémentaires, ensuite pour fixer un rendez-vous téléphonique. Mais elle ne m'a pas laissé ses coordonnées.

Les minutes s'écoulent et le soleil descend vers la mer qui s'étend devant nous. C'est le calme plat. Seules quelques vaguelettes mordillent les algues vertes qui poussent au bord de l'eau et sur lesquelles on glisse lorsqu'on descend se baigner. Au loin, on entend un bateau à moteur dont le ronronnement diminue en volume quand il passe derrière un îlot. Stina sort de son sac sa petite flasque, celle que j'ai vue dans le magasin, et la lève vers moi.

— Tu en prendras bien une goutte ?

Elle verse le liquide ambré dans un gobelet en plastique sans attendre ma réponse.

Je pousse un soupir.

— Oui, pourquoi pas.

Puis elle ouvre une bouteille de Coca-Cola qu'elle tend à Björn. Il esquisse un geste de refus en secouant la tête. Visiblement stressé, il tord ses mains pâles sur ses genoux.

Je songe à Samuel. N'est-ce pas ironique que son nom signifie « Dieu a entendu » ? Dans le premier livre éponyme, Samuel est baptisé ainsi parce que sa mère, Hannah, est tombée enceinte après avoir prié Dieu pour avoir un fils.

Dieu a entendu.

Mais qui nous écoute à présent ?

Cela fait soixante-douze heures que Samuel aurait dû me retrouver au port – trois jours et trois nuits sans nouvelles. Pas de SMS, pas d'appel.

Seulement le silence.

Je devrais retourner au commissariat, je le sais, mais cette femme arrogante qui m'a prise de haut m'en a dégoûtée. Si nous arrivons à parler à cette Rachel, j'aurai au moins quelque chose de concret à montrer aux policiers. Quelque chose qui les poussera à agir au lieu de rester assis sur leur derrière à me dévisager comme si j'étais folle.

Le portable sonne et Björn décroche, l'air résolu. Je lui lance un regard encourageant et lève un pouce.

— Heu, allô ?

La voix de Björn monte dans les aigus. Stina me jette un coup d'œil et sourit ; je vois qu'elle est fière de son fils.

— Oui, d'accord, continue le garçon. Non, pas vraiment, mais j'ai travaillé dans une maison de retraite. C'était surtout du ménage. Je ne donnais pas de médicaments ou de piqûre.

Il se tait, esquisse plusieurs signes de tête affirmatifs.

— Dix-neuf ans. Dans trois mois.

Nouveau blanc. Je retiens mon souffle, priant Dieu pour que ça marche.

— En fait, j'ai arrêté. (Il feint l'embarras, comme je le lui ai demandé.) J'en avais marre du lycée. J'avais envie de bosser. Ce n'est pas que je sèche les cours, non, je...

Silence. Il me regarde.

— Oui, ça me va.

Il griffonne quelque chose sur le papier.

— Entendu. À bientôt.

Je n'ose pas poser de questions, mais le sourire rayonnant qui éclaire le visage de Björn le trahit.

— Rendez-vous au port de Stuvskär, après-demain, à onze heures, annonce-t-il d'un air triomphant en levant la main pour taper dans celle de sa mère.

Je claque à mon tour ma paume contre celle du garçon en poussant un soupir de soulagement.

— Qu'est-ce qu'elle a dit?

— Qu'elle voudrait me rencontrer pour discuter un peu, qu'il est difficile de trouver la bonne personne et qu'elle espère qu'on va bien s'entendre.

Stina me regarde, ses yeux verts pétillent.

— Je t'avais dit que tout allait s'arranger, lance-t-elle avec un sourire qui dévoile tous les plombages de ses dents jaunes de nicotine.

— Merci, merci à vous deux, dis-je les yeux pleins de larmes. Je ne sais pas comment je pourrai un jour vous rendre la pareille.

MANFRED

Ma mère affirmait souvent que le temps guérissait toutes les blessures – comme si le temps était une infirmière en blanc, aux mains douces, qui s'affaire autour de nous et nous sert du bouillon chaud, et non une faucheuse qui nous guette où que nous allions. Qui attend le moindre faux pas pour nous arracher à la vie.

Ou quelqu'un d'autre. Un enfant, par exemple.

Je goûte le vin et souris à Afsaneh et à Martin, son ami de l'université.

Ils rient de quelque chose que Martin vient de dire, quelque chose que je n'ai pas compris, mais je souris tout de même, car je n'ai ni le courage ni l'envie de partager mes sombres réflexions. Sans compter que les explications de Hanne sur l'agneau, la colombe et le lion me trottent dans la tête.

Le fauve, Olle Berg.

Nous devons le trouver au plus vite. Car même s'il est peu probable que le poème puisse être utilisé comme preuve lors d'un procès, nous avons une confirmation ADN qu'Olle Berg a croisé la route d'au moins une des victimes. En outre, vu son passé violent, il est peu crédible que l'ADN se soit retrouvé sur le corps par hasard.

Moi, je ne crois pas au hasard.

J'observe l'ami d'Afsaneh. Il a à peu près le même âge qu'elle, le visage long et pâle avec un nez dispro- portionné, des cheveux frisés châtains qui semblent défier la gravité, impression renforcée par sa coupe de caniche. Il me regarde, comme s'il s'attendait à ce que je commente ses explications et je me hâte de changer de sujet pour qu'il ne remarque pas à quel point je suis distrait.

— Afsaneh m'a dit que ta thèse avançait bien.

Martin esquisse un sourire et jette un coup d'œil en coin à mon épouse.

— Comme je viens de le dire, je la soutiens en octobre, si tout se passe comme prévu. Espérons-le. Mon vieux prof à l'institut de psychologie souffre d'une hernie discale, donc nous verrons bien.

— Désolé, je pensais à autre chose.

— Ne t'inquiète pas, je comprends que vous ayez l'esprit occupé par autre chose que ma thèse poussiéreuse.

Le silence se fait. Je fixe la table, étudiant l'entaille dans le bois que Nadja a faite au printemps dernier. Comme je me suis fâché contre elle ! Je ne dois plus jamais recommencer. Si seulement elle pouvait guérir ; si seulement tout pouvait redevenir comme avant.

Afsaneh reprend la suite.

— Je ne la qualifierais pas de poussiéreuse. Elle décrit notre société avec pas mal d'acuité.

— Quel est ton sujet ?

Martin se passe une main dans les cheveux et incline légèrement la tête. Ses boucles menacent de balayer l'assiette et son grand nez luit sous le lustre.

– Le narcissisme ou, plus précisément, pourquoi les personnalités narcissiques sont de plus en plus nom- breuses aujourd'hui.

— Est-ce vraiment le cas ?

Martin se penche en avant, les coudes sur la table.

— Il semblerait que oui. Deux chercheurs américains, Twenge et Campbell, ont montré que la prévalence de ce trait a augmenté autant que l'obésité depuis les années quatre-vingt. Surtout chez les femmes.

Martin fait un clin d'œil à Afsaneh, lui ressert du vin et poursuit :

— Plusieurs études viennent étayer cette thèse.

— Peut-on parler d'épidémie ? s'enquiert Afsaneh.

Elle vide son verre d'une traite.

— Bien sûr, parce qu'il s'agit bel et bien d'une épidémie.

J'interviens :

— Mais pourquoi ? Pourquoi serions-nous devenus plus narcissiques ?

Martin sourit en coin.

— La société a changé, les structures sociales ont éclaté, la plus petite unité n'est plus la famille, mais l'individu. S'ajoute à cela la montée en puissance des réseaux sociaux. Plus d'un milliard de personnes se connectent sur Facebook chaque mois. *Un milliard*, vous imaginez ? Et les autres plateformes se développent à vitesse grand V. Il y a une forte corrélation entre la dépendance aux réseaux sociaux et le comportement narcissique. Une corrélation établie par essai clinique. En réalité, ce n'est pas étonnant – l'objectif est de montrer une façade qui permet d'engranger le plus de *likes*, de commentaires, enfin, ce qui intéresse l'utilisateur.

— C'est aussi l'un des thèmes de recherche de notre Projet, ajoute Afsaneh en étouffant un bâillement.

— Mais les gens n'ont-ils pas toujours eu besoin de reconnaissance sociale ? demandé-je.

— Si, mais la technologie a pris en otage notre quête naturelle d'interactions et d'acceptation sociale. Aujourd'hui, il y a des gens qui ne sortent plus de chez eux, qui ne font que se prendre en photo ou se filmer dans différentes situations pour poster leurs images sur les réseaux sociaux. Et tous leurs amis sont en ligne. Ils ont fusionné avec la technologie.

Afsaneh se penche en avant pour attraper la bouteille de vin et remplit son verre. Ses mouvements sont lents et gauches et le récipient claque contre la table lorsqu'elle le dépose dangereusement près du bord.

— C'est un peu comme les mariages chinois, pouffe-t-elle.

Je déplace la bouteille au centre de la table.

— Les mariages chinois ?

— Oui, un chercheur chinois en poste à l'université de Stockholm m'a raconté qu'il est assez courant de ne pas organiser de fête pour son mariage. Au lieu de cela, les jeunes époux se rendent chez un photographe et se font tirer le portrait avec un tas d'accessoires. Verre de champagne à la main, couteau et fausse pièce montée, décors devant lesquels ils s'embrassent. Tout cela pour pouvoir montrer l'album à sa famille et ses amis par la suite. Et au Japon, on peut apparemment faire appel à des figurants pour poser sur la photo de mariage.

— Tout à fait, répond Martin. C'est le même mécanisme. Exhiber de belles images est plus important que de célébrer son mariage avec ses parents et amis, et tout ce que cela implique. À présent, au lieu de ranger les photos dans un album, on les publie sur les réseaux sociaux où l'on peut obtenir une reconnaissance éternelle. Je me suis rendu à Auschwitz l'hiver dernier : vous n'imaginez pas le nombre de personnes qui prennent des *selfies* ! Comme si elles avaient davantage à cœur de montrer qu'elles y étaient allées que de réfléchir à ce qui s'y est passé.

Le visage d'Afsaneh se tord dans une grimace.

— C'est vrai ? Ça m'aurait fait vomir de voir quelqu'un prendre la pose devant les chambres à gaz.

— Et pourtant, c'est ce que faisaient les gens. Et ce n'est que le début. Internet a modifié le contrat social. Celui qui régule le nombre de fois que l'on peut dire : « regarde-moi ». Dans la vie réelle, on ne peut pas recevoir des commentaires positifs sans relâche comme sur Internet. Alors, pourquoi se concentrer sur la vie réelle ?

— Donc Facebook a gagné ?

C'était dit comme une plaisanterie, mais Martin ne sourit pas.

— Sais-tu que Facebook a explosé au moment où l'entreprise a inventé le *like* ? Une certaine Leah Pearlman en a eu l'idée, si je ne m'abuse. C'était il y a près de dix ans et cette petite icône, le pouce levé, a transformé l'Internet. Il a changé les comportements humains, il a permis à des entreprises de fleurir, à d'autres de s'effondrer. Il a fait élire et fait tomber des présidents.

— Tu n'exagères pas un peu ?

Martin secoue vivement la tête.

— Les réseaux sociaux vont transformer notre société en profondeur. Ils vont *nous* transformer en profondeur. Et pas nécessairement en bien. Outre notre addiction aux *likes*, nous risquons de devenir de plus en plus passifs. Comment évolue notre vision du monde si nous expérimentons les choses à travers un intermédiaire au lieu de les vivre ? C'est un peu comme lire des informations sur la couleur bleue, mais ne jamais la voir. Nous vivons à travers une lentille d'appareil photo, il y a toujours une couche entre l'individu et la réalité.

Une membrane. Je crois qu'il existe un risque que les nouvelles technologies nous abrutissent. Qu'elles procèdent à un lavage de cerveau et nous plongent dans une sorte de…

— De torpeur?

Martin opine du chef avec enthousiasme.

— Bah, lâche Afsaneh, n'importe quoi! Il n'y a pas d'inquiétude à avoir. En tout cas, pas à court terme. Il est évident que les humains continueront à interagir entre eux. Interagir uniquement avec la technologie ne permet pas l'adaptation. Nous ne pourrions même pas nous reproduire.

— Tu parles en tant que biologiste, répond Martin, comme si c'était une véritable insulte. Et ce n'est pas le seul problème: il est par exemple impossible de savoir ce qui est vrai sur Internet.

— Est-ce que ça intéresse les gens de distinguer le vrai du faux?

— Question passionnante! s'exclame Martin. (Je regrette immédiatement de l'avoir posée, car je sens mes paupières devenir de plus en plus lourdes.) Je crois que nous allons vers une société où notre premier modèle explicatif est phénoménologique.

— *Phénoménoquoi?*

— Pardon, répond Martin en passant une main dans ses cheveux bouclés. Lorsque je parle de modèle explicatif, je veux dire la manière dont nous décrivons notre réalité. Il existe plusieurs modèles explicatifs. Prenons le modèle religieux, par exemple. Imaginons que tu es malade et que tu te demandes pourquoi. À partir d'un modèle explicatif religieux, tu te diras peut-être que tu t'es éloigné de Dieu. La solution pour guérir sera de prier. Prenons maintenant le modèle explicatif scientifique. Tu expliqueras ta maladie par une carence en fer.

Le remède sera un complément alimentaire. Quant au modèle explicatif phénoménologique, il part du vécu de l'individu. Par exemple : je suis malade parce que j'ai vécu tel ou tel traumatisme, ou parce que je suis comme je suis. J'ai le droit d'avoir ma propre expérience, mon propre vécu. Ce que je ressens est vrai et ne peut pas être remis en question. C'est comme ça, sur Internet aujourd'hui. Sans compter que la quantité d'informations qui circule est incommensurable. Seules celles qui étayent ton point de vue et qui deviennent virales parviennent à émerger.

Je me lève et commence à débarrasser la table avec l'espoir que Martin comprenne mon signal.

— Qu'est-ce qui fait que quelque chose devient viral ? s'enquiert Afsaneh.

— Ce qui est *extrême* devient viral, annonce Martin, comme s'il révélait un grand secret. Le quotidien est mort. En ligne, il faut être davantage Dostoïevski que Tolstoï, si tu vois ce que je veux dire.

Il y a une courte pause. Mon regard croise celui d'Afsaneh.

— Eh…

— Tolstoï a écrit sur le quotidien, poursuit Martin sans attendre ma réponse. Les gens se contrefoutent de la vie de tous les jours sur Internet, hormis si tu es une star. Ils se fichent de tes géraniums, de ton chiot et de la salade que tu t'apprêtes à manger. Ils se fichent de ton nouveau canapé et du nombre de kilomètres que tu viens de courir. Si tu veux devenir une célébrité sur Internet, tu dois faire des trucs extraordinaires. Dostoïevski a écrit sur les fous. Ça, ça cartonne en ligne. Vous pouvez me citer.

Martin s'incline et fait un geste de remerciement théâtral avec les mains, comme s'il saluait devant un grand public.

Un portable sonne, Afsaneh se lève, ramasse le téléphone posé sur le plan de travail de la cuisine, l'observe et me le tend.

— C'est pour toi.

Je réponds à contrecœur. C'est Led'.

— Nous l'avons trouvé, dit-il. Nous avons trouvé Olle Berg. Rejoins-nous tout de suite.

SAMUEL

Dans le noir, l'air est frais et sans odeur.

Je tourne en rond, mes pattes foulent quelque chose – un plancher, peut-être. Je picore un peu, non pas parce que j'ai faim, mais parce que c'est ce que font les pigeons ramiers. Ils volent, picorent, roucoulent, se lissent les plumes et font tous ces trucs d'oiseaux.

Quelque part au loin, j'entends des voix humaines, mais les mots s'agrègent, formant une espèce de caquetage impossible à démêler.

Tout à coup, il se passe quelque chose. C'est comme lorsque la Lumière me hisse hors de ma caverne, sauf qu'il n'y a pas de lumière. Tout n'est qu'obscurité. J'atterris néanmoins dans mon Corps.

Ça picote. J'ai des fourmis. Je prends progressivement conscience de mes bras et mes jambes. Je sens mes mains sur la surface lisse de la couverture, je note le goût âcre sur ma langue, les pulsations dans ma tête et la douleur cuisante dans mon nez, comme si j'avais sniffé de la coke non-stop pendant plusieurs semaines.

Je tente de crier, mais ma bouche et mes cordes vocales ne m'obéissent pas. Le hurlement se transforme en souffle d'air impuissant qui quitte mes poumons avec un imperceptible chuintement.

Étendu sur le lit, immobile, je sens la panique enfoncer ses griffes dans ma poitrine.

Les minutes passent, deviennent des heures, peut-être, je ne peux pas en être sûr, car je n'ai aucune notion du temps. Mais il fait toujours noir, à l'exception du mince rai de lumière lunaire qui se faufile par la fenêtre pour se poser sur le sol comme un animal fatigué.

Et si c'était fini ? Si c'était ça, la mort ?

Les larmes me brûlent les paupières, une boule grossit dans ma gorge. Qu'ai-je fait de ma vie ? Qu'est-il advenu de Samuel Stenberg ?

Rien. Rien du tout. Mais j'aurais pu te le dire depuis longtemps déjà si tu avais accepté de m'écouter.

Je pense à la seule personne qui me manque, la seule que je voudrais revoir.

Ma mère.

Soudain, j'ai l'impression qu'elle se trouve à mon chevet, j'ai l'impression de sentir la chaleur qui émane de son corps et l'odeur de son savon à la lavande. L'espace d'un instant, j'ai même la sensation de voir la croix en or qu'elle porte autour de son cou scintiller dans le noir, mais la seconde suivante, je comprends que ce n'était que le fruit de mon imagination.

Les larmes affluent, coulent le long de mes joues, douce pluie estivale, tandis que la nuit laisse la place à l'aurore bleu-gris. À mesure que le ciel pâlit, le Corps revient à la vie.

Je donne l'ordre au Corps de serrer le poing – il m'obéit. Plusieurs fois. Je remue le pied sous la couverture et le Corps ne rechigne pas, comme si je le dominais, et non l'inverse.

Je tourne la tête et me dresse sur mon séant en m'aidant des bras. Mon crâne est au bord de l'explosion, mon cœur menace de se soulever, mais je peux bouger.

D'une manière mystérieuse, j'ai triomphé du Corps. Quelle que soit la maladie qui m'a cloué au lit, je suis à présent guéri et je ne compte pas rester ici une minute de plus.

Devant la fenêtre chante un oiseau matinal, rapidement accompagné par un second.

Je touche délicatement mon visage, mes doigts rencontrent un bout de sparadrap, collé sur ma joue, qui maintient quelque chose de long et fin, semblable à une grande paille molle. Sans hésiter, j'arrache le ruban adhésif et je tire.

Je sens comme une brûlure, et je comprends que je tiens un fin tuyau qui entre par le nez et descend dans mon ventre.

Les mots de Rachel me reviennent à l'esprit :

« Jonas est nourri par sonde. Mais tu n'as rien à faire, je m'occupe de tout ça. »

La panique envahit ma poitrine. Sans réfléchir, je tire comme une brute sur la sonde, comme pour arracher un ver solitaire qui aurait pris ses quartiers dans mon estomac. Le tube visqueux est expulsé, centimètre par centimètre, de ma narine douloureuse.

Je tousse, mon cœur se soulève, mais au moment où je crois que je vais vomir, la sonde est sortie. Je la jette et titube jusqu'à la fenêtre pour la pousser, mais elle heurte du métal. Passant une main par l'ouverture, j'empoigne la grille que j'ai moi-même fixée. Solide comme un roc. J'inspire longuement. L'air est humide, ça sent l'herbe et la terre. Les oiseaux piaillent si fort que j'ai peur que quelqu'un se réveille et me force à retourner dans le lit de Jonas.

La chambre se trouvant au rez-de-chaussée, cela aurait été simple comme bonjour de sortir par la fenêtre s'il n'y avait pas eu cette maudite grille. À présent, à cause de ma putain de sollicitude, je suis cloîtré dans cette cage géante. La fenêtre refermée, je passe dans le salon. Tout est calme. Je n'entends que le ronronnement du frigo et le tohu-bohu des volatiles au-dehors.

Le plancher craque et grince sous mon poids comme pour attirer l'attention de Rachel. Je m'arrête, aux aguets. Pas un bruit dans sa chambre. En une enjambée je suis devant la porte d'entrée. Je saisis la poignée glaciale, tourne le verrou, mais la porte ne s'ouvre pas. La deuxième serrure doit être fermée. J'essaie à nouveau. Impossible. Le battant ne bouge pas d'un iota, comme s'il était en pierre.

La déception déferle comme une vague glaciale et je me laisse glisser, dos à la porte. Là, assis par terre, je laisse libre cours à mes larmes qui se déversent sur mes joues et dans ma bouche, me brûlent le nez lorsqu'une larme salée roule dans ma narine blessée.

Mais qu'est-ce qui se passe, bordel?

Tels des chiens sauvages qui se courent après, mes pensées errent sans but et sans me faire avancer. Il doit bien y avoir une façon de se barrer de cette maison, c'est une simple villa, pas une prison. Je prends une profonde inspiration, essayant de comprendre la logique derrière ce bordel.

Toutes les fenêtres du rez-de-chaussée sont munies de barreaux. Impossible de sortir par là. La porte d'entrée est verrouillée. Je peux oublier. Les portes de la terrasse doivent aussi être fermées à clef, et même dans le cas inverse, je ne peux pas partir par-là, car elle donne sur le vide. Je ne veux pas risquer de tomber de vingt mètres pour m'écraser contre le rocher en contrebas.

Le premier étage – c'est la seule issue. Grimper l'escalier en colimaçon, entrer dans ma chambre, ouvrir la fenêtre et sauter. Cela devrait marcher : ce n'est pas très haut, au maximum trois ou quatre mètres, et j'atterrirais sur de l'herbe.

Les jambes flageolantes, je me faufile dans le salon. De l'autre côté des vastes fenêtres, la mer s'étend jusqu'à l'horizon, telle une gigantesque chape de plomb dans le soleil levant.

En trois enjambées je suis en haut – la solide structure en fonte n'émet pas un bruit qui pourrait me trahir. J'entre dans ma chambre par la porte grande ouverte. Le lit est fait, les oreillers aussi joufflus et accueillants que lorsque je suis arrivé. Mon sac a disparu et l'armoire béante est vide. Une légère odeur de savon flotte dans l'air.

C'est comme si je n'avais jamais été là. Comme si on avait nettoyé toutes les traces de ma présence.

La fenêtre ouverte, je regarde vers le bas. Zut, c'est plus haut que je ne le pensais. Sans compter qu'il y a des pierres éparpillées dans l'herbe, sur lesquelles je n'ai aucune envie d'atterrir. Et puis, la chambre de Rachel est juste au-dessous. Si je tombe lourdement ou si je pousse un cri, elle risque de se réveiller. Quoi qu'il arrive, je dois donc rester muet comme une carpe.

Je me hisse sur le rebord de la fenêtre et m'assieds, les jambes ballantes. Comment sauter ? En m'agrippant au rebord de la fenêtre pour me laisser tomber ? Non. Certes, cela diminue la hauteur de la chute, mais je risque de tomber trop près de la façade, de la heurter et de réveiller Rachel, voire Olle qui est peut-être rentré.

Je décide de sauter assis, en essayant de m'écarter le plus loin possible du mur. Les yeux fermés, j'adresse une prière silencieuse à quelqu'un, je ne sais pas à qui, mais ce n'est pas à Dieu. C'est parti. Je pousse avec les pieds et les mains et me jette dans le vide. Le sol me percute comme un coup de poing. J'ai le souffle coupé.

Une douleur aiguë dans la cheville se propage dans toute ma jambe. Je prends sur moi pour ne pas beugler.

Assis dans l'herbe, j'examine mon pied, craignant de voir mon os transpercer ma peau. Mais non, il a l'air normal. Ça doit être une simple entorse. Je me mets à quatre pattes, tente de me lever, mais la douleur m'en empêche. Alors je rampe vers l'avant de la maison, sans m'appuyer sur mon poignet gauche qui me fait aussi horriblement souffrir.

Je progresse bien trop lentement ; mon foutu pied et ma foutue main ne me sont d'aucun secours. J'ai l'impression d'avoir un an.

Arrivé devant la maison, je suis assailli par l'odeur entêtante des roses. Les fleurs couleur grenat couvertes de rosée, délicatement perchées sur leur tige à piquants, aspirent à s'élever vers le ciel pâlissant. Je contourne le massif, direction le portail. *Plus que vingt mètres.*

Les cailloux et les pommes de pin qui jonchent le gazon m'égratignent les paumes ; mes doigts s'engourdissent, mon pied pulse de douleur.

Au loin, les mouettes se joignent au chœur des oiseaux.

Dix mètres.

Je pose la main dans quelque chose de gluant. Un escargot écrasé.

Cinq.

Main, genou, main, genou.

La palissade qui se dresse devant moi m'apparaît comme un mur. Prenant appui sur les planches collantes, je me hisse sur une jambe et m'agrippe au portail.

Un rai de lumière frappe tout à coup le sol et, me retournant, je découvre que la chambre de Rachel est éclairée.

J'essaie d'ouvrir le portail. Impossible. Merde ! Des bruits dans la maison. Un cri aigu. Que faire, bordel ?

La clôture est trop haute. Si seulement je n'avais pas réparé le trou, j'aurais pu m'y faufiler ! Si seulement je n'avais pas été un tel lèche-cul auprès de Rachel, j'aurais été libre !

Comme si ça aurait changé quelque chose !

Qu'est-ce que je croyais, bon sang ? Que j'allais la baiser ?

Je lève les yeux vers la palissade et la vérité m'apparaît : c'est moi qui ai vissé les barreaux à la fenêtre ; c'est moi qui ai réparé la clôture qui m'enferme dans cette maison de fous !

Pauvre imbécile ! Tu as construit ta propre geôle !

Et maintenant ?

Une seule solution : escalader. En temps normal, c'eut été simple comme bonjour, mais avec un pied et une main amochés, j'ignore si j'en suis capable.

Je saisis le haut de la clôture et je tente de me hisser. Ça ne devrait pas être plus difficile que des tractions, mais mon corps asthénique semble avoir cent ans. Ça doit faire une semaine qu'il n'a rien bouffé. Il voudrait s'allonger dans l'herbe et se laisser mourir comme un vieil éléphant.

J'entends une fenêtre s'ouvrir et heurter la grille avec un claquement métallique.

C'est ma dernière chance. Si je veux m'échapper, je n'ai plus de temps à perdre.

À nouveau, je m'agrippe à la partie supérieure de la palissade et, les yeux rivés au ciel, je me hisse de toutes mes forces. Mon dos, mes épaules, mes biceps cuisent, un voile noir tombe devant mes yeux et l'Obscurité m'attire dans la caverne. Des rémiges poussent sur mes bras, déchirant ma peau, et mon nez devient un bec.

Tu n'y parviendras jamais. Autant renoncer dès maintenant.

Mais j'arrive en haut, j'ai réussi. Je demeure quelques instants en équilibre sur les planches de bois, telle une chaussette en train de sécher, haletant, incapable de bouger d'un millimètre. Lentement, j'atterris à nouveau dans le Corps.

La porte d'entrée s'ouvre, des pas lourds descendent le perron.

Avec un dernier coup de collier, je franchis l'obstacle et dégringole de l'autre côté. Ma joue heurte le sol, mon épaule craque, mais je m'en fiche, concentré que je suis sur la moto d'Igor garée au bord de la route à côté d'un grand pin.

Je parviens à me lever, m'élance vers le véhicule, handicapé par mon pied qui me fait un mal de chien – mais la peur est plus forte que la douleur.

Les pas descendent l'allée de gravier, des clefs tintent, le portail s'ouvre en grinçant, au moment où j'enfourche la moto. Je cherche les fils pour démarrer. J'y suis presque ! Aucune chance qu'on me rattrape sur ce bolide, pas même en bagnole.

Les pas sont presque à ma hauteur lorsque la bécane démarre avec un vrombissement. Lâchant les fils, je sens des picotements dans la poitrine, ce sentiment de liberté et de victoire d'avoir triomphé de la mort. Je presse l'accélérateur, la machine part sur les chapeaux de roue, mais s'immobilise aussitôt, comme un canard abattu en plein vol. Et moi, je poursuis ma course en rase-mottes par-dessus le guidon, pour m'écraser lourdement sur le gravier. Le goût du sang se diffuse dans ma bouche, je crache des petits cailloux – ou sont-ce des dents ?

Je ne sais pas. Je ne sais plus rien.

Mais mon cerveau veut des réponses, il continue à fonctionner dans mon corps en compote.

Je me rappelle les flacons de fentanyl dérobés dans l'armoire à pharmacie, les cliquetis étouffés lorsque je les ai sortis du sac à dos et balancés dans les vagues. J'ai remplacé le contenu de trois des bouteilles par de l'eau avant de les remettre à leur place.

Est-ce la raison pour laquelle je me suis réveillé ? M'a-t-on drogué pendant tout ce temps ? Jusqu'à ce que la drogue soit substituée par de l'eau ?

Était-ce l'homme que j'ai entendu se disputer avec Rachel – le type avec l'accent de Scanie ?

Ses mots me reviennent :

« Si tu touches à un cheveu de sa tête, je vais… Si tu ne disparais pas tout de suite de chez moi, j'appelle la police ! »

L'Obscurité me prend par la main, m'emmène presque avec bienveillance, me fait miroiter une vie sans affres ni peur.

Mais je ne veux pas. Pas encore.

Je dois comprendre. Il y a tant de choses à comprendre, par exemple pourquoi je gis sur ce chemin au lieu d'être à califourchon sur ma monture, en route vers Stockholm ?

L'Obscurité me tire vers elle, violemment cette fois, mon champ de vision diminue, les couleurs pâlissent, la douleur pulsante s'apaise.

Fouillant les environs du regard, j'aperçois la moto qui se convulse dans l'herbe haute non loin de moi. Et là, je percute. Une sorte de gros serpent rouge passe dans la roue arrière et autour du pin.

C'est l'antivol rouge que j'ai acheté pour Rachel.

Cinquième partie

DANS LA VALLÉE DE L'OMBRE DE LA MORT

« Les eaux m'ont couvert jusqu'à m'ôter la vie, L'abîme m'a enveloppé, Les roseaux ont entouré ma tête.
Je suis descendu jusqu'aux racines des montagnes, Les barres de la terre m'enfermaient pour toujours. »

Jonas 2:6-7

MANFRED

Le taxi me dépose devant le commissariat central juste après minuit. Je suis encore un peu ivre après notre dîner arrosé avec Martin et Afsaneh, mais qu'importe. Je suis plein d'espoir et je traverse d'un pas étonnamment léger le parc dont l'herbe est humide de rosée.

Malin est déjà installée dans la petite salle où sont réunies toutes les informations relatives à l'enquête. Sur le tableau, les photos de Johannes Ahonen et de Victor Carlgren, le poème et les mots : L'AGNEAU = RACHEL, LA COLOMBE = JONAS, LE LION = OLLE BERG. À côté, le portrait de Berg qui fixe l'appareil, le regard vide.

— Comment ça va ? me demande Malin.

— Pas trop mal. Raconte, où a-t-on trouvé Olle Berg ?

— Quelque part dans l'archipel. Led' a toutes les infos. Il va bientôt arriver pour nous briefer. Apparemment, il a bossé toute la soirée.

— Ah bon ? Moi qui croyais qu'il rentrait tous les jours à dix-sept heures pour aérer sa chemise en polyester !

Malin esquisse un sourire en biais.

— Pour tout te dire, je ne suis pas rentrée chez moi non plus. J'essaie de bâtir une théorie, de comprendre comment ça s'est passé, mais je n'y parviens pas.

— Pourquoi se compliquer la vie ? Berg a tué Johannes Ahonen, Victor Carlgren et la victime inconnue.

Malin croise les mains derrière la nuque et contemple le plafond.

— C'est trop simple.

— C'est souvent simple.

— Mais *pourquoi* ?

— Aucune idée. Sans doute une affaire de stupéfiants, comme beaucoup de choses de nos jours.

Malin ne paraît pas convaincue.

— Victor Carlgren n'avait pas vraiment l'air d'un camé.

— Sa sœur nous a dit que ses copains avaient acheté de la drogue à un type du nom de Måns ou Malte. Il ne fait aucun doute que c'est Malte Lindén.

Malin secoue lentement la tête.

— Le lien est très ténu, tu le sais aussi bien que moi. Et qui est la victime n° 3 ? L'homme à la mâchoire difforme.

— Sans doute un autre consommateur de stupéfiants…

J'affecte l'assurance malgré les doutes qui me rongent. Malin se tortille, soupire, roule en boule un morceau de papier qu'elle jette vers la poubelle près de la porte. Le projectile s'échoue sur le sol au pied de la corbeille, mais Malin reste assise, le front barré d'une ride profonde.

— Alors pourquoi a-t-on retrouvé l'ADN de Carlgren sous les ongles d'Ahonen ?

376

— Ils ont dû se battre avant qu'Ahonen se fasse tuer par Olle Berg.

— Hum… De la peau sous les ongles. Quand griffe-t-on quelqu'un ? Hormis au lit, bien sûr.

— Parle pour toi. Je ne griffe pas mes partenaires ! Mais généralement on le fait quand on est en situation d'infériorité, quand on est déjà en train de perdre la bataille. Quand on se fait étrangler ou poignarder. Quand on a plus d'air ou perdu tout son sang.

— Les blessures des victimes… Tu sais, cette violence *post mortem*. Elles avaient presque tous les os cassés. Que leur faisait Olle Berg au juste ?

— Peut-être que les corps ont été écrasés par un bateau lorsqu'ils étaient dans l'eau. Le médecin légiste a dit que…

— Tous les trois ? Peu crédible. Et pourquoi s'est-il écoulé tant de temps entre les homicides ? Ou les morts accidentelles, dans le cas où ces trois hommes n'aient pas été assassinés ? S'il s'agit d'un règlement de comptes, ils auraient dû décéder en même temps.

— Ce n'est pas sûr.

Des pas se font entendre dans le couloir, annonçant l'arrivée de Led'. Dans une main, il tient des papiers tandis que l'autre repose sur sa hanche, le pouce enfoncé dans la ceinture de son pantalon élimé aux plis de guingois. Le col de sa chemise est ouvert, dévoilant une touffe de poils gris.

Sans même nous saluer, il se laisse tomber sur une chaise à côté de Malin, qui, elle, porte un vieux jean de grossesse râpé et un tee-shirt qui fut peut-être blanc, mais qui a pris une teinte grisâtre d'eau de vaisselle.

Les gens ne veulent pas paraître soignés, de nos jours. Ils ont envie d'avoir l'air intéressant, dangereux, voire rebelle ; qu'on pense qu'ils ont fait le tour du monde, fumé des joints toute la nuit ou qu'ils sortent tout droit de leur boulot à la maison close.

Je jette un coup d'œil à mon pantalon de costume aux motifs discrets et à mes chaussures lustrées qui dépassent sous mon ventre proéminent.

Led' se racle la gorge.

— Olle Berg, alias La Boule, se trouve dans un camping à l'ouest de Stuvskär, commence-t-il. Il a acheté à manger pour trois cent quarante couronnes là-bas, hier.

— Comment sait-on cela ? s'enquiert Malin.

— La banque a appelé. Il a utilisé sa carte bleue à quinze heures trente-six. C'est la première fois qu'il s'en sert depuis sa disparition. Nous avons de la chance : la boutique du camping où il a fait ses courses dispose de caméras de surveillance. Il a été filmé et nos collègues de Haninge sont allés récupérer l'enregistrement.

Led' pousse sous nos yeux trois clichés en noir et blanc d'un homme portant casquette et lunettes de soleil. Sur le premier, il entre par la porte, sur le deuxième, il se tient devant une vitrine où sont exposées des denrées. Il s'appuie sur la vitrine de la main gauche tandis qu'il écrit sur le ticket de caisse de la main droite. La troisième image paraît identique à la deuxième, à l'exception du vendeur qui a changé de place.

Je reprends la parole :

— Bon boulot.

Led' fait un signe de tête.

— C'est un peu mon hobby, les films, tout ça, dit-il, rêveur.

Décidément, j'ignore beaucoup de choses de lui. Il fronce les sourcils et poursuit :

— Il y a tout de même un truc bizarre. Il met une plombe à signer ce reçu.

— Ah oui ? s'étonne Malin en se penchant sur les clichés.

— Regarde les *time codes*.

Led' montre du doigt les chiffres à droite des documents.

— Je ne te suis pas.

— Olle Bcrg se trouve dans la même position avec le stylo et le ticket sur la deuxième et la troisième image.

— Et alors ?

— Il y a un intervalle de trente secondes entre les clichés. Même les lambins du service des objets trouvés ne mettent pas trente secondes à signer un reçu. J'ai passé en revue l'enregistrement original avec les techniciens : aucun problème avec l'affichage des codes temporels.

Les yeux de Led' qui pétillent derrière ses lourdes paupières me rappellent le jour où il a aidé un collègue à analyser le film montrant l'explosion d'une voiture. En un instant, il avait quitté son masque de bonhomme revêche pour devenir un expert perspicace. Je ne doute pas un seul instant de ses compétences.

— Comment interprètes-tu cela ?

— Hum, je m'en suis fait des nœuds au cerveau... Peut-être que quelque chose dans la boutique a attiré son attention, poursuit Led' avec circonspection.

Nous observons les images pixélisées en silence.

— On ne voit pas son visage.

— C'est vrai. Mais le vendeur sait qui il est. Apparemment, il est connu dans le coin. Mais pas pour les bonnes raisons. Il vit dans une tente juste à côté du camping, ce qui ne plaît évidemment pas aux propriétaires. Le vendeur m'a dit également qu'il ne payait jamais par carte bleue et qu'il avait oublié son code. Il a dû prouver son identité. Et devinez quoi ?

Je hausse les épaules en réponse à cette question rhétorique. Led' sort un cure-dents et, baissant la voix, reprend :

— Sa tente n'a pas bougé, ce con est toujours là ! On n'a qu'à aller le cueillir.

Malin et moi sommes en route vers Stuvskär. Dans le minibus gris à une centaine de mètres devant nous se trouvent Led' et quatre hommes du Groupe d'intervention régional renforcé.

Je les suis à distance en tâchant de me préparer mentalement à l'intervention. Malin et moi allons attendre près des voitures tandis que Led' et les autres hommes interpelleront Olle Berg. Mobiliser cinq personnes pour mettre le grappin sur un type est probablement inutile, mais nous ne voulons pas prendre de risques.

— Tu peux fumer, ça ne me dérange pas, me dit Malin en reluquant le paquet de cigarettes fiché entre les sièges. Du moment que tu ouvres la fenêtre.

— Je ne fume pas.

Malin reste silencieuse quelques minutes, puis annonce :

— Nous tenons notre assassin !

J'opine du chef sans répondre, car je crois que nous n'avons pas encore entendu le fin mot de l'histoire.

La route serpente entre les champs et des enclos à chevaux au sol poussiéreux, entre les maisonnettes rouges disposées çà et là dans la verdure comme des pièces de Lego oubliées. Un nuage flotte dans le ciel bleu.

— Au fait, Malin, sais-tu pourquoi on le surnomme La Boule ?

380

Je ralentis derrière un transport de chevaux qui sort d'une ferme.

— Olle Berg? Non, aucune idée. Mais je peux me renseigner.

— Il n'y a pas le feu. On verra plus tard.

Mais Malin a déjà le portable entre les mains.

— Pas de problème, j'ai le numéro de son ex, je lui envoie un message.

— La fille qu'il a tabassée?

Sans répondre, Malin pianote sur son portable avant de le ranger dans sa poche.

Nous dépassons une crique. Le soleil scintille dans les vagues, quelques voiliers surgissent à l'horizon telles des dents acérées sorties tout droit de la mer. Juste avant Stuvskär, le minibus tourne à droite et Malin jette un coup d'œil à la carte.

— Là, dit-elle. Croisons les doigts pour qu'il y soit toujours.

Je suis lentement le véhicule des collègues sur un étroit chemin de gravier et je m'arrête à l'intersection.

Les hommes de l'équipe spéciale et Led' descendent du véhicule, tous en civil, affublés de ce qu'ils pensent être des tenues de campeurs : bermudas et polos criards.

À une centaine de mètres devant nous, le camping longe la mer, caravanes et camping-cars alignés en rang d'oignons. Auvents colorés, tables et chaises pliantes. Drapeau suédois de rigueur près de l'entrée.

La voiture garée, j'ouvre la portière. Une odeur de foin flotte dans l'air. Le vent s'étant levé, je plisse les yeux pour me protéger de la poussière.

Le portable de Malin vibre, elle le sort de sa poche, se place dos au soleil pour regarder l'écran. Puis elle se tourne vers moi.

— « Boule », c'est apparemment le diminutif de
« Bouledogue ».

— Et pourquoi on l'appelait « Bouledogue »?

Malin hausse les épaules.

— Je lui pose la question, fait-elle en écrivant un
message.

Nous entrons dans un champ au sol asséché où
poussent çà et là des touffes d'herbe drue, pour rejoindre
les hommes à l'accoutrement ridicule rassemblés autour
de Led'. Chaque pas soulève un nuage de poussière.

— Bon, conclut Led' qui semble avoir achevé son
briefing. Vous êtes tous au clair sur votre position. On
y va dans dix minutes. Des questions?

Les hommes secouent la tête et se dispersent. La silhouette trapue de Led' s'éloigne dans le champ tandis
que Malin reste auprès de moi, les bras croisés sur la
poitrine. À cet instant, j'ai la sensation désagréable que
quelque chose cloche. Un frisson me parcourt l'échine,
ma bouche s'assèche. Quelque chose ne tourne pas rond.
Je le sais, c'est tout.

Jamais je ne pourrai expliquer comment je capte ce
genre de choses – c'est comme si c'était inscrit dans
mon corps, dans mes fibres musculaires, dans mes vais-
seaux sanguins et dans la peau sensible au bout de mes
doigts.

Mon corps sait. Bien avant que mon cerveau ne
comprenne. Le cerveau a conscience que le corps a
une longueur d'avance et l'accepte. Il ne tire pas des
conclusions hâtives, il n'essaie pas de persuader autrui,
il attend patiemment le constat du corps.

Je suis du regard mes collègues qui ont quitté le parking et se sont positionnés dans les champs qui entourent
le camping. Deux d'entre eux se dirigent vers l'eau d'un
pas confiant, cannes à pêche à la main; un autre parle

au téléphone et un quatrième, en tenue de sport, court vers la plage.

Dans quelques minutes, ils auront atteint la tente d'Olle Berg et l'arrêteront sans difficulté puisque c'est là leur spécialité.

Mais il y a quelque chose qui cloche.

Je me tourne vers Malin qui plisse les yeux dans le soleil, essuie la sueur qui perle sur son front et lève un sourcil interrogateur.

— Quoi ?

— Il y a un truc qui ne va pas.

Elle éclate d'un rire nerveux et secoue la tête.

— Comment ça, un truc qui ne va pas ?

Elle regarde Led' qui fait de son mieux pour suivre les enjambées sportives d'un des policiers déguisés en pêcheur. Puis, avec un coup d'œil à sa montre, elle annonce :

— Cinq minutes.

Je fais les cent pas dans l'herbe sèche, tentant d'organiser mes pensées. Je donne un coup de pied dans une touffe, faisant virevolter la terre poussiéreuse.

— Une minute.

La sueur coule sur mon front, se glisse dans le col de ma chemise ; les insectes bourdonnent autour de ma tête et les mouettes crient.

Malin saisit son téléphone dans la main gauche et, de la main droite, fouille dans sa poche. L'appareil vibre. Lorsque ma collègue tente de consulter le message de la mauvaise main, son portable s'échoue dans l'herbe. Lorsqu'elle essaie de consulter le message de la *mauvaise main*, elle le fait tomber.

C'est là que tout s'éclaire.

Je me remémore les clichés que Led' nous a montrés, où l'on aperçoit Olle Berg en train de signer le reçu de carte bleue. Notre collègue nous a bien dit qu'il y avait quelque chose de louche sur ces images.

— Led' avait raison ! L'homme a hésité quand il a dû signer son nom.

— Qu'est-ce que tu racontes ? demande Malin qui cherche son portable par terre.

— Et lorsqu'il a enfin signé, il l'a fait de la main droite alors qu'Olle Berg est gaucher. Ce n'est pas Olle Berg sur les photos !

Après un instant de surprise, Malin ramasse son téléphone qui sonne au même moment. Elle se redresse difficilement en grimaçant, une main sur la hanche. Elle me jette un long regard interrogateur, et décroche.

— Oui. Oui, oui.

Elle se tait, se caresse le ventre et regarde le ciel.

— Dix-huit ans ? Mais comment…

Malin se tourne vers la voiture et y appuie ses deux coudes, comme si toutes ses forces l'avaient soudain lâchée et qu'elle n'était plus capable de se tenir droite.

— Mais quelle merde ! Et où les a-t-il trouvés ?… Entendu. À tout à l'heure.

Nos regards se croisent lorsqu'elle raccroche.

— C'est à peine croyable ! Ce n'était pas lui ! Ce type n'a que dix-huit ans, mais il a bel et bien utilisé la carte bleue d'Olle Berg. Il dit qu'il l'a trouvée avec son passeport dans une poubelle à Stuvskär. Ce n'est pas très crédible, donc ils l'ont emmené au poste.

Elle soupire et s'appuie de tout son poids contre la voiture. Elle semble si jeune, en dépit de son ventre rond, si jeune et si désespérée que j'ai presque envie de la prendre dans mes bras pour la consoler.

— Tu avais raison, conclut-elle.

— Cela ne nous est d'aucune utilité.

— Autre chose. Le livre d'Igor Ivanov.

— Oui ?

— Malik vient de m'envoyer un message. Nous en avons reçu un exemplaire.

— Et ?

— Le livre ne renferme que deux mots. *Lorem ipsum*. Ces deux mots répétés en boucle, sur toutes les pages.

Je réfléchis. Ces termes me semblent familiers.

— *Lorem ipsum*, ce n'est pas… ?

— Si, ces mots sont utilisés pour calibrer le contenu d'une page. Pour avoir une idée de la mise en forme quand on ne dispose pas du texte définitif.

Malin se laisse glisser le long de la carrosserie et s'échoue sur une touffe d'herbe.

— C'est du blanchiment de capitaux, déclare-t-elle en réponse à la question que je n'ai pas eu le temps de poser. Bienvenue au vingt et unième siècle. Exit les pizzerias ou les paris hippiques. Nous sommes dans un monde numérique : c'est en ligne que tout se passe. On a ici un exemple assez créatif. Des livres, parfois vides de contenu, sont mis en vente sur Internet à un prix exorbitant. Le bouquin d'Igor Ivanov coûtait neuf cents couronnes ! Puis ce sont des bots – c'est-à-dire des programmes informatiques – qui commandent les bouquins en payant avec de l'argent sale.

— Ces revenus considérables peuvent ensuite être déclarés.

— Tout à fait, soupire Malin. L'argent est devenu blanc comme neige. Et le criminel peut se targuer d'être écrivain.

— Igor n'a donc rien à voir avec notre poème.

Le portable de Malin se manifeste à nouveau. Elle lit le message en fronçant les sourcils.

— Qu'y a-t-il ?

— C'est l'ex-petite amie d'Olle Berg. Si on le surnommait Bouledogue, c'était à cause de ses dents bizarres. Il avait une mâchoire de bouledogue. Il était prognathe, quoi. Exactement comme…

— Notre troisième victime ! Bordel de merde ! La victime n° 3 est Olle Berg.

Malin me regarde, son visage se rembrunit.

— Mais si Berg est mort, qui est notre coupable ?

SAMUEL

Je suis dans cette grotte depuis longtemps, si long-temps que la Lumière n'est plus qu'un pâle souvenir, le murmure d'un passé qui s'est depuis longtemps estompé et a perdu ses couleurs.

Aussi, lorsqu'un beau jour la Lumière me tire vers elle, m'arrache de terre, je suis d'abord surpris, un peu effrayé aussi, car j'ai commencé à me sentir à mon aise dans cette caverne. Mes ailes ont gagné en vigueur, mes yeux, plus perçants, se sont accoutumés à l'obscurité. Je n'ai besoin de personne, et personne n'a besoin de moi.

C'est presque parfait.

Mais la lumière m'attrape, me tire vers le haut, à tra-vers le sol, presque jusqu'à la surface. Je ne suis pas dans le Corps, mais je ne suis plus dans la grotte. Je suis ballotté, impuissant, quelque part entre les deux, comme coincé entre deux dimensions – un peu comme si je me trouvais entre deux wagons de train, que je pouvais regarder par les fenêtres des deux côtés, mais pas ouvrir les portes.

Enfin, contre mon gré j'atterris dans le Corps. Je sens chaque cellule, chaque centimètre cube de chair, d'os, de sang. Et la douleur est atroce.

Pourtant, au chaos et à la souffrance, s'ajoutent les sensations du quotidien ; la mouche qui infatigablement percute la vitre, la vague senteur de lessive sur les draps et le parfum de la rose fraîchement cueillie dans le vase sur la table de chevet.

J'entends également des bruits – quelqu'un qui se déplace dans la chambre – mais je n'ai pas la force d'ouvrir les paupières qui semblent peser des tonnes.

La panique s'éveille en moi, un cri veut se former dans ma poitrine, mais le son reste bloqué dans ma gorge comme un morceau de pomme de terre avalé de travers.

— Jonas ?

C'est la voix de Rachel, mais différente ; j'ai l'impression d'être plongé sous l'eau dans une baignoire.

Une main me caresse les cheveux, des lèvres douces se pressent contre ma joue.

— Jonas, mon *chéri*.

Je me retourne pour lui flanquer une gifle... mais seulement en pensée, car le Corps est aussi immobile qu'un rôti dans la vitrine du boucher.

— Mon pauvre chéri, chuchote-t-elle. Maintenant tu es dans le ventre de la baleine.

Elle est folle, me dis-je avec un certain recul. J'ai l'impression d'être devant un film – un film tordu, certes, mais un film tout de même.

— Je vais m'occuper de toi...

Elle pose sa main chaude sur la mienne et reprend, d'un ton légèrement plus incisif :

— Mais d'abord je veux m'assurer que tu ne recommenceras pas, Jonas. Ce n'était vraiment pas malin de ta part. Tu n'es pas encore assez fort pour marcher. Tu aurais pu trébucher sur un rocher et te faire mal, ou tomber à la mer, ou...

J'entends un long sanglot, la main de Rachel se soulève et ses pas se dirigent vers le pied du lit.

— Je ne supporterais pas de te perdre à nouveau, tu comprends ?

J'entends des cliquetis métalliques, comme si elle secouait une boîte en fer pleine de pièces, puis un bruit plus sourd, métallique lui aussi, provenant sans doute d'un objet plus grand. Une sorte d'outil, peut-être ?

La couverture disparaît de mes jambes, l'air froid m'enveloppe les mollets.

— Je sais que tu m'entends. Et je sais que tu ne peux pas bouger. Je ne suis pas un monstre, mais je ne peux pas te laisser t'enfuir. Je le fais pour ton bien.

Une main se pose sur mon pied et je sens quelque chose de pointu contre mon pied. Puis j'entends un claquement et mon talon explose dans une douleur incommensurable. Toute ma jambe s'embrase et, en dépit de ma faiblesse, du fait que je ne suis pas entièrement revenu dans le Corps, je vocifère et je lui décoche un coup de pied qui l'envoie valser contre le mur.

Mais seulement en pensée. Car *en vrai* je reste allongé dans le lit de Jonas tandis qu'elle martèle de tout son soûl mon pied supplicié.

Lorsque l'Obscurité me rappelle à elle, je souffre tellement que je lui suis reconnaissant. Je ne veux plus de la Lumière, je ne veux plus du Corps.

Avant de sombrer, j'ai le temps d'analyser la situation et de formuler une hypothèse, mais elle est si loufoque que j'ai du mal à y croire.

A-t-elle vraiment fait ça ?

A-t-elle fiché un clou dans mon talon ?

MANFRED

Je rentre tard.

Olle Berg n'est pas notre coupable. La déception a drainé toute mon énergie. Je me sens déprimé et désabusé.

Bien sûr, Berg peut toujours être le lion, il peut avoir tué le fils de Rachel, si l'on en croit ce poème. Mais il ne peut pas avoir tué Johannes Ahonen et Victor Carlgren, car son corps est resté bien plus longtemps dans l'eau que les deux autres.

Non. Soit le lion n'est pas Olle Berg, soit le lion n'a rien à voir avec la mort d'Ahonen et de Carlgren.

Je referme doucement la porte derrière moi pour ne pas réveiller Afsaneh, mais elle sort de la cuisine, vient à ma rencontre, passe les bras autour de mon cou et dépose un léger baiser sur mes lèvres. Elle annonce qu'elle a préparé mon plat préféré – du poulet au riz safrané – et qu'elle m'a attendu.

Nous dînons en parlant de notre journée, mais je ne mentionne pas Olle Berg. Je suis las de ressasser cette histoire. Nous discutons de sujets superficiels pour la première fois depuis une éternité. Nous débouchons une bouteille de vin ridiculement chère que nous devrions garder pour une occasion spéciale, et nous la vidons.

Ivres, nous faisons l'amour par terre dans le salon, comme deux adolescents innocents.

Comme si notre enfant n'était pas tombé de la fenêtre.

Puis, je prends une douche. Je laisse l'eau brûlante arroser mon corps, nettoyer la poussière du camping et la frustration qui s'accroche à lui. Je chasse Igor Ivanov de mes pensées, avec son livre qui ne contient que deux mots, *lorem ipsum*, et dont l'unique but était de blanchir l'argent provenant du trafic de drogue.

Quand je sors de la salle de bains, Afsaneh se tient devant la porte.

— Moi aussi, j'ai besoin d'une douche, dit-elle en se glissant devant moi.

Dans la chambre, je me laisse tomber sur le matelas. Derrière les rideaux diaphanes de la fenêtre, le ciel est en train de s'assombrir. L'ordinateur d'Afsaneh est ouvert à côté de son oreiller. Sur l'écran, une photo aussi belle que terrifiante d'un jeune homme dans un lit attire mon attention. Elle porte la légende : *La lutte pour la vie*. Mon regard glisse sur la page et s'arrête sur une strophe de poème qui introduit le dernier post :

> *Une mer de larmes je pleurai*
> *Et me couchai pour mourir*
> *Sur l'herbe tendre de la tristesse*
> *Soudain revint le lion*
> *Portant entre ses crocs*
> *Une colombe immaculée*

Mon corps se glace, mon cœur bondit dans ma poitrine.

C'est impossible. Bon sang ! Ce n'est pas croyable !

Afsaneh entre dans la chambre, la serviette enroulée autour de la taille. Je tourne l'ordinateur vers elle pour qu'elle puisse voir l'écran.

— Qu'est-ce que c'est?

— Un blog, répond-elle en fronçant les sourcils. Pourquoi?

— Qui l'a créé?

Afsaneh suspend la serviette sur le dossier d'une chaise et enfile un de mes vieux tee-shirts.

— Je ne la connais pas. Elle a un fils lourdement handicapé. C'est tout ce que je sais. Et elle est très active sur le forum. Elle poste beaucoup. (Afsaneh se laisse tomber sur le lit et me caresse la joue en bâillant.) Je suis épuisée.

Sans répondre, j'approche l'ordinateur et je fais défiler la page. Des photographies du garçon se succèdent: un gros plan sur une main, une tête de dos, une rose solitaire saupoudrée de gouttelettes dans un vase. Et des paysages marins où l'on aperçoit de grands rochers plats et un phare. Un seul visage apparaît: un profil de femme, mais les clichés sont flous et ses longs cheveux dissimulent ses traits.

— Ce blog... Quel est son retentissement?

— Son *retentissement*? Comment ça? (Afsaneh se glisse dans le lit à côté de moi.) Est-ce qu'on peut éteindre?

— Je veux dire... Est-ce qu'il est très visité?

— Oui, au moins deux cent mille personnes le lisent. Tu vois bien le nombre de commentaires. Écoute, chéri, je suis crevée, il faut que je dorme.

— Je peux emprunter ton ordinateur?

— Bien sûr.

Elle éteint la lumière.

Je m'installe dans le salon et, en dépit de mon épuise-
ment et de ma migraine, je passe plusieurs heures à lire
le site. La blogueuse y relate son chagrin après l'accident de son fils et les épreuves quotidiennes à surmonter
lorsqu'on s'occupe à la maison d'une personne lourdement handicapée.

Vers trois heures du matin, je téléphone à Malin qui
décroche au bout de cinq sonneries.

— Tu peux venir au boulot?

Elle marque une pause avant de répondre:

— Tu sais quelle heure il est?

— Je sais quelle heure il est.

Soupir au bout du fil.

— C'est important?

— Un peu que c'est important!

Quelques heures plus tard, Malin et moi avons scruté
les moindres recoins du blog et l'avons comparé avec
notre propre chronologie des faits. Nous avons examiné les images et lu les innombrables commentaires
des *followers*.

Le soleil s'est levé, le commissariat central s'est
animé. On est entré, on est sorti, on a couru dans l'escalier. Une odeur de café s'est diffusée à l'étage. Led'
est arrivé, a écouté nos conclusions, a réagi avec un
« hum » circonspect, puis il est reparti, penaud.

— Tu peux revenir sur son paragraphe d'introduc-
tion? me demande Malin.

Je m'exécute.

> *Je m'appelle Rachel. Mon fils, Jonas, était un ado-
> lescent ordinaire lorsqu'il a été victime d'un acci-
> dent de voiture. J'étais folle de joie quand j'ai su*

qu'il allait survivre. Je n'avais pas compris que la lutte pour une vie digne ne faisait que commencer, car après l'accident, mon fils a subi de graves lésions cérébrales et a sombré dans une profonde torpeur. Mais j'ai décidé de ne JAMAIS abandonner! Maintenant, je soigne mon fils à la maison. Suivez notre combat sur ce blog!

— D'après le poème, le lion a tué le fils. Pourtant, le fils est vivant, déclare Malin en indiquant la photographie du jeune homme dans le lit.

— Je sais. Peut-être ne faut-il pas prendre les vers au pied de la lettre. C'est peut-être symbolique? Elle a l'impression qu'il est mort, mais en réalité il est inconscient.

La porte s'ouvre, laissant passer Led'.

— Nous l'avons trouvée. J'ai parlé au procureur et avec l'équipe technique. Les informaticiens vont tout réexaminer en détail, mais ils ont trouvé la propriétaire du blog: une certaine Susanne Bergdorff.

Je brise le silence qui est tombé sur la pièce.

— Susanne?

— Rachel doit être un surnom, grogne Led'. Susanne Bergdorff est née et a grandi à Flen, dans la province de Sudermanie. C'était une nageuse prometteuse jusqu'à ses dix-neuf ans. Elle est veuve et a un fils handicapé, Jonas. Son mari, malade de sclérose en plaques, est décédé il y a quatre ans des suites d'une pneumonie. Susanne travaillait comme pharmacienne jusqu'à l'accident de son fils. Il a été percuté par une voiture, le conducteur ne s'est pas arrêté. Ses parents sont morts depuis longtemps et la propriété familiale a été vendue. Son père était pasteur au sein de l'Église de Suède, sa mère, femme au foyer. Ils ont divorcé quand Susanne était enfant. Ah, j'oubliais, une de ses amies m'a donné le nom de sa psychologue. Visiblement, elle suivait une thérapie.

— Où est-elle, maintenant?

— C'est là où le bât blesse, souffle Led' en se laissant tomber sur la chaise à côté de moi. Elle est introuvable. Apparemment, son courrier arrive à son ancienne adresse, où elle est toujours domiciliée, mais la maison est vide depuis plus d'un an. Chaque mois, elle a retiré l'argent qu'elle perçoit de l'assurance maladie et de sa complémentaire santé dans un distributeur automatique à Haninge Centre. Nous allons récupérer une vidéo des caméras de surveillance.

Je m'avance vers le tableau blanc et je débouche un feutre.

Bon. Nous pouvons relier les trois victimes entre elles grâce à l'ADN.

J'écris « Johannes Ahonen », « Victor Carlgren » et « Olle Berg », j'entoure les trois noms et je poursuis :

— Et Olle Berg peut être rattaché à Rachel, alias Susanne, grâce au témoignage.

J'écris « Susanne/Rachel », j'entoure les deux mots et trace un trait vers le cercle d'Olle Berg.

— Les victimes ont été retrouvées au sud de l'archipel. Elles ont pu être tuées à Stuvskär. C'est là où vit Rachel, si l'on en croit cette femme qui voulait signaler la disparition de son fils.

— Celle qui a été mise en fuite par cette greluche en cloque aux lèvres de canard? demande Led'.

— Oui. Elle a dit que son fils travaillait non loin de Stuvskär. Ce n'est d'ailleurs pas loin de Haninge où l'argent a été retiré, n'est-ce pas?

— Tout à fait, opine Led'. Mais Susanne et Jonas Bergdorff ne sont pas domiciliés là-bas. C'est la première chose que j'ai examinée.

— Il n'y a pas non plus de Rachel, j'ai aussi vérifié.

— Ils habitent peut-être à Stuvskär sans y être officiellement recensés, dis-je.

Led' fixe le portrait d'Olle Berg en mâchonnant son éternel cure-dents. À côté du nom de Rachel, je trace un cercle dans lequel j'écris « Le lion » avant de relier les deux cercles.

— Susanne est la clef de voûte. Si nous la trouvons, nous mettrons la main sur l'homme qu'elle appelle le Lion.

— S'il existe, crache Led'.

— Le groupe d'analyse comportementale penche pour un suspect masculin. La grande violence, le déplacement des corps. Tout le montre.

— De toute façon, nous devons localiser Susanne Bergdorff.

Je retourne auprès de mon ordinateur et je fais défiler le blog jusqu'à tomber sur une photographie. Une mer sombre, de l'écume sur les rochers plats, un phare éclairé latéralement par le soleil couchant, les silhouettes maigres de pins qui s'élancent vers les cieux.

Je me tourne vers Led'.

— Je vais essayer de mettre la main sur cette psychologue. Gunnar, tu pourrais voir si Malik peut retrouver l'endroit où ont été prises ces photos ?

— Le phare. (Il se penche vers l'écran et recrache son cure-dents effiloché.) Je crois que nous devons nous concentrer sur le phare.

— Tout à fait. Il apparaît sur plusieurs images. Il ne doit pas y en avoir trente-six dans les environs de Stuvskär. Malik pourra t'aider. Et demande à des collègues s'ils peuvent aller là-bas faire du porte-à-porte. Quelqu'un doit bien la connaître.

Led' hoche la tête, jette son bâtonnet mâchonné dans la poubelle et sort en traînant la patte dans le couloir.

PERNILLA

À dix heures passées de quelques minutes, nous arrivons au port de Stuvskär. Stina tortille ses mains criblées de taches de soleil et je jette un coup d'œil vers la banquette arrière où Björn ronge ses ongles sales.

L'eau scintille. La surface d'une innocence nacrée, d'un lisse dépouillement porte pourtant les traces du vent et de la houle en haute mer. Ils sont inscrits dans son gigantesque corps – dans les ondulations qui s'élèvent lentement au-dessus des hauts-fonds, roulent vers la rive et s'abattent sur les rochers avec une force surprenante.

Le ciel est bleu, l'air est chaud, une fine brume estompe les contours des écueils et des îles disposés comme une guirlande de perles de granit qui s'égrènent vers l'horizon. L'odeur d'algues et de goudron se mêle à celle de café frais qui émane du ponton où mouillent des bateaux de plaisance, derrière le restaurant du port.

Dans moins d'une heure, Rachel viendra à la rencontre du jeune Theo, dix-neuf ans, qui a arrêté le lycée et cherche un boulot. Theo s'appelle en réalité Björn, mais pourrait aussi bien être Samuel.

Observant le port, je réfléchis au meilleur emplacement pour me garer. Stina et moi devons rester dans la voiture et surveiller Björn sans que Rachel nous découvre.

— Là, peut-être ? suggère Stina.

Elle pointe du doigt le petit magasin devant lequel sont déjà stationnées deux voitures. Nous avons une bonne vue sur le ponton, sans attirer inutilement l'attention, et nous pourrons si nécessaire prendre un véhicule en filature.

— Tu as raison, dis-je.

Björn, lui, ne pipe mot, mais de petits claquements m'informent qu'il se ronge les ongles.

Je me gare et après nous être procuré des cafés hors de prix avec du lait fabriqué à base de noix indiennes, nous retournons dans la voiture pour attendre.

— On se demande comment ils font tourner la boutique ! peste Stina en ôtant ses lunettes. Leur sélection de produits est épouvantable ! De la bouffe bizarroïde, des espèces de purées véganes. Qui achète ce genre de trucs ? Pas notre clientèle en tout cas. Le sol était immonde et les vendeurs étaient collés à leur smartphone au lieu de renseigner les clients ! À quoi ça sert qu'ils aient des tabliers en lin tout proprets ?

Les minutes s'écoulent lentement.

Ai-je reçu un message ? Je jette un coup d'œil à mon téléphone, mais l'écran est vide hormis l'image d'accueil : une photographie de Samuel et moi à Noël dernier. Ce qu'il peut ressembler à Isaac sur ce cliché – le visage mince, expressif, les yeux sombres, les pommettes saillantes et la courbure de la lèvre supérieure. Je caresse l'écran.

Je te promets de te rendre ton père, si seulement tu pouvais revenir ! Si tu reviens, je ferai n'importe quoi.

À onze heures moins le quart, je me tourne vers Björn.

— Tu es prêt ? Sinon, on peut tout reprendre. Ça ne fait jamais de mal, de répéter. Si tu ne te sens pas prêt, je veux dire.

Björn cesse de mâchonner son majeur et me regarde.

— C'est bon, je sais quoi faire. Je discute avec elle et après vous la suivez en voiture quand elle rentre chez elle. Ce n'est pas sorcier.

— Et tu ne donnes aucune info personnelle, ajoute Stina. Ni ton vrai nom, ni ton numéro de téléphone, ni…

— Heu, tu me prends pour qui ? la coupe Björn en soupirant.

Je lève les yeux vers la voûte céleste qui nous sépare du Seigneur. Puis je glisse mon portable à côté du levier de vitesse et j'avale une gorgée de café au goût de moisissure. Sur le port, les plaisanciers traînent de petites charrettes pleines de bidons d'eau, de pains de glace et de sacs de courses ; des femmes garent leur voiture de luxe devant la supérette pour acheter « de la bouffe bizarroïde » et « des espèces de purées véganes » comme l'a exprimé Stina – du jus de grenade, de la truite fumée au bois de genévrier, du tahini ou du houmous.

Sur le ponton, il n'y a personne, hormis une femme d'une soixantaine d'années qui lit le journal, installée sur le banc à côté du sémaphore. Son chemisier est ouvert, sa jupe remontée et ses pieds nus reposent sur son cabas.

Rachel ?

— Ce n'est pas elle, marmonne Stina, comme si elle lisait dans mes pensées. Elle est bien trop âgée. Rachel doit être plus jeune, entre quarante et cinquante, peut-être.

Une Mercedes SUV blanche s'arrête près du restaurant du port et laisse sortir une blonde plantureuse d'une trentaine d'années. Sa poitrine défie les lois de la gravité et ses ongles roses ressemblent à des griffes. Elle esquisse quelques pas hésitants sur le ponton, jette un coup d'œil à la ronde et se dirige vers le panneau où sont affichés les horaires des bateaux. Elle remonte ses lunettes décorées de strass sur la tête pour étudier le document. À l'arrière de sa voiture, deux marmots d'environ cinq ans se battent.

— Pas elle non plus, affirme Stina. Rachel n'a pas de gosses de cet âge, si ? En plus, avec ces ongles, elle ne pourrait pas s'occuper d'un enfant handicapé. On se demande même comment elle réussit à s'essuyer le derrière.

Stina éclate de rire. Tout son corps tressaille.

Je tourne la tête et balaie du regard la place devant le restaurant et le magasin. Une Volvo noire est en train de se garer derrière le SUV blanc. Quelques secondes plus tard, une femme aux longs cheveux bruns en descend. Elle porte un short en jean, un fin chemisier blanc et des tongs. Elle jette un regard circulaire puis se dirige vers le ponton où elle s'assied à côté de la femme en train de bronzer.

J'observe sa voiture : onéreuse sans être tape-à-l'œil avec, sur le pare-brise, une carte de stationnement handicapé.

— Là !

Je chuchote, même si elle ne peut pas nous entendre de si loin.

— Oui, acquiesce Stina. Ça peut être elle.

Björn ouvre la portière.

— Sois prudent ! ajoute-t-elle.

— C'est bon, j'ai compris ! siffle Björn.

Il se dirige vers le banc sur des jambes mal assurées.

La femme, peut-être Rachel, est assise sans bouger, les mains posées dans son giron. Lorsque Björn arrive à sa hauteur, elle se lève, lui serre la main, puis les deux s'installent et se mettent à parler. Rachel gesticule, ce qui fait rire le garçon.

— À ton avis, ils en ont pour combien de temps ? demande Stina.

— Aucune idée. Combien de temps dure un entretien d'embauche ?

Stina ne répond pas. Tablant sur une discussion longuette, j'allume la radio. Le journaliste explique que la canicule sévira encore au moins une semaine et que le nombre de morts par noyade a augmenté à cause de la vague de chaleur. Hier, deux enfants de trois et quatre ans ont trouvé la mort sur une plage non loin de Norrtälje. Leur mère consultait apparemment son téléphone mobile au moment de l'accident.

— Mais quelle horreur ! s'écrie Stina en éteignant la radio. Les gens sont devenus fous ! Surfer sur son portable au lieu de surveiller ses enfants en bas âge qui se baignent ! Ça devrait être interdit par la loi !

Je m'apprête à répondre lorsque je vois Rachel se lever. Björn l'imite et ils se dirigent vers le parking côte à côte.

— Mais que font-ils ?

— Heu, je n'en sais rien.

Ils marchent jusqu'à la Volvo de Rachel.

— Ils vont prendre congé, murmure Stina.

Mais au lieu de cela, Björn contourne la voiture et s'installe sur le siège passager.

— Doux Jésus ! Qu'est-ce qu'il fait ? Je lui ai dit de ne l'accompagner sous aucun prétexte ! Pourquoi ne m'écoute-t-il jamais ?

La voiture noire part sur les chapeaux de roues, laissant derrière elle un nuage de fumée.

— Dépêche-toi ! dit Stina.

Je m'exécute, tourne la clef dans le contact, enclenche la première vitesse et enfonce l'accélérateur pour suivre la Volvo. Mais le vieux tas de ferraille toussote et se tait, sans bouger d'un iota.

— Désolée ! Il faut juste… Il y a un problème au démarrage. Un bug. Pas à chaque fois, mais… bref. Il arrive que ça marche sans souci, même en plein hiver et par moins dix. Enfin, dans certains cas je…

— Mais démarre, Pernilla ! me coupe Stina.

Je tente à nouveau. La boîte de vitesses pousse un cri strident, mais le véhicule bondit et se met enfin à rouler. Nous prenons en chasse la Volvo de Rachel et nous avons de la chance : un grand SUV couleur vert kaki se place entre elle et nous, ce qui limite le risque d'être repéré. Soudain, la grosse voiture s'immobilise, et nous aussi.

— Dépasse-le !

— Je ne peux pas ! dis-je en montrant les véhicules qui défilent sur l'autre voie.

— Double quand même !

— Tu vois bien que c'est impossible !

Deux jeunes femmes descendent du SUV arrêté devant nous, marchent jusqu'au coffre d'un pas indolent, l'ouvrent et en sortent des bagages.

— Bon sang ! peste Stina.

Je mets les gaz et me déporte sur la gauche – la manœuvre est dangereuse : j'ai à peine le temps de me rabattre pour laisser passer un gros camion qui arrive en face en klaxonnant. Je ralentis.

— Mais…, fait Stina. Mais où… ?

J'observe la route qui s'étire devant nous comme un long serpent, les minces pins des deux côtés et les rochers qui émergent çà et là de la végétation.

La Volvo noire s'est volatilisée.

SAMUEL

J'ignore combien de temps je suis resté dans l'Obscurité lorsque la Lumière m'appelle à nouveau à elle.

J'entends des pas qui approchent, des voix. Des rires. Le rire de Rachel.

Je suis de nouveau dans le Corps.

La douleur au pied est insupportable ; je veux pleurer, mais les larmes ne viennent pas. Seule la sueur coule sur mes tempes et mon cœur bat la chamade.

La porte s'ouvre, laissant entrer Rachel et un jeune garçon mince aux longs cheveux blonds. Je ne peux pas ouvrir les yeux suffisamment pour les voir clairement et lorsqu'ils s'approchent de moi, ils disparaissent de l'étroit champ de vision cloisonné par mes paupières.

— Tu peux t'asseoir là.

La phrase de Rachel est suivie des grincements du fauteuil à oreilles lorsque le garçon se laisse tomber dedans. Puis j'entends le raclement du tabouret contre le sol lorsque Rachel l'avance vers le lit et s'y installe.

Une main chaude se pose sur la mienne et la serre.

— Voici Theo. Il vient nous rendre visite aujourd'hui. Il va peut-être travailler chez nous. Te tenir compagnie. Te lire des livres, te faire écouter de la musique.

Les lèvres de Rachel effleurent délicatement ma joue. Ma peau me brûle et j'ai envie de vomir.

Le garçon dit quelque chose à propos de mon nez et Rachel répond :

— Ah, ça ? Jonas est nourri par sonde. Mais tu n'as rien à faire, je m'occupe de tout ça.

Je veux leur crier de retirer ce satané tuyau, mais impossible. Je veux communiquer avec eux, leur décrire les élancements aigus dans le pied, mais je n'ai pas de mots. C'est la douleur qui me parle, qui m'appelle, qui hurle, barrant la route à mes propres pensées.

— Il est tombé ? demande le garçon.

— Oui, il a eu une crise d'épilepsie il y a quelques jours. Mais c'est moins grave que ça n'en a l'air. Ça va bien cicatriser, j'en suis sûr.

Une goutte de sueur glisse sur ma tempe et se fraie un chemin derrière mon oreille. J'entends un claquement suivi d'un cliquetis, puis je sens quelque chose de froid et visqueux sur ma main. Les doigts de Rachel la pétrissent, étalent le fluide avec de longs mouvements méthodiques et réguliers.

— Il a les mains tellement sèches ! Je lui mets de la crème hydratante au moins une fois par jour. Du cérat sur les lèvres, aussi.

Nouveau claquement. Rachel malaxe mon autre main.

— Uhh !

J'essaie de dire quelque chose, mais c'est plus un gémissement qu'un mot.

— Il sent ta présence, clame Rachel d'une voix théâtrale à la fois gaie et teintée de surprise. Ça va très bien se passer, j'en suis sûre.

— Heu, je ne sais pas. Les maladies, tout ça, je n'y connais rien.

— Tu dois seulement tenir compagnie à Jonas. Lire, mettre de la musique. Il est presque toujours calme, mais il arrive qu'il s'agite ou qu'il ait des crampes. Dans ce cas, tu dois m'appeler sans attendre, car il peut se blesser.

— Entendu.

— Tu peux lui lire quelques lignes ? Commence au marque-page.

— Maintenant ?

— Oui, pourquoi pas ?

Le garçon toussote et se lance dans la lecture.

— « Tu n'aimes pas Paris ? Non. Pourquoi ne vas-tu pas ailleurs ? Y a pas d'autre endroit où aller. »

Rachel s'esclaffe.

— Attends, je plaisantais. Tu n'es pas obligé de lire. Ce n'est qu'une visite aujourd'hui.

— Heu, okay. Joli bracelet.

La main de Rachel s'arrête et mon poignet est soulevé. Des doigts effleurent les perles en verre de ma mère. J'ai envie de pleurer, bien que je n'aie plus de larmes.

— Il est beau, non ? susurre Rachel, enthousiaste, avec un tremblement dans la voix. Il l'a fabriqué pour moi à l'école quand il était petit, mais après son accident, je le lui ai mis. Comme la promesse de rester toujours avec lui. Regarde les perles.

Le garçon se penche en avant ; je ne peux pas le voir, mais je sens son haleine contre ma joue, un souffle chaud et régulier qui empeste le tabac.

— M-A-M-A-N, épelle-t-il, comme un enfant qui apprend à lire.

Quand j'entends ça, quand il prononce ce mot qu'il ne devrait pas avoir le droit d'articuler, quelque chose s'éveille en moi et tout mon corps se tend en un spasme.

Je voudrais le frapper, je voudrais l'attraper et lui décocher un coup de poing si violent qu'il s'écraserait contre le mur, la tête la première. Mon bras est propulsé vers son visage, mais pas suffisamment vite pour l'assommer. Recourbant les doigts, je plante mes ongles dans sa peau et le griffe. Il bondit en arrière en criant.

— Jonas, voyons! halète Rachel. Je ne comprends pas ce qui s'est passé. Il n'a jamais…

— Pas de problème, ne vous inquiétez pas.

— Attends-moi ici, je vais chercher du désinfectant.

J'entends des pas et je vois la silhouette de Rachel disparaître de la pièce.

Le silence se fait. Je n'entends que les lourdes respirations du garçon. Puis des cliquetis.

Il me prend en photo. Mais pourquoi?

Puis les pas reviennent, Rachel ne va pas tarder.

Je force mes lèvres à former des mots pour tenter d'avertir le jeune homme. Bien que je n'aie pas apprécié qu'il touche au bracelet de ma mère, je ne veux pas que Rachel le surprenne. Mais aucun son ne sort. Ma bouche est comme paralysée, mes poumons impuissants et mes cordes vocales refusent d'obtempérer.

— Qu'est-ce que tu fais?

La voix de Rachel est calme, mais j'entends la peur et la colère sourdre sous la surface.

— Je voulais juste…

Rachel fait quelques pas dans la chambre.

— Pourquoi prenais-tu mon fils en photo?

— Je… je ne voulais pas… je…

— Donne-moi ce portable! crie Rachel.

Non! Non! Non!

Je hurle. Mais seulement dans ma tête.

MANFRED

Ulla Waldén nous reçoit dans son appartement dans le quartier de Gärdet, à Stockholm, où elle vient d'emménager. C'est une femme élégante d'une soixantaine d'années, aux épais cheveux poivre et sel ramassés en chignon. Elle porte un haut moulant en coton qui met en valeur son corps menu, de grands pendants d'oreilles et un collier de perles simple, sans doute plus onéreux qu'il n'en a l'air.

Sa poigne est vigoureuse malgré ses petites mains aux doigts fins. Led' lui serre la main avec enthousiasme et lui décoche l'un de ses rares sourires, tout en rentrant le ventre et en se redressant. Son visage s'adoucit, ses yeux pétillent avec malice – le bonhomme bilieux que nous connaissons se change pour un moment en gamin espiègle.

— Gunnar, enchanté, annonce-t-il, rayonnant.

Ils restent ainsi, dans l'entrée, quelques instants de trop, et Malin me jette un regard éloquent. Exactement comme lorsque nous sommes allés chez Tuula Ahonen, il y a de l'électricité dans l'air, une sorte d'énergie qui circule entre Led' et cette femme.

— Oh ! s'exclame Ulla avec un sourire gêné en observant sa main, toujours enfermée dans celle de notre collègue. Bienvenue, Gunnar.

408

Le moment étrange est passé, et Ulla nous introduit dans le séjour exigu, mais agréable. Les meubles portent la patine de l'âge, les sols sont ornés de tapis en lirette et les murs de tableaux colorés. L'air chaud de l'été pénètre par la fenêtre.

Ulla, les joues empourprées, nous invite à nous asseoir.

— Je vous offre un café ?

— Non merci, dis-je. Nous n'allons pas rester longtemps.

— Volontiers, affirme Led', en se redressant.

Avec un sourire, Ulla disparaît dans la cuisine. Malin et moi nous installons dans le canapé et Led', qui semble au septième ciel, se laisse tomber sur une chaise à accoudoirs. Lorsque Malin me regarde à nouveau, je lui adresse un petit signe de tête, confirmant que oui, j'ai remarqué le phénomène fugace et étonnant qui a eu lieu dans le hall.

Ulla réapparaît avec du café et des brioches à la cannelle sur un plateau argenté qu'elle pose sur la table basse. Elle déplace un vase de pivoines roses et quelques magazines puis, installée sur un tabouret, les lunettes rouges sur le nez, elle se tourne vers moi.

— Alors, vous voulez parler de Susanne Bergdorff ?

— Oui. Habituellement, vous êtes soumise au secret professionnel, mais étant donné que nous enquêtons sur des homicides présumés, vous n'y êtes plus tenue.

— Oui, je sais. En quoi puis-je vous être utile ? Susanne est-elle soupçonnée de quelque chose ?

J'évite de répondre directement à la question.

— Pouvez-vous nous parler un peu d'elle ?

Ulla esquisse un signe de tête et lisse sa jupe.

— Susanne est une patiente qui marque les esprits. Elle est venue me voir car elle était en dépression. Son médecin lui avait recommandé de consulter un psychologue. Elle n'avait pas une vie facile. Enfant, elle avait été victime de harcèlement scolaire. Elle avait des relations sociales problématiques. Pas d'amis proches. Ses parents sont décédés tôt, de cancer, je crois. Puis son mari a développé une sclérose en plaques et il est mort. On aurait pu penser qu'elle avait assez souffert, mais non : son fils a eu ce terrible accident.

Ulla se tait, lève les yeux au plafond, et reprend :

— Elle s'est occupée de son époux seule, à la maison, jusqu'à la fin. Et maintenant, elle s'occupe de son fils, apparemment. Elle s'est sacrifiée, d'abord pour son mari, puis pour son fils. Beaucoup de gens trouvent cela beau, mais je ne suis pas d'accord. J'estime qu'elle aurait pu se permettre de penser un peu à elle. C'est ce que je lui ai dit.

— Savez-vous comment est mort son époux ? s'enquiert Malin.

Ulla secoue la tête.

— Je ne connais pas les détails, mais je me souviens que tout le monde était étonné : bien sûr, il était atteint de sclérose en plaques, mais il n'était pas si malade, si j'ai bien compris. Un jour, il s'est éteint, sans prévenir. Pour Susanne, ça a été un choc.

Une pendule au mur sonne un coup. Je me racle la gorge.

— Êtes-vous toujours en contact avec Susanne ?

Ulla repousse ses lunettes sur l'arête de son nez avec un sourire triste.

— Non, j'ai arrêté de travailler. Je ne vois plus de patients. Après mon divorce, j'ai déménagé à Stockholm pour être plus près de ma fille, Greta.

410

Lorsqu'elle parle de divorce, son regard passe rapidement sur Led' qui sourit à nouveau et lève sa brioche à la cannelle à moitié mangée.

— *Absolument* merveilleuse ! s'exclame-t-il avec un tel enthousiasme qu'on croirait qu'elle a fabriqué une licorne et pas des viennoiseries tout à fait ordinaires, voire – pour être honnête – plutôt étouffe-chrétien.

Ulla lui décoche un sourire béat et son visage devient cramoisi.

— Oh, merci !

Je prends à nouveau la parole :

— Savez-vous si elle a retrouvé quelqu'un après le décès de son mari ?

— Non.

— Est-ce que le prénom Rachel vous dit quelque chose ?

— *Rachel ?* Non, je ne crois pas. C'est biblique, non ? Pas vraiment mon domaine.

Je fixe le tapis en me demandant si cet entretien va donner quelque chose. Cette psychologue élégante a beau être sympathique, elle n'a pas l'air de connaître quoi que ce soit qui pourrait faire avancer notre enquête.

— Est-ce que Susanne était intéressée par les questions bibliques ? s'enquiert Malin en prenant des notes dans son carnet.

Ulla hausse légèrement ses sourcils parfaitement dessinés.

— Eh bien… je ne sais pas si elle était particulièrement croyante, si c'est ce que vous voulez dire. Mais son père était pasteur, donc elle connaissait sa Bible et elle y faisait souvent référence.

— Vous souvenez-vous des passages en question ?

— Eh non. Ça fait bien longtemps que j'ai oublié ça. Enfin… si ! Bien sûr ! Suis-je bête ! Elle parlait de

Jonas dans le ventre de la baleine. Elle disait que son fils était comme enfermé dans le ventre de la baleine, comme le personnage biblique. Que la maladie le gardait prisonnier.

Le silence se fait. Après un coup d'œil dans ma direction, Malin poursuit :

— Avez-vous pu l'aider ?

— Je le crois. Susanne n'avait pas d'amis proches. Avec moi, elle pouvait au moins parler. Je l'ai encouragée à bâtir un réseau de personnes avec qui elle pouvait interagir, à Flen, où elle vivait, mais aussi sur Internet. Il y existe de nombreux forums et autres sites pour les gens qui sont dans la même situation qu'elle. Je l'ai incitée à y être active.

Malin cesse d'écrire, mais son regard reste rivé à son carnet.

— Elle l'était ?

— Oui, très. Surtout après la mort de son mari. Susanne s'est fait beaucoup d'amis sur Internet, ce qui l'a aidée à surmonter sa peine. C'est le soutien apporté par ces gens qui lui a permis de traverser cette période difficile, cela s'est vu sur elle. Elle les a aussi aidés, c'est la beauté de la chose. Puis son fils a eu son accident. À la suite de cela, elle s'est renfermée sur elle-même. Ses séances avec moi se sont espacées. J'étais d'abord inquiète pour elle, mais j'ai fini par comprendre qu'elle parlait avec ses autres amis – ses amis d'Internet.

— Pensez-vous que Susanne pourrait représenter un danger pour elle-même ? Ou pour les autres ?

— *Un danger ?* répète Ulla, l'air étonné, comme si elle ne saisissait pas bien la question. Je ne pense pas que Susanne puisse faire du mal à quiconque. Non. Elle n'était pas du tout violente, si c'est ce que vous voulez dire. Son gros problème, c'était son introversion, son incapacité à se confier.

Le portable de Malin vibre. Elle regarde l'écran puis me le montre. C'est un message de Malik : *Susanne Bergdorff vit à Marholmen, près de Stuvskär. RDV au boulot dans 15 min.*

— Ça doit être difficile, dis-je en me tournant vers Ulla pour tenter de mettre fin à la conversation sans être trop abrupte. De ne pas réussir à parler de ce qui fait le plus mal. Ce n'est pas…

— Bah, m'interrompt Ulla. (Elle sourit, ses yeux brillent, et pour la première fois depuis notre arrivée, je devine un véritable enthousiasme.) Les gens découvrent toujours une manière d'aller de l'avant. Cela ne passe pas forcément par la parole. Moi, j'ai parlé toute ma vie, toute ma carrière, mais on peut aussi écrire. Ce qui ne peut être dit peut sans doute être couché sur papier. Susanne a trouvé sa voix, par le biais de l'écriture. Elle écrit des poèmes. De très beaux poèmes, d'ailleurs.

SAMUEL

— Je suis navrée, explique Rachel en me caressant la joue. Je ne sais pas qui est ce Theo ni pourquoi il t'a pris en photo, mais tu ne peux pas rester ici.

La porte de ma chambre se referme, j'entends Rachel s'éloigner et je me retrouve seul avec la douleur et l'incertitude. *Tu ne peux pas rester ici.* Qu'est-ce qu'elle veut dire par là?

La porte d'entrée claque. Plus un bruit.

Mon esprit est plus clair, mon corps s'est réveillé, je peux remuer les doigts, mais pas les bras ni les jambes. J'ai compris qu'elle me drogue, mais pourquoi? Pourquoi fait-elle ce truc tordu? Ça l'excite de me garder dans ce lit, de me malaxer les mains avec de la crème hydratante, de me fourrer une sonde dans le pif?

Dehors, des pas approchent, mais j'entends autre chose aussi, des cliquetis, un claquement métallique comme un objet frappé contre un seau en fer-blanc.

Les pas pénètrent dans la chambre.

— Nous n'avons pas de temps à perdre, bredouille Rachel, sans s'expliquer.

Une main attrape mon bras droit, une autre mon pied, me tire vers le bord du lit.

414

Je lutte pour soulever les paupières, sans succès. Mais mes mains ont pris vie – j'écarte les doigts et je serre les poings, encore et encore, essayant de sortir mes bras de leur inertie. Je veux m'agripper au matelas pour l'empêcher de m'attirer au sol, en vain. Puis le lit disparaît sous mon épaule droite. Je glisse de la couche, mais je ne tombe pas par terre, non, j'atterris sur quelque chose de dur, semblable à une grosse caisse.

Rachel m'allonge sur le flanc, saisit l'une de mes jambes, la plie et la place dans la boîte. Idem avec la deuxième. Puis elle dispose mes deux bras contre ma poitrine de manière à me mettre en position fœtale.

Les pas sortent de la pièce. Ma joue est plaquée contre du métal froid. Mes mains se touchent, je sens la peau sèche, craquelée, et les perles en verre chaudes du bracelet. Mon corps voudrait éclater en sanglots à nouveau, mais cette foutue drogue qu'elle m'a injectée m'a déshydraté ; je suis devenu un lézard.

Les pas reviennent, quelque chose de doux me tombe dessus, une couverture, ou une nappe. La boîte se met en branle et je comprends : cette psychopathe m'a jeté dans sa brouette, comme elle l'a fait avec Igor !

Nous sortons par la porte, descendons la rampe, continuons tout droit – le gravier crépite sous les roues, ce qui signifie qu'elle se dirige vers la route.

La brouette avance cahin-caha, ma tête ballotte, rebondit contre le fond en métal sans que je puisse l'en empêcher. Ça sent la terre et l'herbe. De minuscules cailloux se glissent entre mes lèvres.

Je pense à ma mère et à Alexandra – je ferais n'importe quoi pour les récupérer, pour récupérer ma vie. Je pense à l'ironie de la situation : je croyais rouler Rachel dans la farine, la voler, alors que c'était elle la *méchante* de l'histoire.

Rachel, cette femme si douce, si gentille, toujours si compréhensive ; qui fait des crêpes, qui ressemble à ma mère, qui aime les roses, qui se baigne tous les matins et qui m'a sauvé la vie.

Est-elle vraiment en train de me pousser dans une brouette ?

C'est tellement dingue que c'est forcément une punition divine ! Mais même maintenant, j'ai du mal à croire qu'il existe un Dieu. Même maintenant je ne peux pas espérer un salut miraculeux. Car s'il y avait eu un Dieu, je suis certain qu'il n'aurait pas laissé Rachel faire un truc aussi pervers. Non, il l'aurait broyée entre ses doigts comme un vulgaire insecte avant qu'elle n'ait eu le temps de parler de crème hydratante.

La brouette rebondit sur une bosse, éjectant mes mains par-dessus bord.

Pourquoi reste-t-elle muette ? Pourquoi n'explique-t-elle pas pourquoi elle agit de la sorte ?

Comme si cela changeait quelque chose ! Tu vas crever de toute façon, espèce de toquard !

Mes yeux me brûlent, on dirait de vraies larmes. Peut-être que le narcotique est en train de lâcher prise, peut-être que les larmes couleront malgré tout.

Quelque chose me pique la joue, quelque chose d'acéré, presque comme une aiguille ou une petite branche. Rassemblant mes forces, j'ouvre une paupière pour tenter de voir de quoi il s'agit, mais l'objet est trop proche de mon œil. Puis la brouette cahote à nouveau, propulsant la petite chose orange à une dizaine de centimètres de mon visage. C'est une coccinelle, mais pas une vraie. On dirait une boucle d'oreille.

416

La brouette s'immobilise, ma tête se retrouve plus bas que mes pieds. Quelques secondes de silence, puis j'entends les clefs cliqueter, le portail grincer. Ma tête remonte et la brouette se remet à rouler.

Au bout d'un moment, j'ai l'impression que Rachel bifurque. Le tissu qu'elle a étendu sur moi me chatouille la joue et j'aimerais me gratter, mais je ne peux pas bouger.

Il me faut quelques secondes pour comprendre où elle me conduit. Mon estomac se noue, mon cœur s'emballe dans ma poitrine, comme un lapereau apeuré. Je ne pense qu'à une chose : m'échapper d'ici d'une manière ou d'une autre. L'arrêter. Mais ni mes bras ni mes jambes ne m'obéissent. Je gis, impuissant, sur le côté, les bras pendant par-dessus le bord de la brouette.

Je tâtonne, cherchant une forme à laquelle m'agripper, n'importe quoi – une branche ou une pierre – mais autour de moi il n'y a que l'air, la caresse exaspérante de la brise d'été.

Je vais mourir aujourd'hui et rien de ce que je fais ne pourra l'empêcher.

Je vais mourir aujourd'hui, maman.

Je joins les mains, désespéré, et tout à coup, une idée surgit dans mon esprit.

J'ignore si ça va marcher, mais ça vaut la peine d'essayer. Après tout, c'est un simple problème de maths. D'après mon calcul, il y a deux cent cinquante-deux pas jusqu'à sa destination finale et elle ne peut pas avoir fait plus de dix pas depuis le portail. Je fais une rapide estimation, puis je commence à compter les pas de Rachel.

Un, deux, trois…

PERNILLA

Nous sommes sur le port lorsque Björn arrive en courant le long de la route tel un pantin disloqué. On dirait qu'il est poursuivi par des loups. Ses longues jambes volent sur les graviers poussiéreux, son visage est écarlate et ses cheveux blonds forment une crinière derrière lui.

— On est là ! appelle Stina avec force gesticulations, faisant tinter ses bracelets.

Nous nous précipitons à sa rencontre et le rejoignons devant le petit musée du village. Il se jette dans les bras de sa mère, haletant, incapable de prononcer un mot.

— Je t'avais dit de ne pas la suivre, le réprimande Stina, mais tu ne m'écoutes jamais ! Combien de fois dois-je…

— Mais, fait Björn entre les ahanements, on n'aurait jamais su où elle habite ! Elle m'a dit qu'elle allait faire des courses si je ne voulais pas l'accompagner pour rencontrer Jonas.

— Qu'est-ce que tu t'es fait au visage ? Tu saignes !

— On devrait peut-être le laisser reprendre son souffle, dis-je.

Je lui tends une bouteille d'eau qu'il accepte sans mot dire. Il la vide d'une traite puis se penche en avant, les mains sur les cuisses, et crache sur les graviers secs.

— Tout concorde, dit-il en se redressant. Elle a un fils handicapé, je l'ai vu, je l'ai même pris en photo. Il m'a griffé. Je ne comprends pas comment c'est possible, parce qu'il avait l'air inconscient. Mais elle, Rachel, elle est bizarre. Elle a essayé de m'arrêter quand je suis parti de la maison.

— *Mon Dieu !* s'exclame Stina en plaquant les mains sur sa bouche.

— Bah ! J'ai réussi à m'enfuir. Mais je suis sûr qu'il y avait au moins trois kilomètres, et je flippais qu'elle prenne sa voiture pour me rattraper. J'ai couru dans les bois, à côté de la route. Tu ne te rends pas compte combien c'est crevant.

Stina croise mon regard, lève les yeux au ciel et secoue la tête.

— Pourquoi tu ne fais jamais ce qu'on te dit ? Comment se fait-il que toi, qui as de si bonnes notes à l'école, tu sois incapable de suivre une instruction des plus simple ? On se demande si tu n'as pas un grain.

Je me tourne vers Björn.

— Est-ce que je peux voir les photos ?

— Bien sûr.

Il sort son portable de sa poche, introduit le code PIN, tapote l'écran plusieurs fois et me tend l'appareil.

J'examine les clichés. Un jeune homme dans un lit médicalisé. Sa tête est détournée et l'image est trop sombre pour que l'on distingue ses traits. Mais il est maigre. Presque émacié. Son visage paraît gonflé, criblé de croûtes. Une main repose sur la couverture et autour du poignet il porte… un bracelet. *Doux Jésus !* J'agrandis l'image. Oui, ce sont bien des perles en verre dans lesquelles je devine des lettres. Pas de doute. C'est bien le bracelet que Samuel a confectionné pour moi.

— Montre-moi où elle habite ! dis-je dans un murmure.

— Non, répond Stina. On va au commissariat !

— Et si on *appelait* la police ? suggère Björn.

— D'accord, mais ensuite vous me conduisez chez cette Rachel. Elle doit savoir où se trouve Samuel.

Une demi-heure plus tard, j'observe depuis le chemin de gravier la maison de Rachel, une magnifique bâtisse blanche aux fenêtres vertes.

Stina et Björn sont allés retrouver le policier auquel nous venons de parler, celui avec qui on nous a mis en relation lorsque nous avons téléphoné.

La clôture qui entoure le jardin me semble étrangement haute – elle m'arrive presque à la poitrine. Je suis sûre que dans ce quartier, on n'appelle la police que pour descendre les chats des arbres. Contre quoi veut-on barricader sa maison de campagne ?

Ou bien, est-ce le contraire ? Veut-on garder quelqu'un prisonnier dans ce pavillon ? Comme du bétail dans un enclos ? L'idée me donne la chair de poule, et je pense à Samuel.

— Oh ! Mon fils ! Comme je t'ai abandonné ! Tu filais un mauvais coton, et je ne t'ai pas aidé. Toutes ces fois où tu aurais eu besoin de mon soutien et où je me suis contentée de prier et de te faire avaler de l'huile de poisson. Mais maintenant c'est fini. Je viens te chercher.

Mon portable vibre. C'est un message de ce policier, Manfred.

Ce qu'il nous a raconté tout à l'heure, au téléphone, à propos de Rachel et de ce poème que j'ai déposé au commissariat, est l'histoire la plus étonnante et la plus effroyable qu'il m'ait été donné d'entendre. En fait, elle est si incroyable qu'elle ne peut qu'être vraie. *Personne* ne peut inventer une chose pareille.

Les vers mélancoliques me reviennent en mémoire, ces lignes que j'ai lues tant de fois que je les connais par cœur.

> *Et pour moi la chute, la mort, sans espoir de réveil*
> *Mais au fond de mon malheur*
> *Je vis un lion approcher*

C'est donc Rachel qui a écrit ce poème ; elle serait coupable, avec un complice, de plusieurs crimes graves.

Le lion...

Voyons voir... Il y a quelque chose qui cloche. D'abord, le fils de Rachel n'est pas mort, comme le suggèrent les vers. Je l'ai vu sur la photo de Björn. Ensuite, Rachel et Jonas sont des noms hébraïques alors que *Leo* vient du latin, n'est-ce pas ? En outre, il faut retirer un « l » et inverser l'ordre des lettres pour passer d'Olle à Leo. N'est-ce pas étrange ?

Ça doit être parce que j'ai suivi des cours de catéchisme que je n'arrive pas à lâcher prise. Les policiers avec leurs diplômes et leurs titres ronflants doivent bien savoir ce qu'ils font.

Pourtant, l'interprétation de Manfred me trouble, sans que je comprenne pourquoi.

Le lion et l'agneau.

L'agneau et le lion.

L'image du pasteur avec son visage gonflé d'orgueil m'apparaît. Il est debout dans le local de culte, devant les tableaux illustrant les Saintes Écritures.

Je frissonne en dépit de la chaleur et je trépigne dans l'herbe jaunie, frustrée de voir s'estomper ce souvenir sans que j'en aie saisi la portée.

Je relis le message de Manfred : il dit que nous ne devons sous aucun prétexte nous approcher ou entrer dans la maison de Rachel. Nous devons les attendre à Stuvskär.

Je lâche mon portable qui s'échoue dans l'herbe avec un bruit sourd. Le mouchoir en papier que je tiens à l'autre main s'envole dans la brise et reste accroché aux branches d'un petit pin desséché qui, contre toute attente, a réussi à survivre dans la faille d'un imposant rocher près de la route.

Faisant volte-face, je me dirige vers la haute clôture.

Au diable l'Église et toute la sainteté ! Au diable le pasteur et la communauté ! Au diable mon père et ses mensonges ! Au diable ce flic et ses histoires, qui veut m'empêcher de trouver mon fils.

— J'arrive Samuel ! Qu'importe leur avis. Tu as attendu assez longtemps. J'arrive.

MANFRED

La voiture décolle à chaque dos-d'âne et, si mon genou malade en souffre, je le sens à peine, tant je suis concentré sur la route. Il s'agit de sortir de la ville au plus vite.

Nous venons de quitter Led' et Malik qui ont sauté dans un autre véhicule, direction le port de Stuvskär, où ils vont retrouver Stina et Björn Svensson et Pernilla Stenberg.

Malin et moi nous rendons directement chez Susanne.

Malik a accompli un excellent travail : le phare que l'on voit sur le blog de Susanne s'appelle le Klokaren, c'est le phare le plus ancien de la côte est. Il est unique en son genre.

D'après le paysage – la mer, les îles et la position du soleil – Malik a déduit que la photographie avait été prise à Marholmen, à quelques kilomètres à l'ouest de Stuvskär. Cette petite île ne compte que deux propriétés. Malik a découvert que l'une d'entre elles appartient à une vieille dame, Maj-Lis Wennström, la fille du dernier gardien du phare. Depuis qu'elle s'est installée dans une résidence pour personnes âgées, il y a maintenant un an, elle loue sa maison. En partie adaptée aux handicapés, elle convenait sans doute très bien à

Susanne, alias Rachel. Led' a parlé avec l'autre habitant de Marholmen, qui a pu confirmer qu'une femme du nom de Rachel vit bien là avec son fils.

— Malik a bien bossé, dis-je à Malin. Et même si je n'aime pas trop que Pernilla Stenberg ait joué les détectives privés, nous avons deux sources indépendantes qui pointent vers cette maison.

Malin jette un coup d'œil à sa montre.

— Tu es sûr qu'on ne devrait pas attendre les collègues du commissariat de Haninge ?

Pour toute réponse, je bifurque sur Nynäsvägen, et mets le pied au plancher

— Gyrophare ? demande Malin.

J'acquiesce et Malin met en route le gyrophare et la sirène.

— Pourquoi est-on si pressé ? s'enquiert-elle.

— Je n'ai pas encore compris comment tout s'articule, mais quelque chose nous échappe.

Je rétrograde, accélère et dépasse un poids lourd qui se traîne dans la montée. Après quelques instants de silence, Malin reprend :

— Pourquoi as-tu parlé du poème à cette Pernilla Stenberg ?

— Je voulais voir si elle savait quelque chose de plus, si elle l'avait interprété de la même manière que nous.

— Et ?

— Elle ne s'était pas dit que les animaux pouvaient symboliser des personnes réelles. En revanche, elle savait que Rachel signifiait agneau, ou plutôt brebis, et Yonah colombe, en hébreu. Elle a l'air de s'y connaître en... questions bibliques.

Je réfléchis un instant avant de poursuivre :

— Mais ses paroles étaient un peu confuses.

— Comment ça, confuses ?

— Elle parlait de trucs complètement hors de propos. Comme le fait qu'elle avait mal au cou parce qu'elle avait dormi dans la voiture. Et qu'elle avait un tas d'affaires de scout avec elle parce qu'elle aurait dû partir en randonnée, mais qu'elle n'y est pas allée parce qu'elle s'est disputée avec un pasteur à qui elle avait fait confiance toute sa vie, mais dont elle venait de découvrir la vraie nature. Enfin, tu vois. Elle ne tourne pas rond.

Malin médite quelques instants sur ce que je viens de dire, puis change de sujet :

— J'ai appelé ma mère. (Surpris, je ne réponds pas.) Je ne sais pas… Tous ces jeunes hommes morts ou disparus, et leurs proches désespérés. Je me suis dit que… Je ne veux pas que ma mère et moi nous perdions de vue. Malgré tout ce qui s'est passé. Après tout, c'est elle qui m'a… (Malin prend une longue inspiration et continue, dans un murmure.) élevée. Aimée. Tout ça.

— C'est bien. (Je lutte pour garder une voix calme.) Vous allez vous voir ?

— Chaque chose en son temps.

Le trafic se densifie et je ralentis.

— Merde !

— Un accident, constate Malin, immobile.

Nous sommes bloqués derrière une Volvo rouge pleine à craquer de bagages et de gamins, avec un chien qui bave sans relâche. Des klaxons se font entendre plus loin devant nous, et un motard lancé à vive allure nous dépasse par la gauche.

Je regarde ma montre, puis les voitures qui ne bougent pas d'un iota, et je sors mon téléphone pour passer un coup de fil à Pernilla Stenberg. Je veux vérifier qu'elle attend bien Malik et Led' à Stuvskär. Ça sonne dans le vide, et je tombe sur son répondeur. « Bonjour, vous êtes sur le répondeur de Pernilla. Pernilla Stenberg. Laissez un message et je vous contacterai. Je veux dire, je vous rappellerai. Dès que possible. »

— Eh merde !

J'observe à nouveau l'embouteillage.

— Veux-tu que je passe un appel radio pour savoir quel est le problème ? demande Malin en suivant mon regard.

— Autant aller voir.

Je me déporte à gauche, et dépasse lentement la longue file de véhicules. Aucune voiture n'arrivant dans l'autre sens, j'en conclus qu'il y a un barrage plus loin.

Au bout d'un kilomètre, je distingue la lumière bleue d'un gyrophare, puis une ambulance et deux voitures de police stationnées au beau milieu de la chaussée. Sur la file de droite, plusieurs voitures sont vides, souvent portières ouvertes, comme si les occupants avaient quitté précipitamment leur véhicule.

J'éteins le gyrophare et la sirène de ma voiture, baisse la vitre et roule jusqu'à un policier en train de converser avec une femme qui porte un nourrisson dans ses bras.

— Bonjour, dis-je en montrant mon badge. Il y a eu un accident ?

Le jeune policier métis opine du chef.

— Une camionnette a renversé un cavalier. C'est le bordel.

Je jette un coup d'œil vers l'avant, mais je ne vois qu'une foule de curieux qui ondoie comme une mer agitée. On dirait que tout le monde brandit son portable pour filmer ou prendre des photos. Certains portent même leurs enfants sur les épaules pour leur permettre de mieux voir.

— Mais ce n'est pas possible ! Les gens sont devenus fous ! s'exclame Malin.

426

Le jeune collègue opine de la tête.

— Les ambulanciers ont eu du mal à s'approcher du blessé à cause de toutes les personnes en train de filmer ! Mais personne n'est venu en aide au cavalier à terre.

— Est-ce qu'on peut passer ? On est sur une intervention urgente.

J'utilise à dessein le terme qui indique que nous pouvons rouler aussi vite que nous voulons et enfreindre les règles de la sécurité routière.

— Je vais voir ce que je peux faire.

Le collègue se dirige vers un autre agent en uniforme, ils devisent quelques instants, puis l'un d'entre eux crie quelque chose et la foule se disperse. Le policier métis nous fait signe de passer. Nous traversons la mer de curieux et de secouristes. Je distingue un cheval couché sur le flanc au milieu de la route, immobile, dans une mare de sang. Un pompier est en train de fixer une chaîne autour de son ventre, sans doute pour le déplacer sur le bord de la chaussée afin que le trafic puisse reprendre.

Une camionnette blanche est arrêtée près du bas-côté et un homme assez âgé en veste en tweed démodée est étendu par terre. Accroupi à ses côtés, un infirmier est en train de lui parler.

Dès que nous avons dépassé le lieu de l'accident, j'enfonce la pédale d'accélération si fort que je suis plaqué contre mon siège.

— On devrait y être dans un quart d'heure. J'espère que ça ne sera pas trop tard.

PERNILLA

Mes paumes éraflées sont criblées d'échardes. Je les retire avant de jeter un coup d'œil à la clôture que je viens de franchir. Mon père serait fier de moi. Lui qui était toujours déçu de mes piètres résultats en sport, à l'école – même si mes notes en enseignement religieux permettaient de les compenser, du moins en partie.

Je me dirige vers l'entrée, foulant les graviers de la mince allée qui traverse la pelouse, puis, pour éviter de faire du bruit, je décide de marcher sur l'herbe.

Autour de moi poussent des arbres fruitiers et sur ma droite s'étale une plate-bande de roses rouges aux boutons parfaits. Leur parfum lourd et sucré sature l'air déjà étouffant. Je grimpe le perron, mais je m'arrête à mi-chemin. Il y a une valise sur le palier et la porte est ouverte. J'hésite. Sonner ou entrer discrètement ?

Et si la femme qui se fait appeler Rachel n'avait strictement rien à voir avec la disparition de Samuel ? Ce serait terriblement embarrassant d'être surprise en train de fureter chez l'employeur de son fils. C'est peut-être même illégal !

Je ne peux pas faire quelque chose d'illégal.

En outre, imaginons que l'homme dont a parlé le policier se cache dans la maison ? Le complice – le *lion*.

Puis je songe à Samuel – comme il me manque ! Je pense à tout ce qui n'a pas été dit, ce qui n'a pas été fait. Je suis la seule personne qui le cherche, la seule personne à qui il peut se fier.

On fait tout pour son enfant. Tout, et un peu plus.

— Si je te retrouve, je te promets de te rendre ton père… Je deviendrai une meilleure personne.

Je réfléchis.

— Et je perdrai dix kilos.

Une fois dans le vestibule, je tire la porte pour éviter que le vent ne s'y engouffre et ne la fasse claquer. Quelques secondes plus tard, elle se ferme avec un bruit sourd et métallique. Mon cœur fait un bond dans ma poitrine. Je me fige, j'écoute. Rien. Ni pas ni voix. Pas de lion aux crocs acérés qui me saute dessus.

Je jette un regard à la ronde. L'entrée semble tout droit sortie d'une peinture de Carl Larsson. Les murs sont couverts de lambris bleu et décorés d'une frise à fleurs. Des vêtements d'homme sont suspendus à des patères – des pulls à capuche, une parka et une doudoune fine. Sur une petite console grise et patinée adossée au mur trône un bouquet de roses rouges dans un vase en verre. Un peu plus loin dans l'entrée, j'aperçois deux valises noires. Quelqu'un vient d'arriver ou est sur le départ.

Quelques pas hésitants, puis je retire mes chaussures. Par une porte entrouverte, je distingue un lit médicalisé vide au panneau de tête métallique, ainsi qu'un grand portique duquel pend un harnais noir. Les sangles se balancent lentement, comme si on venait de les pousser.

Près du lit, une petite table avec une rose dans un vase, et un tube de crème. Une autre valise. Les murs sont criblés de morceaux de scotch, comme s'il y avait eu là des posters à présent détachés. Par terre, à côté de la valise, une vieille paire de chaussures de football.

Est-ce la chambre de Jonas ? Mais dans ce cas, où est-il ? Björn était là il y a moins d'une heure, et il l'a vu. Et où est Rachel ?

Une vague odeur de produit d'entretien et d'autre chose – peut-être du chlore – me pique le nez. Au loin, je distingue un grincement.

Mon cœur fait un nouveau bond dans ma poitrine, la sueur coule sur mon front et entre mes seins, mes mains tremblent si fort que je regarde autour de moi, craignant de faire tomber involontairement quelque chose.

La chambre m'oppresse, semble rétrécir, mon champ de vision se resserre à mesure que la peur s'empare de mon corps, envahit la moindre parcelle de mon organisme. Mes jambes cessent de m'obéir et mes bras pendent comme des morceaux de chair exempts de volonté. Mes mains et mes pieds picotent, ma bouche est pâteuse.

Cette terreur panique me renvoie à mon enfance, à ces heures solitaires pleines d'angoisse avec un monstre sous mon lit, à ces promenades dans les forêts obscures, où les loups étaient à l'affût dans les fourrés. C'est là que les mots sortent tout seuls de ma bouche.

Dancing Queen
Mamma Mia
Chiquitita
The Winner Takes It All

Mon cœur retrouve son rythme, mes membres leur sensibilité, la chambre n'est plus floue.

Fernando
Waterloo
When I Kissed The Teacher

Tournant la tête, je découvre un salon où le soleil pénètre par les grandes fenêtres à croisillons. L'une d'entre elles est ouverte et claque doucement dans la brise. C'est de là que devaient venir les grincements. Je secoue la tête, dépitée par ma propre imagination, puis je prends une profonde respiration et m'y dirige.

Head Over Heels
Name Of The Game

Mes pas sont plus calmes, à présent. Résolus. Ce sont des pas qui savent ce qu'ils veulent et qui ne craignent pas les monstres sortis de l'imagination. Mais les larges lattes du parquet émettent des craquements sinistres, m'obligeant à m'arrêter.

De l'autre côté des vitres, la mer s'étend, indolente, dans le soleil de l'après-midi, condamnée à tendre vers le ciel, pour toujours, en ne réussissant qu'à atteindre l'horizon.

Le salon est meublé de canapés et fauteuils blancs, de bibliothèques garnies de livres de toutes les tailles et de toutes les couleurs, de photographies et de bibelots.

À côté d'une photographie représentant une femme et un petit garçon se trouve un saladier sur pied en verre bleu cobalt qui me rappelle le vieux plat à gâteaux que j'ai hérité de ma grand-mère. Dedans, une montre d'homme au bracelet en cuir, une coque de téléphone mobile décoré d'une feuille de cannabis et… et…

La fenêtre grince, heurte un pot de fleurs, un souffle d'air chaud me caresse la nuque et je frissonne.

Je fixe le grand bol bleu, incrédule. À côté de la coque de portable, il y a un porte-clefs constitué de deux minuscules objets en plastique : un poisson et un livre.

C'est le porte-clefs de Samuel – c'est moi qui le lui ai donné. Nous en avons commandé pour tous les enfants qui participaient aux activités de la congrégation. Bien sûr, ce sont des gadgets bon marché, mais ce qui importe, c'est la symbolique – le poisson représente évidemment le christianisme et le petit livre n'est autre que la Bible.

Mais pourquoi les clefs de Samuel sont-elles encore ici, dans le saladier bleu, s'il n'est plus là ? J'effleure du bout des doigts le porte-clefs, comme si ce modeste objet en plastique pouvait me transmettre un message secret.

Boum !

Je me retourne par réflexe, m'attendant à voir la fenêtre cogner à nouveau le pot de fleurs, mais je me retrouve nez à nez avec une femme.

Elle porte un short en jean et un fin chemisier blanc. Ses cheveux bruns, presque noirs déferlent sur ses épaules, flottent comme un fleuve le long de son cou marmoréen.

Elle est splendide. Jamais je n'ai rencontré une femme aussi belle et, en dépit de la panique qui me frappe une nouvelle fois de plein fouet, je perçois que nous nous ressemblons beaucoup – un peu comme deux sœurs. L'une est devenue belle, l'autre laide.

Rachel.

— Qui êtes-vous et que faites-vous chez moi ? demande-t-elle d'une voix stridente.

Dans son poing fermé, elle serre un petit objet qui reflète les rayons du soleil lorsqu'elle bouge.

J'écarte les lèvres pour répondre, mais les mots ne sortent pas. Rachel se dirige vers moi. Je bats en retraite, heurte du coude le saladier bleu qui tangue dangereusement, mais reste sur l'étagère.

— Qui êtes-vous ? hurle-t-elle.

— Je…

Ma voix se brise, je recule vers le vestibule, bute sur le pas de la porte, manque de tomber, mais me rattrape in extremis au cadre de la porte. Mes mains moites glissent. Je perds à nouveau l'équilibre.

Honey Honey
When All Is Said And Done

— Samuel… Je suis la maman de Samuel. Où est-il ?

Rachel marche vers moi, je continue de reculer, trébuche à nouveau et entre en collision avec la console grise. Le vase bascule, se fracasse par terre, répandant des bris de verre et des fleurs sur le sol. Mes mollets sont trempés.

— Samuel est parti, dit Rachel.

— Non. J'ai vu ses clefs. Il doit être ici.

— Il est parti, répète-t-elle en esquissant un pas de plus vers moi, il a accepté une autre mission, une mission plus importante. Comme tous les autres.

Elle s'arrête, un air de profonde mélancolie passe sur son visage, et la tristesse semble tout à coup apaiser sa rage. J'en profite pour continuer de parler. Juste parler. Finalement, c'est ce que je sais faire.

— Il me manque tellement, dis-je et, à ma grande surprise, ma voix porte.

Sourcils froncés, elle observe les roses sur le sol, puis secoue la tête.

— Je sais ce que c'est…

Je suis son regard qui se pose sur un bloque-porte en fonte en forme de petit agneau. Une idée me vient – une idée si terrible que je suis réticente à la suivre jusqu'à son effroyable conclusion.

Le poème… L'agneau en métal…

L'image du pasteur apparaît à nouveau sur ma rétine, avec son sourire suffisant, et derrière lui, l'illustration qui représente un agneau reposant, confiant, à côté d'un immense lion.

Le lion de la tribu de Juda.

L'agneau sacrificiel.

C'est d'une simplicité ! Comment ai-je pu passer à côté ? Et ce policier qui se croyait si malin !

— C'était vous ! Vous êtes à la fois le lion et l'agneau. Le pardon et la lutte, comme Jésus. Il n'y avait pas de complice.

— Je ne comprends pas de quoi vous parlez, répond Rachel, les yeux baissés.

— Vous n'avez pas le droit de jouer avec Dieu. Ou plutôt de jouer à Dieu.

Rachel ne relève même pas mon lapsus. Sa paupière frémit légèrement et elle s'appuie contre le mur.

— J'ai lu le poème. Samuel m'a écrit un message dessous. Sous le poème. Il l'a laissé dans la voiture. Ma voiture. Donc je l'ai trouvé.

— Mon compagnon est écrivain…

— Vous connaissez votre Bible. Mais moi aussi. Le lion et l'agneau ne font qu'un. L'agneau sacrificiel qui est mort pour nous et le lion, le roi, le messie. Ce sont les deux formes de Jésus, c'est ainsi que vous vous voyez, non ? Comme Dieu. Et comme Dieu vous vous arrogez le droit d'arracher la vie.

— Je veux seulement retrouver mon fils, marmonne Rachel. Comme vous.

Elle pleure, à présent. De grosses larmes roulent sur ses joues pâles ; son visage exprime une profonde souffrance. C'est là que je comprends le choix du prénom. Rachel, ce n'est pas seulement l'agneau.

Je me remémore les mots de l'Évangile de saint Mathieu, j'entends presque la voix de mon père me lire ce passage de sa vieille Bible cornée :

> *On entend des cris à Rama, Des lamentations, des larmes amères ; Rachel pleure ses enfants ; Elle refuse d'être consolée sur ses enfants, Car ils ne sont plus.*

Rachel lève les yeux, s'approche de moi, le verre crépite sous ses pieds nus, elle laisse derrière elle des empreintes de sang, mais son visage reste de marbre.

— Où est Samuel ?

Je recule encore vers la porte d'entrée, cherche à tâtons la poignée, la trouve.

— Il a disparu. Disparu. Ils ont tous disparu.

La gorge nouée de sanglots, je réponds :

— Non. Il n'a pas disparu ! Vous comprenez ? Vous savez où il est et vous allez me le dire.

La poignée est froide contre ma paume ; je l'abaisse, mais la porte ne s'ouvre pas. Je m'appuie dessus de tout mon poids, mais rien n'y fait.

Je cherche les clefs du regard. Elles doivent bien être quelque part !

Rachel secoue lentement la tête. Une flaque de sang s'étend autour d'un de ses pieds, mais elle n'en a cure. Elle soulève devant moi un gros trousseau de clefs.

— C'est ça que vous cherchez ?

MANFRED

— Aucune chance que je franchisse cette clôture, dis-je en lorgnant ma proéminente bedaine.

— Bien sûr que si, m'encourage Malin qui est déjà de l'autre côté. Si j'en suis capable dans mon état, toi aussi.

Je l'imite, réticent, et je m'humilie au passage. Je reste coincé à mi-parcours, déchirant mon pantalon de tailleur anglais hors de prix avant de culbuter par-dessus la barrière et de tomber tel un fruit pourri en automne. Je m'échoue dans l'herbe, sur le flanc. Mon mauvais genou hurle de douleur. Je me hisse lentement, demeure quelques instants à quatre pattes comme un clébard avant de parvenir à me mettre debout.

Au même moment, mon téléphone vibre : un message d'Afsaneh.

« Viens à l'hôpital tout de suite. »

Une main glaciale enserre mon cœur.

« Que s'est-il passé ? »

Puis je me précipite derrière Malin, aussi vite que mon genou me le permet. Elle est sur le perron en train d'observer la façade blanche. Elle se retourne vers moi, me regarde dans les yeux, puis tente d'ouvrir la porte. Arrivé à sa hauteur, je m'arrête et, les mains sur les genoux, je tente de reprendre mon souffle.

Malin me jette un regard interrogateur, frappe doucement à la porte et examine la serrure.

— Elle est blindée. On n'entrera pas par là.

— On pourrait peut-être sonner, comme des gens
civilisés.

— Fais-le, toi. Je vais jeter un coup d'œil aux
fenêtres.

Malin descend les marches quatre par quatre alors que
je me relève pour essuyer la sueur de mon front.

Je presse le bouton en étain. Un vrombissement perce
le silence. J'attends, mais il ne se passe rien. Je recommence. Toujours rien. Personne n'ouvre. Pas de Rachel
derrière la porte. Je suis de plus en plus convaincu qu'il
y a un problème.

Malin réapparaît.

— J'ai entendu quelque chose. Comme un cri. Ça
venait de la maison. On devrait peut-être rester ici et
appeler les renforts.

Ma collègue a raison, je le sais. Cela contrevient à
toutes les règles, même à celle du bon sens, de nous
introduire seuls dans cette maison. Les femmes enceintes
ne sont pas autorisées à porter une arme, encore moins
à tirer. Pourtant, j'ai l'intime conviction que le temps
presse.

— On doit entrer !

— Il y a d'épais barreaux à toutes les fenêtres du
rez-de-chaussée. Elle devait vraiment craindre les cambriolages. Il y a une terrasse qui donne sur la mer, mais
on ne peut pas y monter. Il y a un précipice devant.

J'observe la villa, ses rives de pignon en bois découpé,
les grilles et la porte blindée.

— Est-ce qu'on a toujours le câble en métal dans la
voiture ?

— Je crois que oui. Pourquoi? Tu veux nous faire grimper? On n'est pas exactement les plus lestes de l'équipe, toi et moi.

Malin sourit, comme si l'idée de nous deux suspendus à un câble était comique.

— Non, on va passer par cette fenêtre, dis-je avec un mouvement de la main vers le coin de la bâtisse.

Quelques minutes plus tard, ayant accroché le câble, je tire légèrement dessus.

— Prêt? crie Malin depuis la route.

— Prêt!

Il y a un silence puis la portière claque et le moteur s'allume. Le câble se tend, ça grince et de petites lézardes apparaissent dans le bois autour des points où sont fixés les barreaux. Les craquelures s'agrandissent, les fibres du bois se déchirent et de longs éclats de bois se dressent.

Malin met les gaz, les roues crissent sur l'allée et tout à coup, dans un formidable craquement, la grille se détache. Après un vol plané, elle s'échoue dans l'herbe un peu plus loin.

Protégeant mon poing de ma veste, je brise la vitre pour ouvrir la fenêtre de l'intérieur. Malin me rejoint en courant.

— J'y vais, annonce-t-elle avant d'entrer par la fenêtre avec une agilité surprenante.

Elle me tend une main que je saisis pour pénétrer derrière elle dans une chambre où trônent un lit médicalisé et une sorte de portique métallique. Il y a deux portes : par celle de droite, j'aperçois ce qui doit être le vestibule, dont le sol est couvert de sang, de roses rouges et d'éclats de verre. Malin dégaine son arme et désactive le cran de sûreté. Je l'imite et lui emboîte le pas dans l'entrée.

— Là, dit-elle en indiquant des empreintes de pas écarlates qui mènent dans le salon où de grandes fenêtres donnent sur la mer.

Autour d'un fauteuil blanc renversé, le sol est barbouillé dc sang et jonché des fragments d'un pot de fleurs.

Les portes-fenêtres ouvertes donnent sur une terrasse ceinte d'un garde-corps blanc dont unc partie semble avoir été démolie. Juste à côté des planches brisées, une personne est suspendue dans le vide, agrippée à la balustrade.

Mon cœur se met à palpiter, je me précipite vers la porte et, à cet instant, je ne suis plus dans la maison de Rachel à Stuvskär. À cet instant, je suis chez moi, Karlavägen, c'est le printemps et Nadja n'est pas encore…

Alors je cours.

Je cours parce qu'il n'y a rien d'autre à faire, parce que j'y suis obligé. On ne peut pas laisser son enfant tomber, mourir. C'est la seule chose qu'on n'a pas le droit de faire ici-bas.

— Nadja !

Je hurle lorsque j'arrive sur la terrasse, lorsque je vois les mains qui serrent de toutes leurs forces le bois.

— Nadja !

J'ai la peur chevillée au corps, car je sais déjà comment ça va finir, mais je me jette vers elle – c'est ce qu'on fait dans ces cas-là, on se jette vers son enfant, on traverse l'eau et les flammes pour la chair de sa chair.

On fait tout, et plus encore.

Je réussis à l'attraper, mais ses doigts se défont lentement de l'étreinte de ma main. Je hurle :

— Je vais lâcher !

L'arrivée de Malin me rappelle à la réalité – je suis à Stuvskär, et Nadja est déjà perdue. Il est déjà trop tard…

Mais cette femme ne tombera pas, je peux la sauver. Malin saisit fermement son avant-bras et prend appui contre une planche.

Je regarde Rachel, alias Susanne Bergdorff, et je vois le précipice derrière elle. Mon estomac se noue. Il doit y avoir au moins quinze mètres d'ici au sol constitué de pierres et de rochers. Un peu plus loin, un ponton et un garage à bateau. Puis la mer.

Les longs cheveux de Rachel ondoient au vent, ses bras sont couverts de sang, ses paupières sont mi-closes et elle laisse échapper des gémissements plaintifs.

Il y a un craquement ; une autre planche du garde-corps se détache, ricoche sur la falaise et s'écrase au sol.

— À la une, à la deux, à la trois ! dit Malin.

Nous unissons nos forces pour hisser la femme sur la terrasse.

Dix minutes plus tard, Susanne Bergdorff est allongée sur le ventre sur la terrasse, les mains menottées – bien que nous ne sachions pas avec certitude si elle est coupable, nous ne voulons prendre aucun risque. Nous avons fouillé la maison – elle était vide – et avons appelé les renforts.

Susanne marmonne des syllabes inintelligibles.

— Uehl. Uehl.

— Soit elle a reçu un coup sur la tête, soit on l'a droguée, halète Malin en se levant avec peine. Je vais aussi demander une ambulance.

Elle disparaît dans le salon pour téléphoner.

— Muehl, gémit à nouveau Susanne.

Détachant les yeux de la femme, j'observe la balustrade et, tout en bas, le pavage qui jouxte le ponton. Si elle était tombée de la terrasse, elle serait morte sur le coup. Elle se serait cassé tous les os du corps.

Des violences extrêmes...

Mais c'est bien sûr ! Ça a pu se passer comme ça ! Un cadavre est lourd à transporter, mais à pousser dans un précipice, c'est un jeu d'enfant. Une fois en bas, il est relativement aisé de les traîner jusqu'à la mer. J'en ai la nausée.

— Nous avons reçu la visite d'un voisin, fait Malin en revenant sur la terrasse. Peux-tu t'entretenir avec lui pendant que je garde le contact avec les collègues ? Je peux surveiller Susanne.

Le voisin, un homme d'une quarantaine d'années, aurait un physique ordinaire sans la grande cicatrice inesthétique qui court de sa tempe à la commissure de ses lèvres.

— Elle loue la maison à Maj-Lis Wennström, explique-t-il avec un accent de Scanie si fort que j'ai du mal à le comprendre. J'en ai parlé à une agente de police ce matin, au téléphone : il y a quelque chose qui ne tourne pas rond ici.

— Ah bon ?

— Que s'est-il passé, d'ailleurs ?

L'homme jette un regard curieux au pavillon et aux trois voitures garées au bord de la route.

— Nous ne pouvons rien dire pour le moment. Que voulez-vous dire par « quelque chose qui ne tourne pas rond » ?

Le visage de l'homme se tord dans une grimace, il tourne la tête et crache par terre, comme s'il venait de croquer dans quelque chose d'amer.

— Il y avait des jeunes gens… Un nouveau chaque fois que je passais. Et puis son fils malade… J'ai fini par entrer pour savoir ce qu'elle trafiquait. Et là elle m'a demandé ce que *j'avais* fait au garçon, alors que je ne l'avais même pas touché. Mais j'ai bien vu qu'elle le prenait en photo.

— Elle le prenait en photo ?

L'homme opine du chef et détourne sa joue difforme.

— Vous lui avez demandé ce qu'elle faisait ?

— Oui, plusieurs fois. Mais elle se dérobait toujours, changeait de sujet. Et elle m'a menacé d'appeler la police si je ne quittais pas sa propriété. *Sa* propriété ? Laissez-moi rire ! Si Maj-Lis entendait ça ! Elle aurait viré cette bonne femme de chez elle illico !

Lorsque je retourne sur la terrasse, Malin est accroupie auprès de Susanne.

— Je ne comprends pas ce qu'elle dit.

— Muehl, bredouille la femme.

— Attend, dis-je en me penchant vers la femme.

J'ai un élancement dans le genou et je grimace de douleur.

— Que dites-vous ?

— Muehl.

Mes entrailles se glacent malgré le soleil et le vent brûlants.

— Le voisin… Est-il venu en voiture ?

Malin secoue la tête, l'air interrogateur.

— Alors pourquoi y a-t-il trois véhicules devant la maison ? Il y a la nôtre et celle de Susanne Bergdorff…

— Amuehl, grogne Susanne à nouveau.

Une petite flaque de salive s'est formée sur les planches sous sa joue. Malin me regarde et à ce moment précis, nous comprenons tous les deux.

— Samuel, murmure ma collègue.

Doucement, nous retournons la femme sur le dos pour mieux voir son visage. Ses longs cheveux bruns emmêlés sont striés de mèches argentées, sa peau criblée de taches de rousseur, et de sa bouche coule un filet de bave. Dans son décolleté brille une croix en or.

— Comment vous appelez-vous ?

— Nilla, chuchote-t-elle.

— Bon Dieu ! fait Malin. C'est elle. La mère du gamin qui a disparu. Pernilla Stenberg.

Je me lève, tout tourne autour de moi et je suis contraint de me tenir à la balustrade pour ne pas perdre l'équilibre.

— Merde ! Comment on a pu rater ça ?

— Mais… Elle ne devait pas retrouver Led' et Malik à Stuvskär ?

Je ne réponds pas, mais je me dis que je serais aussi parti à la recherche de mon enfant au lieu d'attendre patiemment l'arrivée de la police.

Malin démenotte Pernilla et la place en position latérale de sécurité. Puis elle se lève et se penche par-dessus la balustrade.

— Là, regarde, murmure-t-elle.

Effectivement, dans les branches d'un pin maigrelet qui pousse sur un rocher, à un ou deux mètres plus bas, un petit objet reflète les rayons du soleil. Une seringue.

Mon téléphone portable retentit. Je décroche.

— Je suis en pleine intervention. Que se passe-t-il ?

Des sanglots étouffés au bout du fil.

— Afsaneh ? Allô ?

Une main glaciale étreint à nouveau mon cœur, le serre, comme si elle allait l'arracher de ma poitrine.

— Manfred ?

Sa voix est aussi fine qu'une couche de givre et l'effroi me coupe le souffle.

— Nadja s'est réveillée. Tu peux venir ?

— Oui…

Puis ma voix s'éteint, impossible de prononcer une autre parole. Muet, je dévisage Malin qui ne semble pas remarquer ma réaction. Elle fixe un point dans l'eau qu'elle indique d'un geste du bras.

— Là-bas !

À l'ouest, dans le lointain, on distingue en effet quelque chose. Une personne qui nage vers l'horizon, effectuant de lents mouvements de crawl.

RACHEL

Je m'arrête, je bats des pieds pour me maintenir à flot et je jette un coup d'œil à la maison, accrochée tel un nid d'aigle à la falaise.

Rien.

Pas un bateau, personne sur le ponton. Je continue à nager, je trouve mon rythme.

Bras, bras, inspiration.

Bras, bras, inspiration.

À ma droite, un haut-fond. Les pierres qui font saillie à la surface de l'eau sont couvertes de fiente de cormoran. La mer est plus agitée et plus froide, ici. Elle m'appâte, murmure, tente de m'attirer vers le fond, vers le néant obscur.

Je bois la tasse. Je m'arrête, crache mes poumons, vomis de l'eau salée et reprends la nage, les membres gourds, semblables à des bouts de bois.

Je pense à la mère de Samuel que j'ai abandonnée à son sort, suspendue à la balustrade. Quand elle m'a confié que son fils lui manquait, j'ai senti que nous étions sur la même longueur d'onde. J'étais à deux doigts de tout lui raconter.

Mais comment aurais-je pu lui expliquer ?

Elle n'aurait jamais compris. Personne ne peut comprendre.

À présent, je distingue le vieux bateau à moteur de Birger, celui qui prend l'eau. Il ballotte au gré des vaguelettes à côté de la bouée. Il est amarré près de l'îlot du phare en attendant d'être transféré au chantier naval de Kornholmen.

Avec un peu de chance, je parviendrai à l'atteindre avant que l'on me repère. Je pourrai m'y cacher et regagner le rivage une fois la nuit tombée. Je ne peux pas fuir en mer avec ce bateau : le réservoir d'essence est presque vide. Sans compter qu'il prend beaucoup d'eau, j'en ai fait l'amère expérience lorsque j'y ai transporté les corps.

Bras, bras, inspiration.
Bras, bras, inspiration.

Je sors la tête de l'eau. Plus que cinquante mètres.

La femme, la mère de Samuel, s'est sans doute écrasée contre les rochers. À l'heure qu'il est, son corps doit être brisé, tout mou, comme celui des garçons. On aurait dit qu'ils étaient faits en gelée.

Cette pensée me donne la nausée. Je n'ai jamais voulu tuer personne. C'est arrivé, c'est tout, comme l'automne succède à la chaleur de l'été. C'était une conséquence inévitable, mais cela n'a jamais été mon dessein.

Arrivée à hauteur du bateau, je m'y accroche et me déplace le long de la coque jusqu'à la petite échelle à la poupe. Je m'y hisse et reste immobile, debout sur l'embarcation, le souffle court, le cœur battant.

Je me tourne vers la maison, plissant les yeux à cause du soleil. Un hors-bord se dirige vers moi à toute vitesse. C'est mon bateau. Ou plus exactement, celui de Victor Carlgren.

Victor n'était pas comme les autres – il ne m'a pas contactée pour le boulot. Non. Un jour, il était là, sur le port de plaisance de Stuvskär, avec son moteur qui faisait des siennes.

Je lui ai promis que nous pourrions le réparer, qu'Olle adorait bricoler. Ce qui n'était pas complètement faux : Olle en connaissait un rayon en mécanique, avant qu'il se mette à contester la façon dont je m'occupais de Jonas ; avant qu'il ne devienne violent, me contraignant à me défendre.

Je décide d'ignorer le bateau encore quelques instants, peut-être tombera-t-il en panne comme à l'accoutumée. Avec un peu de chance, je pourrai m'en tirer.

Mes pensées s'arrêtent sur toi, Jonas, comme toujours, indépendamment de leur point de départ. Tu me manques tellement que ça me fait mal. Comme des poinçons, des entailles dans ma poitrine. J'ai l'impression de devenir folle.

Et ces garçons... Je ne croyais pas véritablement qu'ils étaient toi, même si mon désir était tel qu'il devenait presque réalité.

En tout cas, grâce à eux, je me sentais à nouveau mère. La mère de quelqu'un. Ils étaient tellement impuissants, tellement dépendants de moi, abandonnés à mon amour et à mes soins. Et lorsque leur état se dégradait, qu'ils commençaient à maigrir, qu'ils avaient des escarres, d'autres complications, je réfléchissais au garçon suivant. Je pensais que ça allait être parfait. Ça *devait* être parfait.

Mais personne n'était comme toi.

Je contemple la mer. Le bateau approche, bondissant sur les vagues comme un ballon de plage et laissant derrière lui un sillage blanc.

Je n'ai nulle part où me cacher. J'ouvre la baille pour en sortir l'ancre, si lourde que je peine à la soulever. La chaîne cliquette lorsque je l'enroule autour de ma poitrine, puis de mon cou. Je m'assieds sur le bord de l'embarcation, dos à la mer, l'ancre sur les genoux.

Les profondeurs noires m'attirent. *La demeure de l'oubli et du pardon. De tout ce qui te manque. La demeure de ton fils.*

Dans le hors-bord qui approche se trouve une jeune femme aux longs cheveux bruns. Lorsque l'embarcation s'immobilise à quelques mètres de moi, elle hurle :

— Police ! Allongez-vous sur le ventre dans le bateau.

Je ne réponds pas.

La femme continue de me parler, plus calmement maintenant qu'elle a aperçu la chaîne autour de mon cou. Elle dit que tout va s'arranger, tant que je me couche au fond de l'embarcation. Tout peut s'arranger, dit-elle. Aucun problème n'est insoluble. Il y a encore beaucoup de choses en ce monde qui valent le coup.

Je la détaille en silence, remarque son ventre. Elle a la vie devant elle, oui. Cela grandit en elle à vue d'œil.

Tandis que ma vie est derrière moi, je la traîne comme un boulet. Ma vie est une remorque remplie de cailloux. Une cargaison de bois. Je la tire continuellement, sans arriver nulle part, je ne me libérerai jamais de mon passé. Je tourne en rond, c'est tout.

— Allongez-vous ! crie à nouveau la jeune femme, lasse peut-être de tenter de m'amadouer.

J'offre mon visage au soleil et je ferme les yeux, sentant la chaleur se diffuser dans mon corps. Ma peau hérissée de frissons après la nage redevient lisse.

Alors, je lâche le bastingage et me laisse tomber en arrière dans l'eau, l'ancre serrée entre mes bras.

Sixième partie

LA RÉDEMPTION

« Ceux qui s'attachent à de vaines idoles
Éloignent d'eux la miséricorde.
Pour moi, je t'offrirai des sacrifices avec un cri
d'actions de grâces, J'accomplirai les vœux
que j'ai faits : Le salut vient de l'Éternel. »

Jonas 2:9-10

MANFRED

Malin, Hanne et moi sommes installés dans la cuisine de Berit. Elle nous sert du thé. Par la fenêtre, on voit le soleil se coucher sur Ormberg, laissant la place aux ombres et à l'obscurité.

— Je suis si heureuse pour toi, répète Hanne en posant sa main sur la mienne.

— Merci… Mais ça ne fait que deux jours qu'elle est réveillée, nous ne savons pas encore ce qu'elle va pouvoir récupérer. Il lui reste un gros travail avec un kinésithérapeute, un orthophoniste, etc.

Ce matin, j'ai rendu visite à Nadja à l'hôpital. J'ai plongé mon regard dans ses grands yeux bruns. Elle a ouvert la bouche, mais aucun mot n'en est sorti, bien qu'ils aient retiré la sonde de sa gorge et recousu la peau. Mais elle a cligné des paupières. Mon enfant est capable de cligner et de me regarder dans les yeux. Et dans son regard, j'ai bien vu qu'elle était là, à l'intérieur, qu'elle n'était pas qu'une coquille vide.

D'après les premiers examens neurologiques, elle gardera des difficultés de langage et des problèmes moteurs du côté droit.

Mais qu'est-ce que cela peut bien me faire ? Peu m'importe si Nadja devient sourde, muette ou handicapée moteur. Tout ce qui m'importe c'est qu'elle vive. Que mon enfant, qui est tombée par la fenêtre, soit en vie. Que nous, qui étions une famille ordinaire jusqu'à ce funeste matin qui sépara comme un coup de hache notre passé de notre présent, puissions retrouver notre existence.

Le visage accablé de Pernilla Stenberg me revient à l'esprit. Tout le monde n'a pas ma chance. Tout le monde ne récupère pas son enfant. Mes collègues ont passé au crible tout Marholmen sans trouver trace de Samuel Stenberg. Je n'ai pas pu révéler à Pernilla ce que je pense vraiment, mais j'en suis sûr : Samuel ne réapparaîtra pas. Il repose quelque part au fond de la mer, enroulé dans des chaînes semblables à celles que nous avons découvertes dans le garage à bateau.

C'est curieux que la femme qui se faisait appeler Rachel soit elle aussi morte noyée, enroulée dans des chaînes ; une sorte de justice divine, peut-être. Car lorsque les plongeurs ont remonté le corps, c'était déjà trop tard, bien trop tard.

Susanne Bergdorff n'était plus.

Le bateau que Malin a conduit, que nous avons trouvé dans le cabanon près du ponton, appartenait à Victor Carlgren, ou plutôt à la famille Carlgren. Nous ignorons pourquoi Susanne ne l'a pas utilisé pour fuir, mais elle devait croire qu'il était plus facile de disparaître à la nage sans se faire repérer.

Grâce aux e-mails, SMS et notes de Susanne, nous sommes parvenus à brosser un tableau assez clair des événements. Elle attirait des jeunes hommes en leur promettant un emploi. Puis, elle les droguait. Ils finissaient par mourir de faim ou de soif. Le rapport du légiste montre aussi un taux très élevé d'opiacé et d'autres produits pharmaceutiques dans les tissus des victimes.

Les techniciens ayant également trouvé des traces de sang dans la brouette, nous en avons conclu que Susanne Bergdorff y transportait les corps depuis la chambre de Jonas jusqu'à la terrasse, pour ensuite les précipiter dans le vide – la chute expliquant les multiples fractures. Une fois sur le ponton, elle les enroulait dans du tissu et des chaînes, puis les conduisait en haute mer où elle les jetait par-dessus bord.

Elle utilisait probablement le vieux bateau de Birger Jämtmark, celui dans lequel elle a trouvé refuge avant de se suicider. Si l'ADN de Victor Carlgren a été retrouvé sous les ongles de Johannes Ahonen, c'est sans doute parce que le premier a griffé le deuxième quand ils habitaient tous les deux chez Rachel. Nous ne connaissons pas encore l'identité du garçon dont s'occupait Samuel lorsqu'il était là, mais nous finirons par trouver le corps – espérons-le –, ce qui nous permettra de la déterminer.

Pour ce qui est d'Olle Berg, la situation est un peu différente. D'après nos informations, il était le compagnon de Rachel. Peut-être a-t-il tenté de lui mettre des bâtons dans les roues et l'a payé de sa vie. Peut-être était-il la première victime avant que Rachel décide de se focaliser sur de jeunes auxiliaires de vie de sexe masculin.

— Vous voulez que je vous aide à comprendre, c'est ça ? demande Hanne en domptant ses boucles folles en chignon négligé. Comprendre, c'est ce que tout le monde veut. À chaque fois qu'un crime d'une horreur inconcevable a été commis, les gens veulent comprendre. Mais c'est parfois impossible. La logique ne permet pas toujours d'expliquer les atrocités que nous les humains sommes capables de faire subir à notre prochain.

— Mais tu peux essayer, dis-je, car je sais que Hanne adore que je lui tire les vers du nez.

— Montre-moi les extraits de son journal intime.

J'ouvre la pochette pour en sortir les photocopies du carnet de Rachel que nous avons découvert chez elle. Il contient surtout des entrées assez courtes où elle précise les médicaments administrés aux garçons, leur état de santé et le nombre de *followers* sur son blog. Or, à certaines pages, on trouve des réflexions plus personnelles.

— Voilà, dis-je en tendant à Hanne un extrait que nous lisons tous en silence.

> *Cette nuit, j'ai rêvé de Skrållan – le chat gris tacheté que nous avons adopté quand j'avais huit ans. J'ai eu l'impression d'avoir remonté le temps. Tout s'est reproduit à l'identique, mais en rêve. Le chat était sur mes genoux, je voulais qu'il y reste, pour continuer à caresser ce petit corps tout doux. Mais quand j'ai saisi la fine patte de l'animal, j'ai entendu un craquement, comme une bouteille qu'on débouche. Sa patte était étrangement tordue.*
>
> *J'ai couru trouver mon père. Je lui ai dit que Skrållan s'était coincé la patte en voulant sauter de la bibliothèque.*
>
> *Mon père l'a observé et a confirmé la blessure. Nous l'avons emmené chez la vétérinaire. L'auxiliaire vétérinaire m'a tapoté la tête et m'a félicitée d'avoir découvert que mon chat avait la patte cassée. Elle m'a offert une glace et m'a tenu la main pendant que la vétérinaire examinait l'animal.*
>
> *La vétérinaire m'a également complimentée – si tous les propriétaires d'animaux étaient comme moi, s'ils pouvaient se rendre compte quand leur animal était malade, cela leur épargnerait bien des souffrances.*
>
> *À l'école, j'ai raconté l'histoire plusieurs fois. Mes camarades se massaient en cercle autour de moi pour*

m'écouter. Plus personne ne me traitait de grosse vache. Même la maîtresse a voulu savoir ce qui s'était passé ; j'ai fait quelques dessins pour expliquer les événements. L'institutrice les a fixés au mur où ils sont restés plusieurs années. Quand j'ai quitté l'école, ils étaient encore là.

— Très intéressant, commente Hanne en griffonnant quelques mots dans son carnet.

— Tu es d'accord pour dire que c'est une psychopathe sadique ?

Hanne hésite un instant avant de répondre :

— Je n'en suis pas si sûre.

— Il y a un autre passage que j'aimerais que tu lises, dis-je.

Une femme qui suit mon blog m'a envoyé un mail : elle voulait me faire livrer un gâteau. Un gâteau, vraiment ! C'est exactement comme avec André. Quand il est tombé malade, tous les voisins ont débarqué avec des gâteaux à la crème et des viennoiseries. Ils ont tondu la pelouse, déblayé la neige, taillé les arbres.
J'avais l'impression d'être sous les feux de la rampe.
Mais ça n'a pas duré.
Les voisins ont dû trouver d'autres tragédies plus intéressantes – des jeunes mamans foudroyées par un cancer, des enfants en fauteuil roulant ; des infirmes et des difformes ; des femmes stériles ; des gens paralysés, mourants. Tous ces gens qui ont DÉTOURNÉ leur attention d'André et moi. Finalement, un type avec un début de sclérose en plaques, tout le monde s'en fout ! On se reporte sur une autre connaissance qui souffre de cancer du foie et n'a plus que deux mois à vivre.

Je veux retourner sous la lumière des projecteurs, sentir cette chaleur, cet amour qui rayonne vers moi.

Hanne retire ses lunettes de lecture, repousse une mèche humide de son front et pose le document sur la table en bois usé. Elle regarde par la fenêtre, vers le potager verdoyant. Elle affiche une expression à la fois concentrée et peinée qui la vieillit.

— André était son mari ?

J'esquisse un signe affirmatif en rangeant les papiers dans la pochette.

— Est-ce que je peux revoir le blog ?

— Bien sûr.

J'approche l'ordinateur et elle passe un long moment à relire les articles, en opinant à intervalle régulier.

— C'est bien ce que je pensais.

— Quoi ?

— Susanne Bergdorff a ouvert son blog après l'accident de son fils. Rapidement, elle a eu de nombreux fans. Apparemment, un enfant gravement blessé sur une petite île de l'archipel, c'était un concept irrésistible. Ce qui semble intéressant, c'est ça.

Elle montre du doigt des chiffres indiquant le nombre de *likes* et de commentaires pour chaque article. Malin et moi nous penchons en avant pour mieux voir.

— Au début, elle écrivait que son fils était sur le chemin de la guérison, explique Hanne. Qu'il présentait des signes d'éveil. Et que se passe-t-il à ce moment-là ? Le nombre de *likes* et de commentaires diminue drastiquement. Personne ne veut lire l'histoire d'un garçon ordinaire, en bonne santé. Les visiteurs de ce site recherchaient apparemment la tristesse, la maladie, le malheur. Quand son état se dégrade ensuite, le blog explose. Et là…

— Continue, fait Malin.

— Susanne se retrouve au centre de l'attention, poursuit Hanne avec un sourire mélancolique. Les projecteurs sont à nouveau braqués sur elle, comme elle le décrit dans son journal… Il se peut que son objectif ait été d'attirer le plus de *likes* et de commentaires possible. Les internautes qui lisaient son blog adoraient ses posts. Ils se nourrissaient de ses… malheurs. Et ce jeu, cette danse entre elle et ses *followers*, a coûté la vie à plusieurs personnes.

Un frisson glacial me parcourt l'échine et je repense à la remarque de Malin lorsqu'elle a vu le groupe de curieux jouer les paparazzis sur le lieu de l'accident de la route.

Mais ce n'est pas possible ! Les gens sont devenus fous.

Puis je songe à Afsaneh qui prenait des photos de Nadja pour les poster sur un forum qui fédérait des parents d'enfants malades ; et à Martin, l'ami d'Afsaneh, qui affirme que le nombre de personnalités narcissiques a explosé depuis les années quatre-vingt. Que les gens sont prêts à faire n'importe quoi pour avoir une reconnaissance sur Internet.

— Qu'est-ce que tu cherches à dire ? demandé-je. Tu crois que Susanne a sciemment fait du mal à son fils ?

— Oui, répond Hanne avec calme. À son fils et sans doute aussi à son époux. Ensuite, elle est partie en quête de nouvelles victimes. Elle était le lion *et* l'agneau. Elle soignait ses victimes et provoquait leur maladie, exactement comme dans ce poème. Tout concorde. Tout a commencé par le chat. Je pense que cet événement a été le déclencheur. Puis ses parents sont devenus souffrants et sont décédés – peut-être s'est-elle occupée d'eux aussi. Cela a pu renforcer ces tendances. Bien plus tard, son époux est tombé malade et Susanne lui a prodigué des soins. Elle était motivée et compétente, car elle avait suivi des études de pharmacie. Une fois de plus, elle s'est sentie valorisée. Par le personnel médical, ses amis, en ligne et dans la vraie vie. Alors elle a fait en sorte qu'il ne guérisse pas afin de rester sous les feux des projecteurs. Je ne pense pas qu'elle ait voulu le tuer, mais c'est ce qui s'est passé.

— Puis ce schéma s'est répété avec son fils? chuchote Malin.

— Oui. À cette différence près qu'elle a maintenant un blog et des profils sur plusieurs réseaux sociaux. Plus l'état de son fils se dégrade, plus elle attire de *likes* et de *followers*. Elle décide de prendre les choses en main, de s'assurer que sa maladie s'aggrave. Nous pouvons supposer qu'il finit par mourir, suite à ces... traitements.

Hanne marque une pause.

— Quelle horreur, marmonne Malin en se cachant le visage dans les mains.

Elle laisse échapper un sanglot.

— Quand Jonas est mort, elle a ressenti un vide insupportable, poursuit Hanne, ignorant la réaction de Malin. Pour des raisons que nous ne connaîtrons peut-être jamais, elle a remplacé son fils par son auxiliaire de vie. Puis elle a commencé à répéter ce comportement. En plus, regardez ça!

Elle fait défiler le texte du blog et s'arrête sur un article vieux de sept mois:

La municipalité a décidé de baisser nos allocations: nous ne pouvons payer que trois heures quotidiennes de présence d'un auxiliaire de vie. Par conséquent, ni mon compagnon ni moi ne pouvons travailler à plein temps. Si vous voulez nous donner un coup de pouce financier,

notre numéro de compte figure au-dessous. Même les
petits montants font la différence. Un immense merci
par avance! Vous êtes merveilleux, merci de votre sou-
tien qui nous aide à garder espoir!!

— Elle demandait l'aumône sur Internet et trompait les autorités pour toucher différentes prestations
sociales. Nous verrons bien quelles sont les sommes,
mais cela a pu être une motivation supplémentaire pour
trouver de nouveaux jeunes hommes qu'elle pouvait
faire passer pour Jonas.

Malin lève la tête et essuie quelques larmes qui
coulent sur sa joue.

— Désolée… Mais *qui* fait une chose pareille?

— Quelqu'un de malade, répond Hanne d'une voix
calme. (Elle esquisse un petit sourire et trempe les lèvres
dans son thé brûlant.) Quelqu'un de *très* malade. En
outre, elle était manipulatrice à l'extrême. Elle mentait
en permanence, si j'ai bien compris. Elle semble présenter des traits de personnalité antisociale.

Nous restons cois. L'idée que l'on puisse faire autant
de mal à quelqu'un, y compris à son propre enfant, dans
le seul but d'être reconnu sur Internet, est si absurde que
nous peinons à l'appréhender.

— Si vous voulez un diagnostic, je peux vous en
donner un. (Hanne tapote la table de son stylo. J'opine
de la tête.) Münchhausen par procuration, déclare-t-elle,
la mine satisfaite. Un individu provoque sciemment chez
un autre – souvent son propre enfant – de graves problèmes de santé, puis consulte le corps médical auprès
duquel il se fait passer pour le sauveur. La personne
maltraitante se sent valorisée par l'attention qu'elle
reçoit. Ce qui maintient et renforce le comportement
pathologique. J'imagine que cela concerne également

l'attention dont on est l'objet sur Internet. Peut-être avons-nous ici le premier cas de « Münchhausen par procuration en ligne », faute de meilleur terme. Mais pas le dernier, parce que nous entrons dans une nouvelle ère, c'est une chose que même moi je sais. Malgré mon grand âge.

Elle se tait, lève les yeux au plafond.

Le portable de Malin sonne.

— Désolée, déclare-t-elle en se levant.

Elle se rend dans la pièce adjacente pour répondre.

— Dommage qu'elle soit décédée. J'aurais bien aimé la rencontrer. Cela aurait été passionnant.

Malin revient, son téléphone à la main.

— Ils ont découvert un nouveau corps.

— Samuel ? dis-je, sentant le dernier espoir disparaître.

— Non. Cette personne est morte depuis plusieurs mois.

— Jonas ?

— Oui, sans doute. Devinez où ils l'ont trouvé.

Je secoue la tête.

— Sous les rosiers ! Elle l'a enterré sous la plate-bande ! Ou bien, elle a planté des fleurs sur sa tombe. Quoi qu'il en soit, j'imagine qu'elle voulait le garder près d'elle.

PERNILLA

Pendant deux jours, j'ai erré à Marholmen, j'ai marché le long des plages de galets, grimpé sur les rochers, fouillé au milieu des fougères verdoyantes et des pins desséchés, sous des sapins et des arbres tombés, passé au peigne fin les jardins et déambulé dans la forêt.

Mon Samuel n'est nulle part.

Le policier bedonnant, Manfred, est venu me voir hier soir pour tenter de me convaincre de rentrer chez moi. Je ne peux plus rien faire, ici. Ils ont eux aussi ratissé les moindres recoins de l'île, sans trouver Samuel.

Il m'a dit qu'il avait disparu.

En entendant ces mots, je n'ai pas pu me retenir. Les larmes se sont mises à dégouliner et je me suis affalée près de ma voiture. L'herbe drue me piquait la joue et le froid du sol s'immisçait en moi, comme le sinistre augure de la peine à venir.

Je ne pouvais pas lui expliquer, je n'ai même pas tenté de lui expliquer pourquoi je restais ici.

Que lui aurais-je dit?

Que Samuel est mon fils? Que je l'ai porté, mais que cela ne m'a pas empêchée de lui tourner le dos quand il avait besoin de moi? Un nombre incalculable de fois?

Non.

Alors je suis rentrée chez moi. J'ai pris une douche. J'ai essayé d'avaler quelque chose. J'ai fait l'erreur d'allumer la télévision. Ils parlaient des meurtres et de Samuel. Ils interviewaient Bianca Diaz, la petite amie d'une des victimes. Quelque chose dans le désespoir et la retenue de cette jeune femme enceinte m'a tirée de mon apathie et m'a poussée à agir. Je sais à quel point c'est dur d'élever seule un enfant.

Ayant trouvé son adresse sur Internet, je me suis rendue chez elle à Jordbro, j'ai accroché le sac de sport rempli de billets à la poignée de sa porte, j'ai sonné, puis je suis partie à la hâte. J'imagine que j'essaie de me racheter – comme si cette bonne action allait me ramener mon fils.

Puis je suis revenue ici, à Marholmen. Qu'ai-je à faire chez moi sans mon enfant ?

Je ferme les yeux. J'ouvre une tablette de chocolat, j'en casse un morceau et y plante les dents. Puis, par la porte entrebâillée de la cage posée dans l'herbe près de ma voiture, j'observe le merle. Le vent attrape une coupure de journal déchiré placée au fond de la cage et la plaque contre la grille.

Ce n'est plus un oisillon, c'est presque un adulte à présent. Il ne doit pas rester enfermé. Je sais que Samuel aurait aimé le libérer lui-même, mais puisqu'il ne le peut pas, je veux lui rendre ce service.

Je lève les yeux vers la maison que Rachel louait à cette vieille dame, la fille du gardien de phare qui avait vécu là toute sa vie. Elle repose paisiblement derrière les rubans bleu et blanc de la police.

— Où es-tu parti, Samuel ?

Je jette ma bouteille d'eau sur la banquette arrière, claque la portière, ramasse la cage et me mets à marcher sur la route en graviers. Cette nuit, j'ai rêvé du sage roi

Salomon dans le livre des rois. Il devait régler le différend entre deux femmes qui affirmaient toutes les deux être la mère d'un enfant. Salomon demande une épée et quand on la lui apporte, il dit : « Coupez en deux l'enfant qui est en vie et donnez-en la moitié à chacune. » Dans mon rêve, les deux femmes étaient Rachel et moi, et l'enfant Samuel.

Je ne peux pas y croire. Samuel ne peut pas avoir disparu.

Quarante-huit heures. Personne ne peut survivre aussi longtemps dans l'eau, m'a dit Manfred. Et si elle ne l'avait pas jeté à l'eau ?

Alors nous l'aurions trouvé. Les mots de Manfred résonnent dans ma tête.

Le crépuscule descend sur l'île, mais ce n'est encore que l'ébauche de la véritable obscurité qui attend patiemment que l'été se retire pour laisser la place à l'automne. Le ciel si pesant au-dessus de moi semble criblé d'hématomes bleus et violets. Je chasse les moustiques et autres insectes qui me tournent autour, je gratte mes piqûres et je scrute l'interstice entre les troncs cuivrés dont l'écorce se desquame. Le cerfeuil sauvage ressemble à de l'écume blanche dans les fossés rehaussée çà et là par les fleurs jaunes du millepertuis.

Cette beauté m'émeut. Le parfum du lédon des marais et du gaillet jaune – appelée aussi paille de la Vierge – sature l'air. Je pense à mon père, incollable en faune et en flore, qui n'a jamais voulu lui donner ce nom parce que la Vierge Marie était couchée sur de la paille classique et non sur du gaillet. Selon lui, cette dénomination était sortie de la bouche des paysans incultes.

Ici, c'est parfait, me dis-je en déposant la cage par terre. J'ouvre la trappe et j'attends que l'oiseau noir prenne son envol, mais il reste immobile et me regarde avec ses petits yeux cerclés de jaune.

Je finis par introduire une main dans la cage pour l'en chasser.

— Allez, pars ! Tu es libre !

Le merle sort de sa prison, mais s'arrête près des hautes herbes qui bordent la route. J'avance vers lui pour le forcer à s'envoler, à profiter de cette liberté, de l'été, de la forêt, de l'air frais du soir. De la vie, si courte, si imprévisible.

L'oiseau noir s'élève, passe devant mon visage et atterrit sur une branche à quelques mètres de moi. Puis il se tourne vers moi, incline sa petite tête et me fixe à nouveau.

— Ah, si Samuel avait pu te voir ! dis-je à haute voix.

Et à cet instant… À cet instant, je comprends que mon fils a disparu, que Samuel ne reviendra jamais et que le policier à l'embonpoint avait raison.

Mon corps se tord dans une crampe, me forçant à m'agenouiller, le front pressé contre le gravier. Il se vide de ses larmes et m'oblige à me soumettre. Et je le laisse faire. Je hurle ma douleur, à genoux au beau milieu de la chaussée, comme une femme en train d'accoucher.

Au bout d'un moment, mes sanglots et ma respiration se calment. Je reprends conscience des bruits de la forêt : le chant des oiseaux, le vent qui chuchote et siffle dans les cimes des arbres ; les grincements et les craquements d'une lourde branche quelque part au-dessus de moi ; les martèlements d'un pic-vert contre un tronc.

Je m'apprête à me lever et à épousseter ma robe crasseuse et malodorante, lorsque j'aperçois à nouveau le volatile noir, posé sur le bas-côté. Je distingue également autre chose, fiché entre deux pierres à côté de lui.

Accroupie sur le bord de la route, je tends le bras pour saisir une petite perle en verre bleue que je laisse rouler dans le creux de ma paume. Elle est lisse, brillante et a emmagasiné la chaleur du soleil.

Jetant un coup d'œil circulaire, je plonge le regard dans les ombres élancées, parmi des feuilles mortes et des cailloux, mais il n'y a rien que la route brune, couverte de gravillons, qui s'étire entre les pins. Et là, au milieu de la chaussée, je devine un objet minuscule et rouge vif. J'avale une gorgée d'air et m'y précipite pour découvrir une autre perle. Elle contient la lettre M.

Les larmes sourdent à nouveau, mais ce sont des larmes de joie. Je me remplis d'une nouvelle énergie lorsque je comprends ce que je dois faire, et je me mets à chercher le long de la route.

Je trouve d'autres perles – une bleue, une jaune, une marron – qui semblent placées sciemment sur la route à intervalle régulier.

Je place la main en coupe, la soulève, arrange les billes pour former le mot « maman ».

— Samuel… J'arrive !

Continuant ma quête, je localise trois autres petites boules de verre, puis plus rien. Je songe à abandonner lorsque je distingue un sentier qui part sur la gauche.

Il fait plus sombre sous les grands arbres. Utilisant mon portable comme lampe de poche, j'éclaire le fourré. Un immense sapin me cache partiellement la vue, mais sous son jupon dénué d'épines, je devine une sorte de ruine, presque ensevelie sous la végétation.

Penchée en avant, je repousse les branches sèches, progressant vers les décombres. À mi-chemin je me baisse pour ramasser une perle blanche qui scintille sur la couche d'aiguilles et de mousse.

La porte du bâtiment effondré est de guingois et forme un mur vert devant les briques mises à nue.

— Samuel, dis-je à voix basse.

Mais seuls le murmure des arbres dans la brise et le bourdonnement des moustiques autour de ma tête me répondent.

J'éclaire les environs avec mon téléphone. À droite de la ruine se trouve un vieux puits et à côté… *Voyons voir*… Un rameau garni de feuilles vertes est coincé entre la margelle et son couvercle.

J'avance jusqu'à la construction, je me penche et je découvre, près des pierres irrégulières, un minuscule objet orange qui brille dans la lumière émise par l'écran. C'est une petite coccinelle ou, plus exactement, une boucle d'oreille émaillée en forme de bête à bon Dieu.

Les bijoux dans ma poche, je saisis la poignée du couvercle et je tire. Ce que c'est lourd ! Je pèse de tout mon poids. Avec un grincement, il bouge de quelques centimètres vers la droite. Je lâche. Haletant, je reprends mon souffle, cale mes pieds contre la margelle et exerce une nouvelle traction.

Tout à coup, un bruit. Je sursaute. Cela vient de l'intérieur du puits. On dirait que quelqu'un frappe. Je pousse un cri au moment où l'espoir naît dans ma poitrine. Je tambourine sur le couvercle et quelques instants plus tard la réponse me parvient, comme un écho transporté par-delà les montagnes.

Attrapant de nouveau la poignée rouillée, je tire comme une forcenée. Un voile sombre se forme devant mes yeux, mais je continue. J'y mets toutes mes forces, obsédée par l'idée d'ouvrir ce trou diabolique avant qu'il ne soit trop tard.

Chaque fois que je balance mon corps en arrière, que je pousse avec les jambes, je parviens à faire bouger le couvercle de quelques centimètres. Finalement, une béance semblable à un croissant de lune noir s'ouvre vers les enfers.

Je sors mon portable, braque le rayon de lumière vers l'orifice, et je le vois.

Mon fils.

Il me regarde et ses paupières papillonnent plusieurs fois.

Sous lui, il y a un corps immergé dans l'eau. La surface est partiellement couverte d'une plante aux minuscules feuilles vertes, mais je distingue une main qui dépasse.

— Maman, je savais que tu viendrais.

MANFRED

Trois semaines plus tard

C'est la nuit – une nuit bleu clair, une nuit d'été – mais l'hôpital est éveillé, comme toujours. Un léger cliquetis dans le corridor; des voix dans le bureau des infirmiers; une alarme.

Nadja est endormie. Je tiens sa petite main dans la mienne. La même qui, glissante de beurre, s'est dérobée à mon étreinte.

Son visage est mouillé de larmes et il me faut quelques instants pour comprendre que ce sont les miennes et non celles de ma fille.

L'infirmière qui entre dans notre chambre rit en nous voyant et, en posant une main sur l'épaule d'Afsaneh, dit :

— Rentrez chez vous. Il est tard.

Regardant ma montre, je constate que c'est déjà le matin et qu'elle a raison : j'ai rendez-vous au boulot avec Led' à neuf heures et je devrais dormir un peu.

L'enquête que nous venons de mener nous a rapprochés les uns des autres, dans l'équipe. Même Led', acariâtre au début, s'est radouci et affiche maintenant un caractère sociable. Il sifflote dans les couloirs, tient les

470

portes et n'a pas prononcé une seule insulte sexiste ou homophobe depuis plusieurs semaines. Il est allé jusqu'à se couper les ongles des orteils et remiser son affreux marcel.

C'est à se demander s'il n'est pas amoureux. Malin m'a raconté qu'elle le soupçonne de fréquenter l'une des témoins de notre enquête, Stina Svensson, la directrice de la boutique où travaille Pernilla Stenberg. Un très mauvais choix de sa part. Mais je me garde bien de le lui dire.

Je suis aux anges d'avoir récupéré ma Nadja, et que Pernilla Stenberg, contre toute attente, ait retrouvé son fils vivant.

Samuel était gravement blessé et déshydraté après avoir passé deux jours au fond du puits, assis sur le cadavre du baron de la drogue. Il a apparemment survécu en léchant les parois de béton humides.

Il est néanmoins resté suspendu entre la vie et la mort pendant longtemps, mais nous savons à présent qu'il va s'en tirer et qu'il pourra se rétablir entièrement. Physiquement, du moins. Je n'ose même pas imaginer de quoi sont peuplés ses rêves.

— Dormez quelques heures ! nous encourage l'infirmière. Vous en avez besoin. Demain, vous ramènerez votre fille à la maison.

Afsaneh hoche la tête, je lâche à contrecœur la main moite de Nadja et nous sortons ensemble de l'hôpital.

Devant l'entrée, je me heurte à l'air humide de l'été comme à un mur. Les larmes se mettent de nouveau à couler, je renifle. Mon genou me lance, mais qu'importe.

Trois femmes en tenue verte de chirurgien fument en silence, appuyées contre le mur, les yeux rivés sur leur téléphone portable. Sur le parking, un homme promène une poussette d'une main et tient dans l'autre son téléphone. Le bébé gémit et se tortille comme un ver, mais l'homme, concentré sur son écran, ne réagit pas. Et même lorsque la poussette dévie de sa trajectoire, qu'une roue se retrouve sur la chaussée, et que l'enfant hurle de plus belle, l'homme redresse la poussette sans lever les yeux de l'appareil.

Une voiture est garée à la borne de taxi. Le chauffeur a ouvert la portière et a posé un pied par terre comme s'il allait descendre, mais il reste immobile, le visage éclairé par la lumière qui émane de son portable, calé sur ses genoux.

— Les gens sont devenus fous, dis-je.

Pour toute réponse, Afsaneh glisse une main dans la mienne. Je la serre fort, j'essuie mes larmes, puis je fouille dans ma poche à la recherche de mon paquet de cigarettes. Je le lui tends.

— Tu en veux une ?

Afsaneh éclate d'un petit rire.

— Je savais que tu t'en grillais une de temps en temps, en cachette.

— Moi non plus, je n'étais pas dupe.

J'allume la cigarette qu'elle vient de placer entre ses lèvres.

Nous nous asseyons sur une barrière en béton. Mon genou me fait un mal de chien, et l'humanité est clairement en train de tomber en décadence, de sombrer dans un narcissisme de plus en plus exacerbé.

Mais qu'est-ce que ça peut bien faire ?

Je regarde Afsaneh qui sourit, tire longuement sur sa cigarette, penche la tête en arrière et souffle avec jouissance la fumée vers le ciel d'été en train de pâlir.

Nous sommes une famille assez ordinaire et c'est un matin comme tous les autres.

Et même si rien n'est vraiment comme avant, nous pouvons à présent reprendre le cours de notre vie.

REMERCIEMENTS

Je voudrais remercier chaleureusement tous ceux qui m'ont aidée dans l'écriture de *L'Ombre de la baleine*, tout particulièrement ma relectrice Katarina et mon éditrice Sara chez Wahlström & Widstrand, ainsi que mon agente Christine et ses collègues d'Ahlander Agency.

Un grand merci à Åsa Torlöf, qui a apporté des réponses aux questions relatives au travail de la police, et à Martina Nilsson qui a partagé ses connaissances en matière d'analyse ADN.

Enfin, merci à ma famille et à mes amis qui m'ont soutenue et encouragée pendant tout mon travail sur ce roman. Sans votre amour et votre patience, ce livre n'aurait pas pu voir le jour.

PAPIER À BASE DE FIBRES CERTIFIÉES

Le Livre de Poche s'engage pour l'environnement en réduisant l'empreinte carbone de ses livres. Celle de cet exemplaire est de : **350 g éq. CO$_2$** Rendez-vous sur www.livredepoche-durable.fr

Composition réalisée par Belle Page

Achevé d'imprimer en juin 2020, en France par
Maury Imprimeur – 45330 Malesherbes
N° d'imprimeur : 245488
Dépôt légal 1re publication : janvier 2020
Édition 03 – juin 2020
LIBRAIRIE GÉNÉRALE FRANÇAISE
21, rue du Montparnasse – 75298 Paris Cedex 06

58/0710/4